丛书

望乡

一个北大教师的心灵逃亡

李扬帆　著

知识产权出版社
全国百佳图书出版单位

责任编辑：刘　睿　罗　慧　　　　责任校对：董志英
文字编辑：罗　慧　　　　　　　责任出版：卢运霞
封面设计：智兴设计室·张国仓

图书在版编目（CIP）数据

望乡：一个北大教师的心灵逃亡／李扬帆著．—北京：知识产权出版社，2013.4
ISBN 978－7－5130－1982－8

Ⅰ．①望…　Ⅱ．①李…　Ⅲ．①随笔－作品集－中国－当代　Ⅳ．①I267.1

中国版本图书馆 CIP 数据核字（2013）第 061768 号

望乡：一个北大教师的心灵逃亡
Wangxiang：Yige Beida Jiaoshi de Xinling Taowang
李扬帆　著

出版发行：知识产权出版社
社　　址：北京市海淀区马甸南村 1 号　　邮　　编：100088
网　　址：http：//www.ipph.cn　　邮　　箱：bjb@cnipr.com
发行电话：010－82000860 转 8101/8102　　传　　真：010－82000893/82005070
责编电话：010－82000860 转 8113　　责编邮箱：liurui@cnipr.com
印　　刷：保定市中画美凯印刷有限公司　　经　　销：新华书店及相关销售网点
开　　本：787mm×1092mm　1/16　　印　　张：24
版　　次：2013 年 7 月第一版　　印　　次：2013 年 7 月第一次印刷
字　　数：377 千字　　定　　价：48.00 元
ISBN 978－7－5130－1982－8／I·286（4825）

人生世界，有大有小；

小即是大，大即是小。

我分明感觉到那个东西，它比爱还深，直叫人咬破舌头，倚着门怯怯地看着，却说不出来。向证悟出真爱的人致敬。曾有人说：此泪空蓄无泄时，大抵如此。

进来吧，门开着呢。

于右任离开大陆令人动容的悲壮情态（1949 年 4 月）。后来他以一首“葬我于高山之上兮，望我故乡；故乡不可见兮，永不能忘”辞世。于老与我的故乡无关，但与所有人的望乡情结相关。

单人单骑去逃离一种莫名的束缚。远行呼伦贝尔前在40楼前自拍（1999年7月）。新买的摩托车后来没有骑回来，实在骑不动了，直接送人了。可见当时不计得失孤注一掷的心态。时隔50年，为什么我们的心灵还处于逃亡状态？

天門仙山

金庸題

天门山（2013 年春节）

最后的湘西土人

（代序）

一

我迟迟不愿交稿，只是不忍与过去告别。另外，它令我企图重新评估一切，这是我始料未及的。

不久前，我被神秘地告知一个在这里活着的秘诀：不是所有问题都是由钱导致的，但钱可以解决所有问题。新近我更听到有人向全世界耸人听闻地忠告：多关心一点教人恋爱的文学，少关心一点教人打架的政治。猛回头，我便发现我确实已经土得完全不能理解这国了，因我无法按照他们的说教生活。但是，我仍然坚持认为能用钱解决的事，都不是什么真正的大事。一个认为政治是打架的民族必然没有真的文学。一个不关心政治的人，在古雅典并不被认为是道德高尚的人，而是一个无能的人。古罗马人认为关心公共利益是人的天赋，罗马人只干了一件事情：关心和管理国家。然而，对于我的原乡而言，生活的本质在于屈服。真的是“人在江湖，身不由己”吗？不是，真正的江湖字典里没有“屈服”二字，说它是江湖，它还不配。

可怕的是，他们能够公开兜售那些“画皮”。

可是，画皮是鬼的伪装。

几乎所有人都认为自己还算好人，可一大群好人在一起却怎么个个觉着自己苦，一大群善人怎么就组成了一个不善的群落？因为演得太投入便分不清现实与虚幻，因为组成群落的机制仍然令人生疑。

我知道，仍然有些人想把脖子以上的部分昂得久一点，我希望成为他们的一部分。这可能令我稍感愉快，却一定会使我失去通常的生活。当然我们希望过一个与公共议题无关的青春，但这在相当长时期内必然是妄想。那么我一直在逃避。逃避不是屈服，而是我的抗议。抗议是逃避的借口，抗议的逃避就是逃亡。

这几年我过着一种清教徒式的生活。说好听点是修行，说得不好听，是没有能力生活。我的身是清净的，心却如涌动的岩浆。我想用一种独特的个人体验去接近一种可能存在的普遍意义。我懂得他们那微妙的游戏规则和精巧的人生自我经营，即便我善意理解他们，我也无法如彼等生活，或者说此生我根本不会有生活。

我把生活重重地摔在地上，一地碎片，不去收拾，为什么要收拾？一无所有使我勇气倍增。所失去的正是所得到的，比如，从废墟中我们收获了美。

因为我走不出原乡，在他们或对我惋惜或骂我傻逼的时候，我靠本能固执地坚守，直到最后我也并不清楚我在坚守什么——这已经不重要了。重要的是我把他们当成了观察的对象，我也被我观察，这成了我的天命。所以，请原谅我近乎冒犯性的直白和坦率，包括家世和心灵。“花径不曾缘客扫，蓬门今始为君开”，公开自己和真相是危险的，我已经冒了这个险。为了一个说法，为了一个理，即便我有意拔高它们，刻意自恋，那又如何。当我把自己当成另一个人的时候，我便得到了自由。当然，我仍未到达那样的时刻。

我尤其想把这些文字记录献给20世纪70年代初出生的人。自1978年以来，我们正经历着人类有史以来最壮观的文化和心灵事件，且不知其走向何处，如何能不心惊。我们都受尽了惊吓，一如家乡田野里那群暴雨后呆立的鸡，抻长了湿漉漉的脖子茫然四顾，似乎在静候一种结果——如果非得给这段历史赋予意义的话，静候结果就是它的意义。

二

一个不刮胡子就胡茬满脸的湘西汉子，偏要趺趺撞撞地弄起墨来，其结果可想而知。但我委实不知道，于这世界，除了絮絮叨叨地记些流水账、小心翼翼地兜售一点小埋怨外，我可还有些什么别的用处。于这世界，除了可能的误人子弟，可能的惹恼大小官人，我可还有些什么资格评价。然则，既然个人经历有不可复制性，个人秉性也尚未异化，我便生出了自信。

活到现在，我终于明白了一件对我而言最重要的事情：我是谁？我有若干分之一汉族血统，若干分之一蒙古族血统，若干分之一土家族血统，这些都不重要，我真正认同的身份是湘西土人，而且是最后的土人。因我少小离家时，原乡未变。而今回乡时，我发现我是如此顽固地不能融入京城，而原乡却又已经面目全非。一个人一生的尴尬在于：在哪里他都成了客人。又一个贺知章。

这100年来，有两个到了京城的湘西土人无法走出故乡，一个是沈从文先生，一个是我。我对沈先生高山仰止，自然无法与他相提并论，但心情感受相似，这一点没有高低之别。沈先生一生以“乡下人”自居，他说：“我是一个乡下人，走到任何一处照例都带一把尺，一把秤，和普通社会总是不合，一切来到我命运中的事事物物，我有我自己的尺寸和分量，来证实生命的价值和意义。”“说乡下人我毫无骄傲，也不在自贬。乡下人照例有根深蒂固永远是乡巴佬的性情，爱憎和哀乐自有它独特的式样，与城市中人截然不同。他保守、顽固、爱土地。也不缺乏机警，却不甚懂诡诈。他对一切事照例十分认真，似乎太认真了。这认真处某一时就不免成为‘傻头傻脑’。这乡下人又因为从小漂泊江湖，各处奔跑，挨饿，受寒，身体发育受了障碍，另外却发育了想像，而且储蓄了一点点人生经验。”

沈先生构建了一个他梦中的边城，将原乡带向世界。我非常敬重他那将爱、将大爱融进故乡人生的叙述中，充满透彻和高尚的关怀。然则，这几十年的变迁，沈先生没有经历，是以我想带一些人再次通过我的文字进入原乡，我知道我可以站得更高，用爱去懂得和怜悯原乡。但我最终选择为原乡忏悔，我不能假装什么也没有发生。忏悔是宗教呼唤的诚实，没有比这更高的灵魂回忆。土人怀疑这所谓的文明进步，并对它心生恐惧。面对原乡，即是面对自己。我对这二者怀有同样极其复杂的心情。让你看到我的进退两难、我的挣扎，我颇感局促。抱歉了。

我知我逃无可逃，是以不逃。《最后的莫希干人》中歌娜（Cora Munro）问道：他们要绞死你。你为什么有机会的时候不逃跑？豪克依（Hawkeye）说：因为我感兴趣的东西在这里。

我们本该“诗意地栖居”，我却一直含着眼泪再三体验着痛楚的心灵逃亡。我当然知道痛楚的根源，我只是太固执了，非得对自己的人生给定一个目的，对外在的社会限定一个道义的标准。尽管我懂得安全感和钱权之间的依存关系对大家的重要性，我却依然很难接受大家居然能够为了那点生活可以丢弃生命的尊严，并且在表面上安如泰山，有滋有味。别管他，有本事别回来！有个声音在黑暗中传出。那不是年少时那次失败的离家出走事件中父亲发出的声音，而是一群还算关心我的人说出的话。越反思这些，越感受到其实是他们在躲躲闪闪地逃离我的目光。大家都在逃，倘若都在背叛其本真，那么是谁在逃？我的逃只是不忍，是以泪眼蒙眬远望原乡。这是我惟一能找到的借口。这可能是荒谬的，无意义的，甚至是极其幼稚的。幼稚得如同中学时以琴心剑胆、侠骨柔情自勉。现今，我并不认为自己道德更加高尚，我只是视记录历史乃正当地表明个人态度的机会。幼稚与否，有意义与否，荒谬与否，我早已不在乎了。我坚信记录是良知对历史的正当回应。

三

网上流传一个段子，说一些简化的汉字令人联想到一些意想不到的后果："亲（親）不见，爱（愛）无心。产（産）不生，面（麪）无麦。运（運）无车，导（導）无道。儿（兒）无首，涌（湧）无力。有云（雲）无雨，开（開）关（関）无门，乡（鄉）里无郎。"

反驳者认为这里面许多字的繁体字和异体字并不是段子中描述的那样写的，或许他们对吧。但这"乡亲"二字，却实实在在地隐喻了现实。

乡，原为"鄉"，乡并不是失去了"郎"，中间那个字不是良，而是"皀"（音 jí、bī），"谷之馨香也"，"或说皀，一粒也"（《说文解字》）。原乡失去了谷的馨香或谷子本身，无意之中还是丢了根本吧。

亲，原为"親"，《说文解字注》解为："至也。至部曰……情意恳到曰至。父母者，情之最至者也。故谓之亲。从见。"乡之亲不可"见"。这也是事实。

"爱"字有争议，有人认为中间本来就不是"心"字，乡亲们的爱是否失去了心，暂且不管，但乡亲们失去了耕种土地的热情，进而失去土地，失去谷子的馨香，乡亲们见不到了，这本不是汉字简化的初衷，但却反映了丢失原乡的事实。这不是曲解，该算正解了。

土地因在其上面发生过历史才有了意义。然而，夏天的某日，我从京郊山区一村子走过，遇到聋哑老人一位、小脚老人一位，以及一大群不知杂交了多少血统的狗。地，荒在那里，等着被权力收买。

那天，我对着如血残阳，突感无助，我要呐喊却发不出声。

原乡不再，这并非耸人听闻。钱权交易下的土地丧失了意义，意义是其价值的全部，如今这土地只有价格而无价值、无意义。故乡的山头已经不能自由攀登了，租出去了，一块块土地被钱权交易出去了。农村失去乡村自治，失去乡村社会，失去乡绅阶层，而城市也未进入市民社会。不管建了多少“大裤衩”“鸟巢”和“巨蛋”，北京仍然是个巨大的村庄。我们与城市实际上没有多少真实的有意义的关系。北京本来就是个战略要地，是个城堡，我们在这里守望边疆。我们铲平每一个村镇、每一个城市，再克隆一座座相同的村镇城市，这导致每一座城镇都只有几十年历史。并且，我们把这种充满暴力的生活方式带到世界各地。人们总体上而言失去了气质。“乡不成乡，城不成城”的根本原因，是“谷之馨香”去了，亲不可“见”，爱可能也失去了“心”。

我不能认同大家过那样的生活，不认同大家像岳敏君画中那个大嘴巴的人那样永远地憨笑着。永远无法叫醒一个装睡的人？切！我压根不认为他们在装睡。他们是真睡，因为从来没有醒过。世故圆滑、故作深沉、“洗洗睡吧”的乡愿就是中国所谓的明白人。他们得到了生活，却失去了生命的意义。在这里根本不需要撒一个弥天大谎，你便搞定一切。

无论你在京城的CBD工作，还是在某个工地搬运砖石，我们都是望乡的孩子，可原乡已经回不去了。我们全部处于真正的边缘状态，失去了历史感和在场感，由欲望驱动摸着石头，忘记抬头看那座通往原乡的桥。过去的数千年，我们只有土地或空间，而无时间。时间是停滞的，只有一再重复的王侯们的官史，看一朝即知数朝之史。过去的数十年，我们只有时间而无空间，不只是失去土地空间，更是失去心灵空间。如今，则已经时空错乱，毫无章法了。

四

我所看见的，就是这一个个故事，只有这些真实的故事，才构成自有尊严的历史。这历史只和一个东西相关，就是权力。索尔仁尼琴也看到了这一点。权力会使一个通常还算善良的人突然间面目狰狞，并且猥琐。厌恶权力的人便会自我放逐到心中的那个古拉格群岛。

这权力无处不在，无时不在。对男人而言，是春药；对女人而言，是安全。瞧这段广告：

男甲：明天走?

男乙（自信）：放心吧，从小到大，还没输过呢。

男甲（笑）：有你的！

男乙（手按顶楼栏杆向远方呼喊）：混不好我就不回来了！

成功学在近20年的兴起将成为人上人的权力欲望灌输成梦想，硬生生地压得男人们趴在地上，压得出国的男孩女孩在机场对着送别的父母亲友鞠躬痛哭。中国人不是为自己（权利）活着，是为他者（权力）活着，在心灵上和生活上我们背井离乡。原乡是心灵之处所、之归依，原乡是城的基础，是国脉延续的根本。原乡不在，心如游魂，厥国维殇。

这也是一个洋人误读中国的时代，他们以为五道口的留学生们拥有自由，以为魔幻现实主义就是文学。此乃时空错乱症。满眼望去，只有话语霸权，未见灵动的自由意志。我不会编造魔幻，这儿已经够魔幻了。须知，我们的原乡“中国”传统上连自己的国名都没有，只有朝代名称。我若稍微关怀一下原乡的现实，便会发现魔幻现实主义无处不在，我会对原乡抱以理解之同情；我不会虚构一个“高密”，但我会守望原乡；我不会取巧地谈文学，但我一定勇敢地直面心灵。原乡的人原本不嗜血，原本善良。我们已经搞不清楚是谁对不起谁，是谁辜负了谁！因为再搞下去，只剩两群人了：一群疯子和另一群疯子。那是一种拿着砖头满大街转、做个弹弓想打玻璃，却发现大敌无形的状态。说实话，谁心中不苦。一代人有人说：为什么我的眼里常含泪水，因为我对这土地爱得深沉。下一代人有人说：当你试图了解它时，你已走上犯罪的道路！

我并不认为我个人占据什么道德制高点，可以对一切指指点点；我也不会讲故事，我只是认为中国需要在公共事务上有勇气使用理性（康德语）。当数亿国民——更确切的说是“居民”，因为他们只有居民身份证，以前更被侮辱性地称为“盲流”，“80后”的不一定清楚这个概念——离开原乡在自己的国土游荡，回不去也进不来的时候，我们没有勇气面对这一切，听任其发生，只能远望原乡，甚或不无奴性地说“洗洗睡吧”。在本质上，我们都是原乡人，这文化还是乡土文化，思想还是乡土思想。但我们却率先利用权力将乡亲隔开，将我们与过去隔开，与“他们”隔开。我们都是特权享受者。

是乡亲们在真正支持文化。他们没多少文化，他们更无权力，所以在尽可能少干预文化的情况下也即在一种市场规则下支持了文化。比如，无论是宋庄、798，还是草场地、环铁，北京和外地的乡亲们出租房屋、支持搭建艺术村，为艺术家们提供了从驻场到生活、创作各方面的服务。这通常都是在无公权力干预的情况下自觉进行的，是艺术和乡亲们的良性互动。但乡亲们不可能获得其身份的公共认同。这种尴尬使历史难堪。望乡的人是最不堪的一代。

五

我不是在单纯地谈原乡，我是在试图回答北大大门保安的那三个终极问题：你是谁？你从哪里来？你到哪里去？

我假意逃亡，实则呼唤守望原乡的心灵，守望原乡的历史。我们所有人都有原乡，都有父老乡亲。这是湘西最后的土人所能关心的最大问题。从个人的家乡家事而至国事国史，纵横恣肆，不拘一格。这40多篇或长或短的文字，绝大部分改编自近两年个人的微博和博客，结集于此，以证吾心。承蒙知识产权出版社刘睿、罗慧的厚爱，予以付梓，先行谢过。

我的兴趣仍然在体验生命以及祖先留在我们身上的一切。“他们的祖先早已迷失了方向”——19世纪末某传教士对中国进行了如此辛辣的评价。但真正的文化毁灭只发生过一次，以毁灭传统文化赖以生存的土壤——乡村社会和乡绅阶层——为标志，儒家文化即真正地彻底地死去。乡村本纯洁，在纤夫们赤条条走过捶洗衣服的女人们时，招来的仅仅是“砍脑壳的”一句笑骂，不用“扫黄”。心中不黄，是以原乡不黄。

心中黄了，那么无论于女士、余先生或星云大师如何煲心灵鸡汤，这原乡是回不去了。

这不是在企图延续80年代夭折的矫情的寻根，而是反思为什么会形成今日之无根，是对历史的拷问。中国的历史尤其是近现代史从未真正理性地被清理过。龚自珍说：“灭人之国，必先去其史。”我们灭了自己的史，便也灭了自己的国。在雍和宫对面的五道营胡同的一个小店，曾见一个小招牌，上面用粉笔写着一行字：“没有记录，便不存在。”对于所见所闻，我不能背过脸去。因为回忆，所以存在。绝大多数汉语史书都是垃圾和谎言，即便它们真实地记录了一些东西，但我们不被历史学家告以历史的真实意义，我不能嚼着别人嚼剩的东西再去误人子弟。我且厌恨史学以及学问人那猥琐褊狭的门派师承之见，我有门无派，可谓自然门。自然门是湘西老同盟会会员、辛亥志士、南北大侠杜心武自创的武学门派，自然而然谓之“朴”。思来想去，惟一可以做的事，便是留下一些关于自身经历的文字，以祭原乡故国。然则文字也已被肢解，痛苦地勉强记录着历史。文字是有生命的，看徐冰《天书》的时候，我便有这种感受。那天书对人而言是不可读，但恰恰体现了它们的自性庄严。

尽管此集子文字尚很粗浅，却也勉为其难地记录了个人的经历和心路。肯以本色示人者，不仅仅需要禅心和定力，因为他冒着冒犯他人的危险。个人事小，但所论之事原也关天，这也算是一份担当吧。陈近南说：“我决不能独善其身，舍他而去。唉，大业艰难，也不过做到如何便如何罢了。”金庸在这话后面加了一句：“说到这里，又有些意兴萧索起来。”

事已至此，作为土人，我承认我和这个物欲横流的世界格格不入，也无法“把欲望当理想”“把世故当成熟”，我一直在试图逃亡，请放弃劝我回头的努力。我做学生的时候，老师们说他们是精神贵族。我做老师的时候，我却已经成了精神难民。但我绝不妥协，并以此自豪。我必须接受自己，接受自己比什么都重要，因此我该享受这“生活在别处”的状态。但我们很清楚，我们无处可逃！“因为懂得，所以慈悲”，慈悲地望望过去。几十年来，我们只是受了惊吓，我们和他们需要共同的成长。我只能做到这般慈悲。我看到，许多强大的个体生命在民族主义权力话语开启的致富之门外仍然高昂着头颅，不肯轻易妥协，这是我们仅存的希望。

世间最残酷的事是接受那个真我和那个真的原乡。它们再不堪，也需要面对。这也是一种仁。仁即以不忍之心关照心灵。所谓关照心灵，重在忏悔。我替原乡忏悔罢。

这些文章并不是一气呵成，甚至不是刻意构建一个有关原乡和心灵的历史，只是反过来看的时候，它们或直接或间接地围绕着这个主题。或者更准确地说，它们只是一个话题的开头。原乡就是心灵。我只是描述了一些现象，提出了一些问题，倘若想解答它们，那是托大了。冥冥之中，它们便形成了“不见原乡”“不见大学”“不见国民”“潜龙勿用”“菩提无树”“生如夏花”几个部分，它们要告诉我，其实我什么也没看到，所经历的也只是幻象。的确，我对一切来自权力安排的集体的统一活动怀有近乎偏执的怀疑。我只能从个体出发，回归个体。

我就是只土狗，吃喝拉撒俱无要求，也不会经营自己，常常被当成卖萌的大叔，抑或是那个被绑着还嚷嚷“下雨了该收衣服了”的唐僧。这倒是应了左宗棠那句话：身无半亩，心忧天下。这太纠结了，我真不想关心所谓的天下，但缱绻难舍却又是我的宿命。我想让我的文字产生美感，犹如我喜欢会说话的眼睛一样。会说话的眼睛只存在于小藏羚羊和其他一切小动物的脸上。我的眼日渐昏黄，完全失去了童年的模样。那时候，舅舅说我的眼睛是“总统的眼睛”——我们都不知道“总统的眼睛”是什么样的眼睛，首先它应该是清澈透明、充满灵性会说话的吧。看着这日渐失去美感的文字，我知道心中仍有我执，既然无法破除我执，我便正面关照生命。

生命的真谛在自由。虽则庄子也有生死我执，但他已经将心灵自由推到极致，他该是最猛的一位大师，他的心灵自由到成为一只大鸟，“怒而飞，其翼若垂天之云”，好一个“怒”字了得！吾不及也。体验到生如夏花该是欢喜的，这便够了，毕竟不得涅槃。不过，明白人当然清楚，这心里亮色仍然是装出来的。坚守者为什么痛苦？因为这麦田守望者看到生和死在这野地里仍然无意义地“被循环”着。但是这可能也不是真的，真的情况可能是我完全被这样一种人生吸引：在绝望中留那么一点点希望，不管是主动的，还是被动的。是的，它就是一种基于自恋的忧郁的凄美。不是我偏激，而是他们把事情做绝了。

即便没有共鸣，我也借此给你提个话题，供你思索发泄，供你重新评估一切，还原常识。再说一遍，我不是道德卫士，既然没有道德，你捍卫什么。或者如木心所说：“道德，是自然生态中最脆弱的一种平衡，破坏了，就最难恢复。”也许是吧。我是“一塔湖图李扬帆”，一个回不去的土人，一个含着热泪远望故乡的逃亡者。

曾经给我满怀热和的父老乡亲，你们竟真的不认得我这个游子了么？我们竟然都成了这儿的客人了么？

2012 年 12 月 29 日初稿于北京

2013 年 2 月 15 日终稿于湘西老家

目　录

不见原乡

不见大学

不见国民

潜龙勿用

菩提无树

生如夏花

不见原乡

我终于鼓起勇气去构建一个曾经经历的原乡。对于原乡，我只有一句感慨：回忆它时我胆战心惊。要真正地了解或探讨过去的意义非常难，尽管这些都真实地发生过。虽有禅语点化：“言语道断，心行处灭，凡有言说，俱无实意”，也有西谚启示：“人类一思考，上帝就发笑”，但选择性遗忘毕竟冒着可能导致历史重复发生的危险。

我写出来，即是我替他们忏悔了。

望　乡

许多年之后，面对电脑屏幕，沃毕爹（土家语，即青年人）将会回想起他第一次吹着木叶在流浪溪边的场上追求女人的情景。那时候，男人们走路都是要带刀的。他们信奉这样的教条：要死卵朝天，不死万万年！那个硕壮的年轻女人挺着呼之欲出的胸脯，红着脸颊，隔着溪流唱道：

> 你姐生得肥又肥，奶子肥得掉掉的。要吃（音 qǐ）辣椒不怕辣，要恋情姐莫怕杀。
>
> 生不怕来死不怕，哪怕家规正王法。有心恋哥不怕死，沉潭分尸于在它（随便你怎么搞）。

歌声惊动了一只三爪娘鸟，扑哧扑哧从茅草丛中飞上了天。那天晚上，沃毕爹在万般纠结中徘徊在那个女人的吊脚楼下面。女人在一片慌乱中期待吊脚楼的楼梯嘎吱嘎吱地响起。她渴望着沃毕爹热烈甚至粗鲁的到来。然而，这次不成功的开始终止在女人的一声叹息中。后来，另一个男人成功了，因为他唱道：

> 哥是猛虎在山丘，妹妹嫁我好享福，妹妹敢不听从我，杀你全家烧你屋！

直白的生死爱恨还是不如勾人的野性血性，怕死的莫自称湘西土人。沃毕爹一生都不够狠。

除非湖南人尽死

1974 年的日本电影《望乡》大约在 1978 年传到中国播放，讲的是日本大正时期“南洋姐”阿崎婆在海外卖春的苦难生涯。沃毕爹一家那时候已经进了城，他看到万人空巷，饥渴的大人们心照不宣地想一睹其中的情色镜头。年少的沃毕爹是被拒绝进入县城惟一的那家影院的，徘徊在影院门口的他便记住了“望乡”那个名。“扒去这城市的画皮，扒去这身伪装，我们都是南洋姐，回不去了。”沃毕爹自言自语道。

故乡有人家仍用火塘（2013 年春节）

京城在 2012 年初冬的雾霾中沉重地呼吸，沃毕爹遥望 1 700 公里外的原乡。魂兮归来，我的原乡！沃毕爹在内心呼唤着：我是你那个永远无法走出湘西大山的游子。20 多年前，我装作很野的样子来到京城，现在我彻底醒悟，我装出的土人的野在你的现代人的淫威面前是那么幼稚。你尽管鼻孔哼哼吧。

隔壁老婆婆过来给小娃儿们讲的“熊爪家（音 ngā）婆”的故事逼促得几个小波立（土家语，即小孩）围得火塘更紧了。鼎罐架在火塘上，熏得黢黑，上面是熏得一样黢黑的腊肉和茅草房梁。腊肉须挂得高低合适，猪脑壳要挂在最上面，以便用冷烟熏，否则发酸。鼎罐中咕嘟着一只腊麂子的腿，水开了，几滴汤眼见得扑出来掉向松树兜脑壳烧的火堆，扑哧！沃毕爹看见火星四溅，香味也弥漫在这茅草房的四边四角。这是 1975 年湘西一个冷月孤星的夜晚。

对沃毕爹而言，湘西就是 1975 年火塘边那一滴汤的味道。沃毕爹痴迷于这味道，如醉如痴的痴。然而，湘西你在何处？你曾经美得那样的具体，沃毕爹从未嫌弃你的黢黑，也未惧怕回乡最难的一件事：在腊月寒夜钻进冷硬的被窝，再在清晨爬出温暖的床。沃毕爹想携带这些文字给那个夜晚一些迟到的暖和。

沃毕爹有一种强烈的遗民意识。他和他的祖辈早已失去了自己的王朝，他生活在梦回宋明的反复失落中。

沃毕爹梦回南明时期的琉球，在此前的嘉靖年间，他爷爷的爷爷曾经被征召去江浙沿海抗击倭寇。很多倭寇是从琉球过来的。他听到日本商人说这些日子的东亚各海国，流传着“崖山之后无中国，明亡之后无华夏”的说法，那是说陆秀夫背着大宋末代儿皇帝在广东崖山跳海，十余万人跟着也跳。好一个壮烈的 You Jump，I Jump（你若跳，我便跳）！大宋遂亡于元蒙。

在与元蒙作战的45 年中，西南一线一直是护卫南宋的战略要地。御驾亲征的蒙哥即战死于川东至荆楚的山里面。襄阳、荆州一线失去后，湖南面临危险。

沃毕爹梦见他应潭州知州兼湖南安抚使李芾之邀，随湘西土兵东进保护潭州（长沙）。元朝大将阿里海牙的数万大军正在南下进攻湖南，元军游骑已到湘阴、益阳一带。沃毕爹他们绕过元军先头部队，进入潭州。潭州城内，一时间人心惶惶，一夜数惊。

李芾在他的“无暴弃”书斋见了沃毕爹一行。他的家眷都在。奇怪的是他们都在戴孝，后来沃毕爹知道前几日他的爱女不幸病死。全家挥泪之别后共赴国难。土兵们和大宋士兵们一起在潭州城内坚守三月，无奈弹尽粮绝。沃毕爹看到库中包盐巴的席子都被烧成灰，再熬成咸盐糊糊。鸟雀和老鼠也都被吃光了。除夕当日，一道守城的参谋尹谷（长沙人）举家自焚。李芾痛哭不已，手书“尽忠”二字。初二，城破在即，他端坐小西门的熊湘阁，令部将沈忠将他的全家老少一一处死。沈忠痛哭，伏地磕头，血流满地，说我不能这样做。李强令其执行。沈无奈取酒让其家属喝下，砍死后积薪焚尸。李芾乃自刎而死。沈忠在放火焚烧熊湘阁后，回家也杀了自己的妻子，然后自焚。

几乎是同时，河对岸岳麓书院的几百学生，纷纷与攻进城的元兵作战，大多或战死，或自杀殉国。

在沃毕爹的梦中尽是湘人抵抗外族入侵的血战。湖南再次被征服是在顺治四年，大清的明朝降将恭顺王孔有德以平南大将军名率大军进攻湖南，与南明军在湘中腹地展开了拉锯战。永历帝朱由榔还亲自督战进入湘西南武冈。时智顺王尚可喜从西南杀进湖南，遭受夹击的南明军败，朱由榔逃离。湖南遂被征服。

沃毕爹随着南明王朝左副都御史黄宗羲自琉球渡海到达日本。明朝将亡，黄宗羲无奈渡海向日本乞师求救，日本人称“承平久矣”，“多忘武备，岂肯渡海为人复仇”，未允。及明亡于满洲骑士后，日本人感叹数亿中国人轻易地向10万满洲骑士屈服且剃发易服，乃说“明亡之后无华夏”。晚年黄宗羲坚持散发（不扎辫子）裸葬，只求速速腐烂，也算保留了些许血性。

慌乱中沃毕爹摸摸脖子以上的部分，辫子不在，头还有，赶紧梦回到20世纪40年代华夏边缘的蛮夷之地荆楚。月儿刚刚升起，男人们果然带刀。土匪们相互息兵，喝完鸡血酒，砸了手中碗，守住湘西北门户，保住陪都重庆，有史以来最强悍的倭寇最终未能进入湘西腹地半步。李鸿章说：萨摩藩之于日本，犹如湖南之于中国。杨度说：湖南犹如斯巴达，若要中华国果亡，除非湖南人尽死！倭酋冈村宁次说：欲灭华夏，先平湖南。孙元良说：日本必败止于湖南。诸位说得都有道理。明治豪杰多出萨摩，但明治豪杰们都赏识不被大清重视的“荆楚以南积感之民”魏源。他的《海国图志》未能打开中国的大门，却帮日本人开了“天眼”。

抗战时，湘西是西南大后方的前哨。飞虎队最前线的飞机场即在湘西芷江。芷江也是日军投降时亚太战区最早受降的地点。国民政府从这里迁往重庆，西南联大从这里步行入云贵川。在吉首的一个叫万溶江的小河边，沃毕爹听到一首绝美的歌：

> 万溶江，愁波荡漾，四围山色，绿杨芳草，无限凄凉。每天，每天，飘零的女儿来洗衣裳。落花啊！流水啊！几度秋光。万溶江，水声幽怨。流向远方，怎不叫人惆怅！思故乡，烟水迢迢，别时容易见时难，怕的是月儿弯弯，江上风清，泪儿尽，梦儿残。珍重！切莫彷徨。总有一天，春暖花香，飘零的女儿收拾行装，向波心挥手微笑，别了，万溶江。

这是流落在此地的国立八中安徽籍中学教师张金帆先生在抗战期间写的歌《万溶江》，张中之先生谱曲。当时流传于整个西南后方，不逊于《松花江上》。西迁的阴柔，南迁的豪迈，结合了西南的血性，倭寇搅乱了这里，却无意中加速了这里多种文化的交融。

整个大西南都有中原华夏不具有的血性。从湘西、云贵而至川藏，莫不如此。而湘西处于与华夏中心接壤的血性边缘地带。沃毕爹那个连日本人都闻之色变的故乡，曾于元末明初发生了茅岗土司覃垕的七年造反，为抵抗朱元璋历时最长者。虽然朱元璋叹曰“茅岗之民，可德抚而不可刑治也”，他仍然血洗了那里。今日尚有“六月初六，覃垕晒皮”一说，盖当日为覃垕被解往南京凌迟的祭日。明太祖还看中了那里的金丝楠木，后来自大明而至大清乾隆，被奉为“神木”的金丝楠成为两朝宫殿和陵寝的主要用材。由那条河下长江，走运河，直到南京和北京，直至砍伐殆尽。又经大炼钢铁，终于灭迹了。茅岗土家族李姓即源自嘉靖年间从湖北荆门派往那里砍伐楠木的李姓将军。因连年大雨，砍伐不得，逾期而不敢回。伐此木者本也是“入山一千，出山五百”。李姓遂遁于茅岗深山，至沃毕爹祖父一辈才迁往县城。

这县城就是现在的张家界市永定区，原称大庸县。抗战八年，大庸县一县即有八千余青年共赴国难，大部壮烈牺牲。1945 年 1 月，大庸县募集两批共 130 多名青年入伍，编入青年远征军 205 师 613 团。此前沃毕爹的外公和远征军名将本县的覃子斌团长等早期远征军已经在缅甸作战。

日寇确实止于湖南，准确地说是止于湘西武陵山脉。日军先头部队袭击到离沃毕爹老家 35 公里的地方即无法再进。史上最强大的这股倭寇与沃毕爹故乡最直接的接触仅仅发生了两次：一次是日军一架侦察机油料燃尽降落二家河河滩。据沃毕爹外婆回忆，日期不详。沃毕爹外婆时在二家河木纳里大悲庵小学教书，曾带学生去看。该机是老式双翼飞机，倭寇一名被当地军民俘获。另一次是 1945 年 5 月 19 日，倭寇一架“367”号单翼运输机因迷航、油尽而坠落于大庸县西教乡屯田坪（今日桥头乡）。当地军民击毙机上乘员两人，俘获一人。日机坠落的地方正是中国最后一个土匪的老家。这最后一个土匪叫“覃勋杆子”（覃国卿，因患小儿麻痹症瘸了一条腿）。意味深长的是，80 年代，日本又援助这里建起一座大学，叫“武陵大学”（后并入吉首大学）。

沃毕爹的故乡曾经匪患三朝。1950 年，一万多土匪被收编后入朝作战。土匪们成了志愿军英勇杀敌。当“覃勋杆子”和他那能背着他飞越田坎、能双手打枪的老婆一起被集束手榴弹炸死在缸钵洞的时候，已经是1965年3月份了。

维女荆楚，居国南乡

然而，沃毕爹的土家人自称“毕兹卡”，毕兹卡又很难被归入湖南人。不仅言语不与湘语系同，尤其那人文民心与湖湘文化也相去甚远。当沃毕爹回到先秦时期的荆楚庸国故地，他看到了权术、鬼巫、同性恋、僭越和蔑视权威。它并无湖湘文化后期那种稳定一贯的实用理性性质。当然，湖湘文化经世致用、崇尚权术和敢为人先，这倒也在某种程度上和沃毕爹那个故乡文化吻合。还有吃辣椒是一样的。据老人说，种辣椒时撅起屁股种，那样的辣椒就会辣得够劲。

楚国乃蛮夷之地，而荆楚又在楚国边缘，沃毕爹的故乡更在荆楚边缘。故，其人文之始，便充满神秘、野蛮、智慧、血性，所以那个地方常被征讨。它贡献了“挞伐”这个词：“挞彼殷武，奋伐荆楚……维女荆楚，居国南乡”（《诗·商颂·殷武》）。诗句的意思是说：“殷王武丁神勇英武，是他兴师讨伐荆楚。……你这偏僻之地荆楚，长久居住中国南方。”再瞧瞧它的自由：“自恣荆楚，安以定只”（《楚辞》），意思是说“在荆楚故国可以自由自在，不再漂泊生活能够安定”。它还贡献了这个描述艰辛创业的词：“筚路蓝缕，以启山林。”（《左传·宣公十二年》）当然，“楚楚”的意思更是销魂。比如“楚楚动人”“楚楚可怜”之语。他们也很张扬：“惟楚有材，于斯为盛！”

近世以前，荆楚之地的阴阳纵横权术玩弄天下，老子、鬼谷子、诸葛亮都属这一派。近世以后，湖湘文化的帝王之术将天下作为实验室。王闿运乃霸气十足地在岳麓书院贴上了这样的楹联：吾道南来，原是濂溪一脉；大江东去，无非湘水余波。濂溪者，湘西南道县人周敦颐也，宋明理学和湖湘文化创始人。这位写出《爱莲说》、以莲花自喻的伟大思想家，并不知道其死后950年，他的家乡发生了以阶级斗争的神圣名义发动的人与人的互相残杀。所谓中原儒雅的儒家文化，沃毕爹一直认为是个躯壳，孔孟所反对的权术和霸术从来就是中华文明的核心。

权术的精髓是阴阳、纵横、捭阖，鬼谷子玩的东西，很性感的思想。

较之历朝官史，沃毕爹更相信地方传说。鬼谷子主要生活在北方中原吗？一位能够知行合一的史家如果到了天门山（古代曾称云梦山），将会放弃原来从片言只语、模棱两可的文字记载中认定的这个故事。他一定会重新组织一个故事以符合那些古怪思想产生的真正的地缘背景。

鬼谷子只可能是在天门山那里引发他头脑思维的爆炸。那山之雄绝诡异绝对可以令任何亲身抵达的人战战兢兢。而方圆千里却并无类似的山川，万丈绝壁顶端的下方不远处如今仍存鬼谷洞和鬼谷瀑布。鬼谷子在此可以畅想他的纵横捭阖，可以在天下混战时传播其纵横捭阖的权术。那山背面阴气十足，南面却又阳刚之极，鬼谷子乃得出愚人之道贵“阳”、先王之道贵“阴”之说，并发布了他那“阴道而阳取之”的性感的高论，他一定从男女媾合中悟出了玩弄天下的技巧。一番阴阳纵横的推演，乃有了张仪、苏秦下山玩弄列国。其后，越王勾践的范蠡、秦始皇的徐福，都是鬼门弟子。天下，成为鬼谷子的实验室。

“刚刚给张仪、苏秦二人写了封信”，鬼谷子把一卷竹简取过来对沃毕爹说，原来他见张苏二人嗜进而不知自反，乃专书劝二人功成隐退：“喏，他们两个，简直完全不得我的思想精髓，就像这种迫不及待的男女：不及即席便与女爱，不待绕车三匝就作男欢。真是有辱我鬼门！天下只是我设的棋局，得玩两千年，那两个小子太急功近利了。”

特立独行的大王们

与鬼谷子道别，沃毕爹去面谒那些特立独行的楚国国君们。沃毕爹到熊虔（死后谥号称楚灵王，以下国君均用谥号）的宫殿前，须得节食数日以细腰。那个“楚王爱细腰”的另类楚灵王，其实是个同性恋，他喜欢“士”（这个词只能表示男的士大夫，因之不可能是女人细腰）有纤细的腰身，自己也是纤纤细腰，能歌善舞。楚国的士大夫们为了细腰，大家每天都只吃一顿饭，因此，饿得头昏眼花，站都站不起来。坐在席子上的人要站起来，非要扶着墙壁不可，坐在马车上的人要站起来，一定要借力于车轼。谁都想吃美味的食物，但人们都忍住了不吃，为了腰身纤细，即使饿死了也心甘情愿。等到一年后，满朝文武官员脸色都是黑黄黑黄的了。做楚灵王的基友可真难。

别被楚灵王的同性恋倾向欺骗了。他在弄死自己侄子篡位的时候，可是相当凶狠的。

这个故事到了东汉初期名将马援的长子马廖那里，便成了“楚王好细腰，宫中多饿人”。马廖以此讽喻朝中的爱好引导了时尚潮流，呼吁警惕这种不良倾向。他的姐姐可是汉明帝惟一的皇后，这可能是他胆敢上疏论政的缘由吧。

马廖的老爸与荆楚之南湘西的故事即便不是家喻户晓，但他那句话该是妇孺皆知：男儿要当死于边野，以马革裹尸还葬耳。刘秀派62岁的马援以两万募士和刑徒远征武陵蛮。那年春夏气温很高，沃毕爹的狗成天吐着舌头滴涎水。他在山谷里狩猎时，看到马援被瘟疫击倒，临死前马将军有《武溪深行》曰：滔滔武溪一何深，鸟飞不渡，兽不敢临，嗟哉！武溪多毒淫！马夫人闻得丈夫死于武陵山麓，疯了。

史家对武溪之地颇多争议，多认为是沅水靠近武陵山脉南端的一条小河。倘若他们认真地去天门山北麓考察，知道大庸所那里有另一条武溪，为古庸国后期首都所在，当会改变观点。大庸即今日之张家界永定区。大庸所为明朝所设，也是为防止武溪蛮的起义而设立的卫所机构。因为马援是深入了武陵山区的，天门山是武陵主峰，是沅水和澧水的分水岭。他不可能在平缓的沅水边上写出那样深刻的感受。他的行军路线是洞庭湖—常德—沅陵一线，全是在平缓丘陵地带。到沅陵后往北，即进入武陵山区，毒淫才可能侵入他的部队。

逃脱了楚灵王那色迷迷的眼光，沃毕爹又拜访了楚国先王熊通。他是春秋时期列国中第一个敢向周王室挑战的蛮君，他通过杀死有继位权的侄子（楚国好像流行杀死侄子以僭位）而一改楚国子爵的地位擅自僭越称“王”，说：“王不加位，我自尊耳。”屈原实际上是这位楚武王的后代。这楚国人可能都有不尊天下一统的犟脾气吧。与得意洋洋的熊通道别，沃毕爹走出宫殿，看到楚国风调雨顺，地域广阔，物产丰富。路上有一群人慢吞吞地向北方前进。走近一看，三三两两的楚兵正打打闹闹地赶着一驾牛车。“敢问军爷，牛车装着何物？去往何方？”沃毕爹问道。“呵，装的包茅啊！给周王室进贡去！”他们奇怪地看着沃毕爹。“包茅是什么东西？”“嗨，就是上等菁茅草啊，给他们家酿酒时用来过滤酒糟的。这可是最后一次了！

以后咱们楚国不会再给周王进贡了。”

沃毕爹道别军爷们，他又看见一只拖着长尾巴的三爪娘鸟，嘎嘎嘎地叫着飞过落英缤纷的田坎。山脚下又有队伍走过。沃毕爹跟着他们走近一间茅屋，门楣上挂着一排粗而宽的竹简，上有篆书“之子于归”。原来是办婚事。哭嫁的声音从炊烟袅袅的茅草房飘出。女儿哭嫁是这里的传统——最早时是男人哭嫁。儿歌唱到：三爪娘，尾巴长，挑担水，发姑娘。姑娘哭，父母慌，问哭啥，说想郎。父母生，父母养，没出嫁，就忘娘？另外一说是姑娘哭的是即将离开亲生父母的感伤。

不知过了几年，沃毕爹又来到楚国北部与蔡国接壤的边境。只见前方旌旗招展，原来是自恃雄才大略的同性恋者加自闭症患者、如今已经成了齐桓公的公子小白，正率北方八国的联军进攻荆楚，质问楚成王为何胆敢称王，且几年不向周王室进献包茅。沃毕爹听得楚国大夫屈完说：“周王室失纲常，天下诸侯有几个仍旧朝贡如初？不敬贡包茅是寡君的不是，下臣当面陈寡君。”说罢，竟然向大名鼎鼎的管子一揖手，麾车而去。齐国只得与楚国签订和约。楚国勉强同意再送一牛车包茅给周王室。

离开这个战场，沃毕爹到了楚庄王宫殿，他一边轻抚着那匹被他喂得明显得了肥胖症的心爱的马，一边和两位大夫有一搭没一搭地讲话。庄王即位三年，不出号令，还成天歌舞燕乐，并发布命令说有敢于谏言的杀无赦！大臣伍举、苏从进谏。伍举就是伍子胥的爷爷。只听那伍举说：“有鸟停于高冈，三年不飞不鸣，是何鸟也？”庄王从容笑答：“三年不动，将定意志；不飞，将长羽翼；不鸣，将览民则。”又说：“三年不飞，飞将冲天；三年不鸣，鸣将惊人。”于是庄王听政，所诛者数百人，所进者数百人，国人大悦。

“启禀主公，西边山里面的庸国联络各处蛮夷发动了对楚战争！”传令官急匆匆地跑进大殿。这是楚庄王三年，楚国正发生大饥荒。“好好好！真是天赐良机！”楚庄王说罢匆忙出兵。这是沃毕爹看到的历史上最后一次对他的故乡庸国的记载。起初，楚国七次出兵七次失败，庸国人说：楚不足与战矣！楚庄王被激怒了，这只展翅的“大鸟”御驾亲征，抵达湘鄂西，并与盟国秦国和巴国联合。在一次不被历史记载的战役中一举灭掉庸国。庸国后人集体南迁，首站即是今日张家界，昔日的大庸。其后人有远迁至东南亚者。灭庸国是楚庄王称霸大业的祭旗之举。此后，庸成荆楚之地。

楚庄王八年，庄王亲率楚军到达洛水，他更是在洛水之滨举行盛大的阅兵式，向周天子示威施压。阅兵式前先举行了祭祀仪式。操场上有数十名身披茅草编织的草衣、头戴稻草编织的高帽、腿上捆满茅草的毕兹卡勇士，沃毕爹就在其中。在钟磬的伴奏下，他们粗犷、夸张而稳步地跳着一种叫“毛古斯”的舞蹈。那个节奏很熟悉：“嘭嘭啪——啪嘭嘭啪!”

楚军阅兵于周疆的消息传到洛邑，周王室极为恐慌。一日，沃毕爹看见一叶扁舟泛过洛水，下来一人，神色凝重，原来是周大夫王孙满。他请求周定王派他慰劳楚王，以观其动静。王孙满到达洛水之南，楚王安坐帐中，不去相迎。楚人个个如虎狼，纪律分明。王孙满见楚王，致天子劳师之意。楚王问：“九鼎在周，其大小轻重如何?”王孙满见楚王问鼎，知其有灭周之心，遂从容对道：“欲一统天下，在德不在鼎。……受命于天。周德虽衰，天命未改，鼎之轻重，未可问也!”楚庄王闻此，知短时期内不可能达成目的，丢下一句话：“我们楚国把矛上的铁尖折下来，就可以铸成九鼎。”乃退兵。胆敢问鼎之轻重，有史以来第一人也。“尔等可有寡人霸气?”庄王不无得意地跟沃毕爹等人说道。

过了几十年，沃毕爹又见楚平王垂头丧气地在殿中席地而坐。他知道这位大王不是什么好东西，杀过两个楚君，还偷梁换柱地把儿媳弄成自己的媳妇。“何故?”沃毕爹问道。“你自己去鸡父看看吧。”楚平王说道，“鸡父”是楚国和吴国交界处一地名，吴国在此刚刚大败楚军。吴国人说这是由两国的采桑女引起的国际纠纷。

原来这吴国边境城邑卑梁和楚国城邑钟离是鸡犬相闻之地。一日，两地的两个小女孩在边界采桑叶时对于桑树的归属发生了争吵，楚国的女孩掰断了吴国女孩的一根指头。两家的大人赶到现场，三句话没讲清楚便发生了两个家族更大的械斗。钟离的人更是打死了卑梁的人。这便导致了群体性事件。吴国群众上街集体散步，呼吁其地方官出兵，而稳不住的卑梁长官竟然带兵扫荡了钟离城。

“寡人当时正在淮水东巡，便接到冲突的消息”，楚平王说，“寡人的水师刚刚扩建，将士们早就跃跃欲试了。数日之内，寡人即克卑梁。”楚平王甚为得意。没承想那吴王僚早就有扩大对楚战争的准备，率公子光（后来的吴王阖闾）攻打附近的州。楚平王联合六国组成七国联军驻扎鸡父准备决战。“偏偏那个带病督师的阳匄（音丐）竟然就病死军中！早知如此，何必拜他为令尹！”楚平王懊恼万分，只好撤军，七国联军很快就在鸡父惨败。

楚平王一直将这次大败归结为吴国不守战法，居然在“晦日”发动突袭。其实他不知道，那被他因听信谗言屠杀的伍家的后人伍子胥，逃亡中咬牙切齿地说“我必覆楚”，正在帮助吴国攻楚。5 年后，公子光在伍子胥帮助下刺杀吴王僚夺位，不久攻陷楚国。虽则平王已死，仍被伍子胥鞭尸三百下。

楚国的老头们也是特立独行。沃毕爹来到汉水边上，见到一个老头抱着个瓦罐正在给菜地浇水，子贡路过此地，告诉他有种从井里打水的机器可以省很多力气。那老头极为蔑视地说那是“机心”之举。得知子贡是孔夫子的学生，他便揶揄他说孔子自比于圣人，盛气凌人以为压倒众徒，独自弹唱哀歌来向天下人博取好名声。你需要即刻忘掉你的聪明才智，毁弃你的形体。子贡听得满脸通红，走了几十里路都没有恢复常态。

沃毕爹追上了孔夫子、子路一行时，他们被困在陈蔡之间已经断粮七天了。颜回偷偷跑出去讨米。那个地方现在以艾滋村闻名。“何故？”沃毕爹问道。“楚王延请我们去楚国，可陈国蔡国的人不让我去楚国，怕我去了对他们不利。”孔夫子有气无力地说。看着这位曾经在鲁国年薪高达 90 吨小米的夫子，沃毕爹只想笑。他说：“没事，我去楚国搬救兵去。”陈蔡实际上早被楚国灭而复建，是楚国附庸。楚国兵来了，这才帮夫子一行解了围。“仁者爱人，仁者寿。”夫子忙不迭地感谢。沃毕爹很后悔没有问夫子一个问题：德治和暴政其实是一个硬币的两面，都是建立在愚民的基础上的人治，单纯宣扬德治其结果不是很容易导致暴政吗？这一机缘的错过，害了后人几千年。夫子被困的地方后来出了一位协助秦始皇统一天下的大人物，他就是李斯。李斯没有落下好下场，与儿子一起被五马分尸。临刑前哀叹：“吾欲与若复牵黄犬，俱出上蔡东门逐狡兔，岂可得乎！”这流血的仕途比夫子惨多了。权力统治被他玩到极致，他有什么可哀叹的，韩非子同学不是被他给整死了嘛。沃毕爹又来到楚国南部，见一老头正在神秘地跟众人掐算天下大势，老头预言：“楚虽三户，亡秦必楚！”这预言最后竟然应验了。

“那小子玩我！那小子玩我！”楚怀王愤愤不平地对沃毕爹说。这时已是战国末年。在秦国虎狼之师的禁闭之下，被囚的楚怀王已经失去了当时流放屈原时的淫威，一脸的愤懑和落魄。“那小子”就是张仪。“这可不能怨张仪，暴君加昏君，不败才怪。”沃毕爹在心里默默说道。正是鬼谷子的徒弟张仪破坏了合纵的轴心国楚国和齐国的联盟。他先是许诺楚齐断交后给楚国六百里地。结果事成之时，张仪说只能给楚国六里地。楚怀王哑巴吃黄连不说，还愚蠢地发动对秦战争，结果几次兵败后又被骗被困，伺机逃跑到赵国邯郸大门口却可怜兮兮地不被收留。转而逃向魏国，路上再被秦兵捉住。没有网上通缉，谁也不认识流落街头的楚怀王，可他的口音暴露了他，谁要他说话“兮”啊“兮”的。

“寡人郑重告之于尔兮，切勿相信谣言！”楚怀王边嚼窝窝头边对沃毕爹说，“那屈原可能是对的。他与寡人宠妃郑袖之间没有暧昧关系，他也非寡人的基友！”那是两个谣传，沃毕爹知道。郑袖设计要楚怀王割了魏国送来的美女、她的竞争对手的鼻子。这个传闻的基本版本是：郑袖告诉魏美人说要得怀王欢喜，需要在他面前遮蔽她美中不足的鼻子。然后又告诉怀王说这是因为魏美人讨厌怀王的狐臭。楚怀王果然中计。曾被尊为合纵抗秦的“纵长”的这位大王病死于秦后，楚国再无力组织有效的反抗了。18年后，屈原在汨罗江投水自杀。鼻子问题当然不是楚国败亡的原因。女人乱政之说只是男权社会的嫁祸伎俩。

屈原投江54年以后，沃毕爹看见楚国北部边境出现了一眼望不到头的黑压压的虎狼之师，大约有六十万人。奇怪的是，他们并没有发动进攻，而是原地修养，吃好喝好。沃毕爹走进一群开小型运动会的士兵，好奇地看他们或扔石头，或跳远，便问道：“你们的将军是谁?”一个操着陕西口音的士兵得意地说：“喏，那位就是我们的将军。”顺着他的手指方向沃毕爹看过去，只见一位身材高大，白髯飘飘的将军和士兵们正在觥筹交错。没错，他就是传说中的秦军大将王翦。他的儿子王贲也正在华北腹地征讨魏国等国。避开楚军锐气，消耗楚军意志，是王翦的策略。这样玩了一年之后，楚军终于按捺不住撤退，王翦一举灭了楚国。除了韩国，这对父子灭了六国中的五个。

每遇中原战乱，礼崩乐坏，沃毕爹的故乡便成为“礼失而求诸野”的胜地。自赤松子炼丹于此地的云蒙山（天门山），驩兜被流放于此地之崇山（天门山西方），屈原在澧水边行吟（天门山北面），陶渊明在山那边（天门山东南面）寻访桃花源，李自成和野拂兵败藏身于七星山（天门山西南方），而至杜心武在慈利（天门山东北方）演武救国，那个故乡从来就是侠士、怪客、隐士藏身之地，颇具仙气。别的不说，驩兜被流放到崇山是真实的。历史学家不来此地考察，常常争论此事真假，那是纸上谈兵。本地有句俗话骂人“驩兜脑壳”，是说某人另外一条筋、与别人想法不同。崇山上也有驩兜墓（清至民国尚有考古发现）。没有驩兜这件事，不可能有这个民俗。

这里的人崇尚鬼巫，除了整蛊（放蛊）、风水外，时至今日深山里还有赶尸传统（尽管很多已经演化为文艺表演。尸当然不可能自行。你若足够聪明，思量一下这活儿有何机巧：避开白天，避开近距离观察的旁观者，由徒弟穿着捂得很严实的袍子连着尸自由走动，而露出的仅仅是尸首和四肢……）。

夜色朦胧中见远处有鬼火飘来，越来越近。锣声敲响，原来是赶尸的师徒正在赶夜路。沃毕爹虽躲在竹林后面，仍无法逃脱那师傅的锐利眼光，他突然离开队伍向他飘来，越来越大，沃毕爹吓得一脚踹过去，“咣当!”脚踹在书架上，疼得他醒了过来。

关于原乡历史和身份的另一个版本

很古的时候，有个叫沃毕爹的湘西土人离开了穴居中的老乡去征战，他的远征同袍全体阵亡，只剩他血染征衣回到原乡，而原乡的人已经认不出他了，他也认不出原乡了。沃毕爹看到了真相，却替穴居中的老乡们忧心忡忡。柏拉图在类似的寓言中说，这个走出穴居的勇士看见了善的理念，试图释放穴居中的囚徒。但是，倘若囚徒们不愿意看到真相，并且逮住这勇士杀掉是可以的话，他们也会这么做。

沃毕爹被五花大绑游街示众。众人窃窃私语：

“这人搞么子哒?”

“听说他晓得的太多了，可没有人相信他讲的是真的。”

“那他拐哒（摊上大事了）。”

阿崎婆说，你说的饥饿的国民争相去看日本电影《望乡》的事是真的，但有可能和另一个日本电影《啊，野麦岭》搞混淆了。我知道你在回忆这段往事时，脑海中显现出了女主角被人强暴和在山林里自己生孩子的镜头，你对那个场景印象深刻，是因为你曾经受到了惊吓，你小时候碰到过邻居一个妇女为躲避计划生育自己躲进深山给自己接生的事。你再看看《望乡》吧，里面没有类似的镜头，只有被迫卖春的镜头。还有，你们那个县城那家惟一的电影院叫星火电影院，是在文昌阁下面吧。

阿崎婆还说，其实，我们都是回不去的南洋姐。我知道，望乡情结将你的故乡和日本产生了奇妙的连接，因此百感交集。我尤其理解你在面对现代人的强悍蛮横的生存能力的时候，感觉自己就是一个襁褓中的婴儿，或者是一个被绑架的南洋姐，被迫卖春。写作是卖春的另一种方式而已，我这样说你不介意吧。你也并非犬儒，只是言语中仍然透露出强烈的对他们的不服和不屑。你是个土人，这点我也认同。土人的典型特征是：与人相处笨拙失当，与大自然和野生动物相处融洽得当。无论是《上帝也疯狂》的“基”，还是《最后的莫希干人》中的“千家谷”，他们都有这样的特征。

另外一个婆婆跟我说，熊爪家婆的故事是我跟你第一个讲的。这故事是个小小的恐怖故事，比狼外婆的故事要惊险曲折。故事是这样的：一个寒冬腊月，山里的熊精吃了外婆，变成外婆来到只有姐妹两人的家。但她的爪子还没有完全变成外婆的。她对姐妹二人说，如果谁跨过了火塘，晚上就可以跟她睡。妹妹隐约看见了熊爪家婆的爪子，姐姐却没有发现，逞强的她跳过了火塘，晚上就和熊爪家婆睡在吊脚楼的阁楼。妹妹睡在火塘边，听到上面“嘎嘣嘎嘣”吃东西的声音。妹妹问：婆婆你在吃什么呀？婆婆说：我在吃苞谷籽儿，小孩不能吃，吃了不消化。妹妹看见有血滴下来，吓得不敢出声了。天亮了，妹妹没有发现姐姐，婆婆说：姐姐一大早出去挑水去了，你上来帮我梳头发吧。妹妹说：上面光线不好，我们去外头梳头吧。熊爪家婆不知道妹妹已经看出了问题，高兴地跟她走出了屋子。妹妹又说：婆婆，你把头发放到这个树杈上，我好给你梳头呀。熊爪家婆高兴地把头放到树杈上。妹妹迅速地用树杈一夹，熊爪家婆的头发被夹住了，动弹不得。妹妹大声喊：快来人啊！寨子里的人闻讯跑来，把这头熊就打死了。

我们都缺乏跨越那个火塘的勇气，即便跨过去也可能会丢了命。

围着火塘的日期不一定是1975年，可以是1976年，也可以是1974年。再早就没有记忆了。再晚你也不在乡村了。随便的年份，不随意的心情。茅屋、鼎罐、腊肉、火塘，呀，令人神往的湘西乡村生活。钻冷被窝和害怕起床的确是每个在那里生活的人最深刻的记忆。

我向70岁左右的老人（我的父辈）寻求他们的记忆，他们大多并不能唱出“文革”歌曲之外或更早的歌曲，包括民歌都是改写后的新社会的歌。

这强烈的断层的确令人感到震惊。然后，我发现故乡无处寻，只存在在记忆中。更发现是整个中华无处寻。中华可能不是记忆中的，更可能是想象中的，于是就有了崖山之后和明亡之后的感想。黄宗羲是真的去日本求救兵。日本其实还是拟订了一个借机杀入大明的计划，最终因种种原因没有执行（关于此段历史，可见拙著《涌动的天下：中国世界观的变迁史论1500～1911》）。

日本和中国的关系被这样连接起来。无论是中国、湖南，还是湘西，我都发现了和日本的一种特殊关系。这不仅有历史事实的支撑，而且更重要的是，日本对中国近世以来的历史起着不可估量的作用，尤其是它的存在使得我们更加明确了自己的身份。它的存在也终结了中国自身历史发展（如果有发展的话）的进程。李鸿章、杨度对湖南的评价有明确出处，其余二人的评价未有明确出处。魏源死前不敢公布其作品，是个悲剧，也是中国知识人悲剧的缩影。

湘西抗战故事皆为真实。万溶江的歌我父亲会唱。日本那么的凶残，却止步于湘西，于是，我再回到故乡的血性和野性上去。

覃垕的起义在那里家喻户晓，还有关于他500年后的六月初六呼唤竹人竹马显现的神话。湘西楠木和四川楠木被明清两朝皇家砍伐，对此史书均有记载，只是湘西不被重视，多记载川渝。乾隆为最后一根楠木写了《神木赋》，据说那根楠木还在北京东郊某地。我来自茅冈温塘李姓。前年去采访老家与我祖父同辈的李姓，得知他们于明嘉靖年间来自荆门，被派往湘西砍伐楠木。这反倒令我有些许失望。其实，这里的800年以上的原住土人已经很难寻觅，绝大部分都是移民，主要来自江苏、江西和湖北。我母亲一系之祖上来自江苏淮安丁氏，应属于蒙古血统的大河卫丁氏，元蒙灭后留守淮安（大河卫），由蒙古姓改为丁姓。我外公上下以及我母亲、舅舅都是人高马大，性情豪爽。丁氏兄弟在明朝以镇守使来此镇守边关。丁家溶是他们的聚居地。与我父母辈甚好的“同仁国”药店老板是民国初年来自江西的杨姓。此前的洪武年间，朱元璋屠杀湘人数十万，就已经发生过江西填湖广的大移民。江西人被湖南人称为“老表”即源于此。所以，我很难说是最后的莫希干人“千家谷”，而是最后的莫希干人中的另外一个有白人血统的半个土人 Hawkeye（鹰眼）。我几次提到莫希干人，不仅是因为他们的命运与原乡的人很相似，还因为他们的头型代表了不服从。

土匪志愿军也是真的。

蛮溪雨过叶皆流，落口猩猩啼树头。高竹乱藤茅屋小，不知村落属何州。（明）陈贽诗中描述的故乡景色。（2013 年春节）

这张古桥的相片是春节大年初二去永定区合作桥乡高万村拍的。我弟弟多年前打猎经过此地，后来他把这座桥介绍给了我。我个人认为它有相当的张力。那几株古树被藤缠绕，向天空倔强地伸展开去，一种典型的荆楚古韵，有些魔幻，有些超现实。

我感叹这里的神奇的同时，隐约地体验到一种不为史家重视的文明内在的精神。思考文明的内在精神气质在一定程度上可以弥补史家思维苍白的缺陷。所以，我穿越了。历史为什么一定是那么枯燥苍白的？为什么不可以让那些人活起来？那些人为什么不可以有情绪？为什么不可以像正常人说话？

史书上说鬼谷子的确给苏秦、张仪写过信，信中有“女爱不极席，男欢不毕轮”语。对其译文有争议，今取其最直接的含义。我自然得第一个去见鬼谷子，不仅是因为鬼谷子的“鬼气”和当地文明的内在精神气质暗相符合，更因为那里有关于鬼谷子的大量传说。经院史家通常不重视民俗和民间传说，这无可厚非，但经院史学不是全部历史，这也该被重视。去当地看看吧，与老人们聊聊吧。司马迁不是这么做的么？玄奘、徐霞客不都是这么做的么？但梁启超开启的新史学违背了这一传统。为了构建一个民族中华的万世一系，他将历史全面重写。不作全面细致的实地考察，即是不尊重历史，尤其不尊重华夏边缘地区的历史地位，是思想独断。

所有楚国大王们的故事都见诸正史，包括楚庄王的那匹养得很肥的马，他给它穿华丽的衣服，吃枣脯，睡好床，还差点给它办成了国葬。楚国的地域和文化中心也不是固定的，从西到东，从东到西，折腾过几回。我只是对与荆楚相关、与楚国人的性格相关的东西感兴趣，并没有严格按照时间顺序叙述。那些大王们的特立独行、标新立异，我认为是楚人的一个独特秉性。尽管庸国是故乡最早的政治单位，但公元前611年灭于楚庄王后，荆楚西部只能说是楚国文化圈了。这也是我不得不将楚国大王们纳入故乡远古文明起源内容的原因。

我穿插了毛古斯舞、哭嫁、赶尸等习俗，是因为这些元素只有湘西有。而它们看起来却又那么像是楚国的。

于是，在一种无奈的情绪中，我逐渐明确了我们祖先的身份：不是明朝以前的中华人，不是明朝以前的土著，不是蒙古人，不是楚国人，也不是庸国人（现在更被改名为张家界人）。在历史的长河中，我们犹如那被赶的僵尸，只有头和手足，并无躯干，更无灵魂。

但是，在这里我没有提及土家族或苗族这些字眼。尽管我被告知我是土家族人。土家族是清华的潘光旦教授和北大的向达教授联合考察后辨识出来的。拄着双拐的潘光旦教授行程14 000公里考察湘鄂西，在发表见解的第二年就被打成右派。这位在思想运动中最先作检讨最后被通过的“顽固的”学者，仍然在“文革”初期被整死了，罪名之一就是所谓“破坏民族关系”。向达教授也

大庸澧水码头（1991年冬）

受尽凌辱被整死。“某某族”这些字眼是如此的充满权力特征，以至于它们就是字典中的那些标准定义，就是很多经院史家们眼中的那些蛮夷。事实上，它们只是一个称呼，称呼是一种权力。我没有体会到作为一个土家人的身份，从来没有。身份的迷失是十几亿人的问题，不特是我故乡的人的问题。但我故乡的人身份的迷失是所有十几亿人的缩影。

在历史的长河中，我仍然看到了权力对民族特性的消解和玩弄。它一再消灭又一再塑造民族特性。它是那样的霸蛮。

你们都知道这是为什么。我隐晦地提到了这一点。这并非是多数人能意识到的一个严重的问题。

所以，关于我的身份，我只能不无遗憾地使用了中性的概念：“湘西土人”。

“你这人比屈原还犟。”这是楚怀王听了我一番高论后的评价。

“如果主公希望我写一个关于原乡的另外一个版本，我会写出第三个版本，比如用谎言编造一个魔幻现实主义的原乡。”我想了一下应付道。所有的历史都是因为现实需要而重构的。“但那样做是犯了原罪。”我不可能对抗内心，我自言自语道。

“卿又有何高见?”楚怀王正在那堆快要熄灭的柴火上烤着我从楚国带去的打糍粑粑，没有听清楚我的话。我径直走出禁闭他的茅屋，虚掩上柴扉。秦国兵士快步跑来上了锁。“喂！卿将远行兮，请务必转告敝国的子民：寡人绝不会出卖楚国的利益！还有，寡人没有狐臭的啊!”这是楚怀王最后的要求。我知道，他今生已经不能活着回楚国去了。三年后，秦国人把他的尸体送回，楚国人像死了亲人一样举国悲痛。

回不去了

我的远古梦游戛然终止。现在，我分明看到，我那个故乡终于没能阻挡内心欲望的进攻，一如你的故乡。

在外的游子大都有类似的经历吧：儿时好友从一开始对你的热切期盼，希望你衣锦还乡，到逐渐发现你赚得还不如他们多，到最后在你面前显摆。我笑笑而已。真正刺激我的，是故乡面目全非，人们（居民？国民？人民？老百姓？群众？选民？他们其实是连个确切身份都没有的一群人）可怜地生活在物欲和情欲世界，人们肆无忌惮、几近无耻地谈论金钱和女人。其中一位说：老子现在的生活原则就是“有钱就搞，有×就操”。在聚会中，另一位带来了一个年轻朋友，头次见面，听说我在北大教书，他甚至连礼节性招呼都没有打，单刀直入地问：北大教书？那现在有好多钱吧！有几百万吧？

哈是你们扎实（算你们狠）！我欣赏这样的直白！是他们把你们变成了饿鬼，饿鬼当然会不顾一切，除了满足欲望，失去了对其他一切事物的警惕态度。你们没有原罪。我骂人也没有原罪。这能不激怒我吗？我没有沈从文优雅的定力，也不想虚构一个梦幻的边城，因为这不是我的原乡。天地君亲师礼义廉耻，算么卵！因此，也请你们欣赏我的直白：在本书中，我对所见、所闻、所想、所做，均秉笔直书。倘使我不能讲真话，我一定对着镜子扇自己耳光，并大骂自己三声“把儿脑壳”！虽然我懂得你们丧失安全感不是一年两年的事了，但我仍然认为没有安全感是个借口。我没有钱带回家乡开发，却以批判的眼光看待你们，难道我真的错了么？我没有错，我记录下来，为你忏悔，为你保存几欲熄灭的良知火星。

《最后的莫希干人》中有句台词说：“死亡与荣耀被认为是等同的，今天我却看到有时并不是如此。”17 岁时一个有月亮的夜晚，我独自在澧水河边沉思。人们已经不再考虑死时如何与人生道别，不再有荣誉感，不再相信善，或许从来就没有相信过。一个发生孔子到处贩卖善意被人唾弃、被困山野的事件的国度，一个发生屈原好心向善被放逐被投江事件的国度，我看不出有什么善的渊源。人们兴奋地告诉我一个在这里活着的秘诀：不是所有问题都是由钱导致的，但钱可以解决所有问题。但是，我仍然坚持认为能用钱解决的问题，都不是什么大事。

哈佛大学的桑德尔教授到了中国以后产生了错觉，认为中国是真正的自由市场经济，因为在那里钱可以买到一切，一切皆可交易。追求财富是个人的权利，这点我不否认。但是，当随时谈钱、衡量一切都用钱、贪钱到了无耻的地步的时候，这不是追求财富的正当态度，这是人性的毁灭。故乡有个镇子，在山里面。几年前全镇人都迷上了“买码”（一种地下六合彩），结果没多久集体“壮烈”地回到了 20 世纪 80 年代初起步时的生活水平。

“手不捉钱宝”，那是沙弥戒规定的戒律。而律宗弘一法师说：“我有句老实话对诸位说：菩萨戒不是容易得的，沙弥戒及比丘戒是不能得的。”因为：“我们生此末法时代，沙弥戒与比丘戒皆是不可得的，原因甚多甚多，今且举出一种来说。就是没有能授沙弥戒比丘戒的人……我有一句很伤心的话要对诸位讲：从南宋迄今六七百年来，或可谓僧种断绝了！”

出家人尚且如此之难，何况在家之俗众。持“三皈”（皈依佛、法、僧三宝）五戒（杀、盗、淫、妄、酒）的出家人即可往生西方极乐世界。俗众想不触犯三皈五戒而追求财富，似乎并不可能。可见，“手不捉钱宝”并非易事，实则是巨难之事。家乡（姑且理解为家族和故乡）本是根，望乡本是寻根，是个人心灵的经历。他们捞钱，你何必大惊小怪？穷了几千年了。我深沉地理解你们回忆往事的时候，会说：那时候啊，我们很穷，很苦。但我不能接受“衣锦还乡”和“三十而立”的说教与金钱崇拜那天衣无缝的链接，更不能接受肆无忌惮的钱权交易。

一个人一辈子就是固执地想摆脱望乡情结却又无能为力的过程。如此，何不顺应之、享受之？祖父曾说：人，只有吃饭和拉屎是真实的，其他都是假的，大皮些吧（粗线条些，别挂心上的意思）。祖父说这话的时候抿了一口酒的样子我还记忆犹新。当时太小，实在不明白其中禅意。

沿河街石板路（1991年冬）

故乡，请原谅我对你的看法很矛盾，我慌张，不仅因为只有我自己的故乡如此。因为这文化成了这样子，我担心最后的依靠的沦陷。因为不能走邪路，那么我很担心这老路被蔓延的野草覆盖了，就只能四顾茫然。看官，我们都回不去了！我只是想搞清楚，故乡怎么会这样子了？

屈原曾吟道：“沅有芷兮澧有兰，思公子兮未敢言，”这澧水河就是我家门前的那条江。他到澧水时还没有那么的形容枯槁，还有三闾大夫的样子。读中学时放学了下河洗澡，见一小孩游过江又游过来，快到岸边时忽隐忽现，猛然看出来他快溺水了。我迅速地游过去，抓住他往岸边游回来。

他全身瘫软、脸色发白，躺在岸上好一会儿，最后冒出一句“你可别跟我妈妈讲啊”，走了。他知道我救了他一命。母亲们对于检验孩子是否私自去游泳了自有一套办法：在你身上一抠，儿道白痕很明显，就是去游过了，免不了会挨打的。那孩子似乎是偷着来游的。

儿时的澧水河，鱼儿和我们都是生活在矿泉水里面。船工们赤条条在河中拉纤，沿岸妇女们边捶洗衣服边骂“砍脑壳的”那田园风景已然不再。它已经面目全非。自上游到下游的数个大坝将它捆住，它必须承载沿途的农药污染和城市污染，溯江而上产卵的鱼儿也无通途。我们的大江大河全部得了血栓和血液病。屈原们想找个干净的河跳下去也找不到了。

家母是下乡知青，吃尽了同时代所有知青吃过的苦。她给我讲过一个趣事：每次傍晚干完农活回来，只见得大家纷纷夹着屁股往家里奔，不是为别的，而是为了把一泡长长的尿留到自家粪桶里。一桶尿可以换几个鸡蛋。去年年初来京看我，她还是凑到天坛唱红歌的人群中引吭高歌。我远远地看着，木然。我知道，那是属于他们的记忆，属于他们的青春。在褪掉政治色彩和歌词内容之后，那曲调使他们能够回忆起曾经的岁月。但是，他们也回不去了。

婆婆们

我曾被剥夺受教育的权利。1977 年 9 月 1 日，婆婆（祖母）领着我去小学报到读书，被赶出了校园，因为我家是“黑人”（父母是知青私自返城无户口）。没有这么对待自己的子民的，但我经历过。

小脚祖母继续领着我走了十里地到郊区一个农村小学才报上名。户口据说自夏朝就开始了。我们的命运常常就这样被一张纸轻易地决定。1977 年的一个夜晚，全家挤睡在一张破床上。风雨交加，搭建的油毡房顶快被狂风掀开了。突然砰砰砰一阵紧促的敲门声将我们惊醒。父亲颤抖着开了门，随着黑风恶雨冲进来几个人，屋里无电，他们冲到床前，刺眼的手电光照着我姐弟三人恐惧扭曲的脸。查户口的！全家黑户，抓个正着。第二年可以上户口了，父亲排队两天两夜，终于拿回了那个前后有硬皮的户口本。有了这个身份证明，我们可以买 1 毛 3 分 8 厘的国家粮了，我们也可以在城里读书了。别跟我讲什么这是历史形成的大道理。从幼儿园到大学毕业，我们的学生学会了知识，但没有学会如何保障自己作为一个人的基本权利。

祖母家后面小木板屋里住着姓丘的瞎子婆婆。瞎子婆婆操常德一带口音，我不是听得很清楚。最高兴的是瞎子婆婆每次喊我的名，我便领着她走过小雨淋湿的石板街，走过热闹的菜市场去拜访她在县城的惟一老乡，听她们谈我听不懂的故事，然后再领她回来。我便可得到2角钱买米豆腐吃了。瞎子婆婆去世后，人们掀开被褥，床上有一条压死了的干扁的蛇。

苗寨阿婆，古丈墨戎（2013年2月）

丘婆婆之外，尚有若干被人忘记、被这个社会忽视的婆婆和老头。罗婆婆识得几个字，我的婆婆（奶奶）便常带我去她那里听她读故事书。有一次听的是薛丁山西征的故事。罗婆婆有时候也不认识书中的某些字，每到这个时候，她便按照自己的意思把上下文串联起来。这些连我这个娃儿都看出来了，但是众婆婆只图打发时间，仍然饶有兴致地听完。莫婆婆的老公是个排古佬（放排的艄公），常年下澧水跑津市。我读三年级的时候，会写作文了，莫婆婆曾叫我写了封信给艄公老头，大意是女儿大了要婚配给谁。张婆婆住在我婆婆对面，知青下乡前花了200元买了大家族张姓家的那个屋。后来张家回城后反悔，为此双方没少打架。婆婆们一起读书、做针线活、听书、聊婆婆们自己的经历，我便在旁边玩耍。

婆婆们的生活很丰富，但很保守。一次婆婆见我姐姐留了稍长的头发，见一次骂一次，甚至还揪了她的头发往墙上撞。婆婆带我去看《红色娘子军》，见女人们穿着紧身短衣，劈腿跳舞，忍不住骂：×姑娘！胯劈那么宽，像么子样子！一次她们说到以前有个老头（该是1949年前的事）怀疑他老婆不忠，便把一条蛇活活塞进他老婆屙尿的洞里。她们说这些的时候，露出恐惧和兴奋的表情。她们拥有的绝活之一就是在我摔倒地上破了脸后，她们会随手在池塘里捞起一把黑淤泥，抹在伤口上，伤口竟然立即止血，且不会发炎。当时我看见淤泥里面还有红色的小虫子在蠕动。

老头我们称其为“公公”或“大公”。金幺公和覃大公曾经在朝鲜打过美国人，守上甘岭的405高地，全连剩他们两个、一挺机枪，据说是向总部报告“向我开炮”的英雄原型。俩人都是一等功臣。覃大公的前妻是南京的大学生，因为受“谁是最可爱的人”宣传的影响嫁给了他，在湘西住了两年后为当时的选择后悔，终于忍受不了湘西的闭塞与土蛮，扔下一岁的女儿跑回去了。覃大公以理发为生，曾有朝鲜领导人到北京后点名要见他，县里因为对他不好，支吾过去了。他曾挂满勋章到长沙讨要说法。丘婆婆的老公，人称“凌枴儿大公”。凌枴儿大公不知何许人也，讲话也带口音，与瞎子婆婆寄住婆婆家后面的偏房里，沉默寡言。一个冬日，烤着火，赤身裸体地被烧死了。

尽管被这个世界忽略，婆婆公公们的世界却是个隐秘的王国。他们对世界有特殊的看法并发挥特定的影响力，比如对身边的小孩。

后来，我的灵魂从来就没有离开那石板街上的婆婆公公们。

生和死不重要

在这里，生和死都很自然，不神圣，没什么大不了。

该地人尚武。该地武功有两种，一种是硬气功（俗称“鬼谷神功”），舞狮子灯的赵家的人最为有名。80年代初，硬气功传人赵继书随国家领导访欧，给外国元首表演，得其国家（应是卢森堡）勋章，但赵师傅不会签名，签的是赵〇〇。另一种是武术，主要是同盟会员、南北大侠杜心武独创的“自然门”和峨眉派的武功。邻居黄大陆叔叔学的是峨眉派，我便跟他练过几天。入门的功夫是站马步桩。要站5分钟。不到3分钟我便倒下。黄大陆原来并不叫这个名，70年代初改名时曾被人说成企图统一大陆被捉了起来。其母罗婆婆去公安局天天磕头，方才得免死罪。

我曾见峨眉派一位高人下山练武。此人自民国后即遁迹天门山中。80年代初下山在南门口遇儿时好友，尚问“今日乃民国多少年耶？”惊诧于沧海桑田。酒酣耳热之后，当街耍起猴拳。只见年近80的侠客那瘦小的身躯似猕猴腾挪飞舞，一丈之内人不得进入。围观者目瞪口呆。

但尚武之反面却是好斗。

1967年9月17日，我那未曾谋面的18岁的小姨随同学们一起去澧水河对岸宣传毛泽东思想和“要文斗不要武斗”，被农民武装“工农总”埋伏。姨背药箱体稍胖，未能爬过涵洞。她被抓住后喊道：“叔叔，我是空手莫打我！”那叔叔对着她的脑门就是一枪。同时被击毙的学生共有14人。他们不是殉道，他们是殉葬，而且是以处决的方式。

24岁的丁祖晓（一个远房姨）在澧水河那个大拐弯处（鹭鸶湾）河滩被处决时，是在第一枪击中后转身对着行刑者饮弹而去，那是1970年5月8日，这湘西著名的特一号案件是当时众多冤案之一。另一个被枪杀的姑娘是23岁的李启顺。丁祖晓在大街上公开说：忠就是个人崇拜，是奴隶主义。

倘若不知道因何而死，活着又有什么意义。既然活着，就好好活着，即便像暴雨后的那群鸡，不知道等什么，就痴在那里，也是活着。

石板街的尽头还住着一位鳏居老盲人。1983年“严打”时，他惟一的儿子给抓走了，老盲人只好在码头上卖自己用废旧玻璃瓶做的煤油灯。他不知道煤油灯已无市场，电灯已取代了煤油灯。我看他几天了蹲在南门口石阶上一盏也没卖出，便买了一盏。接着他儿子被以强奸幼女罪枪毙，其实是顶了那个父亲是干部的团伙头头的包。第二天老头没有出来，第三天我看见他在骂街，说，她那么小，怎么日得进去！说我看不见你们，但你们会被看得见的搞翻。骂相恐怖，眼球都暴出来了。第四天听说他死了。

某日在街上逛，忽见前面敲锣鸣道。凑上去一看，原来又有人游街了。只见两个被五花大绑的裸体男女捆在东风卡车上。一问原来是铁四局的职工，因伤风败俗的男女关系被抓了现行游街示众。所谓伤风败俗，其实是他们在自己的宿舍里裸身追逐嬉戏，被外面的人透过裂开的门板缝偷看了，偷看者又告了官。游街是当时社会的一大特色，曾见过挂着偷来的腊肉被游街的小偷。

权力可以管到床笫之欢。80年代初正是计划生育搞得最厉害的时候。我家住的院子里有一姓向的，她老婆违反“计划”，在生俩女孩后非要生一个男孩，家被抄、猪被捉、屋顶被揭。曾见立于田坎上的她一手拿一把菜刀，与计生办的几个凶妇恶汉对峙数时。她躲到山洞里面，家人送饭。临盆时无人，自己用剪刀接生了一男婴。想起这事，镜头感极强。邻居另有一男人不忍老婆结扎受苦，自己做男性结扎（就是阉割输精管）。他老婆在我家与我母亲谈及此事，说此后她男人一晚上反而要三四次，挺得尺把长。她们没有避讳我，其实我已到了足够听懂的年纪。还听说过一个未婚妹妹被当成已婚的姐姐，被按在乡卫生院简陋的手术台上做了绝育手术，不知莫言的《蛙》中有没有类似的魔幻故事。对我而言，这些都是光天化日之下发生的黑白纪录片镜头，它们必将被历史记住。什么是生？生就是复制，生命的复制和延续。他们要阻止生命的复制，以神圣的名义。

高三第一个学期筹备高中最后一个元旦晚会。然而，传来了震惊的消息，班上一个女同学因为在家练吉他唱歌又谈男友被母亲当着朋友的面掌脸，羞愤自杀。次日，年级主任在全班大会上说："死有余辜！"作为团支书，我第一次站起来与其争辩，导致其愤然离开。其后我再也没担任此职。这是我的一次觉醒，我认为是教育（家长和学校联手）杀死了我的同学。我亲手在花圈挽联上写下了"同学千古魂兮归来"的字，全班同学去宝塔岗她的家里送行。她安静地躺在被子里，她母亲在擦从她鼻孔里流出来的水。什么是死？死就是没有回应，喊不答应吧。死就是生者感觉到没有回应的一种体验，是生者的体验，不是死者的体验。生者感觉到死就是寂静，死一般的寂静。

但是，生和死都那么的不重要。不看重生命的民族，倘使说是舍生取义倒也罢了，但你们又无"义"可取，因此在这里生和死都是无意义的重复罢了。

同样的事情发生在我读大二的时候，当年的新生因为前一年的风波而被转到某军校学习一年（一共连续四届都是如此），有个新生长得个头太小，被长官骂了，被罚跑圈。当时他正在暗恋某女生，跑圈的囧态估计也被对方看见了，失败感和羞辱感导致他选择了开枪自杀（他偷偷地在实弹射击时藏了颗子弹）。学校这边即开会通报此事。以前的那个系里的老副书记本也是部队出身，开会时振振有词，唾沫飞溅，说该生自绝于人民，是"死有余辜！"开会地点是老二教，我记得清清楚楚。

因此，对于他们的认识，不是我的偏见。体制的成功之处是将个人塑造成具有同质性思考逻辑的机器。在关键的问题上，他们的反应具有惊人的一致性，包括凶神恶煞的脸色和语言。无论是高中、大学和"非典"时期，我都领教过。

中学那个年级主任其实是我的英语老师。按理说，搞英语的应该更加开放，因为他们知道外面的世界多一些。但这位老师却分外古板。一次，他见一男同学没有出早操——那时候，我们寄宿，寄宿的同学每天要出早操，便径直跑向宿舍，将那位小个子同学从被窝里拎了起来。那是个冬天的早上，该同学穿着家长自己做的大花裤衩，就这样被迫在数百男女同学面前站在操场前台上做操。一些不太听话的孩子对这位主任不满，有风言风语传到他耳朵里，说是要打他。在一次早操时，他来训话，说：派出所说了的，我有自卫的权利！我“插扣儿”（衣兜）里可是放着小刀的！边说边掏出一把小得都看不清的折叠铅笔刀。同学们笑弯了腰。

人和人不一样，17 岁时应该就可看出来了。我在 17 岁时咏诗，有“正疑红墙路断处，吊兰一盆却上头”（《普光寺秋菊》）、“竹楼夏困天欲晚，忽梦春江化雪时”（《鲤鱼池荷花》）、“不事权贵效唐李，只身明日闯长安”（《抒怀》）等句，何其书生。另一个广义上的老乡在 17 岁时咏诗曰“独坐池塘如虎踞，绿荫树下养精神。春来我不先开口，哪个虫儿敢出声”，虽是咏他家门口的青蛙的，但言语间何其豪气。又到了中年，我在这里唧唧歪歪地悱恻缠绵，他却吟道“天若有情天亦老”。大手一挥，不要动情，动情者失天下。所以我是我、他是他。

多年前上了研究生，回乡在街上碰到中学老师，老师很欣慰地看着我，笑着说这回你中举了，以后回来给你一个县官当你恐怕都看不上吧？我一时无语。如今高校抢什么状元之类，攀比各自培养了多少高官、多少亿万富翁，本质上是一样的。学而优则仕的“哲学”是公民意识的巨大障碍，而清官意识则是人治逻辑的画皮。

透支了美的边城

读大学的第一个寒假，回家时充满了豪情。然而，坐了一天一夜硬座火车，接着坐一整天颠簸的汽车，从湘北平原向湘西进发的时候，那山一座座的迎面扑来，心情逐渐复杂直至低沉。我，还有杜心武、沈从文、外公、大小舅公等前人都是从这里走出去的，都为了一个信念，多么的豪迈。然而，彼时的我，近乡情怯。

读大三时临近春节，我和舅舅突发奇想，不顾老人腊月不出门的忠告，偏要走一遍湘西。我们惊奇于永顺和龙山交界处的一个小溪浪漫的名儿："流浪溪"，也惊奇于"拉拉渡"（一种拉索渡船）的艄公的臂力。

在一个忘了名儿的小镇上，我们更惊奇于"再苦不能苦孩子，再穷不能穷教育"这土家吊脚楼上贴的豪言壮语。转过吊脚楼，另一面土墙上刷着骇人的标语："谁不实行计划生育，就叫他家破人亡"。

出发时我已经重感冒。离开西岐（这名儿也古味十足）后又走了三十里，当我感觉天旋地转、脚底如踩棉花的时候，我们只得在一个名叫"靛房"的地方住宿了。我盖了三床棉被捂着昏睡过去。次日醒来，舅舅说昨晚有人用刀挑门板后面的栓子，被他呵斥跑了。他说，店子那头还住着两个"赶尸"的师傅。"赶尸"是湘西巫术，明清以来湘西人出外征战客死他乡者众多，便有了"赶尸"这个行业。实际是将尸首收拾成方便携带的样子，在一种魔幻的仪式下精心安排成不能被人看穿的把戏。因其行为诡异，常被人神秘化，以为真是行尸走肉。但一般对这号师傅，我们都不敢接近，或有称其为"无常"者，意为取命的人。如果跟你同店住宿，千万不能让他进房，他在半夜会将你鞋子掀翻，鞋底朝上，就是取你命了。

"赶尸"的当日并未赶尸，只是赶路。次日清晨，他们和我们都很早出发，昨晚一夜的汗，令我的感冒好了一多半。仍然是沿着流浪溪往前赶路。此二人行动迅速，我们在后面紧跟了两三里地就再也无法跟上。远远地看着这对"无常"消失在湘西的烟雨中。

终于上了公路。我们坐了几个小时的"手扶娃儿"（手扶拖拉机），沈从文《边城》的原型茶峒镇便出现在眼前，是一个地跨三省（湘川黔，当时重庆尚未成直辖市）依山靠水的集镇。

茶峒拉拉渡（2013 年 2 月）

"由四川过湖南去，靠东有一条官路。这官路将近湘西边境，到了一个地方名叫茶峒的小山城时，有一小溪，溪边有座白色小塔，塔下住了一户单独的人家。"这是沈从文的《边城》开篇第一句话。平静的美。翠翠的爷爷就是拉拉渡的艄公。

当日是1991年的春节前最后一次场。场上人头攒动，此地仍几乎停留在沈从文的时代，与大庸尚有一定的经济差距。正在游逛时，一个背背篓的大妈催我让让，我尚未反应过来，她的背篓似乎就有股蛮力将我挤倒。正爬起来时，又见一群手持杀猪刀的汉子嚷着“让开让开”往前冲。一分钟后，从他们的前线就背下来一个满身是血的伤员。

拉拉渡现在还在发挥渡河功能。翠翠的爷爷是不收钱的，因为他拉的是官家的船，官家给了他工钱，他便不再收钱了。有来往的客商常给他烟叶和茶叶，他便整好放在渡口边供人享用。如今的拉拉渡收费是1人1元钱。艄公跟我说，他们在80年代和对岸的四川青年经常械斗，双方在上面那座大桥上血拼。那座桥是1939年建成的抗战桥，桥墩一直用到今天，非常坚固。原先是木头桥面，现在是石拱桥面。几经沧桑，形成了上面为共产党所建、下面为国民党所建的特殊的大桥。刘邓的“二野”挺进大西南的司令部就在桥头。茶峒改边城了，翠翠和黄狗成了大理石雕塑矗立在河心小岛上。高速路通了，边城的店铺10年前3万~4万元一个，现在涨到40万~50万元一个。

坐船从泸溪沿着沅江便下了沅陵。抗战时大批西迁人员曾在此驻留，包括被囚的张学良以及新组建的西南联大的师生。这里也是抗战后被土匪抢占过的湘西门户，1949年那次“湘西事变”，数千土匪将沅陵和辰溪兵工厂洗劫一空。我们去码头边一个小饭馆吃饭。因店主涉嫌价格方面的欺诈，舅舅和他理论起来。店主见我们是外地人，使眼色叫其女儿外出叫人，霎时我们便被10多个壮汉包围。其间有两三人手持家伙。一歪嘴壮汉手持一节甘蔗，绕我们转一圈，吼道：把钱了没？（沅陵话，“钱”字读“jián”。）我说：给了钱。把钱了就滚！那人边说边推了我一把。舅舅练过武功，又是人高马大的，他们暂且不敢动他。我见势不妙，跟舅舅说走吧走吧！他当时的一只手已经放进上衣口袋，里面藏着一把匕首，我知道如果他们真的动手，今日就会血洗沅陵码头。我俩也就死无葬身之地。幸亏我们先撤。

这便是屈原的“沅有芷兮澧有兰”所吟唱的故地吗？陶渊明的世外桃源吗？沈从文梦中的原乡吗？中国的亚特兰蒂斯吗？沈从文把原乡描写得太美了，透支了美，就会觉得很空。

寻找业已破碎的原乡的美已经很难很难了。所谓现代文明迅猛而蛮横地扩张，道义的沦丧与洋房的扩张在时空上惊人的合拍。湘西土人步步退却，木板茅房、吊脚楼很快只能在纪录片中见到。

2011年有美国羽翼人飞过了老家后面那座山洞（武陵山脉主峰天门山的天门眼，三国吴永安六年，即公元263年，曹操去世后43年，靠近山顶处因地震崩塌，形成135米×37米的巨大穿山洞眼），视频相当的震撼，非常有阿凡达的感觉。《阿凡达》那个电影中的哈利路亚山也的确是取景自张家界的“南天一柱”那座山。他们不自信于自己的名，非得用南天一柱去吻阿凡达的脚，将其改为哈利路亚山。不过现在天门山和南天柱都已经不能自由攀登了，租出去了。故乡的山头一个个地被交易出去了。想起小时候瞒着父母登山之事。一日，弟很晚才会来，倒头就睡，我颇觉讶异。次日，我也独自约了同学去登天门，登至半山腰，一块石头上刻有“某某到此一游”。我恍然大悟，原来弟捷足先登了。回得家来，说到此一游事，弟愕然相对：原来你也去了！

释昌圣，就是《青藏高原》的原唱李娜，1997年将户口迁往张家界永定区。时办理户口事宜的人是我的同学。李娜在天门山前长叩不起，说：“我听到天籁之音。”乃决定出家。不知何故，听说释昌圣却是去了五台山出家，后来又去了美国。

暑假回家，蓦然发现小时候就见到的被悍父抽了脚筋而全身瘫痪且不能说话的“欧傻宝”还活着！他正在麦当劳门口乞讨，旁边放的一个框子，里面是他的全部家当：一条认不出颜色的破被子、一瓶水、一条黑毛巾、一个乞讨用的破碗。人们喊他的名跟他打招呼，他呃呃呃地挤出了笑容回答。这位应该有60岁的重度残疾人为什么就没人关照呢？于是买了一大杯冰可乐给他喝。

《圣经·启示录》（18：2～5）说：巴比伦大城倾倒了！倾倒了！成了鬼魔的住处和各样污秽之灵的巢穴，并各样污秽可憎之雀鸟的巢穴。因为列国都被他邪淫大怒的酒倾倒了。地上的君王与他行淫；地上的客商因他奢华太过就发了财。……我的民哪，你们要从那城出来，免得与他一同有罪，受他所受的灾殃；因他的罪恶滔天；他的不义神已经想起来了。

巴比伦城早就倾倒了。20世纪40年代，钱穆说：“从鸦片战争五口通商直到今天，全国农村逐步破产，闲散生活再也维持不下来了，再不能不向功利上认真，中国人正在开始正式学忙迫，学紧张，学崇拜功利，然而忙迫紧张又哪是生活的正轨呢。功利也并非人生之终极理想，到底值不得崇拜。”

福音堂每天晨7时和午12时准时在高音喇叭中播放《欢乐颂》（2013年2月）

观音桥下游的河边，如今有座很大的福音堂（事实上，每个乡都有了教堂，似乎有统一的设计，都一个样子）。原堂建于1905年，分别毁于1934年和1966年。1997年左右重建时，一连换了两个建筑商都诡异地死了，最后一个说他不赚钱做义工建，于是活了下来。么妈（婶娘）多年前在这里就信了主。她说，一信，她的肩周炎就好了。给我家母宣讲，拿出合成的耶稣出现在云端的照片，说这就是显灵。家母不信，却常去宝塔岗的观音殿寻求安慰。去年我曾携侄子去拜访故乡的另一座山五雷仙山，号称南武当。每一座观都是一道收钱的坎。其中一个药王殿，道长非给侄子做消灾之类的道场，咿咿呀呀几分钟后发个红领巾，说道家认为无三不为大，要三百。我说那两个三更大嘛，给了33块。道长有气无处说的样子甚是可爱。佛法是末法时代，难不成道德也是末法时代？

但丁也曾困惑：“但是我被一个疑问紧紧缠住，好不苦恼，倘若我无法使自己从中摆脱掉。……世间确已彻底丧失一切美德，充满累累的严重罪恶；但是，我请求你向我指出原因，以便让我自己明白，并向他人说明……你们这些活着的人总是把一切原因归于上天，就好像上天促使一切随之行动是必然。倘若果真如是，你们身上的自由意志就会被摧毁。”（但丁《神曲》，中国元武宗至大年间）

但丁对此作出了解释：“若说是当今世人走上歧途，原因正在于你们，要从你们身上来找寻。罗马曾把世道造就良好……它们使世人看到两条大道：一条是世俗之道，另一条是上帝之道。其中一个已把另一个消灭；而宝剑也与牧杖相连；用专横的手段把一个与另一个拴在一起，必然乱作一团；由于把两种权威集于一身，就跌入泥坑，玷污了自己，也玷污了所负的职能。”

中国的但丁还没有诞生。历史在中国才刚刚开始，经历真正的历史变迁有一种快感。23 年以来，我看着一个个伪善的“精英”正在丧尽天良，日益丑陋，肆无忌惮地兜售骇人听闻的理论，故乡的沉沦又算得了什么呢？黑暗中，我点燃一支烟，暂时停止了一切思考。

如今故乡的人在大年三十晚上很少以什么春晚为乐。在湘西，不管红白喜事，以前的“围鼓”唢喇吹的都是一个调调。如今都改小乐队了，吹的“今天是个好日子”和“向天再借五百年”。原来春节过年必吃青菜白菜，意味“一清二白”，如今则被解释为“请财”“白（来）财”。青菜白菜由政治身份转向财经身份。还有，我一下飞机，马上换成地道的乡音，比现在的小娃儿们还说得土。他们笑问我从哪里来，他们都变了，而我成了最后的湘西土人，如此甚好。

汁儿的香味

我没有读过幼儿园，但我的幼儿园有天地那么大。因此，我很野，但没有心，是以无野心。

这部分的是来自对妈妈奶汁的忠诚。奶汁，在土话中叫“汁儿”，乳房叫“汁儿包子”。不能记事的时候，家母就说她因没有多少汁儿，要给我换隔壁奶妈的汁儿。我死活不肯，她就在汁儿包子尖尖上涂上了清凉油。没想到我吃了一口辣得哇哇哭，然后就不吃了。隔壁的汁儿也不吃。后来我便只能吃米汤糊糊。

记事的时候，能记得的第一件事就是过家家。冬日的阳光照在田里。冬天的水稻田都干了，稻草被打点得整齐，一层层地堆在树干上，那树就叫“草落树”。我们便玩过家家。我有幸被选中做新郎。新姑娘儿（新娘）是谁，记不清了。新房就是草落树下面挖的一个稻草坑洞，可以从这头爬到那头。我被抬着扔进了稻草洞。洞里有个吱吱吱笑得开心的新娘。他们把我扔在她身上，还在鞋里面放了水果糖。正要吃水果糖，一个大孩子爬了进来，将我推到新娘身上。她还在吱吱吱地笑着。我的脸一下子撞到她脸上。

硕大的黑眼珠中我们互相看见了对方夸张的头。我使劲地嗅了一下，从那雪花膏覆盖的因冻而皴的脸蛋上，我闻到了久违的奶汁儿香。

这便是我关于我那天大的幼儿园所有的记忆。

你能不假思索地讲出的童年上学的故事，大约没有几个是和读书相关的。童年留下的记忆竟然是和读书无关的事情——多半是玩耍及共同玩耍的伙伴。一个不会规划玩耍的小学是违背人性的。

当然，除了玩耍，就是一些真正对你产生了刺激的事件。我相信这些事件对你人格和世界观的形成产生了决定性的影响。而课堂上的说教，竟需要你花一辈子去丢弃它。这便是小学的悲哀和童年的无辜。

那个人发狂的时候，清醒地呐喊“救救孩子！”没有人理会他，今天仍然如此。

请进入我的小学。我的五个小学，现在只剩下一个还在坚持。看着曾经的童年成为一丛丛的荒冢，如何能相信自己曾经活着，如何能不心惊胆战？

麻空山小学

这是我读的第一个小学，就是发蒙的小学，在外公外婆被发配的麻空山。教育史上不会有这个学校，它已经在多年以前消失了。因此，它只是个记忆。17 年后、24 年后、33 年后，我分别去那个山里看过它的遗址。那遗址逐渐地从残垣断壁演化成荒草地。

那年春天，“家儿”（读 nga'er，外婆）——外婆是县里最后一名右派，打右派是定了名额的，直接被人从课堂带走下放，被剥夺教职 20 年——领着我走下一个山坡，那满山油桐树的桐子花在斜风细雨中飘落，这飘落令我心动。我的灵魂明显的是出窍了，怔怔地站立了一会儿。去年就此事问一禅师，彼曰：顿悟了。我顿悟了吗？没有。顿悟了就不该迷茫。我们还没有发明合适的中文来描述已经发生和正在发生的这一切。

我只想到了童心。中国最后一位也是惟一的童心犹存的大思想家李贽曾说：“若失却童心，便失却真心；失却真心，便失却真人。人而非真，全不复有初矣。童子者，人之初也；童心者，心之初也。夫心之初，曷可失也？然童心胡然而遽失也。”1602 年 76 岁时他以“敢倡乱道，惑世诬民”入狱，以剃刀割喉自杀。外婆在历次运动中挨整。有一次游街时她走在最后，脖子上挂着“黑五类”的牌子，敲着锣，乡亲们都见惯不怪了，没有多少人围观。其中一个熟人大胆地走过去跟她说：管事的都吃饭去喽，没有看你，你快回家

麻空山小学遗址（2012 年夏）

吧。她却不敢回家，一个人行在生养她的故乡街头。外婆很疼我，我很淘。一次把外公最值钱的一件东西——他的手电筒——的电池砸破了，想看看里面黑乎乎的东西是什么，外公晚上去大队部上工分，发现电筒坏了，便在我洗澡时拿出竹条抽我。外婆赶紧跑过来挡住。

那油桐树现在几乎绝迹。湘西桐油在1939年曾作为抵押从美国贷了2 500万美元，为抗战以来美国首次提供的援华项目。

该读书了。我早一年发蒙，是以赶上了浩劫的尾巴。开学的第二周某日早上，走过学校后面的山冈，远远地便看见操场前的旗帜只升到一半。到校后全体集合。校长沉痛宣布了天崩地裂的消息。周围瞬时哭成一片。我低着头，情绪低落但未曾伤感。我完全没有概念。

当天下午课后，是例行的“早请示，晚汇报”的“晚汇报”。每一个孩子都被要求向黑板上方的像汇报自己一天的对错。我第一次大胆地正视了那像，我发现，无论我向任何方向转头，那像总盯着我。一种莫名的恐惧自脊梁骨发生。我低下了头。那一刻，我是个忏悔的皈依者。不，那不是忏悔，是恐惧。

我得真正地忏悔，不是向那个墙上的像，而是向我的一年级小同学。我已忘了他的名。当年的冬天，我们都提着自家带来的“风笼儿”（烤火的小笼子，通常是瓷缸子做底，上穿铁丝以方便提）烤火。各位同学冻得起疮的手便有了热和的可能。放学时，大家都挤到教室后那个学校提供的大火坑里掏“火石”（炭灰）。我抢到了一团，放进风笼儿正要撤离，结果提得太高，撞到那个小朋友的头，火红的炭灰刷刷地钻进他的棉衣里面，直接烧伤了脖子和胸腹部很多地方。他哇哇哇地滚地大哭，我和其他同学一样吓得不敢做声。老师来了救了他。结果，老师却没有问谁干的，小朋友后来好了复学了，也没有向我问罪。我得向他道歉。我的过失在他身上留下的伤疤该永远存在吧，这事儿我已记了几十年。

“天崩地裂”的当天晚上，偷偷回城打工的家母在城里一个人把一卡车石灰挑卸下来，得了1块钱（或者2块钱？此事改天再问她老人家，免得被人打假）。

我得赶紧回外婆家去帮忙守水。

守水，就是守在一小股滴答滴答滴落泉水珠子的悬岩下，等一木桶水满了，再换另一桶。全村的水都在这里接，每家每天出一人守水。公社的工分按平均分给。

这主意是外公出的。外公是这里惟一出去见过世面的人。他打了八年日本鬼子，自淞沪、闽浙赣抗战，又随200师599团到缅甸，又走过野人山回国。后来流放在宁夏贺兰山放了五年的马。

这麻空山因满山天坑溶洞，雨量再大，也像筛子一样留不下水。村民争水经常械斗。外公来了说：这样吧，全村的桶子集合起来，天旱时在那个悬岩下派人守水，一家出一个人守一天。他的工分就按平均分给。也巧，守一天，恰恰每家一担水。

当然，外公这个历史问题便是他的人生“污点”。每次批斗会总有他。舅舅提着石灰桶子在岩石上刷标语，坐在操场上参加批斗自己的父亲，我也在场。

我守水，其实是帮舅舅。他还有一头花黄牛，我便成了花黄牛的伴。据说李密当年牛角挂书（又据说挂的是《汉书》），因之以成大器。我没挂牛角，只骑牛读书。偷懒一些，便将小牛拴在树桩上，去一边玩耍。听舅舅讲这个故事：从前有一个庙，庙里有两个和尚。小和尚要老和尚讲故事，老和尚讲，从前，有一个庙，庙里有两个和尚。小和尚要老和尚讲故事……第一次我即上当，听到第三遍我才反应过来。把这个没完没了的故事听完，我便去看小花牛，它已经把树桩旁边的草连根吃完了，形成了一个无草的圆圈。赶紧去牵了它去吃旁的草，倘使被发现牛肚子上面那个窝还是深陷着的，便会挨骂。

舅舅只大我6岁，我们便可骑在牛背上看书，看的是小人书。小人书一律歌颂高大全人物，贬斥“地富反坏右”分子。历史人物也分成这几类。记得看过的有《红雨》《草原英雄小姐妹》《紫竹林》《半夜鸡叫》，等等。

小人书是买来的，不是借来的。不晓得借，也无从借。买小人书的钱是从地里挖出来、树枝上摘下来的：那山上有黄姜、野百合、葛藤、断肠草、夏枯草、鱼腥草、金银花等数十种草药。搞来后晒干卖到公社代销店换成钱。金银花满山都是，只是这东西看似摘了一大箩筐，晒干后只有一把，最麻烦。除去草药，我们也可靠山吃山，是真正的吃。有八月瓜，有拐枣儿，有枞菌（一种只长在雨后枞树林的菌子），有桑葚，有“坡儿

“（一种野生的荆棘上的类似草莓的水果），有葛藤，有木瓜子儿。山上的东西有时候也分不清有毒无毒。初中的时候，一次全班去后山劳动，我们几个男同学把一种树根当葛藤吃了，集体中毒。有家人关照的孩子第二天没来上课。我呕吐着黄水两眼发黑地上了一天的课，没有治疗，也没人管我，因为碰巧我住校，那几个中毒的孩子都不是住校生。

那山别的树不怎么长，长茶树。茶籽熟的时候，全校出去打茶籽。还有栗树，栗子（不是食用的果树栗子）熟的时候，全校出去打栗子。我们打得多的，便免去了书本费。那时候再穷，读书也不是免费的。

对了，放过牛的一定知道，撒泡尿在草丛中，那牛会吃得连草根都不剩的。我最喜欢看牛娃此时吃尿草的样子，那巨大的眼睛流露出感激和兴奋。

那时，尿也是钱。大人们在下工后急急忙忙往家里的尿桶边赶，一桶尿可以换几个鸡蛋。

一年级读了些什么书，几乎全部忘记了。记得第一课是认字：“我爱北京天安门”和“伟大领袖毛主席”。第 N 课是“千万不要忘记阶级斗争”。学校曾组织我们到一个天坑边控诉地主。其实那个山上没有地主，在我们这些有阶级仇恨的人到山上去以前，那里只有猴子和老虎。但我们被学校教会了如何去仇恨我们的同胞，更恶毒的后果是，我们学会了制造虚妄的敌人，而且一辈子都极难清除这种早期毒素。

第二年的大年初一，4 岁的弟弟第一个开门，他啊的一声：天亮了！老人们便都兴奋，认为苦难即将结束了。

解放小学

这个小学也不存在了，现在是一个居民小区。当年是城郊公社的小学。这是我二年级的小学。

父母仓皇中逃离农村，是私自提前返城的知青。我们便成了“黑人”。“黑人”不能在城里工作、读书，得躲着生活。

没有户口，我便因外婆的旧友的关系蹭进了这个城郊的小学。外婆早年家境殷实，男女都读书。

“黑人”是低人一等的。在城里人和出身好的人看来是敌人。我便不服气。在教室里的乒乓球水泥桌面上与最厉害的大我两岁的“孩子王”打架，兼有为被欺负的孩子复仇的意思，并且赢了。代价是学校的严厉惩戒和每天上学与放学路上被那个“孩子王”纠集的孩子拦路围攻。

他们围攻时采取了相当成熟的游击战术。分三路包抄：一路正面截住，左右各一路防止逃跑。怎奈我天生跑得快，他们屡屡失手。只有一次，我没有防备到，被摁倒在菜园子里挨打了。如今右眼上方还有伤口一条。当时我回家绝对不哭。

“黑人”吃饭怎么办？父母偷偷地打临工，他们学会了在工地上挑灰桶，在家里做醪糟，下河在水里面摸石头，为铁路上砸石子儿、捆竹子；我们姐弟三个学会了在工厂锅炉房外面捡煤渣，在大街上捡破烂。一次家母在五龙滩沙洲当中摸石头，结果上游放闸，大水眼见着就要将她吞没，她大声呼救，河对岸的姓樊的“黑人”邻居听到了才赶紧驾船将她救回。家母回城的决定甚为大胆。当时知青尚未能合法返城。樊叔叔在此前即因私自返城被抓了游街。罪名是现行走资派。因为他们回来后打小工，下河摸石头，拖板车，自己养活自己。断绝生活的道路是当年赶居民下乡的高超手段，尽管打的旗号是“接受贫下中农再教育”和“我们都有一双手，不在城里吃闲饭”。断绝生活来源也是阻止知青返城的高超手段。

父母一辈的知青在心灵上遭到重创，并且直接影响其后代。他们把一切的罪轻易地推到几个人的身上，我们便假装什么也没有发生了。外人，包括龙应台或李敖，南怀瑾或星云大师，完全不能理解这种心灵浩劫的代际之间长期而深刻的影响。其毁灭性超过任何级别的核弹。它毁灭得你无法记录它，无法思考它，无法通过写作它而获得什么诺贝尔文学奖——比如像索尔仁尼琴那样。这个民族整个的心理创伤后遗症相当的深刻和严重，却从没有得到正式的治疗，也不可能得到治疗。

在我叫叔叔的这些知青中，返城后为生存而挣扎，一时间分成了两种人：一种极为好强，不服命运捉弄，有强烈的自强意识；另一种完全被命运击倒，几乎失去生活能力，性情也因之古怪。前者如我家母，后者如陈叔和吴叔。陈叔去年去世了，生前拿着低保，住在河边一个搭建在垃圾堆旁边的塑料棚中，终年70岁。吴叔则在捡垃圾为生。

捡“煤渣果果儿”需要各种技巧。首先，一帮“黑”孩子在竞争，弄不好要打起来。所以，我和姐姐需要趁煤渣还是发红的时候就要搂到自己一边，自成一堆。然后，要用“抓拍”将它们按成色分割：没有完全燃烧的大块的和完全烧过了成灰的都不能用。中间大小的等它完全熄火了就可以抓到背篓里了。

上学之外的任务是带弟弟。弟弟言语不多，某日，他跟一个很小的小孩一起玩，路过姨父家门口。姨父问道：秋帆，你带的是哪个？他答曰：娃。姨父再问：你搞么子去？他答曰：玩。通常，父母偷偷将醪糟挑到河对岸的石灰厂去的时候，我们的自由便开始了。从上游的南门大码头过河，在河对岸的沙滩和草地上玩上一整天，再从下游的猪娃儿码头搭拉拉渡回来，时间刚好到吃晚饭。那是个很大的拉拉渡船，可以载拖拉机。我们没有钱坐船，都是混票的。时间一长，船工们再也不驱赶我们了。尽管一个白天只吃一顿饭，我们还是很愉快地玩着。婆婆家就在油毡房的前面，我们决不去吃那里的饭。因为婆婆对我母亲的阶级出身很敌视，也附带地对我们不好。有时候弟弟饿得实在不行了，眼巴巴看着我说去婆婆家吧，我劝他说爹妈马上就要回来了。很多次，我们坐在油毡房的门槛上饿着睡着了爹妈才回来。

某日，与弟弟走过巷子口前被一群小孩围住。其中一个领头的将铁丝枪对着我的眼睛，要我看——那铁丝枪打出的硬纸团足以伤害眼珠子。我叫弟弟快跑，自己与他们周旋。趁那个孩子不注意，我一拳过去将其打懵了，随即也跑。还是跑得快好，他们追了几步就停下来捡石头打。转过巷子，弟弟还在跑，我追上他后，他说你怎么跑得这么快？自此，我和弟弟结下了牢不可破的“革命”友谊。

二年级读了什么书，几乎全部忘记了，依稀也想不起来。只喜欢画画。画画的稿本是父亲从一个垃圾堆里捡来的。父亲憨厚老实，但人很聪明，是当地第一代拖拉机手，又在当地老药房“同仁国”里当过学徒（同仁国老板是江西迁徙过来的，其子与我父亲同学，亦儿时好伙伴，我称其“杨叔叔”，对我小时候也颇有教育），又在长沙某艺专学过乐器。在笛子独奏时，他的一曲“空山鸟语”将农民们迷住了，农民们半天回过神来说：“好听，像鸟叫的！”但是20世纪80年代初第一批下岗的人中就有他，因他所在的地方戏团“汉戏剧团”终于抵不住录像厅的“攻击”而垮台了。父亲从此在希望中挣扎，至今也未停息。他搞工程拉队伍，同他一起搞的已经是千万富翁，他却一如既往地本分生活着。结果是有好几年的春节，家里都挤满了民工吵吵嚷嚷要他给工钱。他自己都没有得一分钱。有个包工头欠他工钱，他去人家家里一看，说人家家里太穷了，不要他还了。他说要给我们三姐弟每人买一套房子，说了30年。但他给我更大的教育是画竹子。我画的水墨竹子在1982年的湘西自治州中小学美术大赛中获了甲等奖，据说我是惟一没有请文化馆专业画家调教过自学成才的学生。

画竹子的生涯在小学毕业时就终止了。当年父亲下岗（当时并没有这个词，应该叫待业什么的），心情很坏，说学艺术没有出息，不能搞了。唉，就这样，一个未来的大艺术家夭折了。不过，他写古诗尤其是田园诗时却忘了自己对我的束缚。一如画竹时那样，他说做人要“宁折不弯”“高风亮节”，那时我们还住在自己在垃圾堆里搭建的油毡窝棚里面，他教我的竟是这些。我不知道这是否害了我。初中时一次下雪，我在学校后山上摘下一小节雪竹，夹在团员证里面。初中毕业时给同学留言，竟然是“疾恶如仇”。这或多或少叫我有些正义地偏执。也就是二年级的时候，我看见弟弟从别人家菜地经过碰掉了几个西红柿，当菜地主人骂街的时候，我竟然走过去跟他讲是我弟弟搞的。直到今日，我也无法摆脱这种道义自律的影响。这意味着什么，你懂的。而且，父亲还另有一句话评价我：知子莫若父，你小心毁于情。如今观之，信然。

父亲其实只读过高小（小学三至五年级叫“高小”），却满腹诗文。尤善田园诗，有《雪竹楼诗稿》，无人出版，自娱自乐。其中一首《水乡四月》我很喜欢：

> 双燕从人巢新家，午炊小姑做饭茶。河畔渔翁闲垂钓，溪边赤童捕蟹虾。熏风飘絮鸣蛙噪，池莲初开剖新麻。水乡四月好烟景，鹧鸪声里卖枇杷。

1978年的一天，家母去排队抢购了日本人捐赠的大米的包装袋，类似白色帆布，很结实，上面印着“日本制造”字样。这个米袋子后来被家母做成了我和弟弟两人的大裤衩，走在街上，那是相当的“潮”啊。

我的真正乐趣便是看舅舅收藏的很多小人书。大家曾一起上街摆小人书的摊。一毛钱以内的 1 分钱一看，二毛的 2 分钱一看，以此类推。主要有两类：一类是“历史”的，以批判“孔老二”、歌颂农民运动英雄和宣扬反帝爱国运动为主；另一类是现实的，以颂扬“高大全”人物和宣传阶级斗争的故事为主，极度缺乏科技和真善美的图书。我自己最爱看的不是小人书而是《十万个为什么》。感谢叶永烈，尽管在那个科普系列著作中每一本第一页都有个语录，而我在意的却是科普内容。后来又看他的《小灵通漫游未来》，再后来他突然不写科普了，据说与清除科普中的资产阶级精神污染运动有关。

赵家祠堂小学

这个就是我三年级读书的学校了，是在一个祠堂里。门口有一对狮子，南方狮子没有北方狮子那么高大魁梧。这对青石雕的狮子憨态可掬。下课后我们骑在上面玩耍。当然，这个小学也不存在了。

虽然只有短短一年，在这里我却感受到了“时代”的变化。语文课上有一课是讲寒号鸟的。老师教我们“角色扮演”朗读。我扮演寒号鸟，逗得同学们哄堂大笑。课程只记得这一课了。这在以前是没有这么活跃的。

六一儿童节该是我们最高兴的日子。学校在祠堂台子上办演出，我们被要求统一着装，男生一律“上白（白衬衫）下蓝（蓝裤子）”。家里没钱给我添置“上白下蓝”，家母尽量给我找了件灰白的长衫和灰蓝的裤子，我兴冲冲地去学校。结果老师一看说，你这穿的什么呀，不合格。这样，全班在台上幸福地合唱，我一个人被勒令坐在台下。眼泪终于被我忍住了没掉下来。我含着泪给同学鼓掌，却开始痛恨一切强制要求一致的权力。

我们有了包场看电影的娱乐。记得有次看的是印度电影《流浪者》，大概两个小时的长度。我记得里面的台词：“法官的儿子就是法官，强盗的儿子就是强盗吗?”我喜欢拉兹。喜欢里面的“阿巴拉呼”那几首歌。回来便给父母学，笑声在我们自己搭建在垃圾堆边上的油毡房子里回荡。

油毡房子被一栋又长又大的三层红顶砖房挡住视线，看不到澧水河。那河就是屈原吟游过的地方。红砖房是 3028 场的。取那个保密的名字是因为它是军工的，但连我们小孩都知道它是生产飞机起落架的。

工人们下班的时候，喇叭里常放“红梅花儿开”这首歌。家母便在油毡房里跟着唱。幸福开始了。

但我仍然惧怕经常半夜突入家门查夜的人。“黑人”没有户口，常被这样偷袭。手电光照在我们全家五口人因恐惧而扭曲的脸上。

后来，家母得知便河街那头有位孤老去世了，他的一间房还没有人住，但居委会正在讨论。她连夜把门撬开，摆了一张床在那里——按照当地的习俗，别人摆了床，后面的人是不能去争的。于是，我们得以搬到那一间房里，告别了油毡房。油毡房后来卖给人家，得了5棵小木材。那地后来居然被住着住着，成为别人的正式拥有房产证的地方了。

家母在“新房”这边的屋檐下又搭建了一个小小的厨房，这样我们全家五口人就有了一个家。但便河街那边是城南区最乱的地方，小偷和小流氓最多。家母觉得这地方不好，后来又搬家两次，直到搬到了她再次回城（期间担任了教师，在三坪小学教书）以后任职的澧滨小学，有点孟母三迁的意思。

我那个时候已经和小流氓小偷有一定来往了。瞎子婆婆的孙子“小小”就因没人管，成了小偷小流氓。他比我们大几岁，曾带着我去车站偷汽车铜管。他要我在旁边把风，有人来了就作出响声。他还把厕所隔墙（很薄的篱笆墙）抠了个洞，往对面看。一个夏天的晚上，他带着我们几个小屁孩在黑暗的巷子里玩过家家，我们都扒了裤头，男孩女孩互相压在身上玩，完全不知道怎么回事。如果不是家母管得严，不是几次搬家，我肯定成流氓头儿了。因为我跑得快，讲义气，打架猛，这就够当头儿了。“小小”后来被关进监狱劳改，再后来在菜市场卖肉。

我打的架从来不是欺负人，而是帮助被欺负的人，所以人气很高。一般我跟某一伙的一起玩了，另一伙的都不敢跟我们玩“传电”“躲猫猫”和打土块仗。我还是受过伤的，右眼球被铁丝枪正面近距离击中。我逞强，当尖兵，结果在墙角转弯处歪着脖子侦查时正好对准了对方伸过来的铁丝枪，眼球当时就一片红。

三坪小学

这是我四年级和五年一期读的小学。我又回到了山里。当然，这个小学后来也不存在了，我每次经过那个山坡，莫名惆怅。30年前，我爬它后面的山坡，然后溜下来，又爬上去，再溜下来。

三坪小学是家母开始教书的学校。她在前一年考上了教师职务。当然，当时还有“顶班”一说，即父母的职业可以由子女继承，但要经过考试。家母透露，当时考语文的题目是“从零开始”，很合实际，她用那干了10年农活和民工活的粗糙的手写下了自己的志愿。

三坪小学遗址（2013年2月初）

农民包产到户了。这是最大的喜讯。整个乡村洋溢着轻快的笑声。“甜蜜的事业”这首歌每天都可以听到。我再次帮农民干起了农活，插秧、割谷、打稻子、打油菜、打油桐等。脚踩的稻谷机发出“嗡嘎嗡嘎”声音，有节律地在山谷中荡漾，经久不息。某日，我帮父母的朋友符老师家打油菜，走过沙子岗，远远地便听见他大声唱道：“烈日炎炎似火烧，野田禾稻半枯焦。农夫心内如汤煮，公子王孙把扇摇。”这位倔强的教书匠视社会公平为奋斗目标，曾将自己原名“昌平”改为“不平”，令我吃惊，是以记得。在一次决定性的小学作文比赛中，我和符老师的小儿子都参加了。符老师作为主评人，为了避嫌，硬是推我为全区第一，把儿子拿下。我知道我和他儿子在伯仲之间。在回家的路上，符老师一直在骂他儿子。我得到了去县里比赛的机会，而他的儿子后来在他的逼迫之下从学习到生活终于垮了。考大学前夕我还坚持每月给小符去信，以“不事权贵效唐李”相期许，未得回音。

读小学的我不明白吴老先生的一句话：“千不得已去讨米，万不得已去教书。”老先生早年是教私塾的。一个下雨的下午，体育课没法上，作为民办教师的老先生是要包班的——全科，他跟孩子们讲杨志卖刀故事时冒出了上面一句，至今言犹在耳。我却违背了师训，当上了教师。

计划生育了。我看见工作组将一个超生人家的瓦片揭了，猪也赶走了。学校下面有一家姓向的，执意要生个男娃，怀第三胎的时候，女人躲了起来，据说是在后山的山洞里面，家里人每天偷偷送吃的去。后来，她自己用剪刀给自己接生了，是个男娃。他们并没有悲壮之感，后来说起来全当笑话。

公社撤销了，恢复了乡村建制。村里晒谷塔，以前放电影都是可以两面看的，只不过电影里的人都是习惯用左手。现在不在晒谷塔放电影了，改在有打谷机的礼堂里放，5 分钱一看。没有钱就用相似的彩纸做个票，用肥皂刻个当日票价之类的，照样混进去。记得看过《白蛇传》，那天是“三八”妇女节。

课堂上学了什么东西，也全忘记了。从我的班主任吴老先生那里借来《东周列国志》《封神榜》《说唐》《水浒传》等来看，大部分是竖排繁体的，囫囵吞枣地看完了。脑子里成天是古怪的英雄角色，最喜欢李元霸，不喜欢程咬金。

一次我们在小小的操场上排好队准备上体育课，一条碗口粗的大蛇来凑热闹，直接钻进了队伍，吓得我们作鸟兽散。等我拆了一根菜地的竹竿过来逞强时，那蛇一扭一扭地从操场另一头钻到坎下去了。父亲的剧团满湘西地跑场子，家母要带我们三个孩子，不免压力巨大。一日，她在我们自己种的菜地（那沙子地什么都不长，就是长“油葍头”）里忽然跪下大哭，劝我们别闹了。我们都吓呆了。

城乡二元隔离并没有松动。即便是我们四年级的小孩，都在教室里激烈辩论着农民和城市居民哪一个重要。我已经具有城市居民资格，与全班其他农村孩子舌战。我无法回答他们提的一个问题：没有农民，你们城市人吃什么？

我家从城市被发配到农村 10 年，然后又干了 3 年“黑人”，再获得城市居民资格后又回到农村。我为自己的身份迷惑。他们太低估了一项城乡户口隔离政策带来的后果，并且更重要的是，他们还太低估了我们的智商。我们自小就受到这种歧视政策的影响，并且纠结到几乎一辈子的生活。

初中的时候，就有个同学因为思考“为什么农村的孩子只有考上大学才能改变命运”这样一个问题，陷入了深度的抑郁症中。一日，我们都在复习考高中，他突然发疯，拼命地用钢笔戳课本和课桌，墨水洒了一身。班主任来把他带走了，之后我们再也没有见到他。

敦谊小学

这是我五年二期准备考一中时读的最后一个小学，现在还在。看着名字就不同凡响，不错，是民国时期建的小学。但我读的时候叫“沿河小学”，这小学名字的差别就是1949年前后中国文化的差别。

它是城里最好的小学。家母认为不能耽误我的学习，带我去那里插班。我单独在一个办公室答完了老师们出的语文和数学试卷，记得分别是85分和76分。对于一个完全三天打鱼两天晒网读了4个小学从农村小学来的五年级孩子，这个分数已经令他们满意。于是收下了我。

上学第一天就闹了笑话。我从来没有出过课间操。10点左右，突然铃声大作，所有的同学都往操场上跑，我正在上厕所，不知怎么跑，便跟着往操场上跑。完全不知道同班同学在哪里，才两个小时，我怎么认识我的同学呢？结果我站在了一队不知哪个年级哪个班的队伍里，一下子把他们的队伍打乱了。体操已经开始，我也不知道怎么做，只能比画比画。后来不知怎么收场的，完全忘记了。

大约我跑得快的特点被体育老师发现了，阴差阳错地我就进了校体育代表队，并且当月参加全县小学生运动会就拿了百米冠军。第二个月便代表县里参加全自治州运动会。第一次坐上了火车，头探出窗外，看长长的车身在山洞间穿行，似一条巨大的绿色蟒蛇。眼睛进了一把煤灰。那个火车还是烧煤的。

在吉首比赛，第一轮就被淘汰了。代表队的老师一直对此耿耿于怀——不是认为我跑得不好，而是认为别的县做了手脚，派的是比我高半个头的选手，他们也应该比我年纪大。

12岁的青春开始真正地萌芽。坐在第一排的那个女孩我很喜欢，但又不知如何表达，便拼命表现自己的勇猛。劳动的时候，我徒手劈砖，结果疼得一个星期抬不起手来。当然，还是换来了伊人嫣然一笑——如果我没看错的话。

那个时候，她走过你的面前，你可以闻到沁人心脾的香味。相信哥们都有这个经历吧。总之，你浑身充满了力气，你潜意识里成了男人。

同学中有两个同桌的：一个叫陈胜，一个叫吴广。就是这么巧。但是，除了名字，我能记得的是，有一天陈胜跑过操场尽头那堵墙以后半天没有出来，结果我们都去找，突然从地下传来哭喊声：他掉到刚打的一口井里了，幸好有水，水也不深。

这个小学虽然只读了 4 个月，但印象最深。毕业考中学，我戴着家母的宝石花手表（上海产）可以有时间参照。考上了。

惟一的遗憾是，那个女孩分在了初 82 班，我却在初 84 班，她后来被别的男孩追了。

至于读了些什么书，真的忘了。

小学毕业的那年，我和弟弟吃到了老虎肉，该是华南虎吧。华南虎当然曾经存在过。倘使周正龙是 20 世纪 80 年代初去我家乡，一定能拍到虎，并且可以吃到虎肉。我们家隔壁住着一位婆婆，婆婆是乡下一个叫温塘的地方的某个“寨佬”（寨子的长老）。大概是 1982 年临近春节，乡下寨子的陷阱猎了一只老虎，他们把最好的一块后腿肉孝敬婆婆。某日黄昏，婆婆神秘地跟我兄弟二人说：来来来，婆婆这里有好东西吃。我们便折进了婆婆栖居的那个黑暗的偏檐屋。那虎肉腿已经被熏得发黑，她切了一块，用黄豆和辣椒爆炒。我们便就着剩饭吃了下去。虎肉真的很腥，烟熏了一个多月还是腥。

小学知识只是某一段时期的工具，真正留下烙印的，不是知识，是随性的生活。你是无辜的，他们灌输了很多东西，你需要用一生来遗忘。

沿河小学（敦谊小学）毕业照。后排左七为作者。背景的对联写的是“教育必须同生产劳动相结合，教育必须为无产阶级专政服务”。(1982 年 7 月 1 日)

芁野尘梦之乱世铁血柔情

原谅我盗用了陈渠珍的书名《芁野尘梦》，我实在也想不到用更古朴更有穿透力的标题讲一些故事。

有一点可以确定：你是你的先辈以及先辈生活的故乡塑造出来的，那么，你从灵魂到言行举止或多或少都是所有这些遗传和遗产的综合表象。

澧水岸边的兰草已经不再能够轻易找到，它太爱自己了。你们都是浊俗之人。

三国时那座屏风一般耸立的山峰因为一场地震震塌了接近山顶的巨石，巨大的穿山洞于是形成。现在，他们把它卖了。旅游的开发将天门眼折磨得不成样子。有飞机从中飞过，也有飞机不敢从中飞过，有法国蜘蛛侠徒手攀爬它，也有美国飞翼人从中飞过。的确相当震撼。但我知道，你不喜欢喧嚣。“天门洞开云气通，江东峨嵋皆下风”——你还是喜欢元代大学士张兑对你的评价。豪气，吞山河。

这便齐了。有山有水，福地洞天。

但我仍然不喜欢提故乡的推广名，尽管那是块千峰耸立的胜地。我当然喜欢“大庸”这个古地名。文化搭台，经济唱戏，所以地名也可胡乱更改。愧对先祖。

这百年巨变，惟一留下的只有感时伤怀、感物伤心。

水里面可还有鱼？鱼儿在你的肚皮上悠然游过，你仰躺着，只让鼻孔露出水面。澧水船夫的号子曾经被写进了歌，虽然那歌并不出名，好在百度网址上可以将它搜到。船夫们歇息时便赤条条地下水洗澡。岸边婆姨们用棒槌捶打着衣物，甩来几句“砍脑壳的”，这便是绝美的人文乡村了。乡村不用“扫黄”的。纯而又纯。现代农药和现代规条污染了你。你看看你现在的样子。不忍。

澧水大溶溪（大庸溪）的千年枯柳（2013年春节）

“山里面可还有鸟兽？蛮溪雨过叶皆流，落日猩猩啼树头。高竹乱藤茅屋小，不知村落属何州。”陶渊明之后一千余年，明人陈赟《蛮中》诗再次将你深情地描述。你是真正的香格里拉，真正的桃花源。

天地何时造就了你，不得而知。祖辈何时迁徙至此，亦不得而知。为何要精确考证呢？

我只能贪婪地吮吸祖父一辈延续的血脉。你通过他们而传给了我。

侠骨柔情——我只能用这四个字形容祖父和家公（家读 ngā，外祖父）。祖父打得一手好算盘，可以同时打两个算盘。每天晚上，门板上好了，店员们在油灯下报数字，祖父在他们报完数字之后还能打若干组数字——他提前记到心里了。民国二十三年，祖父参加了店员工会，任委员。贺龙要他跟着走，他便毅然出发。慈利棉花山一仗，与部队打散。他并未革命到底，而是带着从地主家里解救的一个童养媳就是我祖母返回了家里。情是一切的理由。他的“娃娃儿朋友”（发小）范子瑜走了出去，后做了大事。祖父在沿河街、便河街一带几近被以绅士称呼，他为人极和善、有仁义，处事又公道。大字不识的祖母深受洗脑，对我家母怀有深深的阶级仇恨，也就间接地对我有偏见。我小时候寄养在祖母身边一段，但对我这个长房长孙，她并不喜欢，却喜欢革命军人出身的女婿的儿子。每次，送牛奶的把热乎乎的牛奶瓶送到她手上，我只见得她在炭火中煨着，直到时间够了，就当着我的面给我的表弟喝。我确实是一口都没有得喝的。

祖父一次碰见了这事，他二话没说，出去买了一些鸡蛋，放在抽屉里面，说：这是扬帆的鸡蛋，你莫要动它！最高兴的是每年春节，祖父眯眯地笑着：扬帆，过来过来！只见他解开围裙，手伸到口袋里，拿出带体温的几角钱：买糖吃啊！夏天在脚盆里洗澡，他又笑眯眯地走过来：来来，要爷爷看看！把小鸡鸡炒了送爷爷下酒吧！我便吓得赶紧洗完穿裤头。他们那一代是最后的士绅，他们那一代的逝去是中国乡土社会终结的主要标志。

祖父读古书，会讲故事，讲张家界止马塔的鬼故事，一巷子的人忍着后脊梁发凉的恐惧都爱来听。他说，张家界会出名的，那是1979年。次年，他去世的那年，张家界在香港出名了。他推崇管子，认为士农工商的“商”应该有更高的地位。

外祖父于民国二十六年夏在长沙南门口报名参军抗倭。因为读过私塾，在192师师长胡达的眼中是个可塑之才，遂着力培养。参加防化教官选拔考试，有一道题目如下：“毒气弹有几种，其性能如何，详述之。”八行纸他写了满满四页，得第三战区头名。胡达亲自设宴欢送他。怎奈部队几日之内即告溃散。溃散的192师重新聚集后在闽浙赣坚持游击战，对外代号“向上”。外祖父曾亲历衢州日军的化学战，侥幸得命，而部队又散矣。

其后他坚持在湘北一带游击战，击毙日军数人。民国三十年，外祖父在云南高炮旅继续抗日，逢远征军组建，外祖父应征编入200师599团柳树人麾下，任少校参谋兼战斗情报员。于缅甸同古（东瓜）与倭寇第55师团正面接仗。此役，因英军撤退而致200师陷入包围，最终与日军以死伤平手撤退。撤退过程中，柳树人与戴安澜相继殉国。戴师长中倭寇冷枪时，外祖父离他只有20公尺左右（“公尺”即米，外祖父一辈于军中使用的长度概念）。后外祖父与代师长高吉人较熟，曾说若果去对岸，他会去找高师长。活着走过野人山的2 600将士中，外祖父为其一。在第二次远征军作战中他参加了反攻龙陵的战役，言说战况极为惨烈。

家儿与家公结婚照，长沙（1946年）

民国三十八年，外祖父在大妻舅（外祖母的大哥、我的大舅外公）手下做事。大妻舅早年毕业于北京大学法学门，后当选为1947年国大代表。时大势已去，大妻舅尚在犹豫中，以桂阳县县长身份坐镇不动。有蛮匪数十人（湘西土匪张玉琳的人）潜至县衙，欲挟持他上山落草。外祖父一人悍然跳出大门，手持德国卡宾枪，怒喝：“县长有令，入此门者，格杀勿论！”众匪暂退。外祖父与大妻舅乃赚得逃亡时间。大舅外公返回长沙后去了重庆，通过同学的关系找到“独眼龙”（他亲口说的，没有说名字，估计就是后来的排名第四的元帅）得其亲笔签名的路条。有此作护身，他竟然晃晃悠悠在长沙待到1950年春。一日，有熟人见他跷着二郎腿坐着黄包车，惊愕地说：你怎么还不走？他说：我是搞教育出身的，又是文官，没事的。但最终还是决定去香港。

临别一刻，外祖父没有跟他一起走，毅然决定留下，言：“家有妻小，不忍。”老人家在镇反中为两位共产党员联名具保得性命。外祖父为人豪爽，曾于困难时救助过地下党，他本人并不知晓对方身份。外祖父为人更是义字当头。1949年前，有次去剿匪，他和永顺的队伍约好某日某时到达某某地点。结果对方根本没去，他的一百多人被数百土匪围住，如不是他抗日作战经历丰富，得以迂回逃脱，估计早已被土匪干掉了。因为那两个人在镇反中对外祖父的联名具保，他未被判死罪，活罪难免后被流放贺兰山放马五年。因曾任军医，故在彼并未受折磨。刑满拟回乡，干部以人才难得挽留再三，外祖父婉谢之，决意回乡。回乡后以建筑工人终。政协找他写回忆录，他屡以自己是国民党为由竟拒之。

其后半生（其实是28岁以后）是在历次运动中度过，侥幸得命，遍体鳞伤。晚年瘫痪在床不能言语，敲着瓷缸与人沟通。在飞机飞过天门洞的那一年冬月走了。走时“啊啊啊”地说什么，母亲问：是否想见扬帆？他点头。母亲又问：扬帆可否当上外交部长？他又点头。他多年前就将所有关于历史的记忆全部在物质层面销毁，只留下一张结婚照，还小心地压在箱底。

小时候见外祖父一脸严肃，很害怕他。他看到电视里把国军描绘成歪歪帽、捉鸡捉鸭的样子就很生气。七十几岁了还站起来，挺直腰杆，走起正步，眼视前方，对我说：“革命军人是这个样子的！在街上走路都不能斜视，猥亵妇女就地正法！”原来他们才是首次使用“革命军人”概念的人。他有次郑重地批评我说，跟人讲话时不要斜视，不要往上看！某日，外祖父说起在闽浙赣抗战的一个故事：驻地附近有一名俞子恒者，连续中了抗战时政府发行的三次彩票，前两次为“航空奖”，第三次为“黄河奖”，那人便兴奋得几日不吃不喝不睡觉，最后死了。外公说：不义之财不可取哟！

这种基础熏陶的影响远超学校教育（外公所说三次奖应是抗战一种奖券“黄河航空奖”）。

大舅外公，台北（1981 年）

他是和气的人，不与人争斗。一次弟弟骑车和人撞了，对方是当地一霸。正在纠缠的时候，对方来了个人说了两句就撤了。我们都在纳闷，只见外祖父蹲在很远的街头——他太老了都站不起了，原来是他背地里给了对方几十块钱，息事宁人了。

那里的老人大多遗存古风。南正街“同仁国”药房的老板杨星堂是民国十年来的江西移民。那“同仁国”给穷人看病能赊账的赊账，能免费的免费，每逢瘟疫夏暑，还免费供应各种祛病去热凉汤。其药都是自己在店后的药厂研制。民国三十四年，他牵来了几十头驴子，雇请几个壮汉在大草坪鞭打绳抽，驴子的血便沁入驴皮。驴皮用来熬制驴胶补血丸，由此可证其真实地道。

杨老板的儿子（杨叔叔）是我父亲的娃娃朋友。我父亲因之也得以在其药店当过学徒。过“苦日子”时，他们二人将药店的人参什么的偷了吃，脸肿得像气球。杨叔叔的岳丈李宗鲁先生曾在重庆渣滓洞子弟小学教书，这便成了“政治”问题。历次挨整后终于发疯。晚年独居，20 世纪 80 年代初，病逝后几天才为人所知，锅里面是发霉的土豆。我曾听他讲演“一个阴离子穿过 20 个地球”和电子计算机，听众只有我们几个孩子，大人都以其疯而讥笑之。但那是我第一次听说到阴离子和计算机。

外祖父兄弟仨，早年丧父，砍柴为生。外祖父的父亲也为地方士绅，兼具侠义精神。与贺龙同出天地会（下属之哥老会），是拜把兄弟，早期革命者和帮会有渊源，这事不奇怪。1935 年 1 月 27 日晚上，在大庸县的丁家溶村曾外祖父的丁家大屋里，红二、六军团的干部在贺龙、任弼时的领导下，召集各团营的代表参加批判夏曦的会议。当时，曾外祖父应贺龙之约，动员了其手下地方武装的几十人，将夏曦控制，保护红二方面军主要领导。那夏曦杀人无数，三万洪湖赤卫队被他杀得只剩数千人。正史中不会记载丁家溶会议这段故事。曾外祖父在红军走后遭到追杀，不久后病逝。

外祖父哥仨在抗倭战争爆发后相继入伍，留下老母在家独守。老母 10

岁左右被人贩子卖到此地，而她只记得自己是湘潭人，大家从口音中当也可以推断。老母活着的理由就是要看到三个儿子抗倭胜利返乡。然则，除了我外祖父之外，那老二老三均杳无音信。忽一日，得信：老二于某日已殉国于湖北天门一带，时为团长。又过了十余年，1954 年的一天，家母正在大树下玩耍，远远地见到一个面容黑瘦但是气宇轩昂的叔叔走过来，那腰上的黄挎包上印着“最可爱的人”。此人正是家母的三叔。他先抗倭，再与共军战，再与国军战，再与美军战，凡 15 年，战斗不计其数，而全身毫发未伤，战神也。支持他活下来的心理支柱，是那个在家苦等他 15 年的娃娃亲。那娃娃亲坚信他的男人一定会活着回来，30 岁时果然等到这一天。由此观之，情仍是一切的理由。上甘岭上他缴获的美军军刺上刻有“US 1943 OL”字样，应该是著名的 M1 军刺。我小时候曾用它砍过柴。

生平第一次照相，与外祖母、大姨外婆、大姨在长沙橘子洲头（1977 年）

外祖母的二哥——我的二舅外公——也有一番传奇故事。当年辗转至上海圣约翰大学求学，谈一女友，乃青帮徐藜卿（身份是某医院院长）之女，徐之字辈比黄金荣还要高。但这小舅公好生了得，得命去存一笔钱，他竟然留下纸条，言：“钱我拿去日本读书，学成回国当奉还并娶令爱。”后果然。由此观之，情终归是一切的理由。小舅外公抗日期间回乡与友人共同创办了湘西茶峒师范（茶峒就是沈从文《边城》里的那个边城），曾任过一届校长。再后来担任过审判日军的太原特别军事法庭的翻译。一直从事文教事业，曾经也被发配东北劳改。

外祖母的母亲是田家人。田家的老院子在抗战时曾作为长沙兑泽中学的校址，前前总理曾在该院子学习。前几年的电视剧《血色湘西》主要在老院子拍摄。饰演穗穗的演员已经夭折，而她在剧中的婚床还留在那里。外祖母早年于长沙求学，读过师范，后任教师至“反右”。因外祖父有特殊背景，遂牵连于她。镇反时被捉，一日，某干部提监，呼我外祖母出列。

时外祖母尚在哺乳次女（彩霞姨）。镇定站立，问：“是否捉去杀的？倘如此，我得托付我儿与狱友。”及至“反右”，外祖母被打成右派是因县里面要凑人数。为了凑够人数，有人写了6次整她的材料才最终通过，最后的罪名是怀疑共产主义。因为在一次公开课上，她讲的语文题目是“猴子捞月亮”，被后来整她的人指为怀疑共产主义不可实现。外祖母没说一句话。尽管她可以反驳说：那语文书刚好讲到猴子捞月亮这一课，并且，是谁把这课编写进教材的呢，他不该负责吗？

一日，某干部径直来到她讲课的教室，言：某某，你是本县最后一名右派，限你即刻搬出学校下乡。外祖母默然离去，此一去讲坛，凡20年。我崇拜外祖母是从1977年开始的。那年，我们坐了两天的粮运车队的便车才到了长沙，而今只要3个小时。我因病休学一期，跟外祖母一起去长沙看她的姐姐和弟弟。时值中秋，外祖母给了我2毛钱，要我去长沙南门口前买月饼。我胆小，在铺子面前犹豫了半天也不敢开口，因为长沙话和我们的家乡话完全不同。外祖母等了一会见我没回，便走了过来寻我。见状，她拿着钱，用非常漂亮的普通话说：“同志，我买一个祖师月饼！”我仰望着外祖母，充满了崇拜。长沙之行，是我第一次坐长途汽车、第一次看见天上的飞机、第一次看见白沙井后面的火车、第一次照相（在橘子洲头）、第一次坐小火轮渡江、第一次看见商店里卖的苹果、第一次开关带暗锁的门、第一次看见尚未完工的长沙火车站、第一次知道马王堆、第一次知道我的家离省城很远、第一次听不懂外面的人说话。

外祖母的父亲是大庸清末“三公四老”七位绅士之首，讳名李悟禅，兄弟俩是湘军游击（从三品），退伍后捐得“进士及第”。外祖母见过那个“进士及第”的匾额。绅士阶层在1949年以前的中国是地方重要的社会力量，对稳定社会起着重要的支柱作用。县长办大案子都得请绅士出面的。俱往矣，《诗》云：“我征徂西，至于艽野。”那艽野既是湘西，也是缅甸；既是北京，也是东京。乱世之血性柔情，于平民人家其实屡屡可见。惟血气男女祖辈，仅存梦中耳。

艽野尘梦之冷血杀手

人的嗜血本性在特定的条件下会爆发——无论是在你的故乡，还是我的故乡。

彩霞姨（1967 年）

你不可能感受到脑门一枪的痛。子弹以每秒 800 米的速度穿过人头，时间是 0.000 25 秒左右。世界飞人博尔特的起跑反应速度是 0.133 秒。我希望姨没有感觉到痛。这是我惟一能告慰她的。

我那未曾见过面的姨（彩霞），生命终结于 1967 年 9 月 17 日，中秋节前一天。18 岁的花季，她与另外 13 位一中的学生一样美丽，她们集体在那一天飞到了天堂。最小的 14 岁，最大的 19 岁。

枪杀地点就是澧水河南岸 100 米的地方，叫鲤鱼池。凶手是武斗的另外一派“工农总”。那天，他们是去宣传中央“九 · 五”通知：要文斗不要武斗。

姨是卫生员，背着药箱。渡过河后，进入“工农总”的伏击圈。这些造反派凶手假装在晚稻田里干活，枪都藏在水稻里。50 米以内开枪。学生被撂倒几个后在地上和田里乱跑乱滚。姨稍胖，等几个同学爬过公路下的引水涵洞后才挪过去。然而，太晚了。凶手追过来，将她揪了起来。据跑回来的同学讲，她被枪杀前对着凶手大喊："叔叔！"凶手提起驳壳枪（当地人俗称"连枪"，大抵因连长爱挎这种枪）对着她脑门就是一枪。那零点几秒中，我看到了"叔叔"的瞳孔中我姨的脸，她是那么无助。

我不知道，恕我孤陋寡闻，我不知道在世界历史上是否还发生过类似的细节：你对着与你素无冤仇又喊了你"叔叔"的小姑娘脑门就是一枪。这事真发生了，发生在秦始皇统一帝国后第 2188 年，耶稣诞辰后第 1967 年，驳壳枪发明后第 71 年。

电影编剧、电视编剧、小说家们、诺贝尔文学家们，在残酷的历史面前，我看到了你们的无助。你们何必处心积虑地编造历史，你们真的好可怜。

我想，姨一定经过了短暂的莫名的极大的恐惧，然后，是一片宁静，甚至也没有听见枪声。她的灵，一定飘了起来，从空中俯瞰这冷血的杀人现场，有个声音在更高的地方对她说："走吧，离开这个国，我们去天国。"

同学为她写了挽歌，抄录如下：

怀抱战友泪横流，
满腔怒火满腹仇，
为了革命你惨遭杀害，
战友的鲜血怎能白流。
啊！亲爱的战友，
为了保卫毛主席，
你拼将热血洒疆场，
为了保卫毛主席的革命路线，
你威武不屈，宁死不降！
啊！彩霞，美丽的彩霞，
你永远活在我们的心上。
看天边那一朵朵飘荡的红霞，
可是你矫健的身影，英姿飒爽，
蓦然间，你变成了一头昂首的雄狮，
傲视着魔鬼的天堂，
啊！彩霞，美丽的姑娘，你永远活在战友们的心上。

人类最惨的惨剧，是不知道为何而死，为谁而死。

信上帝多好，如果信上帝，她一定不会痛苦。然而这里没有上帝，也不被耶稣关怀。在这里，只有人类最原始的欲望与手段。

没有人因此被判死刑。全县武斗互相残杀数百人，并没有具体数字。

到我开始记事时，这欲望与手段还在丑陋地表演。斗争外祖父，我跟在舅舅后面，看他在贫瘠的山头刷石灰口号。又一起在小学校里看批斗过程，并且跟着要喊口号。陪斗的有一个农民的父亲。该农民带头喊着口号："打倒我老头（父亲）！"全会场的人便跟着喊：打倒我老头。居然没有人笑。我没有看到人。这里，哪里有人，全是兽。

那么，你还为粗口骂娘的现象吃惊吗？除了杀人和批斗，还要看样板戏，看小人书。小人书讲的都是杀人和批斗。

那个《狼图腾》还说我们缺乏狼性，要从小灌输狼性。他虚拟了事实，掩盖了事实，误导了事实。我们不缺狼性，我们缺人性。

孩子们的血染红了澧水河畔的兰花，从此，那里再也没有兰花。

若干年后，高考后酷热的一个下午，我偶然经过鲤鱼池，并将它写进了一首诗："荷香百里鲤鱼池，日高小蝉不鸣枝。竹楼夏困天欲晚，忽梦春江化雪时。"那时，我 17 岁。我忽然明白了人和人的区别。曾经也有个少年，在他家池塘边吟诗曰："独坐池塘如虎踞，绿杨树下养精神。春来我不先开口，哪个虫儿敢作声！"于是，我注定只能做一个书生。

我拘泥于人性善恶的思考，这便落入了圈套。恶人本身并不思考这个问题，思考这个问题本身就是善。我痛恨这血脉中缺乏的多维度思考逻辑，这不是我的错，这是孔孟以来的错。柏拉图将人性分为三种："一曰嗜欲，二曰血气，三曰理性。而以节制嗜欲与血气，而成克己与勇毅二德为理性之任。"（王国维语）古希腊这种理性驾驭欲望与血气的本质思想与诸子之好坏善恶的简单形容性描述思想拉开了中西人性论分野的序幕。

简单的善恶之分掩盖的是直面人性的懦弱，是思维的懒惰，是后世一切忠奸、爱国卖国、清官贪官、革命反革命之简单二分法的逻辑源头——尽管古人没有发明形式逻辑，这前后因果的逻辑还是存在的。

老鬼（《青春之歌》作者杨沫之子）在热血年代曾经咬破手指，自刻公章，争取了去内蒙下放的机会。然则那"冠以最神圣名义的灵魂屠场"（岳建一语）使其狼性大发，在《血色黄昏》中他曾经描述自己被压抑得一丝不挂地在草原上奔跑，对着太阳晾晒器官并作出那些动作。

这不奇怪。2010年夏天，我也曾孤独地驱车来到塞罕坝草原，那草原已经极其脆弱，稀稀落落的草根下就是沙地，没有人性的人到来后，狼都不见了。我对着夕阳，突感无助，我要呐喊而发不出声，下意识地模仿了老鬼的行为。我不知道，这狼性的残余是否可以被理性缓释，然而，如果你都喊了“叔叔”，他还要对着脑门开枪呢？

对于人的嗜血本性在一定条件下会爆发这样一个说法，我现在有所保留地接受。我难以把一场运动仅仅归结到人性的角度。充其量，在中国特色的文化中，屁民只是炮灰和玩偶，连PM2.5都不如。那个冷血杀手我之所以可以原谅他，是因为在那个疯狂的年代，没有个人的存在，全都是狂人、怪物。我若不原谅他，我们便有重复历史的危险。

屁民、草根和玩偶是不当责的，但历史常常把事实倒过来记述，将上层权谋导致的战争、屠杀和纷争归结为草根争斗。比如那公元前519年吴国和楚国的“鸡父之战”，就被《吕氏春秋》倒写为两国边境上的两个采桑女孩儿因为争桑叶发生了争吵，结果卷入了两个家族，及至发生两个国家的血战。这便把血腥历史因果倒置了。如若不能记下刚刚清凉的殷红血迹，便是最大的失责。

但这十几亿人假装什么也没看见，什么也没发生，将人类的恐怖事件推到几个人身上后一头扎进钱堆里。如果未经深刻反思就扎进钱堆里，那钱就一定会成为后代们的纸钱。

史载的大罪孽，都由个人的轻率而导致。木心说的。

我是一只望乡的土狗

有关我的成语和俗语很多。骂人的时候，你们把我挂在嘴上，狗屎、狗屁、狗腿子、狗咬狗、打狗棍、痛打落水狗、狗拿耗子多管闲事，那“狗娘养的”“狗×的”最最脏了，但“丧家的资本家的乏走狗”却是最恶心的。骂人的那个人貌似义愤填膺却失去了真正的现代理性和判断力，并且历史证明这话误导了时代。

我最喜欢你们常用的另两句话：狗是人类的朋友。狗不嫌家贫。我没有狼性，我是一只忠诚的普通的土狗，我不怕狼，我怕人。

望乡的土狗，在我寻觅得几乎绝望的时候，它竟然出现在山头，且摆出姿势要我照相。（代家湾，2013 年 2 月）

我最初来到你家，是你只有一岁多的时候。我刚出生一个月，是只小黄狗，没有名贵的血统，就是乡村常见的那种土狗，甚至不知道父亲是谁。那年，你被妈妈的箩筐挑着，来到昌溪场上，人很多，妈妈叫你站着不动，她去买两只小猪，还有我。你站在拥挤的集市的尽头那个小山坡上，妈妈回来的时候，你一手抓着跟你一样高的箩筐，一动不动坚持了一个小时，你跟我一样忠诚坚定。

回尹家溪肖家岗你妈妈插队的家的时候，我和你挤在一头的箩筐中，另一只箩筐中是那两只小猪。路上，我偎依着你，我们从此是好伙伴了。我忍不住舔了你的小屁屁，妈妈没有看见。

你刚刚学会走路，就抱着我把我从家门前的小土坡上摔下，说道：“狗娃！”然后又从下面把我抱起来，再走到小土坡上把我摔下，说道：“狗娃!”我有些疼，但是我们都咯咯咯地笑着。

吃饭了，饭和你的一样，是掺了红薯的米饭。你蹲在小凳子边吃，我蹲在你边上吃。我和你一样，吃得满脸满头都是红薯饭粒，分不清哪头是嘴哪头是屁股了。有时候，我没有得到饭吃，便真的吃过你拉的便便。没有人管你的时候，你把满满一缸水用瓢瓜舀出来，浇得满屋都是，嘴里说道：“下雨了!”我看见负责管你的姐姐从门缝中挤出去捉“麻不盯儿”(蜻蜓)，捉不到，就用长长的筲帚扑。扑到几个，放你面前玩，我也凑过来闻闻。

生产队里有个木匠，帮你们搭建茅草房子的时候，留了一手，他可以从外面把门闩打开。一个月黑风高的晚上，他见你爹爹不在家，就从外面把门闩打开了，想非礼你妈妈。我汪汪汪地叫了起来。妈妈醒了，捉住那个木匠。木匠磕头说：你莫喊哒！我给你磕头！在生产队守仓库的爹爹回来了，乡亲们都回来了，捉住那个木匠，捆在晒谷塔，吊着打。

稍大一些，我们出去跟着爹妈干农活。我在田边捉小虫子玩，你在田边做水坝玩。有大狗过来欺负我的时候，你还拿着小树枝打走了它。

有一次，我们回家的路上，那家的大狗生了几个狗娃。生了狗娃的狗脾气是很大的，我跑了过去，你没有我跑得快，被那只大狗咬了大腿根部，离鸡鸡很近。那次吓得我们都直哆嗦。回来后，外祖母给你清洗了伤口，擦了些红药水。有一段时间，你都不敢靠近我，因为我也是狗。

你们每次从场上回来，我都在山岗上远远地看见了。我嗖地冲下来，我的黄尾巴在稻花中快速地穿梭，你应当看见。一到你的跟前，我唰地扑上来，直舔你的脸、你的眼、你的鼻头、你的嘴！你是我惟一的好伙伴。

四岁多的时候，你们要搬家了，搬到离县城近一些的另一个生产队(就是代家湾)。临行前一天，你们收拾着东西。我知道要发生些事情了。你们先是牵着我走了一段，到了公路上，我不上车，汪汪汪地叫着，我是想念那个茅屋。那个茅屋是你们的家，也是我的家。我听说妈妈生你的时候，有条蛇缠在屋顶的房梁上，啪地掉了下来，你就哇地一声出世了。

并且你是狗年出生的，还是O型血，白羊座。这是三个阳爻，老阳，属乾卦，象曰：天行健，君子以自强不息，卦辞：元亨利贞。这本是好卦，如数上三阳爻，则是：九四：或跃在渊，无咎。九五：飞龙在天，利见大人。上九：亢龙，有悔。但愿不是上三阳爻，太刚了则易折。许多事，或许就该那样，不必较真。

我决定守在那里，我以为你们会回来的。我是一只望乡的土狗。你们过了几天是回来了，但我已经变成了后面那一家人的一锅火锅了。

你们走后，他们迁怒于我当年帮着妈妈打架。妈妈跟后面那一家人关系有问题，那不是妈妈的错。那一家人思想中了“毒”，总是骂妈妈“地主崽子”。他们负责上工分，给妈妈每次都上得少，而妈妈比较强壮，干活比很多男人都强。他们家那男人却要女人肚皮上垫了东西冒充怀孕，然后再假称小产，以换取大队提供的补贴：2 斤糖、3 斤肉、1 斤猪油。妈妈有次从山上砍柴，背得太多，从崖口上摔下来都昏死了。有一次妈妈被他们骂，终于回嘴了，这就打了起来。我听见了就冲上去对他们汪汪汪地吼，还挨了几脚。我是小黄狗，就只有这个本事了。

我只是等你们回来，我知道你们一定会回来。我已经两天没吃到什么东西了。他们诱骗我去吃东西，我很饿，我知道这是我软弱的地方。狗软弱的地方就是饿了嘴馋。我吃的时候被他们一棒打翻在地。他们把我剥了皮，开了膛，炖在锅里了。再见了，我的小主人。

后来那家人发生了自相残杀，主人被儿子用锄头弄断了手臂。

你并没有忘记我。四年级的时候，你和妈妈又来到离老茅屋不远的地方读书来了（就是三坪小学）。你一如既往地喜欢小黄狗。我就是那只小黄狗转世的。正赶上打狗队打狗，民兵营长亲自“挂帅”，用手枪打我。我在离他 30 米远的地方，我们之间隔着小溪，他就瞄准我开了枪。“砰”的一声枪响，你在教室里上课，听见了，知道在打我，以为我被打死了，很伤心。只有 10 岁的你在课本上写下了这样的文字：“再见了，我的狗!”

我并没有被打死，那颗子弹穿过我的左腿，我都快昏了过去。但我强忍着剧痛和冲击力，用三条腿跑进了山里面。我躲了几天，自己用嘴舔那个空窟窿。那几天你都魂不守舍，天天想着我，去我的狗窝前看。几天后的一个黄昏，我偷偷地来到山冈上的拐角处，看着学校。你正在操场上玩耍，一扭头看见了我。我拼命地摇着尾巴。我腿还疼，不能快跑，一瘸一拐地走下来。我们抱在一起，我拼命地舔你的脸、你的眼、你的鼻子、你的嘴。我们又在一起了。

劫后没多久，有一天我在公路上玩耍，等着回城的你回来。一辆车快速地驶过，我躲闪不及，被重重地撞倒。姓向的人家（就是那个躲计划生育队在山洞里给自己接生的女人那家）主人跑过来，把我捡起，我还没有断气。他把我抱住放在屋前的柴草堆上。你回来了，我迷茫中看见你从稻花中跑回来，黑色的头发在风中快速地闪过。你一定纳闷，我怎么没来迎接你呢。你路过了柴草堆，看见了我。我发出呜呜的悲鸣。你走过来，惊呆了。姓向的人家主人站在旁边，说："狗的生命力很强的，接了地气，它就会活。"那几天，你端了米汤来看我。我头几天都不能吃喝，渐渐地瘦成了骨架子。你不离不弃，给我赶鼻头上的蚊子。半个月后，我站了起来。我又成了一条好汉！一条瘸子黄狗！

终于，你们又要搬家了，搬进城里去。我还是不愿意走，这回，姓向的人家很乐意地收留了我。

你进城后，没有地方住。你爹妈在一个垃圾堆里搭起了篱笆油毛毡的"房子"。你还是一如既往地喜欢小动物。一日，你放学回家，用仅有的几毛钱买了人家的一只八哥。你把抽屉改造成它的家。每天都给它带好吃的，还要负责清理它的屎尿。搬离那个油毡房的头天，下着暴雨，你们全家在奶奶家吃饭。轰的一声，房子的一边靠的是一堵土墙，因水的侵蚀，倒了！因为要靠墙放抽屉桌，你家的床就挪开了一点距离，倒塌的墙正好把抽屉桌压成了齑粉，八哥也就被压死了。你在河边挖了个土坑，郑重地埋葬了它。

后来，你还养了一只猫。那只猫很赖你，晚上趁你熟睡了一定钻进热被窝。你一脚一踹就碰到了一窝热毛，嗨，是猫咪。不知哪家放了老鼠药，一天，猫吃了老鼠药，回来只抽筋，口吐白沫，喵呜一声，也死了。你又在河边挖了个土坑，郑重地埋葬了它。

我在城里又赶上了打狗队。这回他们不是用枪，用的是套索。他们把香喷喷的热包子放在套索里引诱我们来吃。我们饿了，我们的弱点就是这样被他们利用。刚一吃，就被套索缠住脖子。然后，他们快速地奔跑，我们呜呜地叫。他们跑到小溪边一棵树边，麻利地将绳子挂在树枝上，将我掉起。几分钟后，我便断了气。你跟在后面，拼命地喊：莫打莫打！是我的狗——虽然这时候你已经不再养狗。

自那次打狗队行刑后，你真的就再也不养狗了。你知道，无论是在农村，还是在城里，我们都是最底层的生命。你是伤透心了的。其实，不管你们变成什么样子，我还是狗。而且，现在你终于明白，我就是你，就是那只望乡的土狗。

补记：为拍一张老家土狗的照片，我等了几个月。拍过几只都不合适。在我准备返京的前一天去送母亲到我们38年前插队的代家湾聚会，碰到了图片中的阿黄。它就在老屋的当头，站在那里远望，仿佛等我照相。我赶忙掏出手机抓拍。等待是值得的，我且信天命吧。土狗望的那条小路，正是当年有人拿着绳子走过来准备把我父母捆走批斗的小路。因为他们私自离开了最初下放的那个村子，意图回城。知青私自回城是要被捉回的。他们隔着老远问：某某是否躲在这里了？我们寄住的张家的主人回答：没有没有！有了绝对要跟你们讲的。我和姐姐、弟弟吓得躲在黑洞洞的柴房直哆嗦。

血色湘西之家国大事

消失的地名·大庸

余半生最为幸者，生于湘西大庸而已。数十年间最为憾者，乃15年前大庸更名张家界。庸国曾助武王伐纣。公元前611年，庸国趁楚国饥荒之灾伐楚，秦国、巴国应楚之请出兵，楚灭庸。庸人逃至湘西北，临一大溪而居，命名为“大庸溪”。又有说，湘西人蛮悍，《慈利县志》载：“大庸所崇山外屏，少见天日，又性忍，刺肤血以事神者，千百成群，甚可笑也。”明洪武三年（1370年）置大庸所，取《大学》《中庸》之名而名之，以期超越中庸之道治之。再有一说，认为“大庸”是苗语“大戎”的异写，古时戎与庸相通，是龙的意思。苗族祖先蚩尤最先在这里当九黎君，成为部族联盟长，拥有九九八十一兄弟。

大庸南正街，老大庸人安用甫先生摄（20世纪50年代）

为经济发展、旅游唱戏计，蕴含深厚文化历史底蕴的地名被篡改，大庸一去，中庸尚存乎？此后，逃台国军老兵书“大庸县”以寄家书，家乡何在？悲乎。望乡是一口气。澧滨小学侯老师的母亲思念逃台大儿40年，侯老师便写了将近40年的假信给她念。念到第39年的时候，90岁的老母不听了，生气地说：他既不来看我，尽只写信，我且不想见他了，不要再读他的信了。第二年，大儿子真的从台湾回来了，磕了响头，背着她去街上玩。

艽野尘梦·西藏

“湘西王”陈渠珍有《艽野尘梦》传世。陈渠珍生于湘西凤凰，沈从文曾经的老乡和上司，贺龙曾经的上司和对手。陈乃一儒将，沈从文在其手下当文书，读其藏书乃通人文。而陈在年少时曾投靠清末川边大臣赵尔丰，入藏平叛。1911 年武昌起义爆发后，跋涉万里回到湘西。其《艽野尘梦》为康藏陈年旧事中之最有人情味、最有真实性的游记。陈在西藏得一名“西原”的藏女，在其鼓励下率 115 名湘西汉子出藏，度过无人区，历时 200 多天而仅得 11 人生还到西安。奈何西原自高原下来，不能适应内地气候，染天花死于西安。陈氏既葬西原，“入室，觉伊不见。室冷帏空，天胡不吊，厄我至此，又不禁仰天长号，泪尽声嘶也。余述至此，肝肠寸断矣。余书亦从此辍笔矣”。后来陈将藏女移葬湘西故乡。此事最见湘西人之真性情，读之令人欷歔。

今日澧水（2012 年夏）

卫国·抗倭

湘西处中国腹地，本与日本相隔，奈何倭寇侵华，遂生出与湘西之孽缘。嘉靖三十三年（1554 年），兵部尚书张经等人策划征调湘西永顺、保靖等地的土家族士兵以及广西诸州的壮族狼兵等客军数万人往苏淞会集抗倭。永顺土司彭翼南自统兵 3 000，其父致仕宣慰明辅统兵 2 000，彭荩臣率兵 8 000，其子守忠亦选杀手 3 000，俱会于松江。“永（顺）保（靖）土兵”首败倭寇于石塘湾，斩倭首 1 900余级。自明朝御倭以来，以是役为“东南战功第一”。此后，湘西土兵再败倭寇于最后据点沈家庄，全歼倭寇，倭首徐海自杀，王直投降，东南倭乱，乃初告平定也。因土兵出发当日为腊月二十九，于是此后湘西地区盛行提前一天过年（过赶年）。

官兵们走的赶，来不及告别，桑植的民歌将这段故事唱进歌里：

马桑树儿搭灯台，
写封的书信耶与姐儿带。
郎去当兵姐儿在家，
我三五两年耶不得来，
你个儿移花别处栽。

马桑树儿搭灯台，
写封书信耶与郎带。
你一年不来我一年等，
你两年不来耶我两年挨，
钥匙不到锁不开。

马桑树和灯台树，两种树。灯台树又名女儿木，张家界黄石寨山路上有几棵。马桑树常攀搭于灯台树。若有缘，我便唱与你听。

倭人于20世纪上半期发动全面侵华战争，湖南尽失，惟湘西一隅得以保存。倭寇先头部队仅前进到离大庸35公里的溪口镇，遇湘西土兵，未能深入半步。除了外公在远征军中抗日外，还有本县的覃子斌，他是远征军第54军198师594团上校团长，就是《我的团长我的团》中那个湖南犟驴团长的原型，外号“老虎”。云南讲武堂毕业。对上级不会来事，当了9年团长，对下属甚好。组织“华夏敢死队”与日军148联队第一大队长吉原少佐“战神冲锋队”战于高黎贡山冷水沟。1944年5月反攻中殉国，追授少将。

1945年5月10日开始的湘西“雪峰山会战”，是八年抗日战争的最后一次会战。国军转守为攻，毙、俘日军两万余人，何应钦称之为抗日战争最大的胜仗。1945年8月21日下午4时，在湘西芷江县城东的七里桥村磨溪口，日本陆军正式向中国投降。史称“芷江受降”。由此观之，湘西实为倭寇之天敌。倭寇投降的当

芷江受降纪念馆

日，大庸城从沿河街到南正街，直至文昌阁、西门街全部罩上了青天白日旗和整幅蓝布，下面就放鞭炮。我父亲清楚记得他坐在我爷爷的肩上，沿街看放鞭炮，放了三天三夜。鞭炮渣有腿肚子深。

海防·台湾

湘西地处偏远内陆，在近代却与国家之海防和台湾相互关联。第一次鸦片战争时（1841 年 9 月）英军进攻浙江定海，定海镇总兵葛云飞、处州镇总兵郑国鸿、寿春镇总兵王锡朋率部血战，先后阵亡，史称定海三总兵。郑国鸿即是湘西凤凰厅（现在湖南凤凰县）人。是役，郑国鸿坚守城西南要地竹山门，与敌血战六昼夜后殉国。

八国联军侵华时（1900 年 6 月），湘西吉首人、记名提督，大沽口协副将罗荣光率军驻守大沽口炮台。因罗拒交炮台，联军提前发动攻击，激战六小时，三炮台先后失守。罗退至天津，在天津失陷前三天服毒自杀。此为近代卫国战争中牺牲于海防前线的又一湘西名将。

此外，在刘铭传督台湾前，湘西大庸人刘明灯即于清同治五年（1866 年），受闽浙总督左宗棠推荐，被任为台湾总兵，是台湾地区最高军事首长，时年仅 28 岁。1867 年，刘负责处理美国商船罗妹（Rover）号与土番纠纷之事件，维护了国权。刘在台湾留有多处遗迹。刘明灯的墓地在故乡的当地人中称“石人石马”，离我的老家仅 10 里地。一个山沟沟里的古代人能在台湾任总兵，其意味很是深长。“刘明灯提拔竿三儿”的故事在故乡妇孺皆知。故事的大意是：竿三儿是刘明灯的一个舅爷，被刘提拔后，代替他死了。后人以此形容那些被提拔，自认为得到好处其实成了替死鬼的倒霉蛋。

世人但知梁启超《少年中国说》，不知那近代怪杰、湘人杨度在 1903 年的日本横滨，和唱梁任公之《少年中国说》而作《湖南少年歌》，其中唱曰：“中国如今是希腊，湖南当作斯巴达，中国将为德意志，湖南当作普鲁士。诸君诸君慎如此，莫言事急空流涕。若道中华国果亡，除非湖南人尽死。”而湘西人又为湖南人中之豪杰也。

辛亥革命中湘西之死士与名士

原文刊于《南方都市报》，2011 年 4 月 26 日。刊登时有删节，此为全文。

从行政上而言，虽则当今有湘西自治州，其范围小于本文所叙及的大湘西，但自古沅江以西及澧水流域均属湘西，并无歧义。自古以来，湘西与中国历史进程紧密相关，湘西人之血性也在历次重大历史事件中展现得淋漓尽致。近代湘人杨度名言有云："若道中华国果亡，除非湖南人尽死。"而湘西人又为湖南人中之豪杰。

100 年前，因为一次偶然的炸弹爆炸事故，后来被称为"辛亥革命"的那件影响中国千年历史的武装起义在武昌爆发。许多为革命奔波了十几年的领导者对于骤然到来的事件其实并无准备，比如，孙中山尚在美国，从报纸上知道了中国革命，才决定赶紧回国。绝大多数国人并不知道发生了这件事情以及这件事情发生后的意义，离中原最近的偏远蛮荒之地湘西，也是在睡梦中模糊感受到这革命的到来。

视死如归：湘西三死士

为共和革命而死，湘西有三人最为著名：刘复基、蒋翊武和宋教仁。他们均在 30 岁左右血染共和，毫无畏惧，真乃湘西血性死士。

武陵人刘复基为武昌首义三烈士之一（另两人为彭楚藩和杨宏胜）。他们本不该死，尤其是刘复基。身为文学社评议部长（澧水下游澧县人蒋翊武为社长）、湖北革命军常驻军事筹备员刘复基是武昌首义的真正策划者。武昌首义三烈士的死是一场偶然事故，而辛亥革命之爆发于 1911 年 10 月

刘复基

10日，也因之成为偶然。

1911年10月9日晨，蒋翊武赶回小朝街85号的起义总指挥部。复基通报近来湖北革命形势发展情况，以黄兴曾来电约农历九月初（公历10月底）11省同时起义，但“本社同志以过迟恐致误事”，主张赶紧起义。蒋、刘二人及各革命人士犹豫不决。是日中午，传来汉口宝善里机关失事。原来此日上午，孙武等人在俄租界的汉口宝善里14号制造炸药，拟炸湖广总督瑞澂的卧房。一位叫刘同的人——他是革命党人刘公的弟弟，叼着香烟进入孙武房间。此人错把放炸药的桶当做烟灰缸，随手把烟蒂扔了进去。一声巨响引来了俄租界的巡捕。俄国巡捕将起义文件和党人名册等全部搜去。蒋翊武闻之，“当场泪下”，刘复基大声激愤地说：“事到如此，哭有何益，不如今夜起义！”蒋翊武即根据已经通过的起义计划，下令当晚12时正式行动，以南湖炮队发炮为号。

当晚11时许，总指挥部被围，复基与翊武等人被捕。而翊武仍然留长辫着长衫，其形象如同一般学究，不被军警重视，乘乱逃逸。

10月10日凌晨，被捕的刘复基见起义未发（实际上是南湖炮队还未正式收到发炮起义的命令），焦急莫名，遂向大堂内围观者高呼：“同胞们！大家努力！可怜我这些遭虐的同胞呵！”旋即英勇就义。同时就义者有彭楚藩和杨宏胜，三人的头颅，被挂在了城头。是日晚，武昌起义才正式爆发。

蒋翊武于12日赶回武昌，组织义勇军。汉阳失守后继黄兴任护理总司令，负责指挥。

1912年6月，蒋翊武将文学社并入同盟会，不与袁世凯合作，在宋教仁被杀后回湘参加“二次革命”，失败后，遭通缉。1913年8月29日南行至广西全州府兴安县境，为巡防统领秦步衢所捕。袁世凯命广西都督陆荣廷将翊武“就地枪决”。10月9日，翊武作《遗书》及《绝命诗》四首，其一曰："当年豪气今何在？如此江山怒不平！嗟我寂冤终无了，空余虏剑作寒鸣。"英勇就义于桂林丽泽门外。临刑前拒绝下跪，并声称要有一个连的仪仗兵伴军乐队欢送。最后他盘坐在红地毯上，张开双手对行刑队大声说："来吧，就朝这里开枪！"行刑排长惧之，用手枪从背后开枪。

宋教仁

蒋翊武因革命而死，也因宋教仁而死。1913 年 3 月 20 日，上海火车站一声枪响，刚在中国有史以来第一次国会选举中获胜的宋教仁在准备北上时倒下了，两天后去世。宋教仁的倒下，宣布中国有史以来第一位真正民选总理的倒下。这才导致蒋翊武愤然与其余革命党人参加反袁的二次革命。

熊希龄

武陵桃源人宋教仁秉性中有别人不及的理性成分。在 1904 年华兴会起义失败后他流亡日本，与黄兴一起协助孙中山创建同盟会。无宋、黄二人的鼎力相助，绝无孙中山之同盟会的创建；无宋教仁的执意坚持，也绝无国民党之成立。是以宋教仁为中国民主革命的真正伟人，惜其死于暗杀。

即便在同盟会内部，宋教仁也是坚决主张民主原则，他是最早也最为坚定地批评孙中山"做事近于专制跋扈"的第一人。1912 年 7 月，宋教仁与教育总长蔡元培等同盟会人士辞职，准备参与中国历史上第一次宪政的选举。在宋教仁的推动下，以同盟会为主，联合统一共和党、国民共进会、国民公党组建了中国国民党，以便同袁世凯抗衡，实行议会民主制度。

然而，袁世凯搞的这个假民主选举的性质很快暴露。他决计没有想到新的国民党能够在竞选中取得议会多数席位，这就使得宋教仁有资格以多数党领袖身份出任内阁总理。明知有生命危险，宋教仁坚持在回湖南探亲后经上海去北京准备组阁，湘西人刚正之风令藏在阴暗角落的政客们胆寒，宋教仁果然遇刺。尽管袁世凯有最大嫌疑，然真正的幕后凶手已成历史悬案。孙中山挽联说："作民权保障，谁非后死者；为宪法流血，公真第一人。"

赤诚侠义：湘西三名士

辛亥前后，湘西另有三人代表了此地文武两面之赤诚、善慈、侠义的真性情。一位是熊希龄，一位是杜心武，一位是陈渠珍。

杜心武

熊希龄，湘西凤凰人，1894 年，殿试二甲进士，点翰林院庶吉士。甲午之役后，熊希龄上书洋务派首领、两湖总督张之洞，强烈要求变法维新，被张之洞委为两湖营务处总办。1898 年，熊希龄被御史黄桂均参奏，指为康梁党徒，受到"革职永不叙用，并交地方官严加管束"的处分。庚子之后，熊希龄参与办理地方实务改革，并在 1905 年随"铁杆立宪派"端方一起出洋考察各国宪政。

1911 年"辛亥革命"起，熊希龄转变政治立场，次年初，以湖南共和协会会长名义，致电袁世凯，督请满室"明诏退位"，公开襄赞共和。不久，袁世凯担任大总统，国会同意任命熊希龄担任财政总长。1913 年 6 ~ 7 月间，袁世凯以"古玩事件"（熊希龄是中华民国的第一任热河都统，被袁世凯陷害告以私藏文物）为要挟，迫使并不想担任总理的熊希龄组阁，以遂其弄权专制之志。在此期间，解散国民党的大总统令颁布，国会也被袁世凯搞垮。在熊希龄被利用完之后，袁世凯再次利用公开所谓盗宝案，致使熊在1914年2月6日提出辞职。

与袁世凯决裂后，熊希龄退出政治舞台，此后建香山慈幼院，任院长，此为近代中国国内最完善的慈幼教育机构，收养京畿地区的无辜灾童，维持垂20年之久。熊希龄以慈善家终世，非有一种名士的决绝之心不可成其事也。

另一位湘西辛亥传奇人物杜心武，号儒侠，道号“斗米观”居士，1869年出生于湘西张家界市慈利县江垭镇，武陵山一带流传的武术门派自然门的宗师。杜心武身材瘦削，被称为侠骨。年轻时拜徐矮子为师，学得一身惊人的武功，早年在四川、贵州、云南一带做保镖，威震四方，被誉为“南北大师”。1904年，杜心武在日本留学时（应该学的是农学）认识宋教仁，并加入了同盟会。孙中山在日本时，宋教仁便参与了保护孙的工作，于是坊间便盛传杜心武为孙中山的保镖。事实上，孙中山在这几年间只在日本待过几个月，其余时间在世界各地奔波筹款，因此，杜心武可能参与了在日本的保卫，但不是孙中山的贴身保镖。回国后，杜心武参加了“辛亥革命”武昌起义，1912年5月，宋教仁任北京政府农林总长，杜心武任佥事。旋调任农商，农工部部员，继调任农商部直属第二农事试验场（河南彰德）会办，后改任直属第一农事试验场（今北京动物园）技正。1913年宋教仁遇刺后，杜心武无意政坛，在家装疯，人称“杜癫”，闭门谢客，潜心学道。

陈渠珍

“湘西王”凤凰人陈渠珍也为赤诚侠义之名士，难以一般军阀视之，1906年毕业于湖南武备学堂并加入同盟会。如前文所述，其《艽野尘梦》记载了辛亥年他率湘西兵入藏的故事。那个藏女不幸逝世10余年后，渠珍将西原移至湘西以亡妻之礼葬之，此事最见湘西人之真性情。他爱读诗书，随身携带的古籍成了沈从文的启蒙读物，对他影响甚大。陈渠珍以“湘西自治”之策兴办各种教育、民生、经济等事业，是湘西历史走向近代的重要一页。

故乡辞典：你忘记自己的家乡了吗？

土话不仅传递文明的最微妙处，它还承载了乡亲的重托。倘若你一回家碰到熟人，操着官话打招呼，那会被人说成麦子韭菜都分不清的忘了本的人。

土话随着外来文明的入侵日渐式微，新生代大抵已完全汉化，而我也因离开那语言环境太久远，倘不搜刮记忆以备存，依赖土话而存的乡土文化也必湮没于历史洪流。是以将土话编成若干词条以纪念之。弱弱地挑战一下语言学家们，他们说我们那里和重庆、四川一样属于北方方言区。此论有些武断。当地方言和川渝方言最大的不同是：我们很清楚地分辨了“s”(斯）和“shi”（师），“ri”（日）和“zth”（日的川渝发音），而且有大量的儿化音，比北方话多得很。另，语言学家们可能没有仔细分辨更小区域的差别。大庸城里的话和河对面的话或者10里外的话都有很大的不同。据老人说，可能大庸城里的人的官话来自外地，明朝曾经发生过屠杀，原住民都被杀或被赶走了，是以形成一个小小的独特的方言区。

大庸南正街，20世纪50年代

“kei”（二声），即“去”。应是古音，类似粤语。

“ngɑ儿”、“ngɑ公，”即“家儿”，“家公”，外祖母、外祖父。此处受古音影响，似粤语，“家”念“ngɑ”。

“ng-ɑn”（四声），即“眼”。应是古音，类似粤语。

“ng-er”，即“娃儿”，通指男孩女孩。

“ngiao”（四声），即“咬”。“ngiao 紧哒莫放”：咬紧了别放松。

“xio”，即“学”，xio 习，即学习。

“啊呜”，即山鬼，妖怪。

“巴”，即烫。水火皆可用。

“掰子”，即瘸子。

“白瓜”，即南瓜。

“打起化”，即给赏钱。常用于赏钱给舞龙灯狮子灯、唱三盘鼓和唱花灯的场合。

“逮”（四声），此为一多用途动词。常用搭配有“逮点儿”什么，“逮饭”（吃饭），“逮到哒”（做成了，捉到了），“逮他一餐”（打他一顿），“逮么子”（干什么），“逮哈儿子”（干一会儿），“逮澡”（洗澡），等等。

“嗲”（dia），即父亲。

“嘎斯”，语气助词，表示“一下子”。“逮他一嘎斯”（打他一下子）。

“嘎直”，即“笔直地”。“嘎直往前走”：笔直地朝前走。

“杠”，即“讲”。“你杠不杠”即“你说不说”。应是古音。

“拐哒”，即“完了，大事不好了”。可连用。“拐哒的，弄搞啊”：完啦，该怎么办啊。

“拐家”，即“国家”。guai（三声）即“国”。“中国”念“中 guai”。此处“家”以及“家庭”的“家”都不念“nga”。

“哈”（四声），即“傻”。“哈伯儿”即“傻儿”“傻子”。

“哈”（一声二声之间），即“还”。“哈有糜得?”：还有没有?“哈”读入声，则为“下”，语气助词。“逮一哈”：搞一下。

“汗褂儿”，即汗衫。

“酒醉诺儿”，即醉鬼。

“开斩子”，即“斧头”。

“肯”，即“从”，用在“从哪里到哪里去”的情境。

“快辄（四声）儿”，即快点儿。

“咯怜”，即婴儿可怜，爱哭闹。

“么卵”，语气助词，同义词：“么子”，表示“什么”。“搞么卵的呀”（搞什么呀），此处“呀”念“ngia”。“卵”是生殖器。粗话中常用。“讨卵嫌”即“很讨厌”。“咬卵”即“怕什么”，此处“咬”念“ngiao”（四声）。“嘎卵跑哒”：夹着卵跑了。

“糜得”，即没有，不存在。“皮头糜得莫子的，莫行哒”：上面没有什么东西，不要寻找了。

“奈奈”（一声），即脏。

“您”（介于一二声之间），即“你们”，而不是汉语中的第二人称敬辞“您”。第二人称敬辞“您”在土话中叫“ni‘er”（四声），或可看做“您儿”的连读。

“皮头”，即“上头”“上面”。“玩的屋就到那个皮头”：我的家就在那个上面。

“栖”，即溪水的“溪”。

“企”，吃的意思。“企饭”（吃饭），“企东西”（吃东西）。

“胎嗨（一声）”，即“成气的”“成功的”。

“玩”（介乎一声二声之间），此为自称，即“我”和“我们”。当地土话受北方语系的影响，似乎是“俺”字的本地化。但用一个字同时表达单数“我”和复数“我们”似乎又和北方语系相异。本人不是语言专家，不知此现象在其他方言中是否也存在。

“窝屎”，即“拉屎”。“窝”当是来自“屙”。

“兮”，即“哭泣”。

“小衣”，即“内裤”。

“伊爷”（两个字都在一二声之间），即爷爷。

“呦喔儿”（you woer），即“牛娃”，“耕牛”的“牛”的意思。“放呦娃儿”：放牛娃。

“栅子棍儿”（栅字二声），即干竹子竿儿，尤指用于菜地支撑蔬菜的竹竿。

“抓（三声）米尔”，即蝗虫。

“抓”（三声），即脚踢。

“跩”（一声），即蹲下。

大庸，此为故乡县名，来源于古庸国，然为何为“大庸”，不可考。20世纪90年代初，当地官员诬此名庸俗，不利旅游文化发展，而将“大庸”

改名“张家界”。逃台老国军自此凡书写大庸为地址寄信者，均遇到不少麻烦。而飞往张家界的航班，机票上仍赫然印着“DY”字样，意为大庸，也一奇也。文人墨客愿附会《大学》《中庸》之名为其源。大庸不庸，超越中庸，意境其实挺美。

还有好多，一时想不起来。学几句本地话，进张家界门票站可以免费哟！教你一句：“玩（一二声之间）就（二声）儿这儿的（我就是这里的人）！”说好这一句，嘎直往里走诶！

八十年代祭

我不能对所见所闻假装什么也没发生。

空气中弥漫着异样的快乐

八十年代对我而言，是从围观卖猪药的地摊开始的。大约从1979年开始，每天上学的时候，我便要在路上看看早早地就在南正街摆地摊的卖猪药小贩。卖猪药的吆喝着："滴个（这个）药叫703，猪企（吃）了发肠子。滴个药叫920，猪娃儿企了长膘！"边说边做实验。只见他将一匙子白粉中滴了几滴水，白粉迅速膨胀成巨大的泡沫。我们都吃过他的猪药喂大的猪，现在想来，那个药应该是一种膨胀剂一类的东西。但那个时候只要猪长膘，谁管用了什么药。卖猪药的成为县城第一个万元户。政府奖励了他一台熊猫牌12吋黑白电视机，游街的时候，我们都拍手。

现在，如果问一个人是否老大庸人，就问他是否知道南门口卖猪药的，知道的就是老大庸人。

八十年代形成了两拨暴发户。1984年前，第一代万元户和暴发户崛起。在那个小县城，第一代暴发户除了那个卖猪药的，还有跑香港（后来是深圳）倒卖光洋（袁大头银元）和文物的、"二道贩子"和倒卖国家紧俏物资的。这一代暴发户的共同特点是胆子大，许多是无业知青和劳改释放犯。完成积累后才有第二代房地产的老板、包工头和"官倒"那样的暴发户。这是脑子和权力结合在一起的暴发户，因为城市改革是从1984年后开始的。

每一个年代都是人的命名，每一个命名都隐含了相对的定义，它是主观的记忆，也是真实发生过的历史。八十年代，我是被告知的一代，被告知苦难终结了，被告知可以唱流行歌曲了，当然，也被告知不可以留长发。八十年代，也是报复的一代。所有人几乎都在报复性地恶补丢失的东西——无论是机遇、性、爱，还是金钱。当然，更重要的，其实是理性和知识追求的报复性再现和增长。

我便要为七十年代生的人正名。陈丹青认为：七十年代出生的孩子“他们是最自私的一代，最个人，他们也很茫然”（查建英：《八十年代访谈录》）。我整本书都在为我们这些七十年代出生的人正名。并且，我认为中国难以走出传统的关键，恰恰是缺乏对孩子的作为个体的权利——因之也是对他人权利的认同教育，恰恰是太多集体主义的、国家主义的和指向人治的成就道德圣人的教育。“无私”违背人性，并且在现实中走向其反面。中国必须经历一个有“私”、承认“私”和承认个人存在的痛苦阶段。

1979年灯会。右下角即土家人背小孩的“椅架儿”。安用甫摄

八十年代也是从《在希望的田野上》那首歌开始的。田间地头和街头巷尾的大喇叭里每天都播放这首歌。歌中唱道：“我们的家乡在希望的田野上，炊烟在明媚的春光中飘荡，小河在美丽的村庄旁流淌，一片冬麦，一片高粱。”这是1982年，是《少林寺》上演、万人空巷的那一年，是罗大佑《童年》流行于我们学生当中的那一年。

看完《少林寺》（哎，也因为这电影毁了千年禅宗道场啊），吾等三五位少年不满学校规定的“留长一点头发是资产阶级自由化”，乃在一个夏天的中午集体剃了头发，仿《少林寺》武僧，在下午专门迟到，且一个一个神色凝重地鱼贯而入。阿弥陀佛。

空气中弥漫着异样的快乐，仿佛一切都过去了。我们家也忘了前两年大年二十九晚上（土家族过年是大年三十天亮前），家里没有肉吃，父亲在母亲的哭哭啼啼声中凑足了1块5毛钱，去“大庸旅社”餐厅炒了一盘青椒肉丝回来。为了减轻是从餐馆拿回来的羞辱感，父亲兴冲冲地给这个“盘子”（就是从餐馆买来的菜）加工。他倒多了酱油，把这个“盘子”搞成了黑乎乎的东西。我们5口人围着这盘黑乎乎的东西过了年。油毡房上的积雪渐渐地在我们散发的热气中融化。这是公元1978年的春节。

转眼到了1983年的第一届春晚，居然第一届就实行观众电话点歌。李谷一被点了无数次，前前后后她一共上去演唱了七首歌。这对于现今的春晚歌手可谓是一个不可能超越的纪录。其中她演唱的第七首歌《乡恋》引起了很大的反响和争议。第一届春晚时，我家还没有电视。全家相约去姨父家看。我不知道为什么（好像是觉得去别人家过春节看电视丢人）就是不去，陪家人到姨父家后，我独自走回了家。走回家的路上，寒风中听到郑绪岚的《少林寺》主题曲《牧羊曲》从一些人家的电视里传出，当街作出了李连杰饰演的觉远和尚的武打动作“黑虎掏心”。心中念着里面的台词：“酒肉穿肠过，佛祖心中留。出家人只要心中有佛，多行善事，不必拘泥小节。”

接着当年下半年即开始了“严打”。石板街那个瞎子老头的儿子被推为一个团伙的头儿（他不是真正的头儿）被枪毙了。瞎子几天后也死了。另一起是姓赵的一个不到 18 岁（实际 17 岁多几天）的孩子也被推为一个团伙的头儿（头儿是某局长的儿子），也被枪毙了。枪毙时我们都去看，是在三望坡，我们都像被人提了脖子的鸭子那样使劲往前往上够着看。因从背后开枪，一枪未中心脏，未打死，被用手枪补了一枪。他在地上腾挪了一下，死了。他妈妈便疯了，在十字街贴有他儿子被枪毙的大幅照片的宣传窗前哭闹，被抓了起来。听说后来也死在劳改队了。

在“严打”中，和刘晓庆、陈冲等齐名的迟志强曾因所谓的“流氓罪”获刑，轰动全国。刘晓庆和陈冲的《小花》、张瑜的《庐山恋》和《小街》刚刚流行了几年，南正街上有青年男女跳什么交谊舞，被居委会大妈告了，派出所过去抓人，说他们搞流氓活动。我们小孩子们在旁边看着，痛恨这些“乱搞男女关系”的人。当我上高中的时候，全校包场看《少年犯》，那个纪实性的片子主要由真正的少年犯主演，我们感受到的是恐惧，不是教育。劳教决定不由法院作出，而由公安机关作出，我们虽然不懂法律，但觉得恐惧的是：别犯事，犯事就会被直接抓起来送劳教，没人为你辩护。八十年代仍然是权力无限大的时代。当年流行的一句话是：说你行你就行，不行也行，说你不行就不行，行也不行。

其实，八十年代也不是从“在希望的田野上”开始的。它真正的开始是 1979 年，头一年因为“三中全会”拨乱反正，1979 年的元宵街头便已成为人们狂欢的海洋。在十字街头我们全家去看花灯，父亲“椅架儿”里背着弟弟，我也努力地与拥挤的乡亲们抗衡，差点背过气去。

那一年，齐豫的《橄榄树》不知从什么渠道传到了家乡。少女们都在唱："不要问我从哪里来，我的故乡在远方，为什么流浪，流浪远方，流浪。为了天空飞翔的小鸟，为了山间清流的小溪，为了宽阔的草原，流浪远方，流浪！"其实，这流浪歌真的不合时宜，乡亲们不刚刚找到了家乡吗？土地不刚刚包产到户吗？

学校里开始宣传"五讲四美三热爱"。"文教专干"（不知道是个什么官，反正每次他来我母亲兼任校长的"三坪小学"，我家就给他做肉吃，我们一个星期可以吃上一次肉，有时候是我和弟弟在河里捞的小鱼。他好像是检查工作来的）来了，等饭的时候，他见我在教室里做作业，就问我五讲四美三热爱是什么内容。我说"讲文明、讲礼貌、讲卫生、讲秩序、讲道德；热爱祖国……"一时间紧张，忘记了后面的内容。我想看墙上的宣传画，他把身子扭过去挡住的样子我还记忆犹新。我没有偷看成，看到了黑板上我画的中国地图，是我默画的，没有参考书上的地图。细节都很准确。我不知道，要我背记那些东西难道比我画中国地图更重要吗？那时，几乎所有孩子的作文，都写到如何帮助街上的老婆婆过马路，以表示自己学了雷锋。

那些戏，那些歌

真正的偶像不是学校教我们学的雷锋。新的电视剧、电影、歌曲和小说，给整个八十年代刷上了些许亮色，给极端饥饿的人们勉强填满肚皮，里面的主角，成为我们的真正偶像。

电视开始引进小县城了。县城的第一台黑白电视机是汽车站客运公司从长沙带来的，由于还没有信号差转台，电视上长时间出现雪花点。我们挤在客运站的办公室（翻墙进去的），紧张和兴奋中的我们都不说话，终于有人说了："怎么这场雪下这么久啊！"偶尔信号接通了，是那伟岸的天门山反射的常德方向的信号，终于可以在雪花中看模糊的剧中人身影了。

最初看的两个长篇电视剧都是美国的。一个是《大西洋海底来的人》，这是中国首部引进的大型科幻片，只记得那个人住在海里面，上了潜艇不久还要泡水、冲水，否则就会干死。另一个是《加里森敢死队》，只记得那个人甩飞刀的技术简直可以和中国侠客相媲美。

我们不知道，这得益于中美关系在1979年元月的正常化。

我们同样不知道，当时中国准备打仗了。不，我们其实知道要和越南打仗了，只是被告知越南天天欺负我们，把我们给他们的大米堆起来做工事。每天，我们都在教室里讨论去越南打仗（这当然只限于我们8岁或9岁的男孩子，且我们认为这是我们的天职），看着战斗机从天门山上飞过，往南飞，知道是去打越南的。越南有多远呢？当时澧水河南边的枝柳铁路刚刚通车，大家议论一番，认为坐火车到越南只要一天。这个结论大概正确。

我们也不知道，为什么日本也一下子和中国好了起来。我们开始了深受日本流行文化影响的生活。

又有几部万人空巷的日本电视剧和电影在中国上映。“万人空巷”在八十年代初的中国绝不是形容词，因为没有多少人家有电视机，小巷子里挤满了到别人家看电视的乡亲们，电视剧热播的时候，犯罪率持续下降。这热播的电视剧中有《血疑》，山口百惠和三浦友和演的，讲一对恋人最后在男的给女的输血的时候发现二人居然是失散多年的兄妹。中国男人便都迷恋山口百惠。

还有《排球女将》，荒木由美子演小鹿纯子。她前些年还被朱军邀请来中国接受《艺术人生》的眼泪和祝福。小鹿纯子的“晴空霹雳”“流星赶月”这些排球动作，我们男孩子们便要模仿，摔伤了不少胳膊腿。中国男孩大多迷恋小鹿纯子。

还有高仓健的《追捕》。高仓健几乎不会笑，其实他压根儿就没有在电影中笑过吧。但那刀削的脸透出刚毅，令中国女人们迷恋他。而我们男孩只是迷恋其中的台词：“朝仓不是跳下去啦？唐塔也跳下去了，所以请你也跳下去吧。你倒是跳啊！”蹲茅厕时则唱里面的歌：“啦呀啦，啦呀啦啦呀啦啦，啦呀啦，啦呀啦……”还有孩子们最喜欢的《聪明的一休》。我在唱歌课的期末考试中，就唱了里面的主题曲：“格的格的格的格的格的格的！”同学们哄堂大笑。

10万匹马力的阿童木也是我的最爱。首次知道它是从糊在我家墙上的报纸上，应该是《参考消息》。上面说《铁臂阿童木》的作者手冢治虫的故事，另一个版面是大字标题“苏联入侵阿富汗”。若干年后，我在日本请教阿童木名称的来历，日本老人跟我讲是来自英文 atom（原子）的日语发音。日本的卡通和动漫带给我们快乐。我们丧失了童心，所以也很难推出有世界性影响的动漫作品。

然而，影响最大的还是港台歌曲和电视剧。没有港台，便没有大陆的八十年代文化。在那些作品里面仍然可以发现一些中华文化的根脉。黄元申的《霍元甲》播出，盛况空前，叶振棠的《万里长城永不倒》在大街小巷传唱。最后一个镜头是陈真腾空飞腿踢向开枪的日本鬼子。接下来正好播放《陈真》。《霍元甲》播放的时候，外祖母家有了 12 吋的熊猫牌黑白电视机。每次听到唱“江山秀丽，叠彩峰峦”，外祖母和我们一起模仿那粤语的唱腔。1983 ~ 1984 年，“严打”的同时，我们经历着民族主义的洗礼。

除了“对越自卫反击战”涌现的英雄宣讲团给我们灌输了民族主义意识，那以对越作战为蓝本的《花枝俏》《雷场相思树》和《高山下的花环》也起了推波助澜的作用。后者显然还是夹带了创作者个人的批判意识，里面讲到了军队中的腐败行为。但我们总体而言，是每天高唱着“血染的风采”（歌颂越战英雄的歌）去上学。

周润发的《上海滩》也播出了，浪奔浪流，使我们看到了另一个时间的中国。

邓丽君的歌传到我们学校时，我们偷偷地传唱。邓丽君为什么一直没有到大陆来，我们也不知道。唱得最多的是她的《甜蜜蜜》《在水一方》《小城故事》《我只在乎你》和《月亮代表我的心》。她应该比上面几个电视剧来大陆的时间还要早些。

《外婆的澎湖湾》是谁唱的，已经不记得了，但我们是五年级开始唱的。同时期，罗大佑开始风靡教室：“池塘边的榕树下，知了在声声叫着夏天，操场边的秋千上，只有那蝴蝶还停在上面，黑板上老师的粉笔，还在拼命唧唧喳喳写个不停，等待着下课，等待着放学，等待着游戏的童年。”我们把这首《童年》的歌词抄在本本上，个个会唱。我们只是高兴唱它，我们高兴唱这里没有的东西，唱我们该有的却没有的童年。

罗大佑绝对是影响了我们整整一代人的精神“教父”。那“台北不是我的家，我的家乡没有霓虹灯。繁荣的都市过渡的小镇，徘徊在文明里的人们”传唱的时候，我要上高中了。开始思考问题。我觉得那是在控诉，相当震撼我的心灵。当他的《爱人同志》（1988 年）传到我们高三的复习应考教室时，我再次被震撼。当年，我看着电视里两次播出《河殇》，唱着“每一次闭上了眼就想到了你，你像一句美丽的口号挥不去。在这批判斗争的世界里，每个人都要学习保护自己，让我相信你的忠贞，爱人同志”，心中总会莫名地被触动。童年、家乡、文明和政治，这些纠缠不清的话题，开始在我的头脑中扎根。

齐秦和金庸带给我们另一种浪漫情怀。

《狼 1》发行的时候，我们都争相购买。我没有录音机（那时是磁带录音机），便去舅舅那个“总统牌”录音机中去播放，这录音机是托了亲戚从香港带进来的。蛤蟆镜、长发、喇叭裤和四喇叭收录机是八十年代流行过很长时间文艺青年的标志性装备。那时候，流行的是“燕舞”牌收录机，那个唱“燕舞，燕舞，一曲歌来一片情”的广告歌手是我一个大学同学的哥们。我们知道了年轻人就是尘世中的狼，就应该是尘世中的狼，孤独，却要咬紧牙关。齐秦一直伴随了我们八十年代末到九十年代初的时光。

金庸也是教父级的心灵影响大师。不谈金庸，你都不好意思说你经过了八十年代。《射雕》《神雕》《天龙八部》《笑傲江湖》《书剑恩仇录》《鹿鼎记》，等等，伴随了我们课堂作业、复习应考、中午休息、上厕所的所有时光。一般一天或半天就可干掉一本金庸著作。当然，大多好像都是盗版的。

看了他的武侠们还不过瘾，还去看电视剧。当时，录像厅开始在中国内地风行，我父亲就是因为这种疯狂的录像厅风潮而下岗的。他的剧团搞不下去了，一分钱没发，自行解散，但我们仿佛都不憎恨录像厅。我们如恶鬼般扑向录像厅，比后来的孩子们泡网吧有过之而无不及。我和弟弟、舅舅三人曾经躲进十字街北面那个曾经的冰棒工厂看录像，看的是 1983 年版《射雕》，大概 60 集的样子，连续看了两天一夜。吃喝拉撒全在录像厅解决。家人以为我们失踪了，那时可没有手机，连寻呼机即 BP 机都没有。出来的时候，脸是绿的，看东西的眼也是绿的。摇曳的画面晃得我们走路失去了重心，看人都是彩色的色块。

于是迷上了翁美玲（黄蓉），在街上看见射雕的小画册都收集起来。晚上哼着罗文和甄妮唱的《铁血丹心》，不禁流泪：

依稀往梦似曾见，
心内波澜现。
抛开世事断仇怨，
相伴到天边。
逐草四方沙漠苍茫；冷风吹，天苍苍。
哪惧雪霜扑面；藤树相连。
射雕引弓塞外奔驰；猛风沙，野茫茫。
笑傲此生无厌倦；藤树两缠绵。
天苍苍野茫茫；应知爱意似流水。
万般变幻；斩不断理还乱。
身经百劫也在心间，恩义两难断。

不谈琼瑶，你也不好意思说经过了八十年代。但我不喜欢琼瑶，那是女孩子们的事，所以完全不懂为什么女生总是在中午的阳光下哭哭啼啼。

八十年代，也遽然滋生了深刻的文化现象，大抵因政治不再挂帅故。

刘晓庆在芙蓉镇卖米豆腐的剧照（1986年）

伤痕文学的绝笔是《芙蓉镇》。谢晋选择的拍摄地是离我家70公里的王村。电影在县城放映的时候，家母心血来潮购买了整整一排座位（有30多个吧）的票，请亲朋好友去看。《芙蓉镇》火了王村，王村遂改名芙蓉镇。也火了那个卖米豆腐的。每次去，我都会吃他们家的米豆腐。那个牌坊前后便挤满了米豆腐店。只是前几年当地把镇子的那条沿河石板街当成了整个风景区，卖门票了，我再也没有去过了。

舅舅和吉首大学的几个同学看完《黄土地》，走出影院，一如黄土地的农民一样埋头走，一如电影中的长镜头一样不出声。他们完全被震撼了。当然，我还小，似乎没有多大震撼。放映《红高粱》的时候，我已经懂事，深深叹服于张艺谋。尽管多年后我会反省那时的第五代电影，只是当时已惘然。

诗，也只属于八十年代。我跟着舅舅混迹于他们创办的《四月》诗社，给他们画了一个封面，是一棵孤立地矗在海边的棕榈树。我不懂诗，听他们讨论很多诗。记忆最深的是顾城的“黑夜给了我黑色的眼睛，我却用它寻找光明”，据说顾城是八十年代惟灵浪漫主义诗人。1993 年他自杀于大洋洲一个小岛上的时候，我已经读研究生了。还有这句“卑鄙是卑鄙者的通行证，高尚是高尚者的墓志铭”，北岛的。北岛前两年在一个采访中说，他已经厌恶这两句了。他说：读者的阅读停止了，被时代“冷冻”了，他们只记住了这两句，所以，我也不责怪读者，对于诗人来说，诗人的写作其实是不太考虑读者的。

母亲和我挤散了

整个中学在八十年代度过。我只记得两个“不允许”最直接限制了学生的正常发展，也就是限制自由。一个是男生不允许留长发，我们便剃了头发当和尚。一个是不允许谈恋爱，我们便在课堂上传阅手抄本《少女之心》。一个高中同学谈恋爱被老师发现了，班主任下午召集全班开会，郑重其事地说：“那事有么子味嘛！”这时从教室最后一排传来一个浑厚的男中音：“那事儿好有味道的哟！”他是我班的老大。我们哄堂大笑，老师脸上一阵抽搐。不允许有自由，是因为反对所谓“资产阶级自由化”。说有了自由，一个民族就会一盘散沙。这犹如太监神秘地告诉别人：做爱是对身体健康有害的！这就是表面充满怪异快乐的八十年代。

高考了。那年的语文作文考题还记得吗？是《习惯》。我班班长，我的铁哥们坐在我的后面，考试的时候，听着后面奋笔疾书，我便有些紧张。抓耳挠腮了半晌，才写了个民族心理习惯的内容，是以阿 Q 被人打后抬手一挡的描写开始的。我大胆地写成了杂文，很担心走题。语文第一节考，出来的时候，哥们兴奋得满脸通红地跟我说：你写了多少行？我写了五十行！“行？”我的心头一紧。呀，不对，诗歌才说写多少行啊！让我缕一缕。嗨，原来作文考题下有行小字：注意不要写成诗歌。哥们平常爱写诗歌的呀！一看就晕了，紧张地写成了诗歌。我了个去！心中这样想着，既是第一节考，怕影响他后面的考试，我便只好嗫嗫嚅嚅地说：嗯，嗯，我写了三十几行而已，还是你厉害。

作文是 50 分，而六门课总分才 640 分。他挂定了。我怀着忐忑不安的心情考完后面几门。高考给我的后遗症就是：因我有一道数学题（就是最后一道排列组合题）没有解出，读大学的几年里梦中常常在解数学题却解不出，为此常常惊醒。

母亲送我上大学，宣告了一个时代的结束。《河殇》我必须再提一遍，因为当时就播了两遍。第一遍是我在复习迎高考，第二遍是当年暑假。“谁晓得，天下的黄河几十几道弯？”那首歌我至今可以唱完。那“马克思所断言的资本主义的丧钟为何迟迟没有敲响”的振聋发聩的发问令我开始学会反思。当然，解说员张家声的浑厚嗓音更令我着迷。

《河殇》开头即提到了中国人不服洋人“首漂”长江，民间自行组织了几个漂流队去夺“首漂”荣誉。那是1985年左右的事情。当时群情激昂，故乡的几个胆大的早早地首漂了澧水河上游茅岩河那一段。我去南门大码头看，吃惊于他们装备的简陋：几根松木捆在汽车内胆上，筏子前方还扎了个国旗。他们上岸时，汽车内胆还在咕咕咕地冒水泡。漂长江的还是抢在美国人前面成功了，代价是牺牲了几个勇士，有位叫尧茂书的，其誓言就是“中国的长江要由中国人首漂”。后来又有人漂黄河，也牺牲了几个勇士。这就是当时有名的“长漂”和“黄漂”。

我奇怪于《河殇》的叙述逻辑。在批评褊狭的民族主义的同时，又以文明视角呼吁中国走向蓝色海洋文明。在我看来，一切以全体的名义进行的集体运动都值得怀疑，这是20世纪中国的宿命。《河殇》预告了第二年代表中国近代史真正终结的那场运动，当然，当时不可能意识到这点。在一次作文比赛中，我还虚拟了中秋节等漂流的哥哥回来的故事，那个全县的作文比赛题目就是《中秋》。那篇充满民族主义煽情色彩的作文得了一等奖。首漂茅岩河的那几个勇士后来把那个节目搞成了全国第一个商业性漂流项目。

当个体的冒险精神被罩上民族精神外罩的时候，我们还没有走出晚清的情结。

对他人和集体利益的关注，并不是被灌输的教条，而是出自自发的本能。相反，对集体利益的漠视，更多是来自集体对个体利益剥夺的现实，是现实教育了个体。读中学时城边山上失火了，我迅速冲刺数百米向山上爬去，超过了看山的老人。老人跑得气喘吁吁，给我砍了一截树枝，说你快点上去打火，我跑不动了。救山火很危险，刹那间我周围全是噼啪作响的火焰，足有十几米高。附近的民工在袖手旁观，嘎嘎地笑。消防队 20 多分钟后抵达。我幸存下来了。后来还救过一次山火，总是在消防队前面。

我的八十年代结束了，中国的八十年代也即将结束。我去粮站把湖南省的粮票换成全国粮票，像民工一样打好了铺盖卷。下着大雨的那天出发去报到。写诗歌的哥们从 10 公里外骑单车赶到火车站送我，全身淋湿。我的眼睛湿润了，他本可以跟我一起去北京上大学。还好，后来他招干考试上了警校。

从襄樊转车时，母亲和我挤散了。她从厕所车窗里爬了进去，我在车厢的另一头。天亮时，克莱德曼的钢琴声把我惊醒，车里面不播放崔健的《一无所有》，尽管崔健自 1986 年挽着牛仔裤脚在工人体育馆吼出“一无所有”以来，几乎代表了整个八十年代青年们的绝唱。车已经过了郑州，正在过黄河。母亲从厕所里挤了过来，我蹲在车厢地板上，接过她的体温温热了的我们上车前买的惟一一罐健力宝。

那一年夏天，家母买了好多肥皂和盐，说是通货膨胀了。权力相当的自负，认为可以收买一切，差一点它就成功了。但强大的个体生命在民族主义权力话语开启的致富之门外仍然高昂着它的头颅，不肯轻易妥协。你可愚弄他们，但不可收买我。

不见大学

我唱着《妹妹你大胆往前走》《狼》和《一无所有》那样的歌进了大学。我把自己装扮成很有血性、很有狼性的样子。第二年春夏，我知道了我们算个屁。当我把青春都献给了你，我还能说什么，你又能说什么。

少年时我有两件冏事，一是刚加入少先队时，辅导员老师说好好珍惜红领巾，因为那是烈士的鲜血染红的！我一直琢磨要多少烈士的鲜血才能染红许多许多的布给我们做红领巾。另一件事是我初中时读高尔基三部曲，读到《我的大学》，从头到尾也没有发现高尔基的大学叫什么名字。后来知道了，那个大学其实就是社会大学。大学该是什么样的？陈寅恪说：“吾侪当此艰难时势，所学不为所用，亦不合西学之潮。果欲为谋生计，可于学问之外另谋一他图，或经商，或实业，而切不可以学问做谋生晋升之道，如此则害学术之根底，弊莫大焉。”我在 1995 年开始教书的时候就把这句话贴在床头，至今我仍然能背下那段话。但如今大学在哪儿？你见不到它。

大学已经太大，大学已经世界化，已经网络化。虽有围墙，但你见不到它。学生真正来自五湖四海。学生使你直面自己。如果说知识分子和刚入北大的学生问的问题一个水准，那北大的存在还有什么必要？——他们问的问题是：读书有什么用？我们该问的问题和该回答的问题应该是“读书有什么意义？”在网络时代，学生可以通过网络随时获得知识，倘若没有独立思想（惟独思想难以下载和拷贝），便已误人子弟。倘若又没有灵魂，则更是不可饶恕的罪过。一个没有独立思想的人便是跪着的人。跪着的人如何能教别人直立行走？学生说：李老师上课是魏晋风度，是语言暴力，是发散式思维，这些我都同意。但若说我启蒙什么的，我有异议。如果说这居然就是启蒙，那更是我们的悲哀。我只是讲了常识。

40楼222

我便要回忆一座楼的故事。那座楼原先位于北大小南门东侧里面，如今早已被一组新的学生楼代替。

它是建于20世纪50年代初期的灰色砖砌四层筒子楼。

筒子楼，也是我来京读书后才知道的中国特色的集体宿舍楼。每层楼有两个进出的门、两个水房和厕所，中间是走廊，房间整齐地在两边排开。水房歌手就诞生在这样的筒子楼。“筒子楼要消灭在20世纪”的口号也凸显出这种楼的沧桑身世——当然，21世纪开始后很多年，筒子楼还在继续它的使命。

尚未拆迁的北大筒子楼

1969年，季羡林先生被指令到40楼去参加“学习”。在《牛棚杂忆》中他描述当时的心情：“我第一次从家里走向40楼的时候，正是千里冰封，万里雪飘的时候。这一段路相当长，总有三四里路；走快了，也得用半小时。我走出门去，走了一段路，立即避开大路，从湖中的冰上走过去。我忽然想到古人‘如临深渊，如履薄冰’的说法，这只是形象的比喻，可我今天的处境不正是这个样子吗？我不知道将来会发生什么事情。我现在已经很不习惯同人打交道。我到了40楼，见了革命小将，是不是还要高喊‘报告’呢？是不是还要低头垂手站在他们面前呢？这都是非常现实的问题。我得不到答复，走起路来，就磨磨蹭蹭。”

至于季先生走过的那湖，整整30年后，我们在同样冰封的湖面举办迎新年钟声的晚会。篝火在湖冰上点燃——在湖冰上烧篝火也是第一次见。

刚刚经过身心打击的同学们在一种奇妙的情绪中辞旧迎新。吉他歌手引领我们唱着崔健的歌。结束时我们手拉手围着篝火转圈，突然有人牵着向篝火方向跑去，大家便跑。脚下的冰嘎嘣嘎嘣地发出巨响。终于，在我离篝火还有几米远的地方，嘣——哗啦——20 厘米的冰断裂了。我的脚离裂缝只有 10 厘米。拉着我的同学在前面已经掉了下去。湖水因为压力而涌了出来。

这可是零下 15℃的夜晚。我们爬在冰面上将许多落水的同学拉扯出来，他们浑身湿透，全身发抖。还好，没有淹死一人，水并不深。我们将落水同学裹进军大衣，送回宿舍御寒。

又过了几年，这湖便被人写成了校园民谣：

> 未名湖是个海洋，诗人都藏在水底。
> 灵魂们都是一条鱼，也会从水面跃起。
> 未名湖是个海洋，鸟儿飞来这个地方。
> 这里是我的胸膛，这里跳着我心脏。

季羡林先生的回忆还在继续，他还没走到 40 楼：

> 我越走越慢，好不容易才走到 40 楼。我见景生情，思绪万端。前不久我还在这里被“楼中游斗”，曾几何时，我又回到这里来了。这回是以什么身份？我说不清。“丑媳妇怕见公婆的面”，怕也不行。我一鼓勇气，进去报了到。幸而没有口号的喊声，没有手打脚踹，而是不冷不热的待遇。我心头一块石头落了地，被分派了小组，组员都是学印地语的学生。从此以后，我就以一个莫名其妙的身份，参加了他们的学习和活动。原来东语系的“棚友”都被召唤到那里。可是待遇却不知为什么显然不同了。有的被分配打扫楼道。有一个印地语教员被无端扣上了地主的帽子，被分配打扫厕所。我原来是有思想准备来干最脏最累的活。然而竟然没有，实出我的意外了。

季先生还帮我们回忆了“文革”初期的关于 40 楼的事情：

远的不必讲了。专就“文化大革命”开始以来的两年多来说，40楼就能唤起我很多不同的回忆，激起我很多不同的感慨。1966年6月我从南口村回校，看到批判我的《春满燕园》的大字报，鼻子里不由自主地哼了一声，是在40楼。我被勒令交出“黑钱”三千元，又被拒绝接受，是在40楼。亲眼看到“文革”初期批斗东语系“走资派”，口号之声惊天动地，我自己也颇想“对号入座”，是在40楼。自己顶撞了“支左”的解放军军官而被判处“楼内游斗”，是在40楼。

末了，季先生感叹：“啊，40楼！我本不愿意想但又不能不想的40楼！”“我现在又到你里面来了，第二次滥竽‘革命群众’之中。”

国学大师发出“啊”的感慨，在《牛棚杂忆》中并不多见。

诗人在无词的时候，最直抒胸臆的词就是“啊”。比如，校外那个332路公共汽车，便曾被校园诗人以“啊”来赞美：“美丽的332啊，我为你哭泣。”当然，这其实是一种莫名的悲鸣。

在季先生打扫40楼卫生后的整整30年后，我曾经在那楼的4楼看年轻教员们的签名集会。那是一次很著名的签名集会，也有不愿意签名者。我并不认识那位老师，他的话却言犹在耳：“我可不签啊，别把我的名字写上！”当天晚上，那个著名的签名大字报被贴在了三角地。秋后算账时，这上面的名字都被一一查询。

后来，我便在毕业后被分配到40楼，住在222房间。

房间住三人：我、法律系的葛老师、计算机系的赵老师。葛老师头有点秃，但腰板挺直，博览群书，尤好胡适之，每以自由主义思想辩论，对张君劢也相当熟悉，言谈中总以法律逻辑要求我：“这么说有根据吗？”“是吗？”赵老师微胖，眼镜后面是早期IT精英的那种执着严谨的眼神，王选老师的学生嘛。

由于当时文科生新生都去昌平的“200号”（北大和清华在“文革”前曾经有被安排迁移到昌平山脚下的计划，当时要建“东方莫斯科大学城”，代号“200”号），我和葛老师就只能随学生住在昌平，周末回来。

一位不知从哪里来的所谓老乡在中关村混，我稀里糊涂地把床位借给了他住，没有收他任何报酬，连饭都没有吃他一顿。只有周末的时候，他搬出去住。

一个周末，我们回来时看见赵老师正在读书。他手边放了好几本书，一本是讲鲁迅的，一本是讲胡适的，一本是讲西方哲学的，其余的记不清了。见我们进屋，他感叹一声："原来文科的书读起来很好玩啊！真是枉了这几年在北大。"

其实我也从他那里学了不少电脑方面的东西。当时流行的是"386"电脑，在"286"电脑之后，就是"386""486""奔一""奔二""奔三"，那是中央处理器（CPU）的型号。我请赵老师帮忙，去攒电脑。就是自己去买所有配件，自己动手组装（DIY）。花了2 000元钱，一个上午的时间，我们就买好了所有配件，坐在40楼外面的小餐馆吃香妃鸡了。

我最惊讶的是赵老师敲打键盘的速度，一般人是"啪、啪、啪"，快一点的是"啪啪啪"，赵老师是加特林机关枪的速度"噗噗噗噗噗"！我虽然神经衰弱，每每睡不好，但在凌晨两点钟他的"加特林机关枪的扫射"中我居然可以睡着了。

当然，最最令我惊讶的，是1996年的春夏之交，他正在进行的一个项目：汉化windows 95。后来我知道他是在为一个公司打工，这是中国第一个汉化视窗95（最早被汉化的视窗操作系统）。只见得他把英文原版逐字逐句翻译过来，把每一条命令敲打在屏幕上，然后每天都做着翻译、敲打、测试的事情。

终于有一天，我忍不住了，趁他不在的时候，我在他一床的光盘中，找到貌似样本的一张，便在自己的电脑上装了起来。刚刚装完的时候，他推门进来。

"你——！"他看着满床的光盘，看着我的电脑屏幕，再看着我似笑非笑的尴尬的表情，终于没有发怒，转而压低了声音说：

"win95还没汉化完呢，你装了也没用……而且，这……是商业机密。"

我的脸腾地红了，忙说，对不起对不起！我实在忍不住好奇了！他说：呵，你成了中国第一个试图使用win95的用户！

顿时我感到无上光荣。在网络还没有正式兴起于中国的时候，能首先使用win95，真是幸运、幸运啊！

后来，我还向他请教了电脑的许多前沿知识。在谈到电子只是个传输工具的时候，我说：既然电子刻集成电路已经受制于硅片和电子的大小，那么为什么不开发红外计算机、光子计算机呢，它们可以避免电子和硅片的许多缺陷吧！在赵老师的眼镜背后，那眼神顿然发光，他说：看来，你该学电脑的！这是电子科技的前沿课题了！

我那个高兴啊、遗憾啊，总之心情复杂。

也有不高兴的时候。我们的房间正对南墙，1992 年南墙推倒后建了一排商业平房。正对我们窗户的是一家餐馆。每次餐馆营运的时候，从只隔 1 米的铁皮烟囱里飘来各种炒菜的味道。我们躺在床上，每次都猜刚才飘的是鱼香肉丝还是重庆辣子鸡。终于，法律系的葛老师决定运用程序找他们理论。由于影响我们的是两样东西：一是味道，二是噪声。味道是无法用仪器检测的（据说这样），只能投诉他们制造噪声了！海淀环保部门还真是被他请来了。那个手持仪器被伸到窗台，大概读出的数字是 50 分贝。根据相关规定，此类地区的噪声标准是“昼间 60 分贝，夜间 50 分贝”。我们没办法了。似乎那个餐馆是精确测定后开业的吧！

好长一段时间，我们都曾朝那个烟囱扔过小石子。它实在太讨厌了。

根据不成文或者成文的规定，我们这些青年教师应该是两人一间，为什么我们 3 人一间？我们对此很有意见。

有一天晚上，楼下传来很大很大的声音，估计是个喝高了的哥们，从谈话中可以推断他原来住 40 楼、后来辞职了的。他嚷嚷道：“cao！当年他们就安排我住这样的筒子楼里面！”

这些仍然住筒子楼里的我们，听了议论纷纷。但是，在情绪上，青年教师们分三类：一类是逆来顺受型，不说话；二类是认为有本事的就去外面干活，不在乎这个待遇；三类是坚持改变命运的斗争，争取制度内解决。我想当时我是属于第三类的吧。

有一个老师，想考美国研究生入学考试（GRE）出国，由于压力太大，突然间耳朵聋了。我记得他被搀扶着、脸色苍白地从楼下走上来的样子。他最喜欢很大声地放一首歌：

> 如果大海能够
> 带走我的哀愁，
> 就像带走每条河流。

所有受过的伤，
所有流过的泪……

其实我睡不好觉，很讨厌他放那么大的声音。但不知为什么，我每次总是热泪盈眶地在心里跟着哼这首歌。

实在忍不下去的时候，我和中文系的王老师曾经撬开同一层的一间长期空置的房间（房号215，朝里面，即北面），住了下来。被谈话、被塞纸条恐吓、被电话驱赶，都没能赶走我们。我们只是想睡个好觉，好能够做点研究，好好上课。

一个冬天的半夜，下着大雪，我正在呼呼大睡，突然“啪”的一声，窗户被一个硬硬的雪团砸碎了！我大喝一声：谁干的？窗外传来我那个班的班长的声音：老师，我干的，我对不起了！我没想到会打碎啊！我们是想开个玩笑啊！我气儿不打一处来：你们也太放肆了！赶紧上来帮着塞窗户，要不成冰棍儿了！

如今，那40楼所在的地方已经成为一整片学生宿舍楼。南墙外的商户已经全部迁走，小南门也已封锁，门外“要光盘吗？”的声音再也听不到了。

我和葛老师继续在这里工作。赵老师后来辞职，现在是很牛逼的一个IT精英。那个放张雨生歌曲的老师去了深圳研究生院。砸我玻璃的学生在文化演出领域办了个公司。季老也走了。

2003年2月，推倒40楼建学生宿舍楼的时候，我正路过，看见起重机吊臂咔嚓一声从中折断。我突然觉得，筒子楼也是有生命的。

带1995级学生在金山秋游，夜晚在废庙里过夜。听刘东同学弹吉他，同学们或享受，或若有所思。如今大多各奔东西、成家立业。（1996年10月）

不可复制

满眼望去，北大校内都是历史陈迹。虽然这个园子原本属于燕京大学，1952年后，院校合并，北大从沙滩红楼迁往这里，但在过去的半个多世纪，这里发生的事用“燕园风云”形容一点也不为过。此前的北大和后来的北大不是一码事，而20年前的北大和现在的北大，也不是一码事，都是不可复制的历史。嚼别人的经历没有意思，也不可靠。谈谈自己经历的，比较靠谱。

干烧肉

民以食为天。20多年前食堂主要供应面食，米饭通常只提供一个大簸箕那么多，这便苦了我们南方学生，吃面食总有不饱的感觉，还老放屁。要去食堂吃饭，首先得领餐券，不像现在，是刷卡消费。餐券有两种样子，一种是纸质的，淡绿色；一种是塑料片儿，卷了角我用它当吉他的拨片弹奏民谣，与专门的拨片没有区别，卷两层还可以出现“噗噗”的摩擦音，别有韵味。

学一食堂（2013年1月）

每到月初，笑眯眯的班生活委员就来到我们的32楼，同学们一哄而上，领政府以餐券形式发放的28元的“人民助学金”。那个时候，一个月大概花100元。生活委员是最受同学欢迎的干部。

有了餐券，就去食堂。当时有六个食堂可供我们就餐。分别是学一、学二、学三、学四、学五、农园（学七或教工食堂）。那时候没有家园、艺园和畅春园，也不知道为什么没有学六。

勺园一直是留学生食堂，我们不去。

学一食堂离32楼最近，于是常去学一。干烧肉是7毛钱。今天我为怀念，故去了学一，居然还吃到了干烧肉，3块8毛钱。味道与20多年前几乎一样。深棕的颜色，娇嫩微辣、干湿相间，豆瓣酱和白菜作辅助，味道十足。那个时候，干烧肉涨1毛钱都是要闹学潮的。在这几个食堂当中，学一食堂是保留20年前的风味最正宗的一个。刚刚在路上我听到有个“妹纸”夸学一，还是有识货的嘛。食堂的外貌没有多大变化，南门的那两棵歪脖子槐树据说是前清军机处门口的，这很有可能，当年没有四环路的时候，一出小南门就有个叫“军机处”的胡同，大约是军机处官员随皇帝夏季在圆明园避暑时用来办公的地方。

对于学一，我自然有最深长的感情。除了干烧肉外，当年在街上集体散步回来，一般都是凌晨了，师傅们还熬了羊肉汤，做了馒头等我们热火朝天地大吃一顿。至于质量嘛，我确实吃到过蚂蚱和大青虫，但按现在的标准，那说明菜是无公害的纯有机产品。学生似乎也没有现在的素质高，大约是饿坏的一代，排队打饭常有大打出手的。我曾见过一个哥们将一盆饭菜扣在插队（北方叫“夹三儿”）的同学脸上，鲜血直流。我的一个同学跟我一起吃饭，看不惯另一个学生就找茬吵了起来，差点动手。我说别打别打，回来的路上我的同学说：“你丫真面。”我是第一次听说“面”，南方人嘛，没有这个说法，还问他“面”是什么意思，他狠狠地瞪了我一眼。

某日晚，有学生当小偷，在学一食堂对面的41楼四层一个房间偷东西，没想到宿舍的门开了，他慌乱之中从那个宿舍的窗户外面横向爬到另一个房间的窗户，啪，掉了下来，把下面走路的学生吓了一跳。他们以为是麻袋什么的掉了下来，走进一看，那学生的头摔裂了，咕嘟咕嘟往外直冒血。学生们赶忙用废旧门板将他送校医院，当然是不治了。

学二食堂就是现在的康博思。当时是一个大的食堂，不像现在分成了三个。学三食堂就是现在大讲堂的南半部分。它连接着当时北部分的大讲堂。东面是几十棵柿子组成的柿子林。柿子熟的秋天，工人们用长长的竿子勾柿子，下面几个人扯着白布接着。下手快的，可以在工人们工作前的晚上，伸手摘几个，放到女朋友的宿舍里去讨好她的室友。我在柿子林里捉到过一只刺猬，刺猬——听这名儿就知道浑身是刺——刺有15~20厘米长。我没有东西装，便把T恤衫脱下来包着它。第二天上课时带着去上课，晚上放走了它。刺猬是有一种尿骚味的。

学四食堂就是现在的燕南美食。当时还没有整修，里面并没有二楼。这里做的烧麦很好吃，干烧肉就不如学一的。直到今天，那里的干烧肉也无法和学一的相提并论。由于离图书馆近，自习的同学一般都来这里吃饭，所以一直就很拥挤。直到今天，这里的拥挤也是出名的了。20多年前，我就常端着饭盆（那时食堂不提供任何就餐饭盒、饭盆和筷子）到北面的紫藤架下吃饭。紫藤架还在，常聚集吃饭的同学如故。只是饭盆不用自己带了。学生们上课都在书包里包着饭盆，一上课，叮铃咣当，很是热闹。下课也是。听到同学折腾饭盆的声音，先生就知道要下课了，常说："总结一下……"

学五食堂还是老样子。只是学五的门口和澡堂之间原有个高高的类似环岛一样的土堆的，土堆上有几棵松树，不知何时被铲平了。学五是我读研究生的时候常去的，因为离当时我住的研究生楼中的46楼最近。学五是我系经常办晚会的地方。学五也是我系同学逢年过节被安排就餐的地方。逢年过节如果是在学校上课，比如端午、中秋和元旦，学校会发餐券，免费请大家"搓饭"。这是一年当中仅有的最丰盛的聚餐，真是大鱼大肉！过时不候。

农园食堂（2013年1月）

农园（学七或教工食堂）还是现在的那个位置，只是朝西面的是农园，朝北面的是教工食堂或学七。两个实际上是相连的，分别从两个门进出。如今是一个大的农园食堂。10多年前建好的时候，可能算是国内最好的学生食堂了，北面有室外滚动电梯。如今它的麻辣香锅和畅春园的麻辣香锅可相互媲美。然则，我害怕那一勺子一勺子添加进去的黄黄的、白白的粉末，吃完以后还嘴苦，所以即便嘴馋，也是少吃的好。也是10年前左右，居然有对社会不满的小子放了个自制火药包来炸它，震坏了玻璃，震晕了几个同学。20多年前，集体不吃饭的同学们曾在这里搓了最后一顿，然后浩浩荡荡地由其他同学用自行车载着从南门出发了。农园门前的几棵大刺槐还在，尽管经历了围绕它们的好几次改造工程：农园、教育学院、五四、文学院（不确定）等，它们依然矗立在那里。

食堂之外，是吃零食。当时北大零食不多，只有那个北新商店卖些零食，还没有小卖部。北新商店拆迁的时候，还打了横幅，但是同学们不买账，大概是因为他们的服务一直不怎么样吧。现在的西南门外是畅春园美食街，好生羡慕。只是到了 90 年代末，西门外的烤鸡翅才开始兴起。“西门鸡翅”一下子火了起来。由此同学们在网上还和清华的西门鸡翅打起了口水仗，争谁是西门鸡翅正宗。

食堂有另外的功能。一个是看球赛。重要球赛如果是在晚上或半夜开踢，食堂是要开门放转播的，因为宿舍楼里没有电视，只有食堂才有。记得看过世界杯、奥运会和国内的重要球赛。另一个重要的功能是举办每年的新年晚会。届时食堂都被同学们装饰得花枝招展，餐桌椅也撤到一边，专等师生们联欢了。有一个节目是老师和学生的各一条腿用布缠在一起，先生的眼蒙着，由学生领着绕酒瓶子。

崔健惟一的一次北大演唱会就是在学三食堂搞的。学三食堂是惟一承担第三个功能的地方。周末北大的交谊舞会只在两个地方举办，一个是二体，一个是学三食堂。同学们，还有外校的同学以及外面的“社会上的人”在每个周末的晚上可以来这里跳舞。伴随着轻快的音乐和剩饭剩菜的味道，同学们跳得很尽兴。当然，很少跳摇滚街舞什么的，都是三步、四步、国标一类的。

舞　会

北大的舞会并不是北京高校最火的。在我去的几个舞会当中，中央民族大学的舞会是最火的。那时候没有什么周末的娱乐，一般就是逛书市或会老乡、会女友，后面两项多半会牵涉跳舞。

清华的舞会是在地下室，我有中学同学在那里，所以去过几次。感觉比较正式，大家有些不苟言笑，我也就比较拘谨了。

便又去了北航。骑车需要 20 分钟左右，那时候没有北四环。出南门往东，过路口再往东就到了一个铁路口。过铁路口再往东，穿过一个小村子，再穿过一个菜地，就到了北航的北门了。北航也有我的中学同学。舞会是在露天举行的，树上挂着彩灯。一样的轻摇慢舞，不甚热闹。

332 路公交车驶过西南门的背影（2013 年 1 月）

于是便常去中央民院（后来才改成中央民族大学）。去那里坐 332 路公交直达，这路车是进城最方便的一路。多少同学坐它来，又坐它去。它便似那渡船一般，在彼岸和此岸间徘徊。现在同学们对 332 路公交不再有感情，不再发出 80 年代北大诗人那“美丽的 332 啊，我为你哭泣”的莫名悲鸣。

我的中学同学也喜欢跳舞，我们两个爷们就相约去他们的地下舞厅跳舞。后来我知道，各个高校都有庞大的地下室系统，是备战备荒时期准备的。一个老外曾经参观了这些地下室，鼻孔里哼哼说：这些地下室不仅不能防原子弹，连一般的航弹都不能防。也确实，不信你看北大的地下室，喏，就在二体东南角有门，原来里面是一个书店。在二体的东面的篮球场的边上，从地里冒出来的半米高的砖砌建筑就是地下室的通风口，可见地下室都很浅。

在中央民院，由于这里的少数民族学生众多，舞会自然就很热烈。交谊舞，顾名思义就是结交友谊。我和那个同学一进去，就见男男女女们跳着快三或慢四。只能是男女搭配，不见同性搭配的，而且很多不是男女朋友的关系。我便大胆地和同学打赌，你看那边那个有男友的女孩还不错，你敢去请她下舞池吗？同学说，看我的。便正了正衣冠（通常我们都穿衬衫，以示庄重），健步走过去。只见他先向那男孩打了个招呼，然后向女孩弯腰，把手以后撤姿势指向舞池——类似芭蕾舞后谢幕的姿势，那女孩嫣然一笑，牵了他的手下场了。一曲终了，又是相互弯腰致谢。那男孩在舞池外坐着，并没有看出不高兴的样子。

同学们那时候勇于冲破一些障碍，尝试一些新的东西。一日，我的一位同屋掏出一件刚买的大红色的棉上衣——要知道，男同学那时候还是以藏蓝色、灰色和军装色为主，说：我要穿这件衣服去三角地走一遭！他真的穿了出去，回来后，问他的感觉，他说：好像没有几个人回头看他。

我的一位老师也爱跳舞。他曾在学校二体的舞会上邀请了一位女同学，由于女同学打扮了一下，个子也很高，不太像学生了。一曲终了，老师轻言细语地对她说，能否出去一起吃夜宵。她婉拒了。该女同学是我的同班同学，她后来说，老师根本没认出是选过他课的学生。呵呵。

先生们

先生可爱，学生也是可爱。

梁老先生是东南亚归国华侨，据说当年是风流倜傥，穿着一套白西装来到北京。给我们上课的时候，已经变成斜挎着一个买菜用的看不出是灰色还是黑色的布袋，里面装有一切行头。“他们居然要炸敬爱的周总理！”梁老师讲到“克什米尔公主号”事件的时候，把嗓门加到最大——当时都没有麦克风，老师不论多老，都得站着讲三个小时。那完全是个体力活。梁老师是广东番禺人，讲粤语变音的普通话。我们很费劲地听着。他每次上第一堂课，就要带我们去图书馆参观，告诉我们资料在哪个阅览室或借书室。见到他的图书管理员都微笑地跟他打招呼。

很多老师来自非北方方言区。最难听懂的不是来自粤语区的，而是来自江浙一带的老先生。一位潘老师就来自江苏南部，上党史课，大概一半的内容得靠看书，否则就是看南派昆曲那种感觉，完全不懂唱词。

北大就应该是这个样子，兼容并包的意思当包含各种方言。但有一年，教育部要求所有尚未取得博士学位的青年教师必须要通过普通话过级考试，否则不能上岗。考试还得自己交钱，125 元。我便交了钱去首都师大（当时是学院）考试。先读规定的内容，包括字词句和段落。段落是关于福建土楼的。再抽一道讲述题。我抽到了“你最喜欢的花卉”。准备两分钟后，我讲了“我最喜欢的花卉是桐子花”。开头是这样的：“我喜欢很多花卉，但最喜欢的则是故乡山头的桐子花……”两位考官大概不知道桐子花是什么花，交头接耳了一番。5 分钟的讲述，我 4 分钟完成了，没话了。其中一位说：继续。我说“我喜欢很多花卉，但最喜欢的则是故乡山头的桐子花……”最后我得了 89.5 分，离播音及格线只差 0.5 分，很满意了。如果得 90 分，就可参加复试，成功了就可得播音证书。我不知道上面要求高校青年教师普通话过级是什么意思，也不知道外国是否有他们的普通话过级考试，总之去考试有点儿自取其辱。

一位艺术家曾跟我说，他的一位教政治的老师就是北大毕业的，讲的福建方言普通话，但思维极其敏锐、前卫，第一堂课就说：马克思不是哲学家，甚至不是政治思想家，他是个经济学家。吓了他一跳。但他说，北大不该搞统一，应该允许各种声音，包括各种语言学意义上的声音在这里讲话，尤其要有江浙音，那慢条斯理，那悠悠道来，那个劲儿，就是学术思想最合适的表达方式。

一位老先生在苏联解体的第二天给我们上课，刚一开口，就抽泣起来："同学们，苏联完了！"接着抽泣。我们坐在下面，呆呆地望着他，不明白为什么苏联完了中国人就要哭泣。中国不因此可以把北方边疆数百万部队撤出了吗？不可以专门对付东面和东南面了吗？后来我慢慢想通了。但凡从那个时代过来的人，都已经有强烈的斯德哥尔摩情结，而忘记了苏联曾经是中国的国家利益意义上的敌人。从老先生那里，我们开始思索意识形态和国家利益之间的关系。我记得，那天是在三教108室上的课。

我的一位非常认真的老教授，说话字正腔圆，思维清晰，但我印象最深的是他纠正错误的自省精神。某日上课，他收到一个纸条，上面写着：老师，"刚愎自用"的"愎"念"bì"，不念"复"。他不知道是谁写的，当堂念了出来，并且动容地说：我非常感谢这位同学纠正了我几十年的错误。这事无损老师的形象，因为是人都会犯错误，在你认为简单的问题上可能别人确实不清楚，这需要宽容。我的同学做得很好，礼貌地匿名写了纸条。而对老师而言，关键是对待错误的态度。这给了我很好的教育。我在后来的教学中也常有错误，被学生当堂指出来就一点也不难堪、不郁闷了。求真知务实是起码的要求。

老先生们慢慢地都不上课了。最后一次听老先生上课是前年的事，确切地说是听讲座。尽管我已经教学十多年，我还是喜欢扎在学生堆里听老先生的课。我想抓住失去的时光，想体验他们经历的过去。这何尝不是望乡情结？那次讲座是纪念严复的，由汤一介老先生主讲，陈鼓应老先生主持。二人都是八十几岁的高龄。结束时，两位老先生互相争了起来，一个说你是研究道家的，言下之意是我这个儒家思想你不一定清楚；一个说你光讲儒家，可是道家也是中国传统思想的一个根源。当然都是以学术口气在开着玩笑地辩论。这种水平只有民国才见，这种情景也只有民国才见。我一时间有时光错乱的感觉。读书人的耿直可爱在老先生那里仍可看见。现在多半不会在公共场合抬杠，多半会相互吹捧了。

多重北大

北大有多重身份。

作为学校的北大，目标是建成世界一流大学。……嗯哪，很好。

作为工地的北大，就是最近二十多年来，北大天天都在动工，这里拆了那里建，今天挖了明天埋，很是热闹，也很是拥挤。几万人挤在燕园这个村子里，食堂每天都是人满为患。硬件设施的改善确实为这些年改革的可见成就。但愿这个百年大计的工地早日完工。

作为品牌的北大，很多年前好像有人估计出北大品牌值几个亿。这完全是经济学书生的一孔之见。北大的无形资产影响力怎么也值个几万亿吧！我是说其实北大品牌是无价的。作为仅有的几个中国大陆教育的百年老店之一，北大的地位确实无人能够撼动。北大的地位之提高我是深有体会的。20多年前，我考上北大时，请客吃饭，告知考上了“北京大学”，对方一般会问：“北京哪个大学？”喝酒中间，又常说：“这会子你考上了清华大学……”如今，没有哪个地方不晓得“北大”二字的意思。然则，当年一到北大，感觉气氛有点令人不舒服。因为当时的学生们张口“北大人”、闭口“北大人”，用得太频繁了，甚至流行一句“北大一条虫，出去一条龙”。哦，这“龙”可不是随便用的词。如今，北大逐渐在学生自己心中开始摆正位置，不再盲目自负。

作为工具的北大，历史上将北大多作政治工具，比如“文革”或1949年前，最近20多年则是经济工具。这不是北大自身的意思，而是外在环境的欲望与需求。全国各地多少官员、企业家以沾上北大名分为豪，因为这可以反过来给他们带来权力和财富的增值。我的一个老乡在北大百年校庆的时候，捐了钱，于是得到了与当时的一位副校长同桌吃饭、参加校庆典礼的机会。她逢人便告，眼中露出异样的色彩。

作为公园的北大，这是最近十多年的事情。北大校门难进，但不是不可以进，登记身份即可。除了平时周末周围的乡亲将北大作遛弯的公园外，更壮观的是每年暑期那络绎不绝的旅行团打着体验校园文化的旗号，纷至沓来，从小学到纯商业的团队都有。他们大多还是怀着崇敬甚至朝拜的心理造访北大，这当然是好事。关键是北大要对得起这样的朝拜。

46～48 楼西侧的周末旧书市场，没有了当年人头攒动的景象（2013 年 1 月）

我认同的是作为人生驿站的北大。北大是独特的，不可复制。这是人生重要的一站。历史系的罗新老师在昌平园 1995 级的学生刊物《世纪风》告别词中曾将在北大的经历比喻为养蜂人赶花季，虽然煽情、发酸——事实上是他号召我们都写得酸一些，不酸不登，但也甚贴切。北大是学生的一次重要的花季，收获的将是蜂蜜。但是，坚持了 20 年的周末书市，人气再也不如昨天，毕竟还有隐忧。

我知道，我没有讲出全部想讲的话——当然，我已经保证了我讲出的都是真话。

至于我跟北大，你若有 24 年多在一个地方待着不动的定力，你就可以明白我的意思了。而且这是人生最美好的 24 年多，几乎就是人生的全部。当我把青春都献给了你，我还能说什么。

我可以闭着眼睛从学一食堂（怎么老是学一）走到未名湖，再绕未名湖走一圈，不会撞上固定的东西。北大，我把你太当回事了。我承认，因此而没有走出校园。而且，我的可怜的知识和思考竟然也真的如此惨不忍睹。看看这些怯懦和慌张的文字吧，我承认，我很笨，而且可能就是个混蛋。一个 1995 级的学生（不知什么原因我冒犯了 Ta），曾经匿名从国外发帖在班级纪念网站上，指斥我“作茧自缚”。我从来没想过如何能破茧成蝶。我的原乡比外面纯洁，我为何要走出去？再说，定力其实就是赖皮一点，修行也是如此。

北大的意义全部是我们自己赋予的，它只是个学校，一个普通的高校。少培养些道童便已是功德无量。

墙在心中，不在园外。

未名的湖

虽然和珅出事的时候，那个湖还没有名字，但它后来居然比有名字的一些湖还有名气。名，可名，非常名也。永远都开不动的石船还在那里，而未名湖已经成了海洋。我们大约是透支了美好，那种轻很难承受。

德、赛二先生

20世纪80年代末90年代初的北大有如“新文化运动”时期的北大（本质上而言，这个现象仍然是错觉），德、赛二“先生”还有强大的吸引力。两位“先生”被80年代的毕业生塑造成钢质雕塑，就矗立在31楼东面。尽管如网上的调侃：那字母D和S，意为德赛两先生，S上顶个地球，寓意为：科学还顶个球，民主连个球都不顶。但追问追求与现实之间的差距恰恰是价值仍然存在的理由。尽管还有新来者把这个雕塑误读为海狮头顶个球，但它仍然在风中寂寞地挺立。这个雕塑的东面是28楼，28楼的东面在那个春夏之交率先垂挂四层楼高的巨幅标语“中国魂”，魏碑体，写在整幅白布上。

讲　座

那时的讲座多半是在老二教举行。一个晚上，你可在不同教室之间转悠，侧耳倾听各种主义的喧嚣：新权威主义、存在主义、后现代主义等。讲得不好，下面的同学可以敲打课桌或座椅以示抗议。而讲座者会轻松的报之以“这是我的讲座，因此我有权利继续”，不会反问“你有证据吗”，也不凶神恶煞地反问“同学，你哪个系的?”更不会骂娘。这种交流是仅通过刻意体会才可感知到的民国遗风。没有校园宣讲，没有铺天盖地的招聘广告。当然，现在看来，纯粹精神的生活可能比物质生活更为沉重。但当时，这生命中难以承受之轻为激情所掩盖，后来才轰然倒下，感受到从未有过的沉重。这些，都走了。

南 墙

1992 年以前，长约六百米的南墙是北大与社会之间有形的一种隔阂。“南巡”讲话时，我参加一个老师们组织的评价会，听完各方高论后，我只是冷冷地说了一句：但愿这是中国历史上最后一次使用“南巡”一词。在座的老师们对我这个学生投以惊愕的眼神，较长时间的沉默极大地满足了我的虚荣心，我知道了深沉的历史感对观察社会现象是多么的重要。《南巡》毕竟是有积极价值的，那南墙就是在这之后不久被推倒。地上部分长期是一些小店，有饭馆，有书店，有服饰店，有一切小商业具有的要素。地下部分是一个巨大的网吧。若干年后，这一切再次消失，它们消失的时候，我甚至都没有注意到。1992 年推倒南墙，我的同学和一帮音乐人撺掇了一盘磁带叫《没有围墙校园》。现在还是南墙，长长的南墙，2002 年恢复的。再说一遍酸酸的话，墙在心中，不在园外。尽管我学会了翻墙，无论是南墙还是西墙，而且还有虚拟的墙，但心墙却高高地筑在那里。

北大校内的民主与科学雕像
（2013 年 1 月）

草 坪

当时，静园还是果园，并不是现在的草坪。园子里有苹果树、桃树。住着一位老人。果子熟的时候，你便可以在月黑风高的夜晚偷偷摸进去。当时，图书馆东面的新馆还不存在。所谓北大校园歌手，其演唱的最佳场所就是现在那个新馆地基所在的草坪。初夏之时，激情萌动。校园歌手在老草坪扎堆放歌。那一年的某个夜晚，我们一群男女同学正在弹吉他唱歌——中间燃放着蜡烛，而同学之间大多互不认识，许多也并不是北大的，这其中就有老狼和高晓松。有一位哥们当时要参加《没有围墙的校园》磁带的录制，没有吉他。我把自己的木棉吉他送给了他。他写给受伤住院的女友的“蝴蝶的翅膀”入选了，对我说：“苟富贵，莫相忘!”后来再也没有联系。另一位哥们的“等人就像在喝酒”“已是盛夏”是在 31 楼女生宿舍 5 楼的某个房间里编成的。这些都是朋友们献给女朋友的歌。我享受着它们的诞生。我不知道现在的同学玩不玩吉他，那时是极为普遍的。每一位男同学的宿舍，都有几样东西：吉他，围棋和足球。这是必需的。这是你肆意挥洒青春、追求女孩和沉思的手段。高晓松和老狼之后，校园民谣就死了。

歌声、诗歌

在醒客咖啡敲下本书最后一行字（2013 年 1 月）

崔健惟一的北大演唱在如今大讲堂所在的学三食堂——夹杂着晚饭后的菜味和油烟味——800 名一无所有的同学中演绎。那是 1987 年 2 月。他选对了地方，这也是他的真正意义上的首场秀。此后再也没有进来。因为后来他的《南泥湾》被上头点名“红歌黄唱”了。摇滚从诞生那一刻起就死了。那是白衣飘飘的年代，诗意栖居的年代。冬季校园里有白发的先生和学子们缓步走过，探讨柏拉图和孔子的天问，争论新权威主义和农民的权利。如歌里所唱：未名湖是个海洋，诗人都藏在水底。这真是一块圣地！没有虚拟空间的霸权，你有充裕的时间可以去幻想面朝大海，春暖花开。留下 80 年代最美诗句的海子在 1989 年初春卧轨山海关后，诗歌就死了。

关于这一点，我有些托大。我不懂诗歌。看了朋友“两间居士”的博客，知道后面的诗人还有很多走了这条路。中文系的诗人老褚诗里说：“死是不可能的。”1991 年 9 月他把自己的大部分诗集丢进朗润园的一间厕所，投身于校外的万泉河。在昌平园上过我一堂课的小马，也在2010年年底从上海某楼上纵身跃下。我只记得1998年的那堂课下课后，她走过来问了一个问题：您认为西方存在对中国的一种神秘主义看法，这么说有根据吗？他们就这样走了。我一直认为诗人是最接近死亡的人类，但也是最接近生命本真的人类。我甚至觉得我没有资格评论他们神圣的生命。

水房歌手也不见了。住32楼我对面的哲学系一同学，常在水房唱“××门前开口说，全世界都听得懂。大街小巷都在传，哑巴也会说自由。风大的谁先过，雨大的谁先说……”童安格的歌。后来他追求我系一女孩失败，精神备受打击。后来就退学了，再后来听说出事了——不是自杀了，而是回去搞“社团”活动被抓了。

书　店

20世纪90年代北大周围忽然兴起了几家民营书店，南门往东的一个地下室是“风入松”，记得进入地下走廊后，门额上赫然写着“人，诗意地栖居”。回去查了一下，原文是德国古典诗人赫尔德林写的：“充满劳绩，但人诗意地栖居在这片大地上。”晚年的海德格尔看到这句话时亦幡然醒悟，认为“诗是一切事业中最纯真无邪的”。东门外是“万圣书园”（最早在人大附中附近），主人是刘苏里，我的大师兄前辈。海淀图书城地下是“国林风”，一次我为学生买教材，只有60本，他们竟然同意派车从海淀运到45公里外的昌平200号（北大在昌平的校园，“文革”前就圈定拟与清华一起搬迁至此，建成“东方莫斯科大学城”，后废，地也由5 000亩被农民蚕食得剩下500亩）。后期在海淀图书城和五道口相继出现了“光合作用”和“第三极”。这些书店陪伴了我们十几年的美好时光。在万圣的醒客咖啡座、在国林风和风入松的茶座，书生们闻香读书的美好日子一去不复返。民营店主们前赴后继，但他们的书店也都死了，何其惨烈。除了万圣还在勉力维持，目前因房租到期涨价也东迁了几百米。

民营书店之死令我思考这样一个问题：既然网络低折售书是打败他们的主要原因，那么这仍然是体现了一种市场原则。在市场原则下，网络书商拿到了低折扣，并拥有尽量大的读者群，而无店租、低物流成本使他们能够薄利多销。这种逐利原则无可厚非，但读者逐利却是值得思考的问题。读者往往在实体书店看了某书，却转而去网上书店购买。这确实伤害了实体书店。本来电子媒体兴起、阅读方式转变已经将整体的传统图书出版业逼到了墙角，他们或者去合作、去自己开发电子出版，或退出行业。加上读者的逐利，作为下游的实体书店依赖的仅仅是真正懂得享受书店购书快乐的读书人的共同坚守，只是不知还能坚守多久。

一次在万圣，一个大嗓门的人操着东北口音边打手机边说："嗯哪，我找到了，是在万圣书园！这就是咱中国鼎鼎大名儿的书店啊！不跟你白呼了，我得买书了。"他嗓门虽然大，和气氛不符，却买了一大筐的书，比看了书转身去网上买的人强多了去了。

还 有

还有很多。课桌文化、厕所文化告诉你一个隐秘的北大内心世界。虽然有校徽，但是大多数并不佩戴。"托派"（托福）们在通宵教室背单词，"鸳鸯蝴蝶派"在花神庙前弄影——这两派可能是惟一还存在的学派罢。"麻派"（麻将）在浑浑噩噩和犬儒主义中与校卫队玩着"躲猫猫"的游戏。我一位同学在40楼三楼打麻将被校卫队敲门清查时从窗户外溜下，结果踩虚了掉到地上。他强忍住全身7处骨折的痛，又翻窗户回到32楼宿舍。第二天早上终于熬不住了：快，快，哥们快死了，送医院。后来直接转三院救治。还在住院期间，哥们扎着绷带又回来打了几圈麻将。系党委副书记去看他，惊问咋回事？我们答曰：晾晒衣服时不小心从二楼掉下去了。哎呀！都这么大孩子了，做事还不小心点！书记很心疼地说。而校卫队也不是后来的专职保安，也还未如后来好学，还没有保安考上研究生。但他们在门口拦住你问的问题始终是哲学的终极问题：你是谁？你从哪儿来？你要到哪儿去？

那个一开始提着糨糊桶为办英语班在电线杆上刷小广告、在三角地的一份通告中被点名批评的人——我的英语五级的老师，后来也走了，他创办了新东方。几年后，他的大幅相片在三角地几乎同一个地方以优秀校友的身份被贴出。他的同学写过这样的歌词《星期天》：

> 今天又是星期天，星期天，冷冷清清是校园，是校园。北京同学都回家去团圆，呼儿嘿呀！留下俺们外地人受孤单。不见老师也不见辅导员，不想上课也不想做实验。泡上一袋方便面，越

历经沧桑的三角地（2013 年 1 月）

吃越饿，呼儿嘿呀！点上一支大重九（当时学生抽的一种廉价香烟），我越抽越烦。

今天又是星期天，星期天，热热闹闹是校园，是校园，到处有人谈恋爱，而且 KISS，呼儿嘿呀！把俺这个纯情少年精神来污染，不想上街，也不想逛公园，没有友谊也没有恋爱谈，写上一首朦胧诗，向谁奉献，呼儿嘿呀！插上了电炉我寻找温暖。

今天又是星期天，星期天，轰轰烈烈是校园，是校园，校长支书来宿舍问寒问暖，呼儿嘿呀！要俺树立无产阶级人生观。俺爹俺娘在家乡盼望俺，俺哥俺姐常来信羡慕俺，大道理和小算盘，俺岂不知，呼儿嘿呀！俺就怕过这星期天，星期天。

写这歌词的人后来出国了，后来又回国了，供职新东方。

哲学系曾经在三角地竖立一块大牌，上书："为天地立心，为生民立命，为往圣继绝学，为万世开太平。"这种大乘勇气后来为若干同学削发出家的小乘勇气取代。我也曾在三角地第一次看见了老子的话："民不畏死，奈何以死惧之。"

三角地不存在了，只有一小部分，全是各种考试机构互相竞争刷上去的厚厚的广告。一个网络虚拟的三角地现在供人 YY。当 1994 级的中文系一个学生写下"大地在 1994 的阳光下，沉重的呼吸"的时候，一切都悄然改变了。

对了，三角地的那几块大铁板布告栏拆除的时候——我一直认为那是北大本质发生变化的几个标志性事件之一，或许本质一直就没有变化，应该是北大与一个时代告别的标志性事件之一，没人哭泣。

惟一记住的哭泣是全班的集体痛哭，从抽泣到声嘶力竭到完全哭哑没有声的都有。大二时，开学延迟到 10 月。同学们在班主任老师家（47 楼二层中间对着楼梯的那间）聚会，本来好好的，突然不知谁先哭了起来，于是大家抱成一团。老师和几个女同学抱在一起哭着。我和另一位现在在美国的女同学没有哭，我们默默地打扫卫生。

我知道，我们这一辈子都已经彻底改变。可我们才 19 岁。当然，泪水并不全是坏事。

生命中还有更多重要的东西。生命不是一根铁丝，一断就全完了。它该是钢丝绳，一股一股地绞缠在一起，断一根，还有别的牵着。任何事情都不是生命的全部。后来，我做老师了，我把自己发明的这个钢丝铁丝理论讲给困苦中的一些同学。自度度人。

我的本科三任班主任和几个年轻的老师，自那之后的 3 年内全部出国。

有人在芝加哥大学门口见到了刚去的一位英语老师在摆烟摊。也有人学金融和计算机去了。第一任班主任马老师（住 47 楼的那位）此前曾大骂“某某某他妈的不讲人道!”因为老婆来了没地方打铺，他也去美国以历史学背景改行学计算机了。另一位从 1976 年就出了名的老“运动员”老师在国内没有老婆，去了美国，生了几个孩子。

那一年夏天，湖南电视台没完没了地播放《一剪梅》，费玉清唱的。当年的元旦晚会上，我在众多女生的伴舞下演唱了这首歌，是在 31 楼 5 层的楼梯间彩排的。结果演出的时候，我站位错误，她们集体举起了水袖，将我罩在中间，什么也看不到了。

那一年，我最欣赏的歌是一首冷门歌，詹德茂作词，周华健演唱的《没有你伤心》：

对愁不成眠，凄清卷风廉。
问卿可知否？孤独又一年。
悄然两行泪，寂寞一双眼，
飘然夜梦里，相思各一片。
蓦然见伊人，仿佛在窗前，
憔悴的身影，可曾看得见？
日日勤思念，俯首情书笺，
短短寄知心，款款语中间。
伤心，没有你伤心。
伤心没有你。
伤心，没有你伤心。

伤心没有你。

到底是“没有你伤心”，还是“没有你，伤心”，已经不重要了。如今，谁还能写出这样凄美的歌词。

那年5月中旬的一个半夜，下着暴雨，尽管穿着军大衣还是很冷。我从六部口转向西交民巷。“嗨，哥们，你是学生吧？进来坐坐！”一个平房开着门，那哥们对我喊着。我蹩进去，他看了一下我的皮鞋：“哟，开口了！脱下来，哥们帮你补上！哥们干这个的。”我脱下皮鞋，他又冲屋里嚷嚷：“媳妇，快出来，给这个学生煮碗面，加两鸡蛋！”我温暖地吃完鸡蛋面，穿了补好的皮鞋，一头扎进黑咕隆咚的街。

那年夏天在家待的时间很长。一个小学已经开学，我还在家乡候着大学开学的消息。该小学校长请来老红军讲长征的故事，顺便请我写了欢迎的大横幅。老红军没什么文化，也没有讲稿。只听他说：民国二十三年过完年，首长在草坪中给我们训话，说小伙子们，跟我走，包你有“嘎嘎”（即肉）吃，有土地分，有漂亮媳妇娶！我便跟去了。鸡公垭一仗，打死了上千人，还打死了几个团长，我吓得只发抖。首长召集我们又开会，说现在你们不能回去了，回去了被认出来也是死。走了几天后，我们也不知到了哪里，不认得回去的路了，就走到底了。

我们需有透支梦想的准备。前几日，一个香港的女生因为不能适应在京的学习和生活，加上各种自小带来的压力和新近的一些心理痛苦，差不多要倒下，拒绝上课，拒绝与人交谈。我瞧着着急，借了学生的电话催她快来上课。我说了大概45秒钟：你没有真正经历过痛苦，以为这就是痛苦了？疾病、失恋、离异、亲人亡故、同学自杀被杀、被人羞辱、失去一切，这一切我都经历过，你会比我更痛苦吗？你在课堂上看出我有什么异样了吗？每一个在你看来谈笑风生的人的背后都有一段痛苦的经历。请你放下小我，生命中还有更重要的事情要做。即便你处于极度痛苦之中，那也是好事，因为你处于U形锅底的底端，向任何方向走，都是向上走！来吧，来上课，我们等着你。

15分钟后，她来上课了，脸上的胭脂勉力地盖住泪痕。

我不是朱聪

这是几篇与学生的电邮交流。看看我们的象牙塔。拍马屁的话尽量删除了，夹杂在文章中的不好删，尽量保留以体现同学们的真心想法。朱聪是金庸《射雕》中的人物，大侠郭靖的二师傅，江南七怪之一，人称妙手书生。品性豪放不羁，智商极高，心思缜密。武器：破油纸扇的扇骨（钢铸），绝技空空拳，自创分筋错骨手。在桃花岛丧生于西毒欧阳锋手下。我被一个学生当成了另一个小说中的朱聪的原型。我不是朱聪，我是苦逼大叔。特此声明。另，在编辑完本书后我在一次课堂上提及朱聪和金庸的小说，应者寥寥。我无奈地发现这一代学生已经与上一代学生的阅读范围相差甚远。

一

某生致老师（2007年11月1日）：

老师好！

今天课后本来想和老师交流的，可是当时着急去厕所，所以现在发邮件了。(不好意思耽误您的时间啦。)

…………

不相干的话（既然老师提起谁是谁的祖爷爷这个话题）：毛的秘书李锐是我姥爷，在我妈3岁时，和我姥姥离婚，家里人几乎从没提过他。我高中时在图书馆发现有他的书，看了一些。(《庐山会议实录》米看下去。)

回信：

^_^！那你更要搞清楚啊。个人感情是个人感情，总之我还是

佩服你姥爷的！……我欣赏他的个人勇气的。

二

该生继续致老师（2007年11月19日）：

老师表pia我~
（以下贴了两个《此间的少年》片段的链接。）
保护头部，逃走……

我打开链接，原来《此间的少年》是写北大生活的小说。看了几段链接中的文字，写“朱聪”的：

朱聪是个很啰唆的人。

……朱聪的博学多闻让他可以从学生在食堂看女生这个话题升华到原子弹的制造技术，顺带讨论一下大宋在世界军事力量的排名、原子弹对环境的污染问题、南极中央臭氧洞的危害，地球南北两极形成的时间……最后还深入地讨论了黑格尔的《小逻辑》。令狐冲他们每每是不小心去别的宿舍串门，推门就看见一帮同学面带惨淡笑容而围坐，中间是朱聪一脚踩着板凳唾沫飞溅。这时候他们又不敢当即逃跑，只好赔着笑脸去聆听指导员的教诲。然后，一个晚上就被葬送了。

令狐冲虽然很烦朱聪，不过他倒不觉得朱聪讨厌。朱聪虽然唠叨，不过也有豪气勃发的时候。

锻炼着锻炼着，朱聪三十了。在寸土寸金的汴梁，他连个落脚的地方都没有。学校的房子自然是轮不到他这个闲散的人，租房子的开销却又让他本就可怜的薪水显得更加寒酸。朱聪最困窘的时候曾经有半年搬过七次家的壮举，只为了一间便宜点的房子。

哦，原来该生认为这个“国政系”老师的原型就是我。

三

该生继续致老师（2007 年 12 月 24 日）：

老师好：

网上流传着许多版本，这个不是最终版的，有的地方顺序有点问题。老师慢看。

继续纠结在期末中……

（附件是《此间的少年》电子版。）

我又较完整地看了一下，原来作者就是北大八十年代的大学生，现在国外，写这个小说是缅怀当年的日子。那个朱聪，原型是国政系某讲师，令狐冲班的指导员。里面还有国政系系主任“方证”，中东问题专家，还有孙不二，国政系四大名捕之首。该小说的人名全部用金庸小说主人公命名。有点儿意思。只是那个朱聪，我七看八看还是不像我啊。其一，朱聪“从当年聪明甚至于狡猾的本科生到国政成绩排名第一的硕士，再是博士时候和别人联手出了一本畅销书”，这事儿我没经历过，也没干过啊。我不狡猾也不是第一名，也没有出过畅销书。其二，“最可笑的是朱聪最初来学生宿舍串门的时候楼长并不认识他，觉得朱聪那个尊容和衣着，说学生太老相，说老师又没那个风度，最像汴大工地上的包工头。所以楼长拦着朱聪足足盘问了他五分钟，直到朱聪掏出证件，楼长还不信地瞅了瞅照片，疑惑地说：你看起来比上面这个人老。”我可是有名的脸少型男，常被人当成学生。风度也不及包工头，人称“民工”啊。其三，从小说中提及的时间看，也不符合俺的年纪。哟，我想起来了，这朱聪该是我的上上上届的一个师兄。不告诉你那是谁。

嘿，不管怎样，这书写得有趣。

后记中作者写道：“就是这种不完美的日子却有人怀念，出国以后和一个年长的北大校友喝啤酒，他看看天花板说：那时候我们没有钱……很怀念的语气。”

这时候嘴中说出的钱该是另一种意思，另一种滋味吧。我想。

四

致某生（2011 年 9 月 29 日）：

漫谈的文风不错，（你的）汉语已经很好了。……他们企图以“开放”和“包容”的宣传掩盖深入骨髓的保守和精神实质的空虚，这种模式会随着外国来华人数的增多和中国日益增多的国际交往而被人看穿。主流 ethos（社会精神气质）的欺骗性特征必然不能长久支持中国崛起的精神需求，北大作为精神支柱的社会责任也就会荡然无存。……我们无法推动那个利维坦，但有你我这样的师生的自身修养的提高，毕竟也可有限地说点什么——贡献点什么？

我不喜欢假期，因为假期令孤独的人更加孤独。

祝好。

五

致某生（2011 年 10 月 18 日）：

（1）佛山的事（指小悦悦被车碾压无人施救致亡的事），我想凡是正常的人都会激起极大的愤慨并产生巨大的心灵震撼。我也是差点掉泪了。导致此事的根本原因，是人性因为体制的原因而滋生出最大的恶。……并挑动人们之间的恶斗数十年，这种高明的权术最终导致正常人都丧失了基本的相互信任。争权夺利、贪得无厌、蛮横无理、目无法纪、贪污腐败，对社会的正常伦理产生了极大的破坏作用。由于丧失了信仰，丧失了信用，他人即是地狱，从而使整个国民和社会丧失了方向感。具体到这件事情而言，具体的罪在那些个司机和路人，原罪在体制。

（2）孙中山年少时以洪秀全自居，主要是针对其“反满”而言的。洪秀全是个烂人，也很邪恶，不能给中国带来真正的希望。孙中山有新的东西，有西学的一定基础。但是由于他自身的局限和社会环境的局限，他不可能成为中国的华盛顿。

祝好！

六

致某生（2012年2月19日）：

刚开学的课还好，很多话讲了之后，教室里长时间沉默。这比鼓掌更好。但也是我的担忧。按常理，如果同学对相关问题已经有了思考，应该积极讨论，窃窃私语。但沉默只能表示他们可能根本没有思考这些常识性问题。我只谈常识，常识必须被重复。自古以来，“牧”民的主要手段是使人忘记常识，这方面是中小学乃至大学教育惟一的成功。

七

致某生（2012年2月21日）：

那篇文章（指美国麻省理工大学的中国史专家Stephen R. Platt的“Is China Ripe for a Revolution?”（中国革命时机成熟了吗?）发表在2012年2月9日的《纽约时报》上）对中国的近代史和当代国际关系的新形势进行了对比，基本同意你的看法，即我不能同意文章中很多的说法。但一些基本概念需要厘清一下。

（1）关于比较：政治历史学中关于事件的比较有一个通约性原则（commensurability），放到具体中国政治史的比较而言，即需要比较的事件之间有共同的前提（assumption）。作者混同使用了不同的前提比较了四类事件：第一类是不同性质的事件，如一般群体性事件（mass incidents）和特殊群体性事件（Tibet and Xinjiang）；第二类是不同历史事情的事件，如太平天国、“辛亥革命”和当下的农村土地或拆迁问题；第三类是不同地域和文化背景中发生的事件，如阿拉伯之春与中国可能存在的危机；第四类是太平天国事情中外国的干预与当代中国与欧美的相互依存（interdependence）。当我们仔细分析这些不同事件的时候，显然难以用惟一的通约性的标准来衡量它们的性质和预判它们的前景。因此，我们转而发掘作者自己构建的背景逻辑：如同大多数（含国内许多学者）所作的假设一样，他们用一种期望（anticipation）代替了对具体事件可以预设的前提，从而陷入自我验证的预言（self-fulfilled prophecy）。即只要发生某个群体性事件，他们就会将其打上追求民主化（democratization）的标签。更有可能的是，这个民主化情结实质上指向颠覆（subversion）或革命（revolution）。

（2）关于中国问题：的确，哪怕是上层本身也对这些事件存在深刻的警惕和担忧。但是，在普遍担忧之下，应该允许一种特殊性的存在。19世纪后期至今，中国的重大历史事件（太平天国、“辛亥革命”、1949、“文革”、改革开放）给一般政治学提出的难题即是：它们通常以一种匪夷所思的中国特色（甚至是偶然性）来发生、发展直至成功或失败。一般政治经济学原理很难把中国问题解释清楚。欧美历史经验不能解释中国史，发展中国家的历史经验也不能解释中国史。这是因为中国近代史只是中国所有历史发展的一个阶段和一个过程。如果不研究整个中国的历史，不可能解释甚至预测中国的发展。政治学家们于是刻意回避这个更重要的宏观视角，转而用期待性的主观意愿代替深入的思考。这是近几十年东西方政治学和史学所犯的通病。

（3）中国的特殊性是什么？第一，中国王朝循环历史的惯性导致普世价值在中国不可能轻易取得成功；第二，近代以来的中国强化了中国的国内统治逻辑和统治战略而不是相反，即当代中国可能更像古代中国，而不是一个民族国家化了的西化了的中国；第三，国民性（national character）的变迁不是浅层次的政治变迁可以从根本上导致的，它在本质上是文化问题，文化本身反过来又影响政治，这是一个相当长的互动过程；第四，若干西方政治学原理已经在中国被证明不适用：比如，期待中产阶级产生后导向民主化，但是，中国的权力和财富往往结成了利益共同体，他们发现承认并固守既得利益比改变的风险要小得多，这样会出现中产阶级惰性。而这又因中国的国民性而加强。此外，分权（基于欧美历史上的民主化、自由化）和自治（基于欧美历史上的封建主义）诉求在中国也因不存在其历史根源而难以产生。中国的大一统（the great unity）意识形态根深蒂固。这就导致这样一个情况出现：如果说中国的群体性事件必然导向欧美普世价值，那么也只能说这些事件是在构建类似欧美的历史传统，而不是直接导致欧美的现代性结果。也就是说，中国仍然是在为未来的变化在创造历史过程，没有这个历史过程，不可能有历史结果。这将是比较漫长的历史过程，观察家们急于看得一个结果，忽略了创造结果之前的过程或条件这个阶段。现在还没有下蛋，却急于设想和规划鸡产生后的行为。

（4）当然不能排除历史的偶然性。如同历次革命、运动或变革一样，往往以一种偶然的状态进入历史过程。太平天国的发生，根本没有必要的所谓外敌入侵（外患）和阶级斗争（内忧）条件，而是一种邪教和领袖人物个人欲望的结合；"辛亥革命"是以宫廷政变（袁世凯逼宫）完成体制转化，竟然没有发生改朝换代常有的大屠杀大清洗……1978年农村改革是力图回到2 300年前的商鞅变法（公元前359年～公元前350年）给了农民一定的自主权导致，这和欧美朝前式的制度创新完全不同。中国没有根本的制度创新。因此，目前发生的各种事件到底会导致一种什么样的结果，实际上不可预测。所有的猜测都是基于恐惧和期望，都是自我验证的预言。

（5）在价值观上，我们可以有终极关怀（terminal concern），它可以是无限美好的。但政治学在本质上是关于权力斗争的实证主义（positivism）。它告诉我们至关重要的两点：其一，不能以美好愿望代替实证分析，否则与各种打着美好旗号的政治运动本身所犯的错误一样；其二，相信自己掌握了庞大的人群政治发展的必然规律，是历史决定论（historicism），这是智力上的狂妄。人类历史是若干大脑共同作用的一个合力（resultant of mind forces）结果，并不具有超级计算机那样能算出来的可预测性。

（6）我不是不可知论者（agnostic），也不是反普世价值论者，而是旁观者（bystander），这是一个真正学者的素质所在。除了分析，我无法作出任何预测，对于人群的政治活动结果，我只能保持警惕地观察。

八

某生致老师（2012年4月26日）：

老师：不太喜欢跟潮，但是觉得这次访问说得挺好的（指《金融时报》上的文章“Lunch with the FT：Han Han”（与《金融时报》共进午餐：韩寒），David Pilling采访。《金融时报》在中国有个栏目，每次以吃午餐的形式访问一个名人。这次是韩寒。他们一共吃了560元，文后附有菜单和价格）。

回信：

韩寒，唉。年初关于真假问题炒作了一段。我对他的看法是：不管真假，社会的多元化意识在本质上是积极进步的，所以我支持韩寒这种现象，但不一定支持他的看法。比如，“However，the government also has the freedom to delete what we have written.”（政府有删除我们所写的东西的自由。）这个说法我不赞同，因为政府没有这样的自由（权利，right），最多只有这样的权力（power），而权力是否符合正义语境中的权利则是另一回事。显然他把概念搞混了。此外，这篇报道中把“三重门”翻译成Triple Door，即“重”在这里被理解成为多重的重（chóng）了。这恰恰是韩寒被质疑造假的一个重要证据。当时有人指出来，既然韩寒知道《三重门》的书名取自“王天下有三重焉”，出自《中庸》“王天下有三重焉，其寡过矣乎”，大意是“使王道通行于天下，需要重视仪礼、制度、考文三点。这样大概就很少有过失了”。这样，“重”就应该读作zhòng，《三重门》应该读做“三众门”。然而，韩寒在接受采访时，却把《三重门》读做三chóng门。在受到质疑后又改口说不喜欢“掉书袋”（炫耀读书学问），就是要念chóng。问题是他在书中显然是为了显示自己的学问，不管是否是他所作，都是来自那句《中庸》的话。故此，他还是不够实在。

至于今年发生的一系列事件，的确相当诡异，也很难一言定论，有待继续观察。还有，韩寒的漫画不太像他本人啊。

九

某生致老师（2011年12月24日）：

李老师，您是80年代末进的北大，正赶上那个时代，那一代最后的高潮和尾声，其后，中国思想陷入停滞。曾经那些忧伤的少年，逐渐老去，老得失去了少年的锐气。但是，其实心不老，年龄不是问题。您说，一个人是不是有了责任，有了长大，有了负担，就再也没有可能放开一切去做一件事情了？因为，我，已不再是我的我，总是会陷入由于成长带来的哀伤。果然我是太感性了么？还是说，从小对中文感兴趣，现在又修了中文双学位，就更加如此了。中国知识分子最大的可悲是不是就是——老是以为自己能拯救这个国度？

回信：

你须明白，任何人在成长阶段都会有类似的烦恼，只要不觉得自己特殊，那么无论做什么，都是个好的开始。记住，不要觉得自己特殊——无论是好的方面还是坏的方面，并且对不确定性要保持宽容。

十

回答《北大青年》的采访（2010年11月17日）：

您好，就您提出的问题，回答如下：

（1）您觉得手写字重要吗？

的确，目前电脑的普及导致中国人用手写字的机会越来越少。这里面隐含着一个危机：中国字是世界上少有的有真正“书法”的古老文字。尽管阿拉伯文或有书法，但我还是认为只有中国字的书法才谈得上书法。书法不仅仅是一种艺术形式，更重要的是一种文化载体。古人云：书画同源。又云：字如其人。人类失去中国字的书法，将是人类文化的一大损失。毛笔书写被钢笔书写代替，是中国文化的一大损失，而今用电脑代替各种水笔书写，这损失又更进一步了。是以书法（基础是手写字）即失，文化之精髓、文人之气质尽散。手写字之重要性可见一斑。由此引发的一个命题就是：所谓文明的进步可能是一种假象而已。数字化生存可能是数字化毁灭——尽管耸人听闻了一些。不，一点也不耸人听闻，想想毛笔被翻译成“Brush”——刷子！这就是西方文明。

（2）您用手写的频率怎样？什么场合用手写？

当然，电脑打字写作的确比较方便，比如说改写和传输都很方便。加上数字化的汉字比手写字容易辨认和进行其他商业或社会流传、复制，这会导致手写的机会减少。我也如此。平常已经很少手写字，所以经常导致提笔忘字，令人汗颜！目前能够用上手写字的机会，也只有偶尔在授课时写几个字在黑板上，或临时有什么事想起来记在便签上——这样的机会也不多了，经常是记在手机里面，或者在签名时还写几个汉字。

（3）您有小时候描摹字帖、参加学校的书法大赛、关于从前手写字的故事可以与我们分享吗？

小时候从削铅笔开始，每一个中国小学生就开始了汉字书写的历程，而毛笔书写更是书法课必须要用的。小时候好画国画，所以用毛笔的机会较多。那时候课桌里面总要有一套笔墨纸砚——这是文人的工具，也是他的“武器”。毛笔书写具有极强的个性特征——同时，必须遵循一定规律即所谓书法。从靠桌面书写到悬肘沉腕，从描红到临碑帖，从欧体、颜体、柳体到隶书、简牍、金石；从画线描到泼墨，从文人小画、花鸟虫鱼到工笔重彩，从赵孟𫖯、八大山人到徐悲鸿、齐白石，我用毛笔将他们一一按照我的理解再现。这是一种文化血脉的传承。没有钱买宣纸，就用粗糙的报纸代替，没有钱买印章，就用河里拣的石头——把一端磨平了——代替，还用剪刀代替过刻刀。这个过程是不方便的，恰恰是这个不方便，给了我极大的文化熏陶。现在的方便，什么熏陶也得不到了。因为会写毛笔字，在邻居有什么红白喜事，就抓起如椽大笔一挥，上联、下联、横批，领了老人的赞许，高高兴兴地回家。现在过春节，在老家也或看到街上摆摊卖字的——多好的文化！想想唐伯虎、郑板桥！多少落魄文人，所幸他们还有卖字为生的出路。现在美国人拿着 ipad 来炫耀，国人疯狂地排队抢购，不知道他们在干什么——我是说他们不知道他们在干什么。古人又云：白纸黑字！家书抵万金！如今，数字化的书写使人可以随意表达自己的意思，可以拷贝、下载别人的话、如麻的话给爱人。字，贬值了，情也贬值了。那种看到心爱的人的字的心动，如今再也找不到了。

（4）您觉得现在需要在校园中提倡手写文字吗？为什么？

外国人学中国文化，从毛笔开始，而我们自己却丢了魂。等他们发现当代中国人根本就不那么写字时，他们该作何感想。当然提倡手写文字。比如，教师可以有限度地要求某些作业必须手写，也算为文化之传承尽微薄之力吧。至于书法大赛、钢笔字大赛之类，估计没有多少人热衷了。至于为何提倡，原因已经讲了很多，不再赘述。

编安。

十一

某生致老师（2009 年 12 月 29 日）：

李老师：

您好！很抱歉这个时候打扰您。

您交代的任务已完成，共收到 20 份论文，有一位日韩留学生说没有完成，我已告诉她写完后交到您院系的邮箱里。科尔腾没有来过，所以不知道是不是还有一些同学也没有来，老师如果需要我帮忙联系，我会尽力帮忙。

感谢老师这两个学期以来的教诲，尤其是这一学期吧，感觉有很多东西了解得更加清楚了一点儿。很敬重老师的学识，为人处世和侠的湖湘气质。北大这么些年变得实在太大，很多地方都已经找不到当年那种气魄，还好有像您这样的一部分老师在这里“隐居”着，虽并不为天下人所知。但却也正如您所说，哪怕只能影响一个，也是一种成就。可惜似乎时代变迁得太快，妖魔鬼怪、四方神仙、八面妖孽纷纷现行，所以才有些小妖忍不住唐僧的念叨，吐血而亡。不过，我想一个真正的唐僧是不会管小妖亡不亡的，他会继续说下去，不断地说下去，哪怕是孑然独立。所以，我想您即便一个也影响不了，也会继续“众人皆醉我独醒”，毕竟，自古圣贤皆寂寞。曾经我把这叫做文人气质，现在我觉得似乎叫做知识分子的良心更为恰当了。

不过，说到底我还是一个乐观主义者，所以我相信，只要是真理，总是不死的。既然是不死的，它便总会发光的。所以，总还是会有人留心到，那些埋在淤泥里的黄金。

……目前来看老师未必是兼济天下，但也绝非如我般独善其身，因为学术本就是千秋万代之功，虽然在现在看来非兼济天下，但并不意味着不可利万代。

所以，老师，感谢您为我扫除那些被灌入的思想。感谢您让我重新省视自我、时代和我们的民族。更要感谢您让我看到这个时代中一些不多的知识分子的良知和倔强。

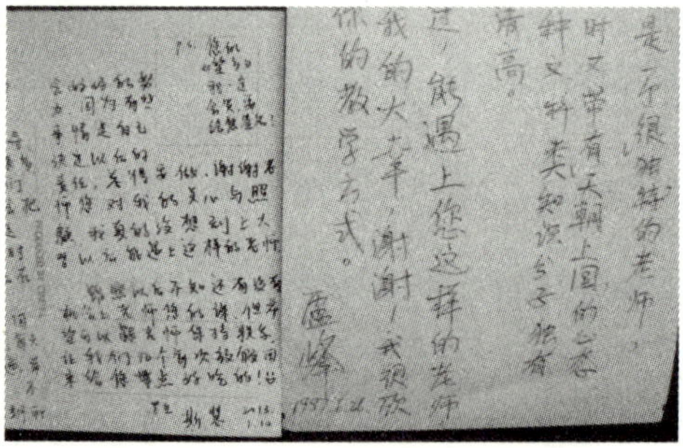

几年来，学生的评价没有变化，所以我没有变化

十二

某生期末留言（2010年6月6日凌晨3时）：

李老师：

关闭Word文档的那一刻，心终究是轻松了。从您布置作业开始直至现在，拉拉杂杂写了这么久，大修了几次的论文终于定稿了。虽然还是那么不尽如人意，笔触稚嫩，思想简单，但还是想说，尽力了，把您这一学期的东西都融进我的思想里了。很开心，又有点不舍。

这么晚的夜，很安静，只能听见键盘的敲击声，还有自己呼吸的声音，心是宁静的。

突然间发现自己好喜欢历史，从开始自己一个人看《明朝那些事儿》，到您指导着走进晚清那个同记忆中不一样的世界，去探寻其中不一样的秘密。虽然没有那么大的胸怀足以容纳天下、容纳世界，至少在历史人物的身上，有着许多很好的品质是值得学习的，他们有志于家国天下，他们会用自己的努力去获取自己想要的，他们在那个时代中呼风唤雨。心里终究还是羡慕的。

犹记得您第一节课时说的“包容、宽容”，说得多好啊！这个世界本就不那么简单，又有什么是一定一定的呢？

昨晚忙里偷闲骑车去了朗润园，看见一个栅栏围着的房子，去敲门，竟是无人应答。在回程的路上，碰见一老太太，才得知，那竟是季老的故居。心里就那么温暖了，我发现，自己是如此地接近那些高贵的灵魂。同时，也是那么小小的遗憾，遗憾过后就明白：要对现在所拥有的珍惜，或许今天的某个人又会成为日后的传奇。谈话间才发现，那个看起来跟我奶奶差不多的老太太竟是中文系的一个教授。她对季老死后的世事薄凉深深感喟。不经意间提起以前北大和现在北大的区别，竟想起您那句“北大已经死了”是多么的可悲，因为我们还活着，却顶着北大的头衔。闲聊间，硬是把周围的蚊子都喂了个饱，怕是他们不会再去祸害别人了吧！

其实，谁不是那么苦苦煎熬地活着？看看晚清一个个历史人物，羡慕是羡慕，毕竟个个青史留名，可谁不是在煎熬吗？我曾经在一篇小感中写："世人皆想长生不老，却不知，为后世所铭记和敬仰，才是长生不老的真正意义。"心里就害怕了，毕竟我没有什么值得人特别记住的地方，只怕我在这个世界上的痕迹会随着时间淡漠，逐渐风化在天地间，便是什么也不剩了。

所以，想抓住些什么，可还是在很多东西中迷茫了。将扔下很久的《时间简史》捡起来的时候，竟是那般生疏，天文学终究成了我浪漫的幻想，那么深邃而遥远的时空，让我战栗。

我是一个什么都害怕的人，怕疼、怕黑、怕死。每一次看晚清，都揪心，为什么那些人做了这么多不被理解？为什么那么多普通人还在水深火热中苦苦挣扎？晚清之后，中国从天朝上国的高高在上，向西方学习，新中国又向苏联学习，现在又时刻盯着美国，大提中华民族的复兴。那是一种多么扭曲的情感啊，就像张爱玲说的，卑微到尘土里去，只是，张爱玲形容的是爱情，我说的，却是一个民族的心理。

……

一个师姐跟我说，欧洲有什么好的？那里的人根本不关心别国的事，很无知也很没有见识，他们那里某个农庄的一头猪跑了都会报道、追踪、连载，成为很久很久人们都津津乐道的事。这让我想起了您说的——村庄。所以，出去了的人对中国的情感才会那么复杂吧?！因为了解，所以痛心。艾青说：为什么我的眼里常含泪水，因为我爱这片土地爱得深沉。闻一多说：我爱中国，可是中国并不爱我。那是一种什么样的情绪，才能酝酿出如此复杂的情感呢？

那就这样吧！我终究还没学会那般大气。又一次拉拉杂杂说了一大堆不着边际的话。原来，有人愿意听自己说说心里面的想法也是一件乐事。

谢谢您，一学期的辛苦。给在我心底像一个大朋友的老师。

草拟回信（未发）：瞧你这文风这思路，有我的范儿！我又害

了个人，反思中ing。

十三

某生致老师（2006年2月21日）：

李老师：

您好！

今天听了您的讲课，印象很深刻。实际上我是经同学推荐才选这门课的（此处隐去拍马屁的200字）。

其实在我的感觉中，你们80年代的北大学生是受了委屈的一代人（此处隐去200字）。我还是很高兴李老师保持了当初一个“奋青”（应为“愤青”）应有的热血与激情，虽然您没有明确表露自己的观点，但是您的意思，我相信所有同学都会理解的。对于历史所犯的错误，我始终相信未来会给一个公正的评价的，也许只有我们这些不知天高地厚的当代“奋青”（愤）才会说这句话吧。

我们这一代人几乎已经是被理性禁锢住头脑的一代了，似乎北大人因该有的特色在我们的身上都已经无影无踪。今天我还是很高兴看到了老一辈北大人的气质和精神，感觉受益匪浅。

谢谢！

草拟回信（未发）：谢谢你了。我不是愤青。愤青是民族主义者，我不是，我连集体主义者都不是。

十四

某生致老师（2006年2月22日）：

李老师：

你好！

终于听到您的课啦^^乐乐哥哥强烈推荐的。不虚不虚^^

嗯。尤其喜欢老师身上80年代北大学生的气息。那是自己一

直向往的校园啊，现在只能在老师的回忆中漫溯时光了。更期待以后洋洋洒洒的大历史和鞭辟入里的人物刻画。^^

不过今天上课坐得太靠后，错过了课件上的一些精彩内容，麻烦老师发一份给我吧。多谢多谢^^

十五

某生致老师（2006年2月22日）：

李老师您好！

我是一个大一新生，选了您的课。以前觉得在高中虽然是个理科生，但没有把精力全部耗费在无聊的理科上，并深以为傲。上了您的课才明白，用您的话来说：知识储备不够啊。

我很奇怪的是，如果您不介意我说的话，您作为一个1988年进入北大的“愤青”，现在怎么还能安然地站在讲台上？呵呵，我在一位美国教授的课上看过一些关于那个时期的影片，感觉那时的“愤青”下场都很惨。

呵呵，还有就是，麻烦您发一份大纲到我的邮箱，谢啦。

十六

某生致老师（2007年12月30日）：

新年快乐！

我是您通选课的学生。跟您上了一个学期的通选，现在突然不能再听您讲课了，心里竟充满了失落。我还记得最后一节课下课后的情景，也很感谢那位女生让我有机会拥有一张老师的照片……（记不清是否有人拍了照）那一刹那，我突然明白了什么是北大老师的魅力，不管是哪些方面，总会给学生一些影响，一些记忆。

我是个刚来北大的学生。开学之初很是失落了一番！我不明白，或者说现在还没有怎么发现北大的美。曾经被老师渲染、在想象中存在了许久的大学出现在眼前的时候竟然是不真实，呵呵。

我不知道到底哪个才是真正的北大。虽然我知道要想读懂北大，读懂大师、同学、生活这几本书，还需要时间。虽然我知道，自己曾经幻想的轻松的，随心的大学生活是不可能的，至少在北大不可能。但是，我始终觉得游离于北大，游离于北大人的生活之外，过着高三一样的生活。面对突然增大的信息量，我不知所措。面对着越来越大的未知世界，我不知道从哪里入手。看到了自己的不足，可是却没有动力去弥补。可是我不想这样，我想要拥有心里觉得充实的感觉，想要在抬头望天的同时脚下踩着路。是老师让我慢慢了解到北大老师的魅力、北大的魅力，虽然现在还不能完全体会到。惊叹于老师筛选信息的能力，折服于老师抓住问题本质的方法，更加佩服老师在为人处世上的态度……不过我觉得学理科3年以后，现在的我，大脑已经不怎么会思考了，没有了自己的想法。我知道这很恐怖，这也是我一直害怕的事情，我始终在对自己说，之所以不能输出是因为输入不够，但是现在我都不知道到底是怎么回事。老师上大学时也有类似的困惑吗？还是觉得大学很顺利，就是自己想要的生活呢？老师有没有写过自己大学生活之类的文章呢？我想知道上次老师说发在bbs上的文章的题目，发在具体什么位置了啊。（老师工作很忙吧，如果没有时间就不用回了！）

希望以后还有机会听老师的课，再次领略老师的风采！

其实只是想祝老师新年快乐的！

HAPPY NEW YEAR！

十七

某生致老师（2008年6月14日）：

尊敬的李扬帆老师：

我是元培学院国际关系方向的学生（某某），在刚刚结束的这个学期选了您的外交史（上）的课程，受益匪浅。

其实很难用准确的语言全面表述自己听课的感受（省去拍马

屁的30个字)。这是我入北大以来第一个让我认真思考的一门课。在课上，我不止一次地感到了自己的肤浅，思想经历了一次次"敲打"，许多自己固有的认识被证实是那么的可笑。作为半个满族人，我对晚清的历史很感兴趣，但通过您的课，我知道曾经自己的认识多半是道听途说和自以为是。

感谢您为我纠正了许多认识，更重要的是您让我深刻体会到了我们民族文化的伟大。显然，我还不能完全理解您的思想和苦心，但这一个学期的课已在某种程度上改变了我的思考，这是最重要的。

再次感谢您！

鲁迅并不真正懂得北大精神

鲁迅是否真的具有现代意识？我们在推重他对不合理现象具有的攻击性的同时，似乎忘记了思考这样一个问题。

鲁迅率性，不保守，且具有魏晋风度是真的，且看其尿尿的雅兴。在厦门大学时，他致信许广平：“我到邮政代办处的路，大约有八十步，再加八十步，才到便所，所以我一天总要走三四回，因为我须小解，而它就在中途，只要伸首一窥，毫不费事。天一黑，我就不到那里去了，就在楼下的草地上了事。此地的生活法，就是如此散漫……”后来，他连草地上了事也免了。在另一封信中，他说：“但到天暗，我便不到草地上走，连夜间小解也不下楼去了，就用瓷的唾壶装着，看夜半无人时，即从窗口泼下去。这虽然近于无赖，但学校的设备如此不完全，我也只能如此。”

鲁迅设计的北大校徽

好可爱的鲁迅。鲁迅是1926年“三一八”惨案后离开北京的。此前他在北京师大任教，并兼任北大讲师。尽管被谣传打掉了两颗门牙，1925年，北大建校27周年的时候，鲁迅仍然写了一篇短文《我观北大》，发在1925年12月的《北大学生会周刊》创刊号上。

这篇千字文，暗含内容实在丰富，在常被人引用的关于北大精神的著名的几句话之外，这篇文章还暗含机巧，夹带了许多“私货”。

其一，关于鲁迅算不算北大教员。

文章开始即说：“据一位教授的名论，则‘教一两点钟的讲师’是不配与闻校事的，而我正是教一点钟的讲师。但这些名论，只好请恕我置之不理；——如其不恕，那么，也就算了，人哪里顾得这些事。我向来也不专以北大教员自居，因为另外还与几个学校有关系。然而不知怎的，——也许是含有神妙的用意的罢，今年忽而颇有些人指我为北大派。我虽然不知道北大可真有特别的派，但也就以此自居了。北大派么？就是北大派！怎么样呢？”

自1920年8月从北大中文系主任马裕藻手里接到聘书，到1926年8月离京，鲁迅以讲师的身份在北大任教了6年，其开设的课程有“中国小说史”及“文艺理论”，并担任北大研究所国学门委员会委员等职，期间曾为北大设计沿用至今的校徽（原文有误，鲁迅应是1917年8月即设计了北大校徽。虽被刘半农戏称为“哭脸校徽”，但至今沿用），并指导学生的多种文艺社团和刊物。

这不是鲁迅的正式工作。鲁迅自1912年南京临时政府成立，得同乡（绍兴人）蔡元培教育总长之力（经由许寿裳介绍），应聘到教育部任“佥事”（科长）。且随民国政府北迁在北洋政府中任此职凡14年。这是个公务员职务，是他的正式工作，月薪大约60元。他曾在《坟·从胡须说到牙齿》里回忆：“我曾经是教育部的佥事，因为‘区区’，所以还不入鞠躬或顿首之列的。”

因此，鲁迅是兼职的，所以只能被聘为讲师。根据当时的规定，只有专职的教师才可被聘为教授，凡兼职的都只能被聘为讲师。他那二弟周作人早于1917年被蔡元培聘为文科教授，仅就北大工作而言，其收入远高于鲁迅。当时北大教授的待遇为每月240～300元。至于兼职的讲师，是根据授课小时得收入，当时每小时5元。鲁迅若每周8～10小时，收入也可达每月160～200银元（约合今天人民币6 000～8 000元）。当然，鲁迅还兼职于师大、女师大等校，如果他拼命地干，收入相当可观。是以他在1919年和1924年买过两个四合院，一大一小，大的3 500元，小的1 000元，用兼职收入所购。

文中提到的“一位教授的名论”，是指在女师大风潮中（1924～1925

年)，作为讲师的鲁迅积极支持学生运动，北大教授高仁山对此冷嘲热讽。高教授在《晨报》上发表《大家不管的女师大》，称专任教授应该管理学校，“不要让教一点两点钟兼任教员来干涉你们诸位自己学校的事情”。鲁迅对此十分反感，所以附带说明自己的身份，反驳高教授。

其二，如何解读鲁迅对北大精神的定位?

鲁迅先生以周氏的标准斗争范式给予北大精神一种积极的诠释。然则，就其论调而言，仍常被误解。他说：“第一，北大是常为新的，改进的运动的先锋，要使中国向着好的，往上的道路走。虽然很中了许多暗箭，背了许多谣言；教授和学生也都逐年地有些改换了，而那向上的精神还是始终一贯，不见得弛懈。自然，偶尔也免不了有些很想勒转马头的，可是这也无伤大体，‘万众一心’，原不过是书本子上的冠冕话。”

前面一句是最常被引用的话。其实，鲁迅用的是“为新”，而非“维新”。如果说鲁迅说北大是“常维新的”，那完全不符合鲁迅的原意。《诗·大雅·文王》：“周虽旧邦，其命维新。”毛传：“乃新在文王也。”陈奂传疏：“维，犹乃也；维新，乃新也……言周至文王而始新之。”后因称改变旧法推行新政为维新，比如“百日维新”“维新派”“明治维新”。“维新”在近代具有其特定的政治含义。鲁迅只是说“为新”，即做创新的事情。泛泛而论，并非只北大是政治制度创新的“维新派”。

至于说北大是“改进的运动的先锋”，这前半句是对了，而随后的“要使中国向着好的，往上的道路走”，我以为鲁迅是曲解了蔡元培时代北大的真正精神：“思想自由，兼容并包”。

甚至蔡元培先生对北大精神的诠释与鲁迅先生对北大精神的理解存在本质差异，而这恰恰是解释我们对近代中国历史走向鲁迅所指的单一的激进的方向最合适的源头。

蔡元培先生是真正懂得现代大学精神的大教育家和思想家。如果狭义地理解蔡元培的思想境界，也就是下降到鲁迅的层次，仅仅认为北大是要传播“维新”“为新”，甚或“革命”的思想，那么我们至今也还不能理解为什么北大最终走向激进主义的道路。

蔡元培与鲁迅对北大精神的不同定位就是多元化现代精神与单一化传统思维的分野。的确，北大在“新文化运动”和后来的革命运动中扮演了积极的角色，蔡元培也是通过聘请陈独秀、李大钊、胡适、钱玄同、鲁迅、周作人等新派人物来校任教。但这并非蔡元培的全部思想，蔡元培的真实思想是避免大学的“泛政治化”。

关于大学的办学方针，蔡元培先生一直秉承的是“思想自由，兼容并包”。

无论是1918年他在《北京大学月刊》发刊词上所说：“大学者，囊括大典，网罗众家之学府也。”

还有此前的1917年2月5日，蔡元培对《大公报》记者谈及其“大学之计划”时所说：“大学生向来最大之误解，即系错认大学为科举进阶之变象，故现在首当矫正者即是此弊，务使学生了解于大学乃研究学术之机关，进大学者乃为终其身于讲学事业。学生如此，教授亦如此，盖大学教授须一面教人，一面自家研究也。”

以至1919年9月20日，他在《北京大学第二十二年开学式演讲词》所论：“大学并不是贩卖毕业证书的机关，也不是灌输固定知识的机关，而是研究学理的机关。”

再有在1919年“新文化运动”高潮时发生的著名的“林蔡之争”中，他在《致〈公言报〉函并答林琴南函》中所明确宣布的：在大学中，（一）对于学说，仿世界各大学通例，“循‘思想自由原则，取兼容并包主义……无论为何种学派，苟其言之成理，持之有故，尚不达自然淘汰之运命者，虽彼此相反，而悉听其自由发展。……（二）对于教员，以学诣为主。在校讲授，以无背于第一种之主张为界限。其在校外之言论，悉听自由，本校从不过问，亦不能代负责任。……公私之间，自有天然界限。”

以上种种，都表明蔡元培十分明确现代大学的办学精神之实质，也表明蔡先生对政治与学术的地位、公民与教师身份差别的清醒认识。

他曾还举例证：“例如复辟主义，民国所排斥也，本校教员中，有拖长辫而持复辟论者，以其所授为英国文学，与政治无涉，则听之。”这位拖长辫的就是大名鼎鼎的辜鸿铭先生。

“与政治无涉，则听之”，这是真正的蔡元培时代的北大精神，是真正的应该继承和发扬光大的北大精神。背离蔡先生的思想，北大也就必然被招魂了。

鲁迅还对北大精神作了第二个诠释："第二，北大是常与黑暗势力抗战的，即使只有自己。自从章士钊提了'整顿学风'的招牌来'作之师'，并且分送金款以来，北大却还是给他一个依照彭允彝的待遇。现在章士钊虽然还伏在暗地里做总长，本相却已显露了；而北大的校格也就愈明白。那时固然也曾显出一角灰色，但其无伤大体，也和第一条所说相同。"

这仍然是鲁迅自己的北大，不是蔡元培的北大。如果"常与黑暗势力抗战，"无疑是将北大卷入政治纷争当中。恰恰是这一点，也反映了鲁迅与胡适等人的分野。胡适等人主张二十年不谈政治，并不是不关心政治，事实是他们希望中国在一个相对独立的空间里，保持对文化发展的适当关怀，而大学知识分子应该承担的，恰恰是对独立的知识系统进行创建的使命。

鲁迅之抗争精神当然也无可非议，但仅限于其作为公民的知识分子的义务具有现代价值。如果倡导一个最核心最著名的中国的大学全盘卷入政治论战，表面上看来是顺应了时代的呼唤，实质上是违背了大学的历史使命（尤其是大学知识分子）。并且鲁迅的这一点和传统士大夫的精神并没有根本区别。传统士大夫即是学而优则仕，且没有独立的知识系统。鲁迅其时正卷入和章士钊的论争。后者作为教育总长，以"整顿学风"为名，力挺女师大压制和开除学生的校长杨荫榆，并非法地免去了支持学生的鲁迅在教育部的职务（第二年鲁迅打官司赢了，恢复职务，章士钊没有利用权势干预司法，而是尊重法律，接受裁决）。鲁迅在这篇对北大学生的文章中，夹带"私货"，把北大精神和反对章士钊混在一起说，其实也反映了一种传统的士大夫精神。而这些动作和这些解释都已经离蔡元培的北大精神很远。

传统的士大夫精神长期影响了中国独立的知识分子人格的培育。即便鲁迅非常自觉地承担了现代知识分子的使命，但因其将北大定位为"抗战"，则又失去了现代知识分子的眼光。

20 世纪以来中国的知识分子和政治之间的关系面临的是两个使命，其实也是两个难题：改变传统士大夫的身份塑造，将大学发展为培育独立知识分子的幼儿园；一部分觉醒的知识分子发表公共见解，走向社会成为独立的公共知识分子。如果直接将大学作为社会，并推动大学积极介入政治，且向一个方向发展，那就失去了大学的本分，失去了大学的魂，失去了现代精神中最重要的多元化。

人们或问：那大学对现代社会还能有什么作用？大学的作用体现在与政治保持距离，以自身的独立品格存在于社会，以自身的独立钻研学问体现力量，这就是福柯所谓的“知识就是力量”。

在《知识分子的责任劫》中我曾说中国知识分子的先天不足生出一个悖论：“离权力越近，便离应得的权威越远，也因之离救世越远。”这很像中世纪时期基督教与世俗社会的关系：中世纪的基督教离世俗太近，以至于离上帝越来越远，并最终导致宗教改革。

其实鲁迅是太着急了。鲁迅把“知识就是力量”狭隘地理解为“杂文就是投枪匕首”一类，理解为社会批判。这不是大学的全部，甚至不是最主要的。按照蔡元培的方向走下去，时间一长，自然会得到鲁迅想要得到的结果。那个时候，北大还是北大，而它的社会功能和历史地位却更加的纯粹和厚实。

曾经的北大是从大乘向小乘转化的过程

题目中的这个感悟的确是源自北大近年来多位师生的出家之事。北大的社会角色与个人的信仰追求之间一定出现了问题，否则难以合乎逻辑地推理并接受出家的事实。然则，数学系本科毕业生柳智宇自去年（2010年）出家之事被报道后，世间除了炒作，并无深思。这是问题的另一个值得思考的方面。

近20年来，先后有多位北大师生出家，比较有名的包括：释明海法师，现为著名禅宗道场柏林寺方丈，临济宗第45代传承。北大哲学系1987级，俗姓肖。释明影法师，北京大学地质系1989年毕业，2001年于柏林寺剃度出家。王小能，北大法学院副教授，2003年在五台山出家为尼。北京大学数学系本科毕业生柳智宇，2010年放弃申请到的麻省理工学院全额奖学金，选择了到北京凤凰岭龙泉寺修习佛学，暂为龙泉寺的居士。显庆法师，即北大2002级哲学系研究生邓文庆，福建莆田广化寺剃度出家，2006年来到北京凤凰岭龙泉寺。此外，江西佛学院常务副院长衍真法师是20世纪80年代北大社会学专业的毕业生。比尔·波特在《空谷幽兰》中记载，他在秦岭的静业寺，发现这个只有八九个和尚的寺庙里，竟然有三个年轻的和尚来自北大中文系。如此推论，不知姓名的北大出家者应该更多。

对于这种现象，至少应该思考三个问题：第一，他们为什么出家？第二，他们的出家与北大的社会角色有什么关系？第三，为什么我们对他们的出家不可理解？

对于第一个问题，似乎只有个案分析，才能得出合理的答案，因为出家之决定一定是个人深思熟虑后作出了人生最大选择的结果，而个人的理性及其与佛法之结缘实在是难以用语言表达的一种情结。

出家人走向更远大的生命前程

我们似乎只能从他们的片言只语中瞧出某些端倪。其中，王小能的一些解释，可能比较明确一些。首先，她并非因为对北大的失望而走出家门。这一点似乎与坊间议论有较大出入。作为一名来自偏僻乡村、经历过高考落榜打击的农村孩子，王小能曾经实话实说："考进北大来太不容易了！"在她眼里，"北大是一方净土"。其次，她在理性层面将自己的追求与平生所学结合起来，认为民法中的宗教思想与佛教思想相通。她说：

> 我所说的民法中的宗教思想，实际上是指佛教思想，因为我对其他宗教思想没什么研究。当然，这并不是说我研究很好，很透彻。然而，民法博大精深，佛法无边，我把这两个东西搁在一块儿，真怕亵渎了民法，玷污了佛法，因此，我如果说得不好，请大家不要怪我。在学民法的过程中，我的感触有四点，一是民法的法律主体的平等与佛法的众生平等，二是民法中的自由与佛法的解脱或涅槃的相近，三是民法中的诚实信用与佛法中的博爱的相近，四是商法的赢利与佛法中的自利、利他的联系。

无论如何，这是比较独特的解释，而这种独特的解释事实上为小能师太的出家建立了一个世俗与信仰之间的桥梁，这样的解释完全可以纾解因为抛夫弃子的王小能出家修行带来的心理压力。

但她的同学刘大生教授却不以为然，在《俗法佛法孰管用？——答小能师太》一文中，他追问了如下问题：

> 你说说，你们佛教的那些戒律、法条、咒语、经书、语录，等等等等，究竟有什么用？你们天天要普渡众生，但几千年来，从小乘到大乘，从密宗、律宗再到禅宗，等等等等，究竟渡了多少人？几千年来，贪婪的依然贪婪，嗜杀的仍然嗜杀，欺瞒的照

旧欺瞒，滥情的依旧滥情，帮闲多于帮忙，帮凶甚于帮善，屠刀尚未放下，炸弹却又抛起，佛祖佛法又能奈何？佛祖、菩萨们至多能给那些已经被世俗抛弃的人们划拨一个精神的和肉体的避难所而已。如果说佛法还有别的伟大的作用，恕我直言，那恐怕是夸张了。

另一位法学人士孙国东在《你真的能逃得过俗世吗？——有感于北大法学教授王小能出家为尼》中也提出相应的质疑：

偶然从刘大生的博客中得知北大民法学教授王小能女士因事业不顺抛夫离子出家为尼的消息，颇为震动；加之此前不断传来的教授自杀、博士跳楼的消息，让我的思绪久久难以平静。

因此，对待这种选择，我常常会敬仰他们，敬仰他们能够如此执着、绝然地追求并实现自己的梦想——尽管这种梦想也许在他人看来是极不可欲的。但君不见，在这个世界上，活得最潇洒的恰恰是那些已经丧失反思和觉悟能力、乃至理性的人，他们在尔虞我诈的金钱战场和权力游戏中找到了做人的乐趣，也就不会感受到活着的苦累。而活得最累的则常常是那些不愿向世俗低头的人，他们也许曾努力与世俗拥抱过，但在与世俗的较量中最终败下阵来，不得不寻求其他超脱的办法。在这个意义上，我敬仰所有试图超脱俗世的人——敬仰他们内心中存有那种始终未被世俗玷污的善，敬仰他们抛弃世俗的勇气和决心，敬仰他们可以抛却我们俗人难以割舍的所有情结……

但是，我又怀疑，你真的能逃得过俗世吗？能逃得过此世吗？在这样一个也许已经坏透了的俗世的笼罩下，还有你要找寻的那方净土吗？还真的有纯净的“上帝之城”、“彼岸世界”和“极乐净土”吗？

在这样一个信仰沙漠化的时代，
在这样一个宗教圣迹成旅游胜地的时代，
在这样一个“和尚玩电动”“修女也疯狂”的时代，
在这样一个宗教的神圣已被世俗的物欲吞噬的时代，

我们生活的这个俗世还是那个赎罪的炼狱、涤罪的灵魂净化所和灵性生活的预修学堂吗？

真的还存在奥古斯丁所描述的那个“光明灿烂的宫殿”吗？

也许“好死不如赖活”，“遁世不如救世”，还是重温古人的话吧。

以上质疑均出自同一个逻辑：假定出家修行是“遁世”，假定当和尚尼姑就不能“救世”，一句话，假定佛法“无用”。

这是一种诡辩逻辑。首先，将佛法与俗法对立并进行功利性类比，是曲解了佛法本身。俗法是社会规范，是维持正常秩序的工具。佛法是信仰，是精神层面的最高追求。将工具与信仰类比，根本没有可比性。且佛法之法与俗法之法完全不是一个语言系统中的概念。《金刚经》：“法尚应舍，何况非法。”“法尚应舍”指不应执著“法相”；“何况非法”指不应执著“非法相”。如果不去读《金刚经》，不读难懂的《瑜伽师地论》，起码也该去看看《六祖坛经》吧。如果一点佛学常识都没有就去批评佛教，是会令人笑掉大牙的。

其次，消极遁世一说是极为笼统的对佛教的错误理解，也是对修行者生活的无知。就我所认识的和尚（有广州光孝寺的、有五台山塔院寺的、有北京龙泉寺的）而言，他们的日常生活实际上有两种：一种是寺院本身的生活，即修行生活；一种是与世俗生活的接触。与世俗生活的接触目前正在发挥重要的社会功能。所有的信众和部分非信众，无论是有文化的，还是来自知识阶层和商政界的高端人士，与法师们都有定期或不定期的互动。举个简单的例子，你哪怕并不信佛，但是你只要诚心去理解它，你就可以在周末的时候去龙泉寺挂单，或者做义工，以求得自己心灵上的纯净和洗礼。这种社会功能相当强大，它至少在中国目前缺乏广泛心理治疗、心理干预的措施时，扮演了心理辅助的重要作用。“救世”并非等于世俗中扮演某个具体的影响力巨大的角色（学术思想的、政治的、商业的、科技的等），如果救了心，也就救了世。如果说救的是信众及与佛有缘的俗人不是“救世”，那么世俗的教师以思想、专家以技术、官员以权力、商人以金钱的“救世”，也不能等于“救世”，因为他们也只部分地影响到一些人。由于错误地理解佛教“救世”等于救天下人，自然会对它的社会功能产生错误理解。退一万步讲，即便一个和尚一个人都没有救，但他救了自己。而且这是确定无疑的。这比他在社会中处于连自己都救不了的地位总要好吧。说不定他处于社会中可能救世不成反成害世呢——而这种可能性太大了。

再次，所谓佛教就是念咒语、烧香、搞迷信，宗教的神圣已经被世俗物欲吞噬等之说，仍然是不去庙里看看的欺世之谈。只有在一些自己十分迷信的信众中才搞迷信，而这一点是所有真正的修行者都反对的。你去龙泉寺烧香，看不到抽签解惑的，也看不到解梦的。一个真正的寺庙——不是那种以专门收门票被政府收编了的旅游区——是没有迷信的。偶像崇拜也只是对俗众起功能性作用，和尚尼姑本身是不搞偶像崇拜的。说到底，连佛法本身都不存在，何况非法！

比尔·波特在《空谷幽兰》中说，他常对美国人介绍，中国的隐士很像研究生，他们在攻读他们精神觉醒的博士学位。“一种离开世俗的生活是否是逃避社会责任?”波特提出这个问题。他认为：“在美国，隐士只是那些喜欢自个儿待着的人，往往都有点神经质。但是，在中国，我发现隐士往往是社会的精英，扮演着重要的角色。”这是其实际考证后的结果。他的另一部著作《禅的行囊》也为我们揭秘了当代中国真正的修行者（如禅宗的）生活状态。如果我们没有波特那样的实践精神，仅凭几句书本教导和长期所受的关于佛教的错误理解，无疑是无法得出合理结论的。对当代中国佛教的理解——如果你做不到进寺庙里实际体验的话，起码也该看看上述两本书吧。

既不看佛学入门的书，也不去走近僧众的生活，那么凭什么轻易质疑并否定出家人的生活甚至信仰呢？——在这里我们还并不准备探讨宗教信仰自由的问题。

另外一层逻辑也是否定论者没有看到的：那些历史上的隐者即便是遁世了，但其行为传承下来的精神影响难道不比他们继续做官、做所谓的学问对后世的影响大吗？

在道家隐士、佛教隐士之前，中国就有隐士文化传统。《史记》的第一个列传讲的就是隐居在首阳山、饿死不食周粟的伯夷、叔齐，此后的史书，都有大量的以《逸民传》《隐逸传》《高逸传》《高士传》《真隐传》等为名的隐士传记，也有《高僧传》《续高僧传》等为真正的修士立传的传统。他们或因政治经济问题出家，或因自小与佛道有缘出家，不管怎样，他们的思想文化价值难道不是由其出家而呈现的吗？他们的“遁世”以一种传统传承下来而形成了一种真正的“救世”精神。

大一时与同学留影，白裤子的是我（1989 年 4 月初）

此外，道家思想和佛教思想对谢灵运、陶渊明、王维、苏轼直至谭嗣同、李叔同等大师的影响何其之大？他们或自己在家修行，或出家修行，难道他们没有产生历史性的“救世”影响吗？即便和尚本身，如虚云大和尚，他对中国禅宗及中国宗教精神的划时代影响难道是“遁世”吗？

李敖在《北京法源寺》中借谭嗣同之口说到了大乘佛教的救世思想：

> 严格说来，寺庙这些有形的东西，除了有艺术的、建筑的和一点点修持的功能外，离真正佛门精神，诚如你所说，十分疏远。自佛法入中国来，演变得好奇怪，一开始就走入魔障，大家没能真正把握住佛门实质，反倒拼命在形式上做功夫，佛门的大道是无形的，可是自命为佛教徒的人，却整天把它走得愈来愈有形，盖庙也、念经也、打坐也、法会也、做佛事也……这些动作，其实跟真正的佛心相去甚远了。《华严经》有“回向品”，主张已成“菩萨道”的人，还得“回向”人间，由出世回到入世，为众生舍身。这种‘回向’后的舍身，才是真正的佛教。但是，佛教传到中国，中国人只知出世而不知入世，只走了一半，就以为走完了全程。他们的人生与解脱目标是“涅槃”，以为消极、虚无、生存意志绝灭等，是这种路线的目标，他们全错了。他们不知道，佛法的神髓，到这里只走了一半，要走下一半，必须“回向”才算。

出家并非就能救世。出家后须不停地精进，这是一种压力。明海2010～2012 年未经相关程序批准，未告假，而以住持身份遁入五台山闭关两年。

出来时他表示了忏悔。但他仍然坦白地告诉了大家他闭关的原因：第一个是生命有限无常。出家 20 年了，他仍对生死大事，有点迷茫，而这是出家人的本分事，他对此没有任何着落，心感压力。第二个是他身为禅宗子孙、住持，觉得自己业障深重，己眼未明，就妄踞师位，这个压力也很大。明海该算高僧了吧，仍然在积极探索，又怎能说出家者消极避世了呢？他们在真正地入世！入世的根本问题是面对自己和欲望的问题，面对生死的问题。他们只是最集中地直面了问题而已，不存在入世和出世的本质区别。他们值得敬佩。

如此，我们再理解北大师生出现的出家事件，便有了个可以讨论的基本语境。北大的社会角色被人寄予厚望已有一个多世纪。然则，这个盛名越大，越可能导致结果走向反面。这便是第二个要讨论的问题。

首先，北大在过去的一个多世纪难道总是处于鲁迅所说的“北大是常为新的”这样一个积极的地位吗？未必。“文化大革命”即是一证。其次，北大对社会的贡献应该是体现在精神和知识层面的创新和引领。这个精神层面不能仅仅局限于世俗知识和世俗精神，宗教精神可能更是中国传统文化所缺乏的东西。某些师生作出表率，毅然追求更高级的精神境界并可能对后世产生世俗性影响，这也是北大贡献社会的一部分。若干年后，当你津津乐道于某某高僧大德是北大毕业的时候，有本事就别提这个背景。

那么，对于第三个问题，我们为什么如此惊讶？首先，这是我们自己的社会生活经验限制了我们的宽容性思维。我们没有统计过哈佛、剑桥或东京大学有没有、有多少出家修行者，但是，他们当中肯定有人数不少的佛教徒、伊斯兰教徒，也有更多的基督徒和其他没有名气的小宗教派别的信徒。宗教信仰首先是个人的权利，为什么对别人信了佛就表示诧异、表示惋惜、表示质疑？为什么不对一个皈依基督的学生或老师表示诧异呢？这样的人更多啊！柳智宇出家前给父母的信中说：出家不是丢人的事情。但当下中国人通常并不是这么认为的。

所以，这实际上牵涉另一个原因：我们是对“出家”行为在仪轨和生活方式上不满，而不是对皈依佛法不满。这就更奇怪了。因为要削发，因为要受戒守戒，因为要住到庙（庵）里去，你便对他（她）不满了！这和你对同性恋不满有什么本质区别？何况，严酷的守戒生活恰恰是其挑战世俗生活一种最决绝的手段，这是一种最困难的道路，出家的困难要远远大于任何在家，包括在监狱。那么，你还认为他们是在选择清静、选择遁世、选择消极无为的生活吗？与欲望决裂、追求绝对的精神自由，并将这种行为付诸实施，最终确会对周围世俗社会产生极大的正面冲击力。这是批评者无法做到的，你不敢追求自由，为何批评追求自由者？这才是问题的实质。

此外，历史形成的宗教观也影响我们对此事的大惊小怪。这体现在世俗通常对佛道的错误理解上，他们以为佛道是迷信。更多有知识的人出家修行恰恰有助于提升佛道在中国的真正地位，有助于祛除迷信内容，匡扶正法。

最后，对佛教现状不满也是持批评论者的一个理由。的确，所谓末法时代，各种伪法流行，妖道盛行。有关寺庙的各种负面报道几乎毁了佛教形象。但是，真正的修行者仍然为数众多，且占主流，用不着一个世俗论者去担心。

真正应该担心的，还是处于世俗世界的北大吧。北大的精神如以匡扶正义（原稿中怎么会有这个词，奇了怪了，我现在也无法找个合适的词代替它，保留原文吧。可能是想说北大应该有正义精神什么的。是吗？会吗?）、追求自由而言，与大乘佛理差别又有几许？而当下物欲横流的确冲击到这个精神，个别人选择出家修行，从某种意义上是延续了北大的自由精神血脉，而不是相反。这剩下的绝大多数，能够追求自我解脱的小乘境界就已经阿弥陀佛了，何必再大惊小怪。

羽毛球不是球

北大对我而言，还意味着羽毛球，它构成了我生命的一部分。下面两篇发在北大未名 BBS 上的文章就是对打球十年的回忆。几年前，一位澳大利亚的羽毛球国手在北大学习，有幸跟他学球。他趁机向我学中文。他最不能理解的是中文把羽毛球叫“球”，球对应英文的“ball”，可是羽毛球的英文叫“shuttlecock”，羽毛球运动叫“badminton”，是英国一个地名，羽毛球发源的地方。我说：嗨，shuttlecock 翻译过来是“穿梭的公鸡”啊！打“羽毛球”可以理解，打“穿梭的公鸡”就不好理解了。至于 badminton，这名儿不好听，我把羽版的网名就改成了“betterminton”了。一番解释，把他搞晕了，他每次见到对手说“换球”，就大声说：“那不是球！”是啊，羽毛球不是球，有些哲理。

俺的五四球馆经历（2007 年 11 月 11 日）

“光棍节”的凌晨，实在无聊得很。写点自己从羽的文字吧。俺是来自那个 50 年前男人走路都带刀的地方的男人，当然也有沈从文那般的阴柔。现在关注的是人性和羽毛球。

19 年前来到京城，有些强迫症和有些暴力的我，一直没有找到合适的运动方式。一直是个伪运动爱好者，直到我遇到了羽毛球。以前练武术散打，在三教南面的篮球场。排好了队，教练做了个动作示范，目光在队伍中逡巡，停在我的脸上，我如同许三多般地躲避，还是逃不过。教练说，你出列，做个示范。我出列示范，得意地走回队列。教练说，大家看见了没，这位同学移动步伐时是同边脚，别扭不别扭啊。后来又练拳击，被打得眼冒金星。又练篮球，个子太矮，又被国关（后来就是我的工作单位了）

的著名教授揶揄我不会打。

再后来就是研究生毕业，还没有工作就犯上了奇怪的神经衰弱。看了“著名”的小西天的大夫，说心理有问题吧。可是俺要求住院也不留俺。又去海淀医院，又去三院，后来，终于去了六院，说你心理没问题啊。又折回小西天。这回小西天的一位“著名”大夫给俺脑袋上打一种意大利的进口针，同时问我多大了，身高多少？我说问这个干什么。大夫说，他有个亲戚的女儿是护士，要找个男友，她身高172。我说先治我的心神不定的毛病吧。大夫说那就跟我唱赞美诗吧，看你唱歌还不错，要不参加咱们的海淀堂的唱诗班？回来大睡了几天，还是心神不定。我的学生奥运体操冠军陆莉看我疲惫的样子，给我按颈椎，说老师你要搞些运动啊。她是个很刻苦的孩子，拜举国体制所赐，从4岁练职业体操就没正经上过学，现在退役了读书要与北大同学看齐非常困难。我安排了几个学生来辅导她。看着她上楼梯都是跑的，我便纳闷地问：为什么冲上楼梯？答曰：自小练体操，全身80多处大小伤，停下来就要散架子，不能停。对啊，人是动物，不能停，不能停，这样想着，就在琢磨搞个什么运动。

跑步吧。第一次跑步，三圈下来就吐了，真正的心脏快停了——那种突然快突然不想跳的感觉就是到极限了，吓得我完全没了办法。看来没辙了。

终于有一天，2001年的初夏，逛到五四球馆。原来记得五四球馆里面是滑旱冰的（当时也没有邱德拔体育馆），怎么拉起了羽毛球网？从羽毛球老师的门口一直拉到现在康美乐卖羽球用品的小店门口的一根钢丝，同时挑起了9个网子。那叫一个壮观：中间有十几根柱子。一根柱子一倒，所有的网子应声而倒，像沈从文家乡前一段时间倒下的在建大桥那么壮观。网子倒下的一刻，突然感觉球场的对方和我之间没有了任何的隔阂，就像谈恋爱到一定境界时突然那样子的面对对方，好不适应。

初次到球场，我怀着治病的目的，那是一个不纯的目的。我只想证明现代医学不能解决的问题只有通过人类自身的潜力发掘才可以解决。第一次半个小时下来，俺那个心脏就要从口里蹦出来了。山鹰社登过慕士塔格的应该体会过那种感觉吧。还好，终于没有出来。最大的收获就是，半个小时后，北大的一名青年教师还很好地活着。原来，跟自己抗争就是这个感觉啊。那就玩这个吧。

第二年碰到比赛，远远地看着，觉得这么多牛 B 的人，俺都不好意思下场啊。中午休息，俺就偷偷地叫了一个看来也怯怯的同学一起玩。俺挑他是有不纯的目的的，俺看他挥拍的感觉应该跟俺差不多的水平。果然，把他折磨得满地找牙了。正在找牙的时候，旁边一个穿秋裤（不是他平常喜欢穿秋裤，是深秋了，该穿了呀）的中年人说，我跟你玩玩。啪啪几拍，俺就觉得应付不了了。他说，打个 15 分吧（那时候 15 分制的），好吧。咬牙打下去，轮到俺满地找牙了，一共拿了 1 分。俺鼓足勇气，问他，您是？他说，我是北大附中的电工！中气很足，俺本来怯怯的一点气都被憋了回去。回去就好好练，俺下定决心了。

那个时候心中定下了一句话，后来在和尚，就是 shocked 的第二版的签名档中发现了和我一样的那句话：我情愿累死在羽球场上。再后来，就是看到贝贝的签名档：说和尚说了，要是有了钱，就买房子买猪怎样怎样。把俺羡慕得很。于是，就想在五四场上能有艳遇。眼见得 wuqiaowuqiao、前不久生了多多的叫俺做多多教父的 beidaliuyan、丹等等等等都实现了梦想，也眼见得 lawfair 给 yammaw 在羽版上登征婚广告，俺就欺骗自己说，面包会有的。并且得出一个奇怪的结论：好像羽球的铁棍棍都有些目的呢。这多好啊，爱好一致。

在获胜后与学生们合影，因腰部受伤，只好坐在椅子上。（五四球馆，2008 年 5 月）

不过，俺还得出另一个奇怪的结论：好像所有男孩子在教自己的女朋友打球的时候，或者一起配混双的时候，总是会吵架呢。可能羽球教会了我们生活的法则吧。不行，扯远了。既然要打球了，就要有三大专业了：一身行头要专业。不是 YY 的拍子都拿不出手。于是假装专业地和各位球友琢磨哪个是仿拍，还要知道高仿，低仿，还有工业版的。看国手打球，注意的是他用什么拍。从 20 到 99 到 9 000，买了个遍。其实，那叫腰里别个死耗子——假装打猎的。其他的球衣、包包、鞋、手胶，还有袜子和擦汗的毛巾，都要是“死耗子”级别的。

二是要找个专业“师父”。球场的牛 A 级“大虾”还是不少的嘛。第一个“师父”是 wuqiaowuqiao。当时看着那个羡慕啊，那个定型的动作，帅啊。我学啊学啊。又跟澳门的廖同学学。哎呀，怎么就完全不一个风格呢？前者定势多，而后者侧重步法快速移动。结果，检验的一刻到了。一次校际交流，跟一个校外的在北京球场混的老球棍配合双打（他之所以称老球棍，故事在下面），输了。狂骂我：你跟谁学的啊！像个打铁的！我笨啊，不是师父教得不好，是真的笨啊（到此得出第三个奇怪的结论：双打时，赢了好说，输了都是搭档的不对，呵呵）。到现在还是不会节省体力。这位老球棍的经历是这样的：他在一次打球中突发心脏病。送往医院后抢救醒过来就问：比分多少啊！翻身起来去球场要打完剩下的分数。这是真的故事。

第三个专业嘛，就是听声音了。打球的好坏是靠听声音可以听出来的，这可是专业水平的层次。hiahia. 正面击中球的瞬间，那个“啪”的一声，干脆啊，跟俺吃家乡酸萝卜时候的声音一样。以前与公安局老同学打手枪，老哥们说，他不打。他说，高手只欣赏枪的声音。一顿强拉硬拽，到靶场打。俺打了 4 个 10 环。老哥们说，今天没有子弹了，就回去吧。看来，听声音也是不可靠的。搓网前球的声音，那叫“嚓”。贴网翻滚过去，那是境界。步伐的声音那叫“嘶”。如同白蛇吐信，又如燕子点水，急停急启动，滑步交叉步。专业的选手和“燕子李三”的步法境界是差不多的吧。这辈子也甭想了，那是童子功。

在老师们的俱乐部，俺又有个绰号，叫“民工”。为啥？民工的打法你可以想想啊！就这样，认识了一大帮朋友，有 80 岁的从东南亚回国的老华侨，也有大一的小弟弟小妹妹（网上有个大一的查到俺三十七了，硬叫俺大叔。俺郁闷很久了。其实，俺看起来真的只有三十出头，加上“民工”打法，勇猛不减当年呢），头疼的毛病也好了大半。就这样，和 yammaw 合作，后来和小郭合作，侥幸取得了今年北京市高校教师比赛双打冠军（决赛前，对手即交大的退役专业国手的搭档脚扭了）。这辈子，要和羽球干上了，虽然没有 bugle 那样的气魄，北大博士开羽球店，也没有他那样的慷慨（赞助啊！），但是，认识这么多的朋友，人生一大乐事也。困了，暂时到此吧。弟妹们好梦。

感恩的心：羽球尘梦（2012 年 5 月 15 日）

回应 Leoliuxin 有时间有闲心写写记忆。好吧。但是，从哪里谈起呢？回忆当属口述史一类，贵情、贵信、贵客观。那么，就先谈谈这情。羽球之情关乎三种：一曰私情，二曰大情，三曰友情。世上这最难一字，就是情字。有情必伤。每念及此，不免想掉几滴老泪，无奈那泪泉早已枯干。手边也没有眼药水，那就字字如泪吧。

与羽球之结缘，据我有限的记忆，很多人是发乎情，但并不止乎礼。分分合合者有，争风吃醋者有，始乱终弃者有，修成正果者有，总之，围城吧，你懂的。然则涉及个人私密，此等艳史不该归入这篇非常严肃的史学巨著。不过有私信我者可密语之。

以上是儿女私情。此处我需言者，乃大情也。大情者，爱羽球之情结也！爱上羽球的表现如何？据灰常科学的研究——来自体教部篮球老师、曾经的羽球高校赛教工组女单冠军、奥运年被我不幸一个后场球晃伤了膝盖的著名的那谁说，爱上羽球是源自大脑中的一种分泌物，它导致人的幸福感增强。呀，真乃神奇也。爱上原来是一种依赖，爱上原来是成瘾。爱上原本就是吸毒嘛。因此，爱其实是一种化学反应。唉，也甚无趣。此乃通理，适用于任何一种情爱，不特羽球如此，人与人也莫不如此也。人与小狗也莫不如此也。然爱上羽球却又有其特殊表现，比如，早期症状是一听见羽球这个词就有感觉。一周不打球就如同生了大病。肩膀、胳臂、膝盖疼，虽然睡觉疼醒了，也觉着痛苦便快乐着。因此，爱就是病。

当然，还有友情。一帮球友，从最初的“嗨，拉拉吧！”到“搞几局！”到“今儿去哪儿搓饭？”到“最近过得还好吧？”那情深深雨濛濛的递进关系正如电视剧一般充满模式性和可复制性。当今乱世，似乎到了球场，见了球友，一切的一切都不重要了，唯有球友是上帝，是佛，是阿拉。你是我的王，我愿被你主宰。尽管在配合时有你的失误，但胜利时一切面红耳赤的争论都随风而去。我打断过你的拍子，你抽过我的后背后脑勺，我们争论上上次那个对手的斜线拉后场是否该你去接，上上上次要不是你上网扑球下网，我们就赢了。我们观看手机录制的一场比赛，分析错误的原因，互相取笑对方的奇怪动作。友情在这里浸染宣泄。女孩也成了哥们。比赛也成了节日，不对，每次的约场练球都是节日。

因此，友情不分胜负男女、不分时间地点，它必伴随终生。

再谈谈我遇到的奇人奇事。某日，其时我刚入五四馆练球不到1年，作为初学者，标志性的情形无怪如下数端：心态自我感觉良好，常想向未入门的炫耀，以纠正别人的动作之好为人师为明显标志；炫耀所认识的京城谁谁高手，与之吃过饭或同场打过球（还真和羽球国手奥运冠军高崚在东单那个日昌老店一起吃过饭，是我的学生乒乓球国手奥运冠军孙晋联系的）；关注某某国手的行头和私生活（这些花边新闻就免了吧），知道今年几大比赛的时间和转播的情况，尝试分析各队的胜负；最重要的，是模仿国手的行头，认准凡超一流高手用的家伙就是最好的。李宁牌出来前，就只认YY，每款新拍出来，每每羡慕不已，并互相查看对方拍子是否是正版，是否工业版，是否高仿，是否日本产，假模假式，好似行内人士。羽包要炫，羽鞋要炫，袜子要炫，恨不得内裤也是YY的。

我当时具有以上全部特征。话说那日我便碰到了奇人。我正在兴致勃勃地教一个手握苍蝇拍状的同学，那人便走了过来，说：咱们拉拉球？我看此人相貌一般，穿着秋衣秋裤，中年模样，心中便生点点轻视。秋衣男几个后场球一打，我知道碰到了对手。但是，我仍然坚持初学者的另一个错误：往往不能正确判断对手的真实水平。打一场吧？他说。我说好。彼时仍为15分发球得分制。孰知，这种得分制下，倘若比对手差一点，可能就是0分收场。我差一点0分收场——要不是他一个斜线劈吊下网的话。最后，我讪讪地问道：您是老师吗？他答曰：我是附中的电工！声如洪钟。后来问了旁人，才知他是北大当时的男一单。我脸红了好久也没恢复正常。

有此教训，便抓紧练球。又某日，正在五四球馆打球，又遇一装束完全不似打球的年轻男子。也是长衣长裤，且没有带拍子，鞋子还是有的。他说：拉拉吧？我说好。他借我一个凯胜的才200多元的拍子跟我拉了几下，我长了记性：凡是长衣长裤上场，装备不全敢打球的只有两种人：一种是完全的“菜鸟”，一种是武林高手。我看我又碰到了后者吧。于是我说我打不过你，给你推荐一个高手（在此隐去其姓名ID类信息，他现在还是本校高手），本校高手上场，偏不信邪，一局下来，3：15败阵。我们便兴奋地求问不速之客的来历。答曰：深圳来的，在北大办事。又问：您这水平好高啊。答曰：哎，这个，这个。我是深圳业余组冠军。众人便觉着脸上也有了光，我们的高手输了也就正常了。

后来，我大约知道凡这类高手到各处球馆去，都是有备而来，俗称踢馆是也。阿伟就来踢过馆。阿伟是海南人，跟我一般大，但球技是接近专业水平的。嗜球如命，没有别的职业，在京城各大球馆俱乐部打球教球就是生活的全部。我在忆石俱乐部见过。某日，跟我们打球的一个长似鲁智深的哥们带来了他——“鲁智深”经常带高手来，有次带来过一个某省的女队员，自称是其侄女，想考北大，找我，我帮不了这个忙。“鲁智深”说：帆，跟阿伟打一局！我说：我打不了的，你饶我吧，我跟你推荐北大高手。北大高手真的在场，便不信邪，跟他较量，一局下来，大概拿了3分还是4分，记不清了。

至于其他如高校赛的诸位高手，大家都很熟悉，我按下不表。付、姜等人当时是望望的真正对手。后来大多进了高校担任教练，有的还开自己的俱乐部。

又某日，台大教工羽毛球环球以球会友到达北大。李教练安排跟他们打比赛。我混杂其间，与本院一老教师（女）配混双，输给对方8岁孩童配的男双。又与另一外援（体大老师）配男双，再次输给对方正式的选手。中间休息时，对方领队老师说：我们都知道，喜欢打球的人只在旁边看是很寂寞的。我们以热烈的掌声欢迎李教练下场打球好不好！李教练便只摆手。哎，对方也太不地道了。北大羽球这几年开展这么好，当然是管理得好了。练球嘛，都是靠自己的，不是么！呵呵，不能暴露李教练的实力……

最奇特的经历，是我曾拿了一届北京市高校教工男双冠军。先是在五四打预赛。预赛中，我和 Yammaw 打了4场全胜，进入八强。八强在清华打。Yammaw 有事没来，临时换成了我和小郭。小郭属于典型的比赛型选手，常常超常发挥。连胜两场进入决赛。然而最终是我们不战而胜了。对手（交大的林立文和颜吾三）是我们无论如何也打不过的，但是决赛前几分钟，颜练球时脚下砰地一声！他脚筋断了！阿弥陀佛。后来我们等了一个小时，快离场时，对方走过来说换一个选手可不可以。我们说，那冠军你们拿走吧，我们打不了了。当然了，哪有换对手的一说。最终我们还是被授予冠军了。最近争吵北大杯选手的身份问题，提到二级运动员。好像拿北京市业余某比赛冠军即可申请二级运动员吧。呵呵，我们的身份也可疑啊！

以前写过我在五四球馆打球的经历，在此不重复了。突然发现自己的文思大大地退步了，搞不好成流水账呢。好多的事、好多的人一时间想不起来。比如 bugle 的故事，比如四小天鹅的故事，比如澳门仔（前前前前前前羽协会长）在五四球馆包场打球并现场唱歌（歌名是《感恩的心》）献花求爱的故事，等等等等啊，那叫一个美啊！比如打球碰到了我尊敬的北大教授梁漱溟的长孙……就此打住，祝各位打球愉快，爱情球技双丰收，毕业者愉快毕业，常回家打球。

对了，特别感谢一些长期支持北大羽球的“骨灰级”最佳观众和裁判，他们并没有如球棍一样打球，但是他们以另一种方式默默爱着北大羽球，无论是平常练球玩球还是比赛，他们往往是最忠实的观众，比如蓓蓓。

不见国民

看看你的身份证吧。“居民身份证?”是的。你是草根居民，不是国民。“居民身份证”这个概念是故意造成的，但也反映了现实。活着的目的如果只是为了证明自己在这个世界上来了一遭，那么身份就是惟一重要的东西。因为所有的墓志铭其核心词汇都是墓主的身份。而我们却丧失了身份，并且首先是丧失了描述身份的能力。

身份的不确定导致其产生强烈的不安全感。所有人崇拜一种可以购买一切的通货，是为了代替那不存在的信仰体系，而信仰体系是可以提供安全感的重要精神支柱。没有核心价值体系的支撑，必然导致思想无法通过正确的或合适的语言表达出来。尽管有知识的人有意无意地在摆脱陈腐的泛政治化词汇、褊狭的令人作呕的斗争词汇，但我们的语言仍然是不知所云、失去常识、概念混乱。

我须怜悯地看待这一切，给他们时间。我不认为他们在装睡。他们是真睡，因为从来没有醒过。世故圆滑、故作深沉、“洗洗睡吧”的乡愿就是中国所谓的明白人。中国的明白人得到了生活，却失去了生命的尊严。

没有常识的国民

这真是一个枯燥的时代。我们几乎完全失去了用优美的文字进行表达的能力。我们不仅丧失了对真实存在的现代生活的想象力，也丧失了描述它的语言能力。言辞的拙劣和虚妄僵化彻底将我们隔离生活在一个超现实主义的语境和情境中。我们在语言上早就死了。

极度讨厌这种文体：有一种什么叫什么、有一种什么叫什么。极度厌烦这种修辞：什么是一道亮丽的风景线。极度郁闷这种话：一道艺术盛宴、一道艺术大餐。更不用说那官样排比句，那要要不要不要，那领会精神实质，那什么魔幻现实主义。为这文字，我就愿意回到古典时期。网上有个段子，话“黄”理不“黄”：古代秦淮河边的老鸨会说：“这姑娘六岁学艺，琴棋书画样样精通，一定让公子玩得高兴，来，给公子弹个曲！”今日妈妈桑会说：“这妞才十八，活好着呢，一定让老板玩得开心，来，快让老板摸摸！！”是什么导致传统文字彻底俗化了呢？

中国的文化复兴当从基本的措辞入手，而措辞当中的名词或概念又是核心的障碍。对事物的高度凝练形成概念，常识则是通过常用概念来反映的一种合乎逻辑的理性思维的结果。常用概念的滥用误用往往反映出常识的缺乏。这不仅与基础教育相关，也与意识形态的灌输相关。常识的缺乏是缺乏独立思想的标志，也就是奴性的标志。

语言的干瘪僵化泛政治化，直接来自话语霸权的时代，而话语霸权乃起源于反文化的、以文盲而自豪的暴民运动。当代的大学教授如果还错滥使用僵化的概念则只能是另有所图，也就是说良心大大“滴”坏——因为大学教授不可能不懂其语言的干瘪泛政治化的特质。法国政客、外交家塔列朗不无犬儒地说过：“人之所以拥有语言，就是为了掩盖他的思想。”

不过，智商低尚可原谅，不读书也可原谅，惟独以无知当学问并颠倒黑白不可原谅。这样的人是在利用普通民众。“群众中的人的主要特点不是野蛮和落后，而是孤独和缺少正常的社会联系。孤独是恐怖的共同基础，而孤独又源于被孤立。前者即私人生活被摧毁，后者即公共生活被摧毁。群众在无助的经验下，倾向于一种特别暴烈的民族主义。”——阿伦特如是说道。

如何反思常用概念？用常识即可做到。拥有了运用常识的能力，“人”才成为“拥有思维的奴隶”，而要成为“拥有独立思维的人”则需要更系统的启蒙。

因此，启蒙从常识开始，从常用概念开始。可悲的是，这是一个失去常识概念的时代，这是一个语无伦次的时代。这不是一个处于“现代”维度上的“现代”。我们丧失了存在于当代的“在场”意识。

对如下一些基本概念没有清晰的认识，证明这里既无公民意识也无现代生活，不要以为在雕刻时光喝咖啡用 iPhone 5 的就曾清醒地思考过这些显而易见应该思考的概念。

微博：见电视上直播一官方翻译官给来访的外国学者做口译，她翻译中国的“微博”这个词时使用的是“twitter”一词，甚为荒谬。这是典型的误导，搞得人家以为你是真打开“墙”了。你能上推特吗?! 上去需要“翻墙”，而这个“墙”真是历史的讽刺，中国的第一封电邮就是说“翻墙”的。1987 年 9 月 14 日晚，北京计算机应用技术研究所，13 位中德专家围在一台西门子 7760 计算机旁进行电子邮件的试验发送。内容为“Across the Great Wall we can reach every corner in the world.”（跨越长城，走向世界!）因技术问题，当时没有成功。9 月 20 日 20 点 55 分，德国卡尔斯鲁厄大学收到重新发送的这封邮件，并转发到互联网。一名来自刚刚独立的非洲最穷国家南苏丹的外交官给了我 twitter 和 facebook 上他的 ID，我却给不出来，只给了他网易的 ID。他很幼稚地问道：难道你们不用那个普及世界的网络联系方式？我没法回答他。

洗洗睡吧：一般意义上，不关心公共问题是个人的权利和自由。但随时随地、在所有公共问题（其实就是政治问题）上表示不关心的“洗洗睡吧”这个词，彻底地证明了中国顺民教育的成功。一个不关心公共问题的国民他只能是居民，好心地向别人提出这个建议是中国的乡愿。关心公共问题是个人包括睡觉权在内的所有权利的基本保证，公权力正因为你“洗洗睡吧”的态度而得以无限制扩张。即便你暂时看来不能改变什么，但如果你不睡去，起码少了一个昏睡的人。孔孟以来，不关心政治事务，高高挂起公共事务的说教已深入国民精神骨髓。个人正因为放弃关心自己权利的意识才成为奴隶。更重要的，这种貌似装睡的态度实际是真睡，因为他并不真的明白。

民心、天下：一个概念的区分，可以使人从秦朝跨越到21世纪。民心是个什么东西？在搞不清楚之前，关键是不要简单滥用“民心”这个词。其实民心和天下是一对常连用的词，这一连用，就把现代性丢了。“得民心者得天下”，还是个打江山坐江山的逻辑。高调而传统的“统治”逻辑，不是现代民主“政治”思想。政治绝不仅仅是统治。

实践是检验真理的惟一标准：30多年前，上十亿人为这句话举行全民辩论，甚为荒谬。你几千年都干什么去了？现在才想起来这个议题？还那么多高校的哲学家们参与辩论。除去当时特定的改革需要外，讨论这个问题相当低级。况且，实践并不是检验真理的惟一标准，一种主张是否是真理（真理本身是相对的，这个话题暂且不表），常识和逻辑才是检验真理的首要标准。如果失去常识和逻辑，实践会蜕变为“摸石头过河”模式。

民族主义与爱国主义：民族主义自19世纪的欧洲兴起以来已经成为一个贬义词。但在后发型民族国家，却是集中权力的法宝，并且也因为这种工具性使它成为国家主义。具有根深蒂固的“汉奸”“卖国贼”概念使用习惯的人看看这句话：There were patriots who supported this war, and patriots who opposed it.（有许多支持这场战争的爱国者，同样也有许多反对战争的爱国者。——奥巴马撤军伊拉克的演讲。）一个社会是否是现代的，可以从上面这句话进行分辨。在中国，倘使发生对外战争，谁敢说不？一个真正的现代社会是多元的、自信的。还有一句话，也值得我们深思。印度智者克里希那穆提（Jiddu Krishnamurti）说：“在民族主义和爱国主义存在的地方，没有智慧。”

民主：这是“五四”请来的第一位“先生”。但是，民主不是“为民做主”，也不是简单的“人民当家做主”的民粹。倘若不接受必要之恶的代议制民主而接受空想的直接民主的乌托邦，其后果比必要之恶要糟糕千万倍。

民主的伟大在于它使我们接受彼此的不同，并且它是民族主义保持理性的惟一可靠的工具。

自由：如果乱来是一种自由，那么我们拥有最多的自由，这是许多留学生到中国以后的观感。如果不按一切已有的规则而去按“潜规则”办事，那么我们拥有最多的自由。甚至连哈佛大学的桑德尔教授到了中国以后都产生错觉，认为中国是真正的自由市场经济，因为一切都可以交易。当不乱来、不潜规则的真正自由到来时，我们不一定真正适应，因为我们首先感受到的将不是自由，而是正义的束缚。自由基于对他人权利的尊重，自由在现实中也基于真正的法制。上断头台前，罗伯斯庇尔曾说：我们将会逝去，不留下一抹烟痕，因为，在人类的历史长河中，我们错过了以自由立国的时刻。

平等：平等不是所有人任何时候任何地点均处于一样的境地或关系当中。均贫富的绝对平均主义思想不是平等，或必然不能导致真正的平等。它抹杀了因性别、工作性质、个性差异和文化差异导致的表面的不平等，却将人心弄乱。比如，我们都无法忍受以前国营商场和邮局服务员们的冷遇。我仔细了解后知道了原因：他们认为我跟你是一样的人，都是国家的主人，凭什么要对你低三下四地服务。中国服务业口碑差是民国后的事。民国时期人们尚有古义，恪守其责，后来的绝对平均主义将心理平衡打乱，导致心理上的无差别感和实际上的差异之间形成张力，从而将平等曲解。中国人除了历史上有过“王侯将相宁有种乎”的社会平等和“均贫富”的经济收入平等两大口号外，没有一个政治思想家和哲学家思考过什么是真正的平等。平等和正义相关。根据罗尔斯观点，存在按照“词典式序列”（lexical order）排序的两个正义原则，第一个原则是平等自由的原则，第二个原则是机会的公正平等原则和差别原则的结合。其中，第一个原则优先于第二个原则，而第二个原则中的机会公正平等原则又优先于差别原则。这两个原则的要义是平等地分配各种基本权利和义务，同时尽量平等地分配社会合作所产生的利益和负担，坚持各种职务和地位平等地向所有人开放，只允许那种能给最少受惠者带来补偿利益的不平等分配，任何人或团体除非以一种有利于最少受惠者的方式谋利，否则就不能获得一种比他人更好的生活。这便将平等说透了，官人们和平民们并不理解。

“没本事”：在一个失去机会公平和正义的社会，将个人的不成功归于个人的没有“本事”，且通常将特权和非公平竞争下取得的成功归于有本事，是愚民自己的愚民思想。这种思想将社会不公正与个人不成功因果倒置，且为特权和非公平竞争辩护，将该解决的根本的社会问题内化为个体的问题，规避了权力在其中应该起到的建立公正制度的责任。这种说辞还将追求特权和非公平竞争的途径树立为社会规则和评判个人是否努力的标准，歪曲了正常的价值伦理。

科学：这是“五四”以来的另一位“先生”。但是，科学在洋务运动及“五四”以后一直是被弱化为“科技”，并且在最近30年走向科技崇拜。没有科学的支撑，科技最终会成为无源之水。明朝中期中国完成了最后一项农业技术革新后即进入科技发展的停滞，按照托克维尔的说法，其根本原因是中国文化缺乏科学精神，缺乏科学思想，进而缺乏科学制度。

小日本：日本自明朝被贴上“倭寇”标签，一直处于“小日本”的地位。然而，我们的蔑视不能掩盖这样一个事实：日本成功地实现了现代化，成功地成为一个强大的经济政治和军事国，日本不小。骨子里认为日本小的结果是错失和日本博弈的契机，会误导对日本的决策。日本对中国产生的巨大影响也因此而被忽视。日本对中国的历史性伤害不仅仅是侵略本身，而是中断了中国历史自发的进程。对中国而言，20世纪上半期的日本远远超过了一般意义上的敌人的范畴。

民：“民”和“官”一直被联系使用。传统政治文化没有教会政治宽容和妥协，“官”“民”二元对立始终是刚性的。所谓“为民请命”“为民做主”这些概念都还在普遍使用。其实，倘使“官”就是“民”的真正代表，那么“官”和“民”就不存在对立。“官人”宋以前尚指称当官的人，“百姓”初时也仅指百官贵族。秦一统天下，贵族消亡，百姓遂泛指平民。而“官人”也在宋以后成为对有身份的男人或丈夫的尊称。官和百姓的二元对立实为中国“士农工商”官本位和权力崇拜文化的杰作。“咱老百姓今儿个真高兴！”你高兴个屁！只要“老百姓”这个词还在普遍运用并深入骨髓，中国在政治思想上就永未走出中世纪。

国民：这是中国人身份最尴尬的地方。看看身份证，是“居民身份证”。居民仅仅具有“居住的人”的意思，不具有政治权利上的含义。对于国民的称呼混同使用的包括：人民、人们、老百姓、居民、群众、大众、民众，当然还有“草民”“P民”，就是没有国民、选民。离现代政治还有距离。李敖张口“国民党政府”，闭口“老百姓”，只要他还在频繁使用“老百姓”他就没有现代性。况且，1949年以前那个政府叫“国民政府”，那个军队叫“国民革命军”。

国家和政府：这是两个完全不同的概念，但自幼儿园到大学，自学校到家庭，自媒体到书本，一般都不刻意区分国家和政府的概念。或者大学的课堂上和考试中有区分，但学生并不在意。国家和政府当然是有区别的，但在当下中国的语境当中，这二者并没有分开。国家的存在以独立主权、政府、国民和国土为四要素，核心要素是主权。政府只是国家的管理机构，政府的更替不影响国家的存续。

国家兴亡、匹夫有责：这是晚清民族主义者们为了凝聚民族而提出的口号，是一个国家主义的口号，完全不是顾炎武的原意。顾炎武早讲清楚了的：“有亡国，有亡天下。易姓改号，谓之亡国；仁义充塞，而至于率兽食人，人将相食，谓之亡天下。”“保国者，其君其臣，肉食者谋之；保天下者，匹夫之贱，与有责焉耳矣。”因此，要是简约地表达顾炎武的意思，那也该是“天下兴亡，匹夫有责”，不是“国家兴亡”。天下、国家（政府）是有区别的，区别清楚了就走出中世纪了。

权力和权利：前者对应英文的“power”，后者对应“right”。问题是，这后者是舶来品（1864年被翻译到中国），中国文化中没有这个概念，而这个概念恰恰是中国要成为政治文明国度的核心基础概念。权利说简单些就是个人（不是集体）拥有的与生俱来的应该在社会中得到的价值回报。中国传统上理解政治即是围绕权力的争斗，缺乏先验的“权利”的赋予和被赋予。这导致中国政治始终在统治艺术和权术的圈子里自娱自乐，也导致个人的利益不能真正地伸张。

社区与社会：“社区”不是居民小区，尽管它也是个舶来品，即英文的“community”。自20世纪90年代开始在中国城市的各个居民小区使用以来，它成为一个兼具街道办、居委会、楼委会意义的概念，并且有日益中国本土化即权力化、权威化、政治化的趋势。各个居民小区的宣传栏和横幅上常见显然是来自基层权力部门各种含有“社区”概念的口号。然则社区的本质属性是某地居民的自治以及相应形成的既相互关爱又尊重差异的习俗和文化。中国的所谓社区在权力的干预下没有自治，也不尊重差异，追求的是统一思想统一行动指令。“社会”也是舶来品，即英文的“society”。“官”“民”对立、城乡对立和贫富分化的中国，不存在社会。社会的本质也是自治，或者说自为。它是公权力的制衡和缓冲，是公民和中产阶级自发形成的介于个人和政府之间的庞大系统。比如各种社团、各种组织、各种行会、各种俱乐部等，它们的存在使得个人和政府不能随时处于对立状态，个人因此也变得强大，权利因此也更得保障。但是它们的组成有一个前提并且是惟一的前提，那就是：不能是官办的。否则各种社团各种行会再齐全，也不存在社会。曾见清华西门外的一条公交专用道上写着“社会车辆禁入”，可能太搞笑了，这要是翻译成外语肯定叫人摸不着头脑。几年后这些字不见了。

文化繁荣：文化和权力的关系越近，离繁荣越远。为什么没有文化艺术的繁荣？因为文化艺术在本质上是追求自由，表达自由，是天赋“权力”。而“权力”在本质上却是限制自由。丹尼尔·布伦（Dannel Buren）说：“所有艺术都是政治的，并且大部分的艺术创作都是反动的。”当从自由的角度去理解的时候，这话就通了。

清官：“青天大老爷”意识在根本上是人治思维，不是法治思维。依靠人的道德约束来治理国家，从人类的经验来看是做不到的。制度约束和权力制衡才能抑制人的恶欲。

贪官：同上理，反贪不能成为权力游戏，那么就需要找到贪腐存在的根源是无权力制衡。

政治改革：政治改革不是行政改革，政治不是行政。政治改革的根本是权利意识的培养和权力制衡的实现，以及公权力的产生过程必须是民主的过程。

权贵集团：这个词不妥，应该是“权势集团”或“既得利益集团”。“权贵”一词是误称。贵，来自“贵族”，中国贵族集团现象被始皇帝消灭后再也不存在。贵族的“高贵”“担当”“侠义”的消失是因为秦始皇的权力一统。贵族是血缘性继承的，肉体上消灭后就没有了。

对现实不满：来自底层的不满很容易被再次用做工具，以浪漫的“均贫富”口号发动另一循环。追求正义、公平、自由时如何避免另一循环比任何问题都将更为迫切。但谁人能阻挡历史循环呢？国人的理性最后一次面临严峻的考验。理性知识需要看到：企图改变的原因根本不是源于因阶级压迫导致的不满。按照阿伦特的解释，是他们的公共生活和个人生活被权力摧毁后处于极度的孤立和孤独状态，由此群众成为独立的个体与权力发生关系，极容易被“历史必然性”说教征服，倾向于相信美好的乌托邦主义。被边缘化备感失败的底层，及丧失现实感的其他种种对公平正义抱有一夜之间就必须实现的理想的人，如被邪恶利用，将再次构建另一轮循环并将另一部分人置于他们曾经的生活状态。这才是真正的危险。

知识分子和企业家：在这里谈知识分子的责任是荒谬的，因为从来还没有诞生独立的知识系统，何来知识分子阶层？本书中多次使用“知识分子”这个概念，现今我经过慎重思考，认为不妥。中国仍然没有一个稳定的有独立精神的知识分子阶层，而他们也不被国家承认为独立的知识阶层，是皮上的毛，是工人阶级的一部分。是居民，不是国民。不过，文中还是习惯性地使用了“知识分子”这个概念。在这里谈企业家的责任也是荒谬的，因为全是钱权的交易，既无企业家精神，也无公共关怀。权力与知识和金钱的关系死结不解开，即无真正的文化繁荣，无真正的市场经济和企业家。暴发户们早就颠覆了一般的政治学原理，财产并没有增加他们的独立性，而是更加与权贵沆瀣一气。这两个阶层都没有独立，所以社会就成了现在的样子。这个解释原也说得过去吧。

资本主义和西方：这是两个令中国走向未知领域的模糊性的误导性的概念。资本主义倘使有，那也是自发形成的过程，在几百年的形成时期，没有人在号召同志们跟我冲，打倒封建主义，走向资本主义。用抽象的意识形态极为简约地重构人类历史的自发进程，为历史“算命”。这是历史决定论的贫困。而“西方”则是人为地赋予某个地域概念以特定的政治含义，以至于这个概念和前一个概念一样，深入人的头脑，至今谈到时都会心头一紧。这种恐惧感不是历史和地理学带来的。

进步：顾准说他不认为历史有终点，有的只是进步。某种意义上而言，我不认为进步是真实的。也许科技是进步的，甚至大多数政治形态是在进步中。但是，政治中的某些核心价值观可能不存在进步。举个例子，横向比较一下，公元前431年，孔子死后、孟子生前时期，伯利克里说："我们的制度之所以被称为民主政治，因为政权是在全体公民手中，而不是在少数人手中。解决私人争执的时候，每个人在法律上都是平等的……在我们私人生活中，我们是自由的和宽恕的；但是在公家的事务中，我们遵守法律。这是因为这种法律深使我们心服。"孔、孟都说了些什么？君臣父子、仁者爱人、仁政，等等。孔、孟、老、庄的说教导致了一个万劫不复的结果：在远离政治的说教中，人们表面上获得了清高的情操，却永远失去了权利。双方都有了什么本质变化吗？

辛亥革命：辛亥推翻帝制在根本上是基于"反满"意识而非民主意识的觉醒。这导致中国进步出现更大的难题：原来还有个标靶，在一个没有经历过启蒙运动的社会，没有标靶比有标靶要难。并且，袁世凯也不是"窃国大盗"，与孙中山的交易是公平的。没有袁世凯以逼宫的形式推倒清王朝，革命党人的武昌首义只是另外一次起义而已。

革命：与上述相关，"革命"一词的现代使用是自日本始。"辛亥革命"一词也极为罕见。民国初年，"辛亥革命"一词使用并不广泛，称呼辛亥年武昌起义至清帝退位这段史事的词汇，名目繁多。民初的报章，如《申报》《大公报》以及政府公报中，有"武昌首义""共和成立""民国肇生""辛亥之役"等名词。而孙中山本人是如何认为自己搞的是"革命"呢？据冯自由《革命逸史》：在清季乙未年（清光绪二十一年）兴中会失败以前，中国革命党人向未采用"革命"二字为名称。从太平天国以至兴中会，党人均沿用"造反"或"起义""光复"等名词。及乙未九月兴中会在广州失败，孙总理、陈少白、郑弼臣三人自香港东渡日本，舟过神户时，三人登岸购得日本报纸，中有新闻一则，题曰支那革命党首领孙逸仙抵日。总理语少白曰，"革命"二字出于《易经》汤武革命，顺乎天而应乎人一语，日人称吾党为革命党，意义甚佳，吾党以后即称革命党可也。

"南巡"：也不知是哪位高参真的这么想还是无意这么用，总之1992年春和2012年冬，都有个"南巡"。20年前，我还是学生，我参加老师们讨论邓公"南巡"的座谈会。老师们热烈地讨论着是否下海，是否坚守终极关怀。我笑笑说：倘若不使用代表皇权的"南巡"一词了，那么中国就有希望了。一时语惊四座。

单位：来源于对作战团体的称呼。曾经有半个多世纪，有没有单位决定这里的人的身份和社会地位。事业单位中一部分勇敢的人便办“停薪留职”，在人们的眼中，他们一半是好人，一半是坏人。许多便最终又进入了企业单位以求安稳。如今，如果你用一个刻薄的问题采访一个官僚，他就可能会凶神恶煞地反问你：你哪个单位的？如今，每年有150万人报考事业单位。铁饭碗并没有被砸。

后勤：事业单位保留了这个同样来自作战部门的概念。尤其是学校，一说到后勤，那就是一个不言自明具有庞大的、几代人规模的权力部门。他们灵敏的嗅觉可以首先得到改革中最先抛出的肉包子，他们盘根错节的关系可以搞定一切，他们的女人们可以在唠嗑、嗑瓜子和看在线电影的悠闲中漫不经心地回答你隔着铁窗提出的问题。他们站在官僚主义的最前沿，陈腐而效率低下的工作方式可以令所有有涵养的人发疯。

公知：公知？我只能说他们具有相当的本土特色。这是博弈的情势导致，也是中国知识人的本性导致。前者导致乖巧的游戏规则，后者导致善意的自我经营。……总体上而言，对公权力的理性干预仍未能摆脱数千年的习气。

上课的时候，浮躁的学生往往一知半解，甚至厌烦地说：你说这些有什么用，我们都懂。好吧，你如果懂，你把上面30多个概念以自己的理解清晰地讲述一遍。实际上，大学生如果没有独立思考常识，那么和读了中学的民工一样处于中学被灌输的那些可怜的应试知识（尤其是历史和政治常识）的水平。我们并非理屈词穷而没有办法地滥用那些概念，我们不是装睡，只是从来没有觉醒过。觉醒本身也只是一句名言，即可揭示的常识，即：An ideology is what has you，an idea is what you have.（意识形态是拥有你的东西，而观念是你拥有的东西。）也许愚昧可以作为一种养料（徐冰语），只是觉醒前的蛰伏，但耽搁的人生太多了，代价太大了。

没有国名的帝国

本文节选自拙著《涌动的天下》（知识产权出版社 2012 年版）。

长期以来，居住在这块热土上的人折腾了几千年，几次建立了庞大的统一帝国，但我们的原乡却没有固定的国名，只有朝代名，这种现象很有魔幻味道。

梁启超率先观察到了这个事实。1900 年，他论曰："吾中国有最可怪一事，则以数百兆人立国于世界者数千年，而至今无一国名也。"为了唤醒国人的现代国家意识，梁启超把中国人国家观念的缺失总结为三个特点："不知国家与天下之差别""不知国家与朝廷之界限""不知国家与国民之关系也"。在天下观念的支配下，中国自统一王朝建立之后直至晚清，一直缺乏一个一以贯之的"国家名称"，而只有王朝名称。换言之，传统中国在民族身份认同上出现了问题。迟至晚清，中国学者才幡然醒悟般意识到这个问题。

梁启超意识到要树立近代国家观念，首先必须从"不知国家与天下之差别"的传统天下观中摆脱出来。"中国人向来不自知其国之为国也。我国自古一统，环列皆小蛮夷，无有文物，无有政体，不成其为国，吾民亦不以平等之国视之。故吾中国数千年来，常处于独立之势，吾民之称禹域也，谓之为天下，而不谓之为国。"他深刻地批判了那种用天下代替国家的传统思维，指出传统天下观的弊端导致"中国人一方面骄傲而不愿与他国交通"，另一方面"又怯懦而不欲与他国争竞"。梁启超强烈感受到在这个"自由竞争最烈"的当今世界，已经容不得这种超脱的思想。这是中国进入 20 世纪后对国家和国权十分敏感的根本原因。

后来的学者也深刻反思了这个问题。梁漱溟先生曾评论道："今天我们

最早的“中国”一词见于何尊铭文：宅兹中或（国）

常说的‘国家’，‘社会’等等，原非传统观念中所有，而是海通以后新输入的观念。旧有‘国家’两字，并不代表今天这涵义，大致是指朝廷或皇室而说。自从感受国际侵略，又得新概念之输入，中国人颇觉悟国民与国家之关系及其责任。常有人引用顾亭林先生‘天下兴亡，匹夫有责’的话，以证成其义（甚且有人径直写成‘国家兴亡，匹夫有责’），这完全是不看原文。”冯友兰则直截了当地总结道：“人们或许说中国人缺乏民族主义，但是我认为这正是要害。中国人缺乏民族主义是因为他们惯于从天下即世界的范围看问题。”

在讨论古人对自己身份的认识时，首先要考虑的问题即是“我们是谁?”“中国”是我们共同具有的身份，但是，这个概念并不是一开始就代表“这个地区”具有的政治身份。在历史上，“中国”有多种含义。

在金文中，“中国”一词最早见于西周成王（前1042～前1021年在位）时代。1963年陕西宝鸡出土的何尊铭文记载：“隹（唯）武王既克大邑商，则廷告于天，曰：‘余其宅兹中或（国），自之辪（乂）民。’”与《逸周书·度邑》对读可知，这里的“中国”指的是河洛交汇的今洛阳地区。在古书中，“中国”最早见《尚书》之《梓材》篇：“皇天既付中国民，越厥疆土于先王。”意思是上帝已经把中国的臣民和疆土交给了先王。

“中国”可以表示“京师”，《诗·大雅·民劳》中说“惠此中国，以绥四方”；可以表示华夏族或汉族居住地：《诗·小雅·六月·序》中说“《小雅》尽废，则四夷交侵，中国微矣”，此已经说明上古时期中国即具有华夷观念；可以表示三国时的魏，《晋书·宣帝纪》：“孟达于是连吴固蜀，潜图中国”；可以表示不属于汉人或华夏的地方，《史记·天官书》中说“其后秦灭六国，并中国”。对自身的称谓认识的模糊性，说明天下观念长期代替“民族—国家”观念的后果是深刻的。

王尔敏指出，先秦典籍中的“中国”一词虽有“京师”“国境之内”

“诸夏之领域”“中等之国”“中央之国”五种含义，但最主要的是被用来指称“诸夏之领域”：“在秦汉统一以前，‘中国’一词所共喻之定义已十分明确。那就是主要指称诸夏之列邦，并包括其所活动之全部领域。至于此一称谓之实际含义，则充分显示民族文化一统观念。诸夏列邦之冠以‘中国’之统称，主要在表明同一族类之性质与同一文化教养之两大特色。因为实际上自远古以来并无政治统一之事实，而族类之混同，则已构成一致同血缘之庞大族群，在当时则称为诸夏。同时文化之融合与同化，也已构成一致之观念意识，生活习惯，语言文字与社会结构，在当时则形容为中国。所以‘中国’称谓之形成，实际显示出当时中华族类全体之民族与文化统一观念。”管子用“中国”表示与戎狄的区别，以“诸夏”表示中原地区，如“筑五鹿、中牟、邺盖与牡丘，以卫诸夏之地，所以示权于中国也”（《管子·小匡》）。

东汉末期“中国”概念已经在新疆地区流传。1995 年 10 月，在中国新疆民丰县尼雅遗址的一座东汉末至魏晋时期的双人合葬墓中，由中日尼雅遗址学术考察队所出土的一件织锦护膊上发现“五星出东方利中国”字样，同时出土的另外一块织锦上有“讨南羌”三字，两块织锦可以和缀为一，原来很有可能是一句话“五星出东方利中国讨南羌”。

“五星出东方利中国”织锦

“五星出东方利中国”一语最早可见于《史记·天官书》“五星分天之中，积于东方，中国利”一句，按照中国古代星相学和阴阳家的说法，岁星、荧惑星、填星、太白星和辰星五星如果同时出现在东方天空中，则对中原王朝有利。汉高祖五年、汉朝开国元年（前 202 年）时，此五星同时出现于东方井宿中，被认为是汉朝兴起的祥瑞迹象。北京大学考古文博学院教授齐东方在发掘此织锦时就在现场，他回京后曾向本书作者详细描述了学者们当时激动的心情，因为齐教授的名字中恰恰有“东方”二字，而他又生长在五星红旗下！齐东方先生所著《唤醒沉睡的王国：尼雅探秘》对此织锦及其价值有描述。此织锦护膊现收藏于新疆考古研究所，为国家一级文物，位列首批禁止出国（境）展览文物目录之首。

不过，“中国”一名虽有三千年文字记载的历史，但它仅仅是一种地域观念，从夏、商、周开始直至清末，从来没有一个王朝或政权曾以“中国”作为正式国名——尽管在许多场合用此词表达了国家的含义，但是没有广泛使用。

唐朝亦曾用“中华”表示国家意义上的中国。唐太宗曾问群臣：“自古帝王虽平定中夏，不能服戎、狄。朕才不逮古人而成功过之，自不谕其故，诸公各率意以实言之。”群臣皆称：“陛下功德如天地，万物不得而名言。”“上曰：不然。朕所以能及此者，止由五事耳。……自古皆贵中华，贱夷、狄，朕独爱之如一，故其种落皆依朕如父母。此五者，朕所以成今日之功也。”

“中华”最初指黄河流域一带，南朝宋裴松之（372～451年）在《三国志》注文中最早使用了“中华”一词，并借诸葛亮之口说了“中国”一词。亮谓之曰：“中国饶士大夫，遨游何必故乡邪！”“若使游步中华，骋其龙光，岂夫多士所能沈翳哉！”甚至于远在漠北的柔然（公元4世纪末至6世纪中叶），当其强盛之时，也曾自号“皇芮”，宣称以“光复中华”为己任。“皇芮承绪……然后皇舆迁幸，光复中华，永敦邻好，侔踪齐、鲁。使四海有奉，苍生咸赖，荒余归仰，岂不盛哉！”唐代韩偓（842～923年）诗曰：“无奈离肠日九回，强摅离抱立高台。中华地向城边尽，外国云从岛上来。四序有花长见雨，一冬无雪却闻雷。日宫紫气生冠冕，试望扶桑病眼开。”“中华”和“外国”第一次作为对应的称号被提出。但同时期“中国”也有使用。唐代杜佑著的《通典》（卷193《边防九》）中曾说：“其人长大平正，有类中国，故谓之大秦。或云，本中国人也。”南宋赵汝适的《诸蕃志》（1225年），将中国人的地理视野拓展至“日本—天竺—大秦—摩洛哥”的范围。在叙述中，他使用了“中国”概念，说大秦“其人长大美皙，颇类中国，故谓之大秦”。赵汝适继承了唐代对“大秦”一词的原意的定义。

前文所引石介（1005～1045年）作《中国论》并非将“中国”作为宋朝的国名，而是强调这个国家所处的地理中心位置以及由此发生的华夷秩序观念。因此，“中国”在此尚不具备政治学意义上的国家名称含义。

西方人最初称中国为拉丁文中的“塞里斯（Seres）”，莱布尼茨认为：“中国人在很早以前就已接受过耶稣的福音。我们知道，罗马人和希腊人曾称中国人为‘塞里斯人（Seres）’。”莱布尼茨在这里说的中国接受福音指的是景教曾经到中国流传。从欧洲方面来讲，至少在古希腊地理学家斯特拉波（Strabo，公元前63/64～公元24年）的眼中，丝国人（Seres）就是指中国人。

在公元1000年左右，诺特克尔·托伊托尼库斯（Notker Teutonikus）在他的波伊提乌斯评注中，首次用德语提到了“赛里斯”（seres），意指一个遥远、梦幻般以生产丝绸著称的亚洲国家。随后，海因里希·勒弗（Heinrich der Love）在其《卢西达留斯》（1190年），鲁道夫·冯·艾姆斯（Rudolf von Ems）在其《世界编年史》（1240年）中也提到了seres这个名字。

《圣经》中有一个名叫“Syene”或“Sinim”。《圣经》古卷中希伯来文写的是Sinim，今日较通用的英文《圣经》（修订标准本，1952年）与《牛津圣经新译本》（1970年）已将Sinim（希尼，埃及一个古小国）改为Syene即“秦”国。《圣经》之《以赛亚书》第49章12节：“Lo, these shall come from far away, and lo, these from the north and from the west, and these from the land of Syene.”（译文：“看啦，这些从远方来；这些从北方来，从西方来，这些从秦［原文是西尼］国来。”）但是，对于“Syene”是否是指中国的秦国，是有争议的，其中主要是时间问题。以赛亚作为先知的时代是公元前720～前681年，当时中国处于东周时期，秦国当时仅是数百诸侯国之一，且其影响力无法与后世的秦帝国相比。但是，鉴于秦国处于中国最西段，并且陆上丝绸之路必经秦国，因此，用“Syene”指代中国也是可能的。西方传教士们相信，这就是指中国。西班牙的门多萨、法国的李明等传教士坚持认为中国古人早就和基督教有了接触。1842年，美国长老会海外传教差会派到中国本土的第一位传教士娄礼华（Walter Macon Lowrie）到达澳门，他就认为，《圣经》中的这段话就是神派遣他们到中国传教的预言。

事实上，中国一直以朝代名称代替国家的固定称号，这一中国身份认同的特殊问题的凸显并非来自晚清西方的冲击，在晚明和清初时期，中国身份问题即已凸显出来。

明初在北伐中原和定鼎中原后向朝贡国宣谕中国政权更替的消息时，交替使用“中国”“中华”“中原”等词。朱元璋北伐檄文（1367 年）中说“自古帝王临御天下，中国居内以制夷狄，夷狄居外以奉中国，未闻以夷狄居中国而制天下者也。自宋祚倾移，元以北狄入主中国，四海内外，罔不臣服，此岂人力，实乃天授。彼时君明臣良，足以纲维天下，然达人志士，尚有冠履倒置之叹。”“当此之时，天运循环，中原气盛，亿兆之中，当降生圣人，驱除胡虏，恢复中华，立纲陈纪，救济斯民。”1369 年（洪武二年）他致日本国书说道：“上帝好生，恶不仁者，向者我中国，自赵宋失驭，北夷入而据之，播胡俗以腥膻中土，华风不竞，凡百有心，孰不兴愤。自辛卯以来，中原扰扰。彼倭来寇山东，不过乘胡元之衰耳，朕本中国之旧家……”同时赐爪哇国王玺书曰：“中国正统，胡人窃据百有余年，纲常既隳，冠履倒置，朕是以起兵讨之，垂二十年，海内悉定。朕奉天命，已主中国……”因此，就明朝廷而言，自我身份的认同主要发生在对外关系当中。但“中国”“中华”“中原”的混同使用，也说明明朝没有将“中国”作为固定的、正式的国家名称。

中国没有自己固定的国名，这在晚明时期已被传教士们观察到了。1549 年非法进入中国、被中国俘虏的葡萄牙人伯来拉记述道：

> 我们习惯把这个国家叫做“China”，百姓叫做“Chins”，但当我们被囚时，我决定了解一下他们的名称，有时他们也问我们，因为我们叫他们 Chins，他们不懂我们的意思。我回答说，所有印度的居民都叫他们 Chins，因此我请他们告诉我，为什么他们叫这个名字，或许他们有一个叫这个名字的城，像葡萄牙得名于葡萄牙古城（Porto，Oporto），其他民族也同样得名于他们的王国。他们对此的回答始终是，没有这个名字，从来都没有过。然后我问他们，整个国家叫什么名字，如果有别的民族问他们是哪国人，他们怎样回答。他们告诉我说，这个国家在古代有很多国王，尽管现在都归一个统治，每个国家仍拥有它最初的名字，这些国就是我前面提到的省。他们最后说，整个国家叫做大明（Tamenb），居民叫做大明人（Tamenjins），因此在本国没有听说他们名叫 China 或 Chins。我认为邻近另有一个叫做交趾支那（Cochinchina）的

国家，爪哇（Joas）和暹罗（Siames）人因靠近马六甲，对它必定有最初的认识和了解，由此既产生一个民族和另一个叫做 Chins 的名字，整个国家也被叫做 China，但他们的本名则如上述。

葡萄牙人到来之前，欧洲对中国的称谓主要来自马可·波罗的记述。在《游记》中，中国被称为“Cathay”，葡文常写作 Cataio，就是曾经在中国北方称雄一时的“契丹”。自中国向西，明末以前，中国被称做 China 或 Chys、Chin、Cina、Sina，这是阿拉伯人、马来人最早对中国称呼的转音。这一称谓，当始于秦始皇统一六国并发展对东南亚通商贸易之后。可知，China 一词所表示的既不是“瓷器”，也不是“茶”，而是对外产生重大影响的强大的“秦”，或“秦国”。自 15 世纪中叶起，葡萄牙人一直向往到达那个“遍地黄金”的“Cathay”。然而，他们并不清楚这个 Cathay 其实就是 Chin。

1508 年 4 月葡萄牙国王唐·曼努埃尔一世（D. Manuell，1495 ~ 1521 年在位），向东方远征舰队司令塞格拉（Diogo Lopesde Sequeira）发出训令，要求调查中国国情：

> 你必须探明有关秦人（Chijns）的情况，他们来自何方？路途又多远？他们何时到马六甲……带来什么货物？每年来多少船？他们的船型和大小如何？……他们是富商吗？他们是懦夫还是勇士？他们有无武器或火炮？他们穿着什么样的衣服？体格是否高大？……他们是基督徒还是异教徒？他们的国家是否是一个大国？国内是否不止一个国王？是否有不遵奉他们法律和信仰的摩尔人（Moors）或其它任何民族同他们一道居住？如果他们不是基督徒，那他们信奉什么？崇拜什么？他们遵守的是什么风俗习惯？他们的国家延伸到什么地方？与何国接壤？

次年，塞格拉到达马六甲，但失败而回，未能完成使命。

1581 年，西班牙人门多萨（Juan Gonzalez de Mendoza）曾准备从西属墨西哥前往中国，并携带着国王费利佩二世的信，但墨西哥方面没有支持他的行为，致使他滞留于兹。在此期间，他利用所收集的大量有关中国的宝贵资料，写出了震撼欧洲的旷世杰作《中华大帝国史》，在1585年出版。被称为：“标志着一个时代的开始，从此关于中国及其制度的知识的一部适用的纲要就可以为欧洲的学术界所利用了。”尽管他没有到中国，但他记载了当时中国人对国家的称呼：“这个大帝国我们习惯称之为中国，没人知道这样称呼的来源和根据。中国附近各帝国将它称作‘常来’（Sangley），中国自己的语言称作‘大明国’。大明国的含义就是‘帝国’的意思。”

1603年，鄂本笃（Bento de Goes）修士奉印度上司之命，穿上亚美尼亚人的服装，携带为了生活、也为了便于通行的商货，从莫卧儿国都城拉合尔出发，去寻找传说中的契丹国。第二年冬天，他们到达长城，经由一个叫做嘉峪关的地方进入中国，他认为这就是契丹的别名。鄂本笃是近代第一个从西部进入中国的天主教士，这极有利于澄清中国与曾经存在的契丹王朝的关系。

直到意大利耶稣会士利玛窦（Matteo Ricci）据鄂本笃日记辑录整理，了解了中国西部情况后，在1608年3月8日自北京致函耶稣会会长，指出China就是过去人们所说的Cathay，北京就是马可·波罗讲述的Cathay的古都汗八里，最终证实了China就是Cathay的另外一个名字时，这场长达一个多世纪的争执才算结束。

意大利传教士利玛窦

利玛窦到达中国（1582年）后，对中国的名称作了最明确的考证。晚年他将自己的传教经历写下来，由比利时籍耶稣会士金尼阁（Nicolas Trigault，1577～1628年）于1613年，在回欧洲的途中，翻译、整理了利玛窦的回忆录，即《利玛窦中国札记》。其中写道：

这个远东最遥远的帝国曾以各种名称为欧洲人所知悉。最古老的名称是Sina，那在托勒密（Ptolemy）的时代即已为人所知。后来，马可·波罗这位最初使欧洲人颇为熟知这个帝国的威尼斯旅行家，则称它为 Cathay。然而，最为人所知的名称 China 则是葡萄牙人起的，葡萄牙人在大规模海上探险之后到达这个王国，并且直到今天仍在东南部的广东省进行贸易。China 这个名称被意大利人和其他几个欧洲国家稍加改变，因为他们不熟悉和拉丁语略有不同的西班牙语的发音。所有西班牙人读 China 的发音都和意大利人发 China 这个音相同。……毫不足奇的是，中国人从来没有听说过外国人给他们的国度起过各样的名称，而且他们也完全没有察觉这些国家的存在。在他们当中，没有发现这些名称的任何迹象，也没有任何理由可以解释这么繁多的名称。中国人自己过去曾以许多不同的名称称呼他们的国家，将来或许还另起别的称号。这个国度从远古时代就有一个习惯，常常是统治权从一个家族转移到另一个家族，于是新的君主就必须为自己的国家起一个新国号。……从目前在位的朱姓家族当权起，这个帝国就称为明，意思是光明；现在明字的前面冠以大字，因而今天这个帝国就称为大明，也就是说大放光明。与中国接壤的国家中，很少有知道这些不同名称的，因此中国境外的人民有时就称它这个名称，有时又称它另外一个。今天交趾人和暹罗人称这个帝国为 Cin，从他们那里葡萄牙人学会了称这个帝国为 China。日本人称它为唐。鞑靼人称它为汉，而生活在更西边的撒拉逊人（Saracen）则称之为 Cathay。在中国人自己——拉丁作家们总是按托勒密的办法经常称他们为中国人——除了新王朝以来就取一个名字以外，这个国家还有一个各个时代一直沿用的称号，有时候别的名字就和这个称号连用。今天我们通常称呼这个国家为中国（Ciumquo）或中华（Ciumhoa），第一个词表示王国，另一个词表示花园。两个字放在一起就被翻译为‘位于中央’。我听说之所以叫这个名称是因为中国人认为天圆地方，而中国则位于这块平原的中央。

被利玛窦称做各个时代一直沿用的“中国”或者“中华”，在明朝时期的确也在使用，通常是在提及外事时使用。

洪武二十八年（1395 年）九月，明太祖在垂暮之年，为明朝的万世基业着想，将发展和平邦交的构想忝列之于祖训之中（始纂于洪武二年，1369年），其中使用“中国”概念，并早于洋务运动470多年提出“富强”的概念。曰：

> 四方诸夷皆限山隔海，僻在一隅，得其地不足以供给，得其民不足以使令。若其不自度量来扰我边，则彼不祥；彼既不为中国患，而我兴兵轻伐，亦不祥也。吾恐后世子孙倚中国富强，贪一时战功，无故兴兵，致伤人命，以干天和，切记不可。

郑和最后一次下西洋的次年（宣德九年，1434年），巩珍著《西洋番国志》，这是关于郑和下西洋的最初著述。书中记载明朝的国名为“中国”：占城国（今越南南部）“所喜者中国青瓷盘碗等器”，“国王岁采方物犀角象牙茄蓝等香赴中国进贡”。爪哇国（今印度尼西亚）通用中国铜钱：“中国铜钱通使。”（第6页）“亦有村主，管番人千余家门。亦有中国人。”（第7页）“国人多富，买卖俱用中国铜钱。”“每斤二十两，每两十六钱，每钱四姑邦。每姑邦该中国秤二分一厘八毫七丝五忽”，“以八升斗，名曰捺黎，该中国一斗四升四合。”“国人常采方物，遣使进贡中国。”（第10页）暹罗国（今泰国）“若其妻与中国男子情好，则喜曰：‘我妻有美，能悦中国人。’”（第13页）古里国（今印度西海岸一大城）国王“遣头目乃那进贡中国”（第32页）。

记载郑和下西洋的另一著作、费信的《星槎胜览》中，也用“唐人”称呼中国人。如说真腊国刑罚规定：“蕃人杀唐人偿其命，唐人杀蕃人则罚其金，无金卖身赎罪。”

在论及海防，或论及与海外关系时，明朝士大夫也是使用“中国”这个概念的。如永乐末年，翰林院侍读李时勉、侍讲邹辑等人就曾上奏称：“连年四方蛮夷朝贡之使，相望于道，实罢（疲）中国。宜明诏海外诸国，近者三年，远者五年一来朝贡，庶几官民两便”，而明成祖“嘉纳之”。

嘉靖年间，郑若曾在《筹海图编》中多次用“中国”与“倭”（日本）对称。如记载主事唐枢所说：“今之海寇，动计数万，皆托言倭人，而其实出于日本者，不下数千，其余皆中国之赤子无赖者，入而附之耳。大略福之漳郡居其大半，而宁、绍往往亦间有之，夫岂尽能为倭也。”

嘉靖四十三年（1564 年）福建巡抚谭纶在《条陈善后未尽事宜以备远略以图治安疏》中指出："闽人滨海而居者不知其凡几也。大抵非为生于海则不得食，海上之国方千里者，不知其凡几也，无中国续绵丝帛之物，则不可以为国。"

曾任过行人司行人的嘉兴人严从简，编成《殊域周咨录》一书，其中"中国""华"用以表达国家名称。万历二年（1574 年）严从简写道："按四夷使臣多非本国之人，皆我华无耻之士。易名窜身，窃其禄位者。盖因去中国路远，无从稽考。朝廷又惮失远人之心，故凡贡使至必厚待其人，私货来皆倍偿其价，不暇问其真伪。射利奸氓，叛从外国益众，如日本之宋素卿，暹罗之谢文彬，佛郎机之火者亚三，凡此不知其几也。遂使窥视京师，不独经商细务，凡中国之盛衰，居民之丰歉，军储之虚实，与夫北虏之强弱，莫不周知以去。故诸蕃轻玩，稍有恁陵之意，皆此辈为之耳。为职方者，可不慎其讥察也哉！"

在 1603 年的西班牙人屠杀华裔事件中，明朝不仅为西班牙人开脱，还在《谕吕宋檄》中对中国商贾大加贬斥，称："海外争斗，未知祸首；又中国四民，商贾最贱，岂以贱民兴动兵革？又商贾中弃家游海，压冬不回，父兄亲戚，共所不齿。弃之无所可惜，兵之反以劳师……尔等当思皇帝浩荡之恩，中国仁义之大。"其中也正式使用"中国"概念。

在 1637 年中英发生第一次冲突后，两广总督张镜心等的题本汇报了此次冲突后期谈判的事，其中用了"中国"一词："九月初九日……夷商梦帝牟等呈称：'牟等虽系西海远夷，颇知信义。商贩中国业已八年。'"

《利玛窦中国札记》记载，鄂本笃修士 1605 年年底到达甘肃，"一进入长城，再走一天便达肃州（Soceu）城，在那里他们听人谈到北京和他们曾经听说过的其他地方。就在这里，鄂本笃修士最终打消了他对契丹和中国除了名字之外完全是同一个地方这一点所抱的任何怀疑"。

从此，China 便成了中国，特别是西方国家对中国的称呼。然而，自从公元 912 年阿保机即皇帝位建立契丹国，中国北部邻邦俄罗斯即以 КИТАЙ（契丹）称中国，且至今没有更改。

虽则利玛窦等外人对中国看得清楚，但是中国人自己却并没有意识到这个问题。万历四十四年（1616 年）五月，攻击天主教的南京礼部侍郎沈榷在《参远夷疏》中还是拒绝一个新的世界观和一个真实的中国观，他说："自称其国曰大西洋，自名其教曰天主教。夫普天之下，薄海内外，惟皇上为覆载昭临之主，是以国号曰大明，何彼夷亦曰大西？且既称归化，岂可为两大之辞以相抗乎？三代之隆也，临诸侯曰天主，君天下曰天子，本朝稽古定制，每诏诰之下，皆曰奉天，而彼夷诡称天主，若将驾轶其上者然，使愚民眩惑，何所适从？"

明清易代的17世纪，天下观念受到东亚政治巨变的冲击，这种冲击并非来自外部，而是内在涌动的力量所致。一般的观念认为直至19世纪后半期，天下观念才开始瓦解。但是，对这一问题的考察，需要深入这一时期东亚主要政治行为体的自我认识和相互认识的观念之中。从身份认同的角度而言，因为明清易代的冲击，东亚主要政治行为体（晚明、满清、南明、郑氏集团、日本和朝鲜）无论是对自身的认识还是相互的认识，均经历了一个迷失和重新认同的过程。

清朝对边疆少数民族地区和台湾等的治理，是中国历史上重新界定中国国家特性的一次巨大突破，是一种前所未有的宏伟大业。因此，在国家性质上已经完全不同于明朝的清朝，其世界观（以朝贡体制展现出的）也必然不同于明朝。不能简单地将清朝视为中国改朝换代历史直线前进当中的一个段落。清朝统治者在完成自身身份认同转变的同时，也重塑了中国作为一个多民族国家的身份。在这个框架下推行的朝贡体制，必然将内藩（蒙古、新疆、西藏等）和外藩（朝贡国、外国）明确区别开，从而既加强了对帝国内部的政治文化整合和治理，又厘清了对外关系的主要线索。

作为主体的入主中原的满清，直到雍正时期，才正式就"天下"巨变带来的身份迷失作出政治上的权威解释。雍正六年（1728年），曾静并不成功的谋反导致雍正注意到问题的严重性，他敏锐地认识到满清尚未取得统治的合法性是导致汉人不认同的根本原因，这是夷夏大防的传统价值观产生的心理隔阂。于是，雍正著《大义觉迷录》颁布全国，为其以夷变夏的合法性辩护。

雍正帝承认满洲为"夷"，"夷狄之名，本朝所不讳"。但是，他指出华、夷的本义不是文化的差别，只是地域上的区别："不知本朝之为满洲，犹中国之有籍贯。"而统一天下最重要的是德，不管是华还是夷，有德者可得天下："上天厌弃内地无有德者，方眷命我外夷为内地主。"也就是说，满洲人因德有天下，"舜为东夷之人，文王为西夷之人，曾何损于德乎？"

但是，雍正在解决以夷变夏的统治合法性时，仍然混同使用了"天下""中国"和"华"的概念，这与陆贾当年游说南越王的时候并没有本质改变。

最终得到"天下"并巩固了治理之后，至乾隆中期，"天朝"和"中国"都可正式作为清朝对自己身份的确定称谓。

从晚清开始，中国和外国的传统朝贡关系，逐渐被条约关系取代。条约是主权国家之间的约定。如此，如何在条约中称呼自己则体现了对自己身份的认同。通常情况下，"中国"代表了国家，"大清"代表了政府。当然也有用"中华"代替国家者。

在与欧洲国家的近代关系中，与俄罗斯的关系是清朝比较特殊对外关系。由于俄罗斯一直拒绝被纳入朝贡体制，其使臣也拒绝向中国皇帝行象征臣属的三拜九叩之礼，加上俄罗斯在几次战役中，使清朝认识到其强大，是以在最初与俄罗斯签订的条约都是以典型的欧洲条约为蓝本，中国在这些条约中体现了何种自我认同呢？

1689 年 9 月 7 日（七月廿四）《中俄尼布楚条约》签订。条约开头称"中国大皇帝钦差分界大臣领侍卫内大臣议政大臣索额图……"但此约只有拉丁文、满文和俄文本，并没有汉文本。中俄双方于 1727 年 11 月 2 日签订《恰克图条约》，在此前谈判过程中，一开始沙皇就被称为"察罕汗"即"白帝"。该约所附通商定约规定："中国行俄罗斯之公文，仍照从前用理藩院印信，咨行二龙山萨那特衙门，及托博勒城守尉印信，咨行中国理藩院衙门。""此次议定，互相给与之文凭，使臣萨瓦用俄罗斯文字兼斯拉替努文字，钤印书押，交中国大臣存贮；中国大臣用满洲文字兼斯拉替努文字，钤印画押，交俄罗斯使臣萨瓦存贮。"其中的"中国"一词均是俄文、拉丁文和满文翻译过来。

《南京条约》（1842 年 8 月 29 日）是第一个与欧洲国家签订的有中文本的近代条约。其中说："兹因大清国大皇帝，大英君主，欲以近来之不和之端解释，息止肇端，为此议定设立永久和约。"割让香港岛的规定是："今大皇帝准将香港一岛给予大英国君主暨嗣后世袭主位者常远驻守主掌，任便立法治理。”所欠英商三百万元，“准明由中国官为偿还”。关于释放罪犯的规定：“且凡系中国人，为英国事被拿监禁受难者，亦加恩释放。”这是第一次在外交中正式混同用中文使用“中国”和“大清国”的称呼。

《虎门条约》（即《五口通商附粘善后条款》，1843 年 10 月 8 日），称：“中华地方官必须与英国管事官各就地方民情，议定于何地方，用何房屋或基地，系准英人租赁。”（第七款）可见也有用“中华”的情况。

洋务运动期间，在使节递交的国书当中，中国自称“大清国”，如薛福成向英国女皇维多利亚递交的国书抬头即说：“大清国大皇帝，问大英国大君主、五印度大后帝好。”

经过 60 年的中外冲突，中国人对自己身份的认识发生什么变化了吗？从《辛丑各国和约》（1901 年 9 月 7 日）来看，“大清国”“大清国国家”“中国”和“中国国家”仍然在混同使用。甚至在一句话当中，也是混同使用。如在同一段中都混同使用：“大清国国家既如此，按以上所述西历一千九百年十二月二十二日，即中历光绪二十六年十一月初一日文内各款，足适诸国之意妥办，则中国愿将一千九百年夏间变乱所生之局势完结，诸国亦照允随行。”

国人对自己国名的认识，反映出“天下”观念导致国人在身份认同上的混乱。1907 年，日本早稻田大学清国留学生部存藏的毕业纪念题名录《鸿迹帖》第四册中，共有 95 人题词，其中有 62 人附记了自己的国籍，其写法如下：支那 18 人，清国 12 人，中国、中华 7 人，不附国号者 25 人。

这种情况的出现，不是偶然的，它反映出天下观念给予中国人对自己国家身份认同的影响是深刻的。

关于支那，最初也没有蔑视的含义。缅文古称中国为 Cin’（sin’）或 Cina（Sina），梵文也称中国为支那，并在印度成为佛经中对中国的正式称号，具有“思维之国”的含义。佛教经籍中称中国为支那，也写做至那、脂那等，也有说仅仅是音译的中国名称的。

《大唐西域记》多次记载玄奘引用印度人的说法将中国称“至那”（支那），卷第五：王曰：“大唐国在何方？经途所亘，去斯远近？”对曰：“当此东北数万余里，印度所谓摩诃至那国是也。”卷第十：“初，闻有至那国沙门在摩揭陀那烂陀僧伽蓝，自远方来，学佛深法，殷勤往复者再三，未从来命。”卷第十二：“其自称云是至那提婆瞿呾罗（唐言汉日天种）。”唐代义净《南海寄归内法传·师资之道》：“且如西土名大唐为支那者，直是其名，更无别义。”唐代慧苑《华严经音义》卷下：“支那，此翻为思维，以其国人多所思虑，多所制作，故以为名。即今汉国是也。”佛经传到日本后，也把“支那”这个词带入日本。

既然由中国人发明，当可排除日本人假借汉字的会意方式贬损中国的可能性。然而，“支那”一词在中国的反应在“甲午之战”到“辛亥革命”之间有很大的变化。比如1905年6月宋教仁、黄兴等创刊的《二十世纪之支那》是华兴会的机关报，一度成为同盟会机关报，后改名《民报》。梁启超也用“支那少年”为笔名，康有为次女康同璧1902年时也曾在诗中称“若论女子西来者，我是支那第一人”。为表示对满清的反对，在日本的华人用“支那”表示国号在1905年前后是普遍的。但是，随着日本侵华的加强，日本人称中国为“支那”逐渐被认为具有侮辱含义。另外，也有旅日革命的激进者发表言论说：“我民族今日权利尽失，疲靡忝茧，‘支那人’三字成为地球上可嫌可恶之名词。”（阙名：“论中国之前途及国民应尽之责任”，《湖北学生界》1903年第3期），可见当时的混乱状态。

“二战”后，应中国代表团的要求，盟国最高司令部政治顾问团对“支那”称谓进行了调查，并确认“支那”称谓含有蔑意，故于责令日本外务省不要再使用“支那”称呼中国。根据这一指示，1946年6月，日本外务省迅速向各主要报社以及政府各省、各都道府县等发送了题为“关于回避使用支那称呼之事宜”的文件。其后，文部省次官又将这一文件转发给了各大专院校。于是，“支那”称谓开始从日本政府的公文里、学校教科书中、报纸、杂志、广播中消失了。

1911年“辛亥革命”（武昌起义）以后，“中国”的称呼才固定下来。革命党人于1911年11月11日晚组织了谋略处，作出了下面这样一些重要决定：“一、以咨议局为军政府及都督；二、称中国为中华民国；三、四、（阙）；五、称中华年号为黄帝纪元四千六百零九年……”“称中国为中华民国”的含义深远：其一，它说明在此之前，“中国”已经是这个地方的国家和民族的称号，“中华民国”只是将其具体化。即先有中国，而后才有中国的各种解释。其二，它说明自此后，“中国”概念由文化、地域和模糊的指称正式被赋予了明确的政治含义。中国不再是文化共同体，而是现代政治共同体的指称了。在这里，“中国”不是“中华民国”的简称，中国人通过“中华民国”完成了身份的现代认同。

可以说，“中国”的名称是在天下观念崩溃和王朝循环历史终结的废墟上建立起来的，并最终成为中国人集体的认同。从另外一个角度而言，中国概念的模糊性对当代中国外交是有益的。在国际上，把华人、华侨、中国人等混同使用，以淡化一国之概念，强化民族之意识。

虽然名义上中国最终成了一个民族国家的国名，但迄今为止的近代史仍然是中国人为争取身份证明的历史，在国内是构建“国民”身份，在国际上是构建“中国”身份。由于明清易代导致中国人身份认同的迷惑和东亚主要政治行为体渐行渐远，虽然最终以中国式民族主义的崛起实现了中国民族身份的认同——并且在这个过程中典型的基于欧洲历史的单一民族国家纷纷独立的现象并没有在中国实现，中国并没有成为经典意义上的民族国家，它仍然遗存了不同于欧洲的、以国家为最高级单位反观自身和观察世界的天下意识。

拒绝启蒙

在《中国“知识居民“的责任劫》中，我提到，启蒙并非是知识分子的天职。救世主情结和启蒙情结在本质上是一样的。而中国更由于知识分子一方面依赖权力，另一方面又以救世主自居，近代以来不成功的启蒙，导致其地位受损，已经根本无法承担启蒙的责任。既然不能自诩掌握了天道，又不能自证自己的清白名声，那么干脆就把启蒙交给人们自己吧，前提是人们是否愿意接受这个建议。微博和各种社交网络的兴盛似乎在扮演取代公知的角色。自媒体在本质上属于自我心理的宣泄，也就是自我启蒙的手段。

然而，路径依赖和“斯德哥尔摩情结”深刻地影响到启蒙。首先中国认识到启蒙是必要的，而拒绝启蒙的现象却没有退出历史。

路径依赖表现为民族主义对启蒙的压制。启蒙的本质是有勇气在公共事务上使用理性，是个人对社会进行关注、观察和介入时持有的一种不同于传统社会的理性认知。但因为启蒙先在欧洲发生，这导致一个时间上的先后，时间上的先后导致非欧洲地区民族主义的兴起。民族主义在19世纪的兴起充满着反启蒙的特色：以集体的安全诉求压制个人的权利伸张。

这是个难题，确实是个大难题。

经验地看，民族和个体两个维度的权利的实现只存在两种方式：欧美的同时解决模式和非欧美的先解决民族权利的模式。前者是自发形成的，一劳永逸地将民族和民主问题同时解决。后者在因为存在他人的经验在先，时间上的滞后导致后者的各种力量可以作选择和宣传，这导致了各种主义的喧嚣，并在各种不同社会和国家产生了不同的主义方向。然就其本质而言，民族主义常被用来压制启蒙的民主主义。这一点是殊途同归的。

时间一长，或在比较紧要的关键时候，启蒙会被民族诉求压倒。这就是发生在20世纪上半期中国的事实。

20世纪上半期的种种努力却因解决急务的需要——挽救民族危机的需要，而渐渐变了味。“新民”从传统宗法和专制王权的束缚中走出，却走进了具有惟一正确性的民族主义的圈套。一切有关“新民”的新的自由、平等、博爱和独立的“国民性”还来不及得到伸张，即被淹没在民族主义的浪潮之中。中国近代的国民性改造只是在一定程度上接受了西方的某些价值观，但从根本上而言，不能说是“启蒙”主义的西方价值观。就国民性改造为民族主义的塑造所包容这一点而言，严复和梁启超等人没有真正“启蒙”过中国——如果启蒙意味着人性和理性的崛起的话。“救亡压倒启蒙”是历史的事实。

“救亡压倒启蒙”论较早由李泽厚提出，“救亡压倒启蒙”论认为现代中国在“启蒙”与“救亡”两个同等紧迫的使命之间徘徊，从一个极端跳到另一个极端。至“五四”时期，“启蒙”和“救亡”成为两大主题，起初是平行进行的，后来，因民族危机的加剧，而导致“启蒙的主题，科学民主的主题”被作为“头号主旋律”的“救亡”所淹没、中断和压倒，“终于带来了巨大的苦果”（李泽厚《启蒙与救亡的双重变奏》；李泽厚《中国现代思想史论》）。此论也受到不少人的质疑与批评。如金冲及认为，是“救亡”唤起了“启蒙”，而不是“救亡”压倒“启蒙”，这是近代中国的国情所决定的（金冲及《救亡唤起启蒙——对戊戌维新的一点思考》）。岑思认为，马克思主义传入中国后，指导人们重新思考中国的问题，认清中国社会“必然”的发展方向从而使中国人有了获得“自由”的可能，这是最根本的思想解放；“个人主义不能救国兴邦”（岑思《启蒙与救亡——对五四运动史研究的一些思考》）。彭明认为，把马克思主义排斥在科学和民主之外，排斥在启蒙运动之外的看法，是很不全面的。救亡与变革相辅相成，不变革无以救亡。变革（启蒙）促进和推动了救亡，救亡反过来促进了启蒙运动的新发展（彭明《关于半个世纪以来五四运动史研究的若干情况》）。

这里面无关对错。因为历史已经发生，不可能倒回去重来试验一番。当时那么发生了，一定有当时的道理。但请反思印度智者克里希那穆提（Jiddu Krishnamurti）的这句话：“在民族主义和爱国主义存在的地方，没有智慧。”

19 世纪末 20 世纪初，面临国民性改造的使命，学者们在关键问题上毅然选择了国民服从民族需要的路径。“舍生取义”和“集体主义”的传统仍然是国民性改造的主要的、根本的伦理基础。严复说：“至生与种较，则又当舍生以存种，践是道者，谓之义士，谓之大人。”严复批评斯宾塞等西方启蒙思想家过分强调个性自由，而忽视社会秩序的思想，他指出，假设按照斯宾塞的思想去行动，“夫苟其民需，各备其私，则其群将涣。以将涣之群，而与鸷悍多智、爱国保种之民遇，小则虏辱，大则死亡”，“是知舍一己以为其群，虽在飞走之伦，有如是者矣。至于人当何如?”在严复看来，没有限度的个人自由不但不可能，而且也十分危险。他始终将国家自由置于优先的地位：“特观吾国今处之形，则小己自由，尚非所急，而所以去异族之侵横，求有立于天地之间，斯真刻不容缓之事。故所急者，乃国群自由，非小己自由也。”

为了国家和群体的共同利益或根本利益，他们公开倡言不仅可以完全地剥夺“个人”之幸福和压抑“个人”的精神自由，而且作为“个人”来讲，也理应服从这种剥夺，并应主动地压抑其精神自由，自觉地放弃其个人的利益。“然团体之公益，与个人之私利，时相枘凿而不可得兼也，则不可不牺牲个人之私利，以保持团体之公益。”梁启超是如此地强调群体利益的重要性，以至于他不但把公德和利群相等同，而且就连自由也几乎成了“国家自由”和“团体自由”的缩略语。“……不但梁启超如此，他的大多数同时代人如章太炎、严复等也无不如此。他们虽然鼓吹自由、解放，但现实环境逼迫他们一开始就把关注的焦点放到了民族独立和富强上，所以，尽管他们都明白地意识到了道德革命的独立的解放意义，但一诉诸实际，就往往和现实政治无法分开，以至于思想启蒙也带有很浓厚的泛政治化色彩。”孙中山要求为了维护他人和国家利益而不惜牺牲自己的利益，甚至是生命，他把牺牲自我生命的人奉为“顶好人格”，达到了至善之壮美境界：“因革命而死，因改造新世界而死，则其死重于泰山，其价值乃无量之价值，其光荣乃无上之光荣。”因此为国家为民族而牺牲自我生命，在孙中山看来，是死得其所，是理想人格的崇高境界，是道德思想的最壮美实现。

在特定的时期，上述思想主张对凝聚中国人、激愤中国人都是积极的，但长远来看，其弊端也是明显而深刻的。中国近150年来的历史与西方相比，走了一个反向发展的道路：先有国（民国），后有国民个体（国民）。先造国之独立，后塑国民之独立。凯杜里认为：民族建立自己的主权国家这一主张所许诺的并非仅仅是民族的自由，它还许诺了个人的自由：一个民族的成员通过培养他们自身的民族特性和将他们自身融于更大的民族整体便可获得自由。的确无法想象严复、梁启超、孙中山如果当初仅仅注重中国国民性当中人性的启蒙，将会导致中国历史走向何处，但他们一定经过了“国”和“民”问题之解决次序的艰难思考，那一定是痛苦的抉择。这便是中国近代民族主义起步的代价。

中国式民族主义具有在民族主义和国家主义之间游移的不确定性。正是由于民族主义话语在中国的实用功能，才导致中国晚清出现前所未有的“创造”“构建”“重构”民族身份认同的浪潮。中国式民族主义不同于西方由重商主义与自由主义结合而促成的民族主义。恰恰是中国民族主义具有的强烈的政治武器功能，因此在“救亡”与“革命”之间纠缠不清的晚清社会政治运动最终既没有很好地解决“民族主义”的创生问题，也没有很好地解决“民主主义”的中国适应性问题。这也就是“辛亥革命”的局限性。

这种局限性说明了中国近代民族主义并非等同于西方近代民族主义，中国近代民族主义的特色是由中国历史的内在逻辑决定的，不是在西方“启发”下形成的。而且，与西方赤裸裸的自私型民族主义不同的是，中国并没有抛弃天下主义的关怀。中国式的民族主义既然是实现强国之梦的手段，但是在如何实现的途径上出于不同的政治思考，产生了对外问题优先解决还是对内问题优先解决的对立思路。早期是强兵和改革的次序问题，后期是革命和改良的次序问题，其后是“启蒙”和“救亡”的问题，再后来是“攘外”和“安内”的次序问题。中国式民族主义在上百年的争论中一直被当成工具来回被当权者和在野者握在手中使唤，并无定性。有此特性，看不出哪一点复制了欧洲的民族主义。

时间一长，还导致“斯德哥尔摩情结”。当人性的软弱面被历史必然性说教绑架的时候，就出现集体的“斯德哥尔摩情结”。

“斯德哥尔摩情结”（Stockholm Complex）是指犯罪的被害者对于犯罪

者产生情感，甚至反过来帮助犯罪者的一种情结。这个名词来自 1973 年发生在瑞典斯德哥尔摩的一桩银行绑架案。此事在警方与歹徒僵持了 130 个小时之后，因歹徒放弃而结束，然而四名受害者在事后都表明并不痛恨歹徒，并表达他们对歹徒非但没有伤害他们而对他们照顾的感激，并对警察采取敌对态度。事后，被绑架的人质中一名女职员竟然还爱上一名绑匪并与他订婚。

“斯德哥尔摩情结”的要害在于：加害者处于完全优势的情况下，被害者不能逃离加害者圈定的博弈关系的母系统。加害者行为在本质上的不正当就被忽略，而生存第一的首要目标就会导致被害者产生合作的行动。这种情结导致拒绝启蒙。

拒绝启蒙在某种意义上是有好处的。但要分辨两种拒绝启蒙：一种是虚假的，明知需要启蒙而拒绝；另一种是持怀疑态度的，即对何种启蒙、如何启蒙持怀疑的态度。怀疑态度是好的态度，它可以避免因为启蒙者自恃为上帝而导致的武断和精神暴力。

羞而不为：科技与财富的道德困境

“五四”以来，我们把“德先生”和“赛先生”作为追求的目标，前一个本文不做讨论，就后一个而言，是否实现了它应有的价值呢？改革开放以来，国人追求科学，却将其异化为“技术崇拜”；追求财富，但具有相当影响的一派观念认为对财富的追求会导致人性的异化，这在有“义利之辨”传统的中国一直是个未解的难题。

国人大多数都不会反对这样的见解，即西方文明的现代化离不开科技的发展。但是，“科技”一词在现代中国文化中的意义是含混的，有时是偏意的。余英时认为：中国“五四”以来所向往的西方科学，如果细加分析即可见其中“科学”的成分少而“科技”的成分多，一直到今天依然如此，甚至变本加厉。……中国人到现在为止还没有真正认识到西方“为真理而真理”“为知识而知识”的精神。我们所追求的仍是用“科技”来达到“富强”的目的。但是今天西方人已愈来愈不把“科技”看做正面的价值了。原子毁灭的危险、自然生态的破坏、能源的危机等都是对人类文明构成的非常真实的威胁。

当我们把西方的科技发展仓促地当成现代化目标的时候，我们业已抛弃中国的传统文化。庄子说：子贡到汉水边，见一老丈（汉阴丈人）在菜园子里整地开畦，打了一条地道直通到井边，抱着水瓮浇水灌地，吃力地来来往往，用力甚多而功效甚少。子贡见了说：“如今有一种机械，每天可以浇灌上百个菜畦，用力很少而功效颇多，老先生你不想试试吗？”汉阴丈人忿然作色而笑曰：“吾闻之吾师，有机械者必有机事，有机事者必有机心。机心存于胸中，则纯白不备。纯白不备，则神生不定。神生不定者，道之所不载也。吾非不知，羞而不为也。”子贡脸红了半天，很是惭愧，

“俯而不对”。

浇水的老翁在抬杠，人不可能不借助技术而生活。他更可能反感的是子贡来教他这个事件，他可能感觉这冒犯了他。道家借此故事来讽喻儒家而已，有人把他上升到“后现代思想”的境界，太抬高了吧。

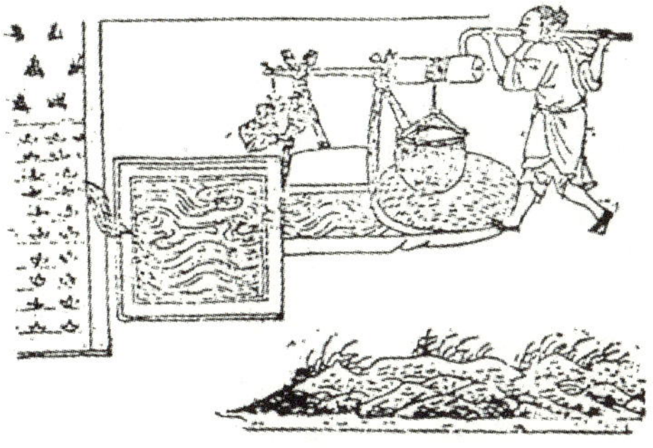

（元）王祯《农书》中的田间井灌工程图

因为这个故事一般只讲这前半段，后半段是：子贡半天不说话，老头就问他：你是做什么的呀？子贡回答说：我是孔丘的弟子。汉阴丈人者说：你不就是那位以博学自比于圣人、盛气凌人以为压倒众徒、独自弹唱哀歌来向天下人博取好名声的人吗？你能即刻忘掉你的聪明才智，毁弃你的形体，你就差不多近于大道了。你连自身都不能治理，你哪有闲暇去治理天下呀！你走吧，不要耽误我做事。子贡局促不安变了脸色，失魂落魄一样不自在，走了30多里路之后才恢复正常。

他的弟子们问：刚才那个人是做什么的？先生为什么见了他变容失色，整天不能使自己恢复常态？子贡回答说：开始我以为天下只有先生一位圣人，不知道还有这类人。我听先生说，行事要求合理，事业要求成功。用的力气少，所见功效多，就是圣人之道，而今这些人却不是这样。执守大道的人德行完备，德行完备的人形体健全，形体健全的人精神完全专一。精神完全专一，才是圣人之道，与民众一样生活在世界上，而不知要往哪里去，茫昧深远而德行淳和完备啊！功利机巧必然被这种人从心里忘掉。像这样的人，不合乎他的志向就不去，不合乎他心意就不做。即使天下人都称誉他，而这些称誉又与他的心志相符合，也高傲地不予理睬；天下人都责备他，这些责备与他的心志不符合，他也不在意不理会，不去接受。天下人对他的非难和称誉，对他不会增加和减少什么，这就是全德之人呐！我不过是受世间毁誉左右而摇摇晃晃的人。

回到鲁国后，子贡把这些告诉孔子，孔子说：他是寄托修习浑沌氏之道术的人也；只知浑一之大道，不知有其他；只知治理自身，不知治理外界。这样人心地清明至于纯洁无瑕，无为返朴，体悟自性而执守精神专一，以悠游于世俗生活之中，你对这样人本来就该表示惊异呀！而且浑沌氏的道术，我和你还不足以认识啊！

为了阐明自己的思想，竟然把子贡描绘得走30里地都恢复不了神色，够狠的了。庄子借子贡和孔子为道家思想背书而已，最多，这也只能说明古人重心性的修养而不好投机取巧。这种道德说教可以采纳，但不可放大到实践。若放在文明发展的价值上衡量，则成为反文明进步的思想了。

不过，中国传统科技因缺乏“机心”而在明朝后基本停滞，却是不争的事实。托克维尔认为这里面的原因是中国文明缺乏科学的精神。没有科学精神支持的技术发展，到一定阶段，就断了源。他说：

> 300年前欧洲人初到中国时，他们看到中国的几乎一切工艺均已达到一定的完善阶段，并为此感到惊异，认为再也没有别的国家比它先进。不久以后，他们才发现中国人的一些高级知识已经失传，只留下了一点残迹。这个国家的实业发达，大部分科学方法还在那里保留下来，但是科学本身已不复存在。这说明这个民族的精神已陷入罕见的停滞状态。中国人只跟着祖先的足迹前进，而忘记了曾经引导他们祖先前进的原理。他们还沿用祖传的科学公式，而不究其真髓。他们还使用着过去的生产工具，而不再设法改进和改革这些工具。因此，中国人未能进行任何变革。……人的知识源泉已经几乎干涸。

不好奇计淫巧的中国在技术发展停滞以后，在19世纪面临西方列强建立在高度发达科技之上的强权时，本能的反应是学习先进技术，而对于先进技术后面所隐藏的科学的基因无暇顾及。这种仓促的、毫无准备的救急反应成为中国现代化过程中一个伴生的、不为人觉察的隐性思维定势。直至今日，仍然未能摆脱它的影响，我们仍然没有催生科学精神，而只强调技术。这难道不是对西方文化的误读吗？不仅如此，我们又很容易地加入反技术的浪潮中去，因为技术的发展确实给人类已经带来了难以控制的后果。于是我们处在前后的夹击中：为了发展，必须迎头赶上新技术革命；同样是为了赶上世界的脚步，我们又不得不和高度发达的西方一起反思技术带来的后果。这在环保问题、遗传科技、原子能应用乃至互联网问题上都体现出来。

另外一个困扰我们的问题是对财富的态度，或者大而言之是对利益的态度。我们对财富的复杂态度最近几十年发展到很激烈的程度。究其原因，来自两个方面：一是传统文化中我们强调义利之辨和重农轻商的治国之道，二是近代以来激进的革命逻辑。

孔子说："君子喻于义，小人喻于利。"（《论语·里仁》）孟子开篇就反对梁惠王"亦将有以利吾国乎?"的提问，说："王何必曰利? 亦有仁义而已矣。"（孟子·梁惠王上）这是道德上的教义。

政策上而言，中国传统是农业大国，从诸子百家的政策主张到明代的农业改革，都是把农业作为国家财富积累的主要来源。虽然早在管子以及相当一部分法家那里，就曾提出要"富民"，但占主流的观点仍然是"民以食为天"，重本抑末。

死在《南京条约》签订前28天的龚自珍，是晚清衰世开始时具有独立思考精神的大师。他公开对中国讳言利的传统发动攻击，说"未富而讳言利，是谓迂图"。同处中西夹缝中的经世学派代表魏源、黄爵滋、林则徐等人，也对传统提出质疑。魏源认为："自古有不王道之富强，无不富强之王道。"自此而至洋务运动，"富强"成为中国现代化的旗帜。但刚刚觉醒的富强意识被激进的思潮推到尴尬的地步：既然发达的列强和资本主义国家是剥削阶级的国家，他们的富强之道就不为我取。另辟蹊径数十年后，在1978年，我们再次承认富有是一种人类的权利，而非富人的专利。1992年"南巡"的一位中国老人说："中国人都穷了几千年了"，"不能再穷下去了!"这是为财富正名。但争论和怀疑仍然没有停止。时刻警惕财富对人性和社会规则的腐蚀成为国人的一大道德癖好。

反观现代化以来的西方，对财富的追求甚至成为上帝的召唤。韦伯把新教伦理和资本主义精神联系起来，挖掘出西方追求财富的精神动因。

我们在没有科学基因的基础上追求科技的发展，容易走上科技崇拜，反过来迫使我们思考行动的合法性。我们在怀疑财富的价值的基础上追求财富，也迫使我们时常反思行动的合法性。这都是我们在全球化过程中面临的道德困境。我们在工具合理性和价值合理性之间做钟摆式的运动，或多或少是应对全球化最合乎逻辑的选择罢。

我从来不认为道德的沦丧是因为追求财富的结果。倘若要我回答为什么在本书的第一篇我震惊于儿时伙伴今天的沦丧，是否我是反对追求财富？那么我的回答是：道德沦丧是制度性腐败导致的，首先是权力的失衡，这与追求财富的动机无关。如果从抑制追求财富的欲望出发去治理道德沦丧，数千年来，中国已经走过这样的失败之路。也就是说，单纯地依靠道德教条和清官榜样的教育去治理道德沦丧和腐败，就是自己人管自己人和自己管自己。这是人治，不是法治。它不能从根本上解决问题。

我们离梦想并没有那么近。有人说，时间在中国终于开始了。事实上，中国只经历了两个过程：一个是黑格尔所言的中国是“只有空间没有时间”的帝国，这是 1979 年前的中国。另一个是 1979 年之后的中国，是“只有时间没有空间”的“帝国”。在欲望的驱策下，我们勇猛直前，忘记历史，忘记现在，忘记周围的一切。

但是，欲望本身是不当责的。欲望只是人性的一个组成部分。经验地看，传统上靠自我约束之路是走不通的，而诉诸法治也仍“在冏途”。惟一的可能是欲望之间形成一种制衡关系，但鉴于每个人都事实上单独地和巨大的利维坦进行着周旋，形成这种形式的社会自发秩序还有待时日。

“不谈政治”：从“胡说”到莫言

从胡适的“多研究些问题、少谈些主义”（“胡说”）到莫言的“多关心文学、少关心政治”，也就是从民国八年到2012年的90多年，中国的文人终于成功地宣告了将其公共责任倒退到屌丝级别的乡愿水平。

善意地理解，沉默是一种无奈的反抗。比如1949年以后的沈从文，他将自己最钟爱的文学阉割，将自己的精神阉割，这种无奈的反抗，反倒是一种强烈的精神自洁，所谓“道不行，乘桴浮于海”。

胡适

王小波把沉默分成了三种：“这些人保持沉默的原因多种多样，有些人没能力、或者没有机会说话；还有些人有隐情不便说话；还有一些人，因为种种原因，对于话语的世界有某种厌恶之情。我就属于这最后一种。”40岁的时候，王小波打破了沉默，开始讲话，他说：“开口说话并不意味着恢复了多纳税金的责任感……我有的是另一种责任感。”

说得好，责任感！屌丝们因为没有能力，没有机会，所以可以保持沉默。但是，有机会有能力而不说话，那么就是抛弃了大家——而大家却成千上万地购买你的书籍。圆滑和世故如果成为文学大师的人生座右铭，这和屌丝又有何区别。大家希望你说话，这是一种期许，期许的是把文学那些隐喻背后的事情讲明白，而不是巧妙地规避责任，用讲故事说书来搪塞。王小波的自觉来自他实诚的理解："伦理（尤其是社会伦理）问题的重要，在于它是大家的事——大家的意思就是包括我在内。"同时，他认为正因为话语圈子已经分崩离析，基于这个不幸的现实，他呼吁我们检查一下自己，看看傻不傻，疯不疯。有各种各样的镜子可供检查自己之用：中国的传统是一面镜子，外国文化是另一面镜子。还有一面更大的镜子，就在我们身边，那就是沉默的大多数。

大多数可以沉默，但公众人物尤其是和思想有关的公众人物不能选择性地沉默。如果选择性地"莫言"，那么就不是真正的以沉默作抗议的沉默。倘使莫言彻底地不言政治，拒绝回答一切关于政治的话题，那么你NB！但是，偏偏又说：

> 我想任何一个读者都可以提问，也可以问政治问题。有的作家可能愿意回答政治问题，有的作家不愿意回答政治问题。如果我得的是政治奖，我不回答政治问题，你们就可以把这个奖拿走。政治需要政治家来研究，我的回答很可能不正确，很可能会误导读者，所以我不愿意回答。但是我的小说里有政治，你们会在我的小说里发现非常丰富的政治。如果你是一个高明的读者，你会发现，文学远远比政治要美好。政治教人打架，文学教人恋爱。很多不会恋爱的人看到小说会恋爱了。所以我建议大家多关心一点教人恋爱的文学，少关心一点教人打架的政治。
>
> 我得了文学奖，我想是因为我的文学品质比较高，所以得了文学奖。有很多的中国作家关在监狱里，这个我没听说过。而且我想每个人进监狱，其中都有很复杂的原因，我在没有了解清楚之前，我不能随便地发表言论。我们不要认为只要是作家，就是一个高尚的人。我知道有一个写了很多诗歌的人曾经把他的朋友给杀掉了。

莫言巧妙地在三个"政治"概念之间漂移：所谓政治家研究政治，说的是以政治研究为职业，问题是没有人要求你去研究政治，没人说要你把政治当学问研究；所谓小说里丰富的政治，是指的政治隐喻；所谓的政治教人打架，更是将政治理解为极端狭隘的马基雅维利式的斗争权谋。

政治在中国的文化当中，有权谋游戏，有打架，有斗争，而这恰恰给不谈政治留下了借口。由于狭隘地理解了政治，认为谈政治就是“从政”，政治就是当官“肉食者谋之”的事，两千多年来的中国政治中，只有一方玩这个游戏，这是自摸游戏。它导致的直接后果是：人们一劳永逸地放弃了“权利”，而听从“权力”的摆布，以为这样会获得自我道德纯洁，其实导致更大的社会道德问题。公元前431年伯利克里说：“一个不关心政治的人不是道德高尚而是无能。”当中国的任何一个男人在家里抱怨国家大事的时候，所有的普通国人都听过这句话：“你说这些有什么用啊?”此时，一般人往往讪讪地语塞。其实这正是中国无现代政治思想的表现，向来认定“政治是肉食者谋之”。其实三句话可以回答之：（1）说话是我的权利，权利不重要吗?（2）一个不关心政治的人不是一个清高的人，而是一个无用的人。（3）我不能改变世界什么，但尽量可以让世界少一个被改变的人。

所有的国人也都听说过这句话：“掌权那是人家的本事，有本事你也掌权啊！瞎逼逼什么啊！”这也是一种无权利意识的病症。今日刚刚打车去学校，司机刚一听我说贪腐的事，当即打断我，说：“有本事你也去贪啊，那是人家的本事，人家掌权。”当国民都接受这样的解释的时候，我看不到希望。这是彻头彻尾的前现代型权术观念和奴隶观念。他接受这一切，是因为他觉得自己没有本事，而不是权力的不公正。另一方面，他又在学校内使劲地按喇叭。对不该接受的接受，对该遵守的不遵守。这就是国人的标准生活状态。一种混乱的无意识生活。

低级地理解政治，是中国的权力专制历史导致的恶果。无论是第一次鸦片战争之后，“都门仍复恬嬉，大有雨过忘雷之意。海疆之事，转喉触讳，绝口不提。即茶坊酒肆之中，亦大书‘免谈时事’四字，俨有诗书偶雨之禁”，还是话剧《茶馆》里裕泰茶馆的墙上贴的“莫谈国事”的纸条，直至今日“多谈文学、少谈政治”的宣示，都宣告了多年来中国政治文化的主流并未发生根本变化。许纪霖在微博上点评莫言所代表的“当今知识分子的主流”时，说：“‘平庸的乡愿’，正是‘平庸的恶’的帮闲。”

在与政治权力的关系中，读书人从来持有一种自相矛盾的认识，一方面，学而优则仕；另一方面，对政治本身又持鄙夷的态度，参与权力的运作往往被妖魔化。这种矛盾的认识来自传统思想中没有区分关心公共事务和从政。通常，对公共事务的关心并不必然带有肮脏的个人目的，相反，这还是一种美德。古希腊城邦制度下人们关心公共事务才有民主的自发产生。而西塞罗说“关心公共利益是人的天赋”，罗马人只干了一件事情：“关心和管理国家”。这是公民意识的渊源。较之中国传统而言，中国并不存在公民意识，知识分子成为士大夫后即成为统治阶层，与人民构成了简单的对立关系。如果没有公民，那么体制内的士大夫往往要承担公民的责任，由此导致知识分子与权力的矛盾关系。

知识分子为了证明自己从政的合理性，往往需要改变人们对政治的看法。离开大学后从政的蒋廷黻即这样阐明自己的观点：“我对政治的态度是很正常的。我认为政治并不是专为金钱和荣耀。对我说，政治只是一种工作，我认为它和教书一样的清高。”不过，除非承认权力也是良知的守护者，否则，知识分子要成为社会良知守护者只是个虚假的命题。

莫言陷入的困境，是中国未完成现代性转化的现实写照。他呼吁不谈政治，而恰恰他处于政治环境的笼罩中。所有关于他的争论，更多的是围绕政治而非文学范畴展开。

胡适当年也处于相似的困境。但是，胡适正面地分析了问题和主义的关系，他说：“请你们多提出一些问题，少谈一些纸上的主义。”其理由是：“深觉得高谈主义的危险”，因为：

> 第一，空谈好听的“主义”，是极容易的事，是阿猫阿狗都能做的事，是鹦鹉和留声机器都能做的事。
>
> 第二，空谈外来进口的“主义”，是没有什么用处的。一切主义都是某时某地的有心人，对于那时那地的社会需要的救济方法。我们不去实地研究我们现在的社会需要，单会高谈某某主义，好比医生单记得许多汤头歌诀，不去研究病人的症候，如何能有用呢？
>
> 第三，偏向纸上的“主义”，是很危险的。这种口头禅很容易被无耻政客利用来做种种害人的事。欧洲政客和资本家利用国家主义的流毒，都是人所共知的。现在中国的政客，又要利用某种某种主义来欺人了。罗兰夫人说：“自由自由，天下多少罪恶，都

是借你的名做出的！”一切好听的主义，都有这种危险。

现在舆论界太危险，就是偏向纸上的学说，不去实地考察中国今日的社会需要究竟是什么东西。那些提倡尊孔祭天的人，固然是不懂得现实社会的需要。那些迷信军国民主主义或无政府主义的人，就可算是懂得现实社会的需要么？

要知道舆论家的第一天职，就是细心考察社会的实在情形。一切学理，一切“主义”，都是这种考察的工具。有了学理做参考材料，便可使我们容易懂得所考察的情形，容易明白某种情形有什么意义，应该用什么救济的方法。

我们不去研究人力车夫的生计，却去高谈社会主义；不去研究女子如何解放，家庭制度如何救正，却去高谈公妻主义和自由恋爱；不去研究安福部如何解散，不去研究南北问题如何解决，却去高谈无政府主义；我们还要得意洋洋夸口道：“我们所谈的是根本解决。”老实说罢，这是自欺欺人的梦话，这是中国思想界破产的铁证，这是中国社会改良的死刑宣告！

他认为：“高谈主义，不研究问题的人，只是畏难求易，只是懒。”

胡适不懒，胡适也不是不谈政治，尽管他说了20年不谈政治，其实他真正思考的、真正做的是“如何去谈政治”。终其一生，他都在为中国寻求一种解决之道，尽管他的自由主义饱受诟病，但他从来不推卸这个责任。

当然，谈政治可以从不同的角度，据个人的能力和偏好来谈。隐喻文学如同隐喻历史学一样，都是隐含了大量的政治想法。从这个角度而言，莫言认为：因为我们就活在历史当中，所以历史非常重要。而且所谓的现实马上就会变成历史，所以任何现实都是历史的延续，所有的历史问题都包涵现代性。所以，我的小说是现实和历史的融合。他说他的小说里有政治，“你们会在我的小说里发现非常丰富的政治”。

问题的关键是：莫言明白文学与政治的不可分割的内在联系，也明白作家承载了历史的重托。他原意是用隐喻的方式去讲述。换句话说，你们非要我谈政治，那么你们去看我的书好了。

不错，也许读者可以从他的小说中找到政治因素，包括《蛙》和获奖感言中最后一个庙宇中8个人的故事。但是，答记者问、答观众问的时候，别人是直接提出了政治和小说的关系，在自己的讲话和作品可能被人过度期望、过度解读的时候，为什么不明确阐明，却呼吁不谈政治，这不是懒，而是中国文人的失责，并且把讨论方向导向极为平庸的屌丝式乡愿级别。

难道第三世界的文学永远只能是民族寓言吗？当年，美国文艺批评家弗雷德里克·杰姆逊（Fredric Jameson，又译詹明信）说："第三世界文学永远都是民族寓言。"读者真正期望的是文学大师（得了诺奖可以称文学大师了吧？）能够代表他们讲讲心里话，因为他们没有办法。如果无视这个期望，停留在寓言层面倒也罢了，那可以视为沉默，但高调地宣称"你们就断了这个念头罢"，这就触了众怒。

古人也说过一些有价值的话，比如"文以载道""文如其人"，确实，自古至今，我们就对文人有极高的期许，这构成了中国文人的"责任劫"。文人需要担当，需要永不妥协的风骨。这并非是需要文人成为政治家、道德家，而是需要他代表发声。

或许——不是或许，而是的确有些议论认为莫言有其自由意志，可以有选择。但在中国的政治与文学的大环境中、大传统中，文人没有别的选择。这不是苛责，乃是因为文人尤其是名文人有话语权。有话语权可以不用，是为沉默，但有话语权不可以刻意误导读者。

诺奖文学评委们太低估了中国文化的复杂性，同时也暴露出其局限性：他们是真不懂中国。他们也不知道自己真的干了什么。

“知识居民”的鸦片：国人的诺奖情结

本文原题用的是“知识分子”，但我现在改主意了，因为我真觉得中国没有知识分子。而国家又不承认他们是国民，那就只能是知识居民了。为尊重历史，文章中还是习惯性地使用知识分子。

现在，我在临湖轩门口，门口堆着土堆，不错，是在整修。别了，司徒雷登。放眼望去，南阁北阁的身影在秋日阳光下绰约可见，那原是燕京大学女部办公楼，称 Miner 楼（得名于燕京大学女部第一任主任麦美德博士 S. Luella Miner，1861 ~1935）。中景是俄文楼前的草坪，草坪上矗立着李大钊的半身铜像——嗨，怎么是李大钊！不过，此地甚好，一眼望去就经历了近代史的全部。

在上面的文字中，我便已经思考到了关于主义、关于自请绞刑架、关于这国与美国或西方、关于院系调整、关于燕京大学、关于离开沙滩红楼之后的北大的种种故事。

对了，还有图书馆的屋顶，我也可以看见。在这种表面的平静下，我有一种强烈的焦虑，从哪里开始呢？你看，他们匪夷所思地把诺奖给了他。如果我不知道从哪里开始，就由思绪带着笔尖走，Follow your heart.

图书馆，图书馆，图书管理员！别得罪图书管理员！多年前，我在阅览室多拿了一本书看——只能限定三本，我拿了四本——被管理员罚款 1 元钱。多年前，在这个学校也有个图书管理员，因为在杨昌济教授的家里似乎受了梁漱溟教授的冷遇，而一直不能释怀。知识分子就是皮上的毛，皮之不存，毛将焉附。再后来，干脆来个“文化大革命”，惨！再后来，我在五四球馆打球时遇到了梁教授的一位孙辈……

老子（不是我，是那个永远以很老的样子被人记住的老头）也是图书管理员（周王室守藏室之史），不知谁得罪了他，一口气他就写了《道德经》，告诉王侯将相们治大国若烹小鲜。高，实在是高，那一生二，二生三，三生万物的非逻辑性数字游戏让后世顶礼膜拜，让翻译家望而却步。

沈从文也是图书管理员。他跟随那个湘西王陈渠珍镇守一方时，任文书并图书管理员。由此他编阅古典，并练就了一手好字。在上海中国公学教书的第一堂课本来预定一小时的授课内容，在忙乱中，他十多分钟就讲完了。他只得拿起粉笔，在黑板上写道："我第一次上课，见你们人多，怕了。"这个乡下人（沈一辈子以此身份自豪）在追学生时一封封的情书写得火辣得很，被学生告到校长那里，这校长偏偏是胡适。校长说，恭喜恭喜啊，这是好事啊。学生肯定心想：靠，我进了一个什么学校啊。这学生就是沈从文后来的妻子张兆和，她随后在青岛大学图书馆工作。

终于，我可以把思绪拉回主题了：这沈从文出身图书管理员，那莫言1979年在河北保定也当过图书管理员，而将他们能够扯到一起的，不是这经历，而是他们与诺奖的关系。一个在1988年没有得到，因为提前几个月死了，留下了千古遗憾；一个刚刚得到，因为作品可能不具备原创性和能被普遍认同的思想性而处于风口浪尖，备受争议。

建莫言纪念馆！文化搭台，经济唱戏，开发高密诺奖一日游！这可能是村里、镇里甚至县里的下一步策略。光宗耀祖啊！光宗耀祖啊！我眼前浮现出《武状元苏乞儿》中吴孟达扮的苏乞儿之父在周星驰扮的苏乞儿中武状元后的形象，他的确是说了两次。

没错，诺奖之于中国当代知识分子如同状元之于古典时代的秀才们，期盼中带着焦虑。期待被西方知识界（主流？）认同，如同期盼被圣上钦点一样的强烈。这不是一般的奖项和钦点，是神圣的认同。

认同是话语权，这种认同通过命名、赏赐、一系列的礼仪安排而实现其话语霸权。

比如优秀幼儿，每个读过幼儿园的中国小朋友都得过的奖项。

比如三好学生，多少孩子因此感受到强烈的自豪。

比如巴拿马博览会金奖。多少酒、茶叶，甚至可能还有酱油冒充得到它而成为特供。反正辛亥时期的事情，你也说不清楚。

奥斯卡、金熊银熊、金棕榈、威尼斯。我们靠贩卖撩拨东方主义者神经的所谓乡土人性而获殊荣。萨义德认为，东方主义者从中获得一种“怪异的快乐”。

普利策。对不起，好像是美国人才可以拿，有美籍华人拿过——也是华人啦，光宗耀祖啊，光宗耀祖。

奥运会。金牌第一，无上光荣。几千亿投下去，未见什么真正的进步。不过，这儿（不是我，是我们）有的是钱。

期待被权力认可成为中国知识界文艺界的鸦片。鸦片战争过去170年，鸦片上瘾却是阴魂不散。

所有刺激性的食物和香草都可以被视为精神鸦片。屈原喜欢用橘子、兰草、芷草、蕙等香味极浓的植物入诗，其实是一种精神致幻的需要。佛教进入中国后，戒律日严，辣椒、香菜、花椒、胡椒、大蒜等都被禁止食用。哦，为什么不禁止檀香。檀香一样是刺激性植物，它一样带你进入飘飘欲仙的入定状态。大麻于宋庄、环铁、798的某些艺术家和冰毒于一般瘾君子一样，总是你生存下去的动力。

是的，我借用了“知识居民的鸦片”这书名。阿隆借此警醒知识分子，要时刻注意被一种意识形态禁锢上瘾。但我们无意中却上了瘾，深深地吸一口烟，你开始思索，你一思索，上帝就发笑。因为你一定即刻被某种意识形态控制，包括此时的我。

知识分子离不开精神鸦片。但于中国知识分子，这鸦片太过浓烈。

这种精神鸦片有三大毒害效果。

其一，幻想拯救中国文化（不仅仅是政治、生活和信仰），并以此为使命，即所谓启蒙，从而走向自我验证的寓言，这是中国知识分子的责任劫（在另一篇文章中我对此进行过剖析）。救世主情结和启蒙情结在本质上一样，都是抽多了精神鸦片的结果，20世纪在这乌烟瘴气中度过。

其二，幻想被西方话语体系认同。这是一种强烈的近代情结。失落感来自晚清的失败，而晚清的失败被直接归因于力量不如人，力量不如人被直接归因于孔老二之流，于是自“五四”以来即兴起文化革命。后来真的搞了文化革命，从肉体上消灭知识分子，又觉得不对，再寻根，再国学热，再于丹，再《弟子规》。付出几千万人上亿人的死亡后，这场20世纪的精神鸦片风暴如今并没有平息的迹象。然而，没有古希腊罗马，没有基督教和中世纪，就没有文艺复兴，没有文艺复兴，何来启蒙运动？没有启蒙运动何来现代性？西方并没有从精神上中断其长久的人文传统。革命一直被国人理解为陈胜吴广型，冯自由说，当年孙中山在日本时才学到出口转内销的那个“革命”一词，以前他一直用的是造反。法国大革命是仅有的一次真正称得上革命的运动，但是它无法与欧洲人文传统割裂开来。那么，你从何学起？写几篇唧唧歪歪的文章，办个奥运会，就要他们认同，人家真当回事了吗？明末的和尚雪浪跟利玛窦辩论的时候，尚可以咧嘴傲慢地一笑。由于力量差异导致逻辑的混乱，并进而崇拜力量，这是文化假意复兴背后的真实意识。

其三，幻想懂得西方。当我们幻想懂得西方之后，就处处摸来石头来砸我们认为的西方敏感的神经，比如自由，民主，市场和民族主义。

所有来北京的外国人都有一种错觉，你们中国人活得那么自由自在，比我们国家的条条框框少多了，你看，韩国学生在校园内，在校外，随便骑着不用上牌照的摩托车、电动车横来直去的。五道口，外国学生聚集的地方，多自由。当真正的西方式自由到来的时候，我不认为我们会适应。自由在这里被狭义地理解为诸如性开放、不负责任、极端自私和为所欲为。这也是反对自由化的标榜的理由。然则，自由不是自我行为的放任，而是对他人自由的尊重。自由是建立在对他者权利的尊重基础上的自我约束，自由的本质可能是不自由。

高调民主的乌托邦幻想已经使我们吃了大亏。这个和前一个一样，都被冠以各种主义。各种主义都是我们这么冠名的。这是这种鸦片的要害之处。我们用各种主义来为西方的各种思想命名，并且按照中国人的习惯，划分你是奥派，他是托派，他是后现代，等等。有这么多本质区别吗？从老子、孔子到现在各种所谓“左派”“右派”，我们在本质上都是农民。西方是这样的吗？一个被误读了几百年的西方只是中国人的幻象。西方只有一个，就是地理上它在中国西部。其他关于以各种主义命名西方，都是意淫。我只看到西方一直萦绕着古希腊罗马的影子。20多年前，人们争议中国尚无现代，何来后现代？那首“列车过黄河”的诗人对车窗外撒尿的诗还被当成后现代的样本。十多年前，有人写儒家思想（民本）和西方民主思想的逻辑结合。凡此种种无不以意象中的西方为蓝本。

这里只有权力，哪有市场。市场的本质是法制之下的自由交换或者说是契约精神。你再有多少市值，多少公司，多少所谓企业家，没有这个本质都是幻象。

抓住马基雅维利和黎塞留以来的短短几百年欧洲历史经验，就认为这是振兴的法宝。殊不知民族主义恰恰是民主思想的自然延伸，其本质是对内的，是主权在民。而我们认为是钓鱼岛，是南沙群岛。

所有这一些都存在幻想，终结到意识领域就是自文化失落感形成以来，我们设定了一个幻想中的目标，落实到举措上，就是如诺奖一样，对西方话语权的顶礼膜拜。得诺奖了，就文化崛起了，留下大裤衩、秋裤了，就现代化了。你们看啊，快看啊，我办了一个好大的体育赛事了，你得承认我现代了。洛杉矶当年办的时候，全美国人没有多少真正关心的。你们城市的事情，自己办，结果他们办成了历史上惟一一次赚钱的奥运会。

现代化的本质是传统的自然延伸，而不是抛弃。实际上，对于没有现代性基因的后发型社会（我不用国家这个词）而言，现代化就是鸦片。

因此，在某种意义上——甚或是在最终意义上，“五四”或晚清以来的现代性梦想其实是建立在对历史必然性的假设上，并且这种假设又建立在对西方经验的误读上。阿隆怀疑（哈耶克也怀疑）这种“理性的诡计”（Ruse de la Raison）。他的结论是，没有一种法则（不管这种法则是人性的或非人性的）可以把乱七八糟的局面引向一种光辉的或可怕的目标。哈耶克（获诺贝尔奖的经济学家）在获奖感言的最后提醒人们注意预测未来的历史决定论之荒谬，他认为这是“智力上的狂妄”。自发秩序存在于千千万万个大脑相互的撞击之中。

曾经在河南博物馆看到几只形态极其夸张的陶狗，正在惊叹我们可能不了解传统文化时，一位艺术家（我认为那个留胡子梳辫子的男人是艺术家）在我背后对一位老外说：毕加索算个鸟啊！确实，我们不仅不了解西方，甚至连自己的传统也不了解。这一百多年把事情过于简单化了。这是一场一百多年的伪启蒙。

诺奖承载了中国知识分子的幻想，将一切都简约化。比如说，文学即是写人，作家也只代表个人，但无论从内容还是评论总是偏偏罩上“中国”

或“民族”这样的字眼，偏偏要与集体的自豪感挂钩。这绝对是个圈套。胡适曾说，他主张全盘西化，是因为传统的阻力太大，以至于只能取法乎上，适得其中。不妨换句话说，这地儿要你全盘西化你也西化不了，这根本是个伪命题。

你看，圈内的人对莫言获奖保持沉默，至多几句场面话。但私下议论简直可以用沸腾来描述。沉默是中国特色，恰如莫言的名字要暗示的意思。沸腾的现象仍然反映出我们将这事看得太重，诺奖被当成西方话语普世性的标志，并且，如果这事还有猫腻的话，它简直可以彻底摧毁中国知识分子嗷嗷待哺的饥渴心灵以及他们对前途的所有仅存的良好期待。跟帖一句，我认为这“嗷嗷待哺”一词切中肯綮。中国知识分子在传统时代是士大夫，英文翻译作“official scholar”，官方学者。后来又是皮上的毛，总之是权力的附庸，诺奖代表话语权。你没有独立人格，不是婴儿又是什么。

于诺奖这事，仍然得超脱一些罢。胡兰成贺川端得诺奖时说：姓名光意题三山，身世但为求半偈。失去超逸之风骨的中国文人，看什么都觉得很重。

大明启示录：一个明朝遗民的精神穿越

本文为拙著《走出晚清》第二版（北京大学出版社2012年版）的序言。本文仅涉及明朝中外关系的形态，不意味着否定国内意义上而言的明朝专制体制存在的事实。

在躲过了明清易代之“天崩地解”（我朝遗民黄宗羲语）之后，我已剃发易服，大明衣冠早已藏进了十三陵的地宫中。然而，我要说，你们误读了我朝。比如，我朝当时就是叫“大明”，不是后来你们才把我朝叫“大明”的。嘉靖二十八年（1549年）非法进入我朝而被俘虏的葡萄牙人伯来拉就打听到这样的信息：整个国家叫做大明（Tamenb），居民叫做大明人（Tamenjins），因此在本国没有听说他们名叫China或Chins。我朝如同历朝一样，皆以朝代名代替国名，是以在长达数千年历史中，中国并没有恒定万世的国名也。因此，在本质上而言，中国更多的是一个自在自为的文化实体。所以，跟你们同时代的一个美国人白鲁恂（Lucian W. Pye）甚至尖锐地指出：“中国是佯装成国家的文明。”如此甚合中国历史，然则，我朝之后数百年，国人似乎并未认真看待这个问题，而认真看待这个问题，极为有助于你们引领所处的时代。

被误读的顾亭林

又比如，你们误读了我朝遗民顾炎武“天下兴亡，匹夫有责”的微言大义，将“天下”偷换为“国家”，而标榜“国家兴亡，匹夫有责。”亭林先生的原意是：“有亡国，有亡天下。亡国与亡天下奚辨？曰：易姓改号，谓之亡国；仁义充塞，而至于率兽食人，人将相食，谓之亡天下……自正始以来，而大义之不明，遍于天下，如山涛者既为邪说之魁，遂使嵇绍之贤，且犯天下之不韪而不顾。夫邪正之说，不容两立，使谓绍为忠，则必谓王裒为不忠而后可也。何怪其相率臣于刘聪、石勒，观其故主青衣行酒而不以动其心者乎？是故知保天下，然后知保其国。保国者，其君其臣肉食者谋之；保天下者，匹夫之贱与有责焉耳矣。”因此，匹夫真正的责任是关注文化本体的兴亡，而非“国家”的兴替。王朝的兴替不是最重要的，对于“匹夫”而言，中国文化的血脉存续才是最重要的问题。这是明清易代时期即已产生的隐忧，500年来还是没有得到真正的解决。此即所谓中国历史的内在逻辑是也。

我朝亡后约180年，那个呼唤“我劝天公重抖擞”的诗人放言：“灭人之国，必先去其史。”龚自珍命题的另一面，则是欲立其国，必先立其史。你们的时代已经走到一个新的转捩点，欲了解世界，必先了解中国。而了解中国又必须置中国于世界背景之中。

然而，对“客观历史”的描述只能是一种对历史的解释以及围绕这种解释进行的话语权的争夺。是故，我朝亡后258年，深谙此道的梁启超就极为耸人听闻地宣示：“今日欲提倡民族主义，使我四万万同胞强立于此优胜劣败之世界乎？则本国史学一科，实为无老无幼、无男无女、无智无愚、无贤无不肖所皆当从事，视之如渴饮饥食，一刻不容缓者也……呜呼，史界革命不起，则吾国遂不可救。悠悠万事，惟此为大。”梁大师将顾亭林之意弱化为民族主义，甚为坦诚。在本质上而言，那位身为阿拉伯血统的基督徒萨义德（Edward W. Said）认为：“所有的关于历史的再现都是某种错误的再现。”事实上，中国的历史叙述自晚清以后即脱离乾嘉考据轨道，一切为救亡图存服务。当这个使命完成的时候，整个近世历史的叙述将进入一个新的阶段，它必为中国的新的世界地位和世界目标服务，也就是回归我朝顾炎武的命题。

被“偷窃”的大明历史

我朝在世界历史中的地位往往被忽视了，因为整个世界历史都曾经被东方主义叙事者“偷窃”了。而深受其害的并不仅仅是西方人。

东方主义或欧洲中心论根据欧洲经验将人类历史进行了武断的划分，并预设了欧洲价值的普遍性，使得世界史能够朝着那个方向前进。比如，预设我朝后期必然走向欧洲已经出现的某某主义。杰克·古迪（Jack Goody）认为，事实上，欧洲“偷窃”了非欧洲的价值、制度和技术。他认为，“偷窃历史”这个标题是指历史被西方接管，也就是说，历史被概念化，并以发生在褊狭的欧洲范围，通常是西欧范围内的事件加以呈现，继而，这种模式又被强加到世界其他地区。欧洲大陆一直认为他们创造了一系列极具价值的制度，诸如民主主义、重商主义、自由和个人主义，但这些制度在更为广阔的人类社会中也都能找到。“历史的盗窃”不仅体现在时间和空间上，还体现在历史分期的独断上。

杰克·古迪认为，西方设定了一种优势（自19世纪以来这种优势明显体现在某些领域），并在时间上将这种优势提前，创造了一种目的论的历史。世界其他地区的问题是，这些观念被用来证明看待“他者”方式是合理的，因为“他者”往往被看做静止的，没有外界的推动就不能改变自身。

有很多人在重新审视我朝的历史地位——尤其是在世界史中的地位。弗兰克（Andre Gunder Frank）即非常强调历史发展的连续性，在《白银资本》中，他认为“历史的连续性远比任何不连续性重要得多。所谓这种重大的新起点标志着世界历史的一个不连续的断裂的观念主要是由一种欧洲中心视角造成的。”弗兰克反对认为1500年左右世界历史发生了断裂的说法。他指出：“根本就没有发生过所谓以1500年为界的前后之间的断裂”，“与所谓的断裂或新开端相比，贯通1500年前后的连续性无论在实际中还是在理论上都更为重要得多。”

作为大明遗民，有一点我是清楚的：不能以后来你们看到的结果来推断历史进行时的我们在想些什么。我们这些人在导致历史事件发生的时候，并不预知所有的关键事件综合起来会发生何种历史后果，换言之，屯门之战（1521年）、隆庆开海（1567年）、利玛窦东来（1582年）、郑芝龙及郑成功等郑氏集团的行动（约1625~1683年）、中英首次交战（1637年）、满清入关（1644年）等所有重要事件就其参与者而言，是不可能预知他们的行为与其他行为和事件之间产生关系后会导致一种必然的目标。如果我们假定所有这些事件都必然有一个目标，那么就是历史决定论——一种事后诸葛亮式的给历史算卦的主观历史观。

似是而非的“闭关锁国”和西方的被边缘化

我朝历史被“偷窃”之后的一个结论就是：（郑和之后）“闭关锁国”的明朝是中国走向落后的根本原因。然则，此论的本质是欧洲中心论。其理论假设是：正是因为欧洲对中国的打击，才体现出中国是“闭关锁国”的；如果不是“闭关锁国”，中国在后来的中西关系中就不会“落后挨打”。

然而，欧洲走向近代和现代并未向任何外来文明采取一种统一的开放、学习的政策。欧洲国家走向近代和现代是一个自然形成的过程，并无谁进行了统一的总体设计。且在这个过程中其历史创造者们也并不知道必然导致领先于中国的历史后果。要我大明朝人预测19世纪后期中国与西方的关系形态是不可能的，甚至是荒谬的，这是一种典型的“移情”思考。事实的根本点在于，欧洲被清末以来的中国人想象成一个均质的政治实体，因此具有采取统一设计未来现代社会的政策，这正是问题的要害。欧洲并不同中国一样，具有统一的国家形态，甚至也并不具有统一的对外力量。欧洲走向近现代的根源在于其内部的多元化和多样性，这是中国不具备的最重要的动因。将后来的“落后挨打”归结为“闭关锁国”这种政策，不仅没有看到欧洲历史的内在逻辑，也没有找到中国“落后挨打”的结构性原因，认为靠一种对外政策就可以解决中国走向现代的问题，是一种片面的思维模式。它恰恰会导致中国片面地追求力量优势而忽视国内变革。

在16世纪及17世纪早期（明末）的东亚，我朝有绝对的优势遂行其道，这就是“明朝的理由”：The Reason of the Ming Dynasty——一种早于法国枢机主教黎塞留“国家理由”（Reason dé tat，Reason of state）的“天下理由”。自我朝中后期开始，欧洲的东来并不是冲击了东方，而是被纳入东方的国际关系体系。因此，就我朝而言，大明以自主和自信之方式与欧洲接触；就欧洲而言，他们也并没有带来具有取代性价值（更遑论普世价值）的世界观，他们的力量也没有达到瓦解东亚既存秩序的程度，这不能说是一种西方冲击的开始。

葡萄牙人在1500年以后到达东南亚。此后西班牙、荷兰和英国相继到达东亚中国政治—文化控制区和影响区。他们在穆斯林范围、印度和东南亚地区均采取了类似对待美洲印第安人的手段，企图通过掠夺、占领、殖民贸易和强迫改变信仰，将东方卷入一个更大的世界，但这只是历史的一个方面。我所经历的历史的另一个方面是：16 世纪到来的第一波殖民势力同时也遭到我朝强大的经济、政治和军事的抵抗以及吸纳——这也就是朝贡体制的力量。到底是东方被卷入了世界，还是世界被卷入了东方，当时的行为者谁都不可能有真正的“世界的”眼光去观察这个过程并预测最终的结果。更重要的一点是，欧洲人也没有带来新的世界观——除了武力和野蛮的殖民主义。在这种情况下，无法得出结论说是我朝在 16 世纪随着西方殖民主义的扩张就开始被动地卷入世界，相反，应该是我朝建立在普世权力基础上的强烈的普世文明自信心致使中国人将西来的殖民者一一归化进东亚的体系当中：有时是朝贡体制，有时是纯粹贸易体系。

在西欧人与明朝直接交往时，殖民者的惯用手法都仿佛失效了：强大的大明朝迫使西欧人放弃这些做法，他们被定位为“他者”——而不是相反，他们为这个具有悠久历史、辉煌文明和强大力量的国度感到困惑，并且力不从心。中国不是印加帝国——西班牙在征服印加帝国过程中，他们仅仅靠 100 多人的远征军即征服了这个帝国，这个历史经验发生在西欧对东方的“殖民”探索的同时期，这无疑给了西欧探险者和商人极大的错觉和自信。

对印加帝国实行了大屠杀和征服、把印第安人定位为野蛮人的白人，第一次碰到了真正的对手，中国给西欧人带来的力量反击和文化心理震撼是巨大的。以殖民史书写我朝之后的中西交往史不符合历史实情。葡萄牙、西班牙、荷兰和英国均未能冲击我朝，在一系列低烈度军事冲突后，他们被纳入中国的朝贡体制和朝贡贸易范畴，其身份与他们在美洲获得的高贵的白人殖民者身份完全颠倒。这就是作为他者的西欧人的困惑。“东方主义”以一贯的手法表述 1500 年以后的世界历史图景，掩盖了我朝早期接触西欧人时所具有的文化和力量优势，那时，西方人是被边缘化的一群人。

海洋明朝：大明的真实地位

我朝并未真正背朝大海。尽管我朝继承了以天下观念为核心的世界观，并且因倭寇问题而对私人出海贸易屡屡施禁，但是实际情况却是无论是官方海外贸易（以朝贡贸易的形式），还是私人贸易（以海盗海商的形式）都有积极的发展。就我朝而言，我希望你们应该更多地纪念郑芝龙、郑成功等海商集团，而不是纪念令人匪夷所思的郑和下西洋的舰队，因为前者对我朝中国人的世界观之拓展起了重要的历史作用，这主要表现为我朝后期强大的海商贸易网络和“白银帝国”的世界经济地位。应该辩证地看待我朝之世界观。尽管在朝廷的那些士大夫很多并分不清荷兰人与葡萄牙人、西班牙人有什么区别，甚至包括顾炎武在内的大学者都谣传这些“红毛番”或佛郎机人“烹食小儿”，然则，事情的另一面是，与这些欧洲人直接打交道的海商和海盗集团却深知事情的真相。他们在真刀真枪和真金白银中认识了世界。

我朝能够具有这种强制力，在很大程度上在于其对海洋的控制力。弗兰克对中国的进步停止于郑和时代的论点，做了最有力的否定的回答。他的分析是建立在广泛阅读最新研究成果基础之上的。弗兰克有力地说明了一个事实，这个事实在一段时间内对中国的研究专家来说是熟知的，而欧洲学者却不知道。那就是，中国经济在我朝末期并没有停滞，而是很有活力，同时，亚洲贸易体系作为其经济的一个组成部分也很活跃。

欧洲人东来和倭寇问题在16世纪中期经过一番激烈的斗争，并以我朝确立优势控制地位为终结。我朝对沿海的肃清并不意味着闭关锁国。隆庆元年（1567年），我朝政府终于在福建漳州月港开放海禁，准许私人海外贸易。此一博弈过程的结果是导致“海上明朝”的兴起，从而在事实上否定了认为我朝禁海政策等于闭关锁国政策的论点。

接受招安后的郑芝龙于崇祯六年（1633年）10月22日，率明军150艘左右的帆船（其中50艘为特大战船）在金门料罗湾主动出击，打败荷兰武装商船，迫使荷兰签订赔偿条约。荷兰人说：“我们若不肯离开……他们诉诸武力，直到将我们从澎湖岛逐出中国境外为止。”

荷兰殖民者甚至向郑芝龙敬献了“王杖”和“金质王冠”。他们并答应每年向郑芝龙纳贡6~7千英镑。料罗湾一战后，1640年荷兰东印度公司也曾经私下与郑芝龙达成四六开的贸易协议，事实上郑芝龙总揽了该地区的贸易，所谓分成之协议只是一纸空文而已。此后，台湾海峡几成其内湖。郑氏以军事实力为后盾，在与西洋殖民者贸易战中拥有主动地位。研究者认为：“以资本总额来说，在1615年（万历四十三年），中国同样出现过拥资达5 500英镑到7 500英镑的帆船商人，这已经接近1602年荷兰东印度公司最大股东勒迈尔8 100英镑的数额。”1639年葡人被逐出日本后，我朝商人成为日本海外贸易的主要承担者。

以郑成功（可以包括郑芝龙的早期）为代表的我朝海商集团所具有的世界海洋意识和开拓进取精神，是中国传统的统治者及政治家们无法想象的。郑成功集团的这种海洋意识和积极进取精神，可以说在一定程度上适应了世界历史发展的潮流。这是中国明清两代世界意识发展的正途。我朝末年中国人是有可能走出数千年发展轨迹，从而走向海洋，与世界发展同步的。可以说，海商集团们尽管长期被我朝视为海盗，而正是他们才真正代表了中国在16～17世纪应该发展的方向——他们也是大明的子民。

荷兰的大帆船（17世纪）

海洋贸易为我朝带来巨大的白银财富。自万历元年至崇祯十七年（1573～1644年）的72年间，因海外贸易而流入中国的白银，“至少远超过一万万元以上”。按不到一元半即可折银一两算，可折银七八千万两。这是中国学者的估计。日本学者认为更多：仅我朝最后的44年间，至少应有2亿两白银从日本流入中国。然而，海洋明朝也有一个恶劣的后果，由于明朝实行银本位制度，疯狂单方面吸取海外白银，由此虽加强了海上明朝的开放性，但也导致了明朝金融和财政的对外过度依赖，而明朝对此一直放任自流，不去尝试有节制的、寻求控制性的白银外贸和财政政策，最终因财政失败和美洲白银输送中国通道的断绝而极为讽刺性地终结了我朝的中央统治。从某种意义上而言，我朝不是失败于封闭，反而是失败于过度开放！

开放的胸襟：大明对去屈辱化历史叙述的精神价值

就文化而言，法国一位汉学家也不得不承认：“很明显，明末是一个文化沸腾、创新、高度好奇和思想自由的时代。”“我们可以仅限于提及这个时代最典型的特点，大家把它视为中国继宋代的伟大‘复兴’之后的第二次‘复兴’。”

历史上少有这样的时期如我朝末期那样有如此众多的士大夫——以徐光启、李之藻等为代表——对西方异质文化采取了极为宽容和开放的态度，他们因此成为第一代“开眼看世界”的中国知识分子。

不过，这不是单向的艳羡。16～18 世纪中国和欧洲之间的文化交流对双方的世界观均产生重大影响。许理和（Erik Zürcher）认为这是“中西关系史上一段最令人陶醉的时期：这是中国和文艺复兴之后的欧洲高层知识界的第一次接触和对话”。徐光启说听了利玛窦的高论后，“略偕之语，窃以为此海内博物通达君子矣”。在二人合译的《几何原本》内，利玛窦和徐光启身穿儒袍，手摇折扇，谈天说地，栩栩如生，使人想起拉斐尔于 1509～1511 年在名画《雅典学院》中所绘的柏拉图和亚里士多德。

后世晚清以来中国面临走向世界的第二次契机，与我朝末期相比，大明衣冠的失去同时也伴随中国传统文化泱泱之风的式微。要是晚清以来的中国士大夫有我朝雪浪大和尚（与利玛窦辩论的高僧，他在辩论中对西洋文明报以“傲慢的咧嘴一笑”）那样的自信和气度，中国也不至于倍感屈辱。从某种意义上而言——或者说从世界史的角度而言，清帝国的出现是中国历史的悲剧。它不该在中国最有可能和世界同步发展的时候出现，因其回归传统帝国霸权的努力，致使中国名义上得到了康乾盛世，却丢失了千年机遇。清朝的建立使中国成为世界秩序构建的旁观者，因为同时期中国如果继续明末的发展趋势，将参与世界格局的建构。

广义上的全球化即是从我朝末期开始的。只有从世界历史和世界范围的时空维度去理解当今中国面临的历史召唤，才能确定树立正常大国心态的原点。这么说的一个很重要的原因是，我朝在与世界的接触中没有留下民族集体的心理创伤。21 世纪初中国面临的一项重大挑战，即其在世界上重新定位自己的大国身份。在中华文明“伟大复兴”和中国“崛起”的精神召唤下，中国人在审视历史“包袱”时面临“去屈辱化”和确立正常大国心态的任务，由此必然需要拓展历史的视野，走近我朝。

中国“知识居民”的“责任劫”

原文发表于《同舟共进》2010年第6期。本文原来题目中用“知识分子”，现我经过慎重思考，认为不妥。中国仍然没有一个稳定的有独立精神的知识分子阶层。他们也不被国家承认为独立的知识阶层，而是皮上的毛，是工人阶级的一部分，是居民，不是国民。所以我的题目改了，但文中还是习惯性地使用了“知识分子”这个概念。

如今，中国知识分子惊诧于一个新的、他们并不熟悉的世界——虚拟网络世界。网络世界对中国知识分子产生了两方面的冲击：一方面，知识的普及化、平民化导致以专门“占有”知识而与世界保持距离的知识分子产生普遍的焦虑感，从而迫使知识分子要么使其所掌握的知识更加专业化，要么赶快退守到精神家园的城堡以占据道义的制高点。另一方面，具有高级专业知识和学识的专家纷纷就公共事务发表言论，却又不能明确证明其救世主张的先验的合理性，并因部分专家学者的人格沦丧被人揪住辫子，进而被网络妖魔化后成为“砖家”和“叫兽”。

中国知识分子何以一时间走向神坛，一时间又进入地狱？这种大起大落的形象令人困惑。究其原因，此现状与中国知识分子的四大劫难相关：其一为与权力的关系之劫。自古至今他们与权力的过于紧密的关系导致其独立精神的缺失，离权力越近，便离权威越远。其二为自诩的天命之劫。以救世自立，而又未加证伪，一旦证伪便又失去神坛地位。其三为启蒙之劫。并不成功的启蒙经历导致其地位受损。其四为角色扮演之劫。在入世和出世两个极端角色之间几经磨难，却始终没有发现和实践中间角色。此四种劫难即是中国知识分子的“责任劫”，它导致中国知识分子无法在走出牛棚后的30年内抓住机遇，确立现代责任意识，却仍然回归传统劫数。以佛法论之，劫之时量悠长，算数所难计量。故此，中国知识分子从“责任劫”中脱困尚待时日。

与权力的关系之劫：本质上是权力与知识的关系问题

“知识分子的责任”议题具有强烈的中国特色。只要还在讨论“知识分子的责任”，中国知识分子就还没有真正实现现代性的转化。中国知识分子已经成为一个“问题”，这个问题的根源来自两段历史：其一是传统中国对知识分子的定位，其二是近代以来中国与世界接触至今产生的文化、社会、政治和经济等领域的普遍焦虑感。这个历程貌似时间跨度达2 500年，但其只说明一个问题：中国传统上没有独立发展的“知识分子阶层”，相反，却因与权力的紧密而直接的联系导致“救世”责任产生悖论。

从两千年传统的角度而言，中国知识分子的黄金时期早已经过去。历史上中国只真正出现过一次知识的爆炸：春秋战国时期，也因此只出现过一次具有独立追求知识的群体——诸子百家。但也就是在这段时期，中国知识分子开始确立自己的责任意识：救世。面对礼崩乐坏的混战图景，中国知识分子开始寻求入世的救世良方，“士”应运而生。随着统一王朝的建立，“士”成为“士大夫”，中国知识分子与政治的千年联姻就此开始，并在随后的科举制度中被固定下来。科举制度是中国知识分子终极关怀（或曰良知）的保障。由此，权力成为中国知识分子救世的尚方宝剑。随后直至近代，中国知识分子已经丧失了成为独立的知识阶层的历史可能性，也因之丧失了从第三者的理性角度批判和引导社会发展的道义制高点。所有体制内的知识分子企图救世的叫嚷只能是——说得不好听的话——“贼喊捉贼”，无论是范仲淹、张载，还是顾炎武、黄宗羲，均无法真正承担救世责任，因为他们身处士大夫历史定位的“魔咒”当中。

列文森（Joseph Levenson）不无辛辣地说：“中国知识分子无论是在艺术上，还是在政治上，都是业余的（amateur）。”中国知识分子的先天不足产生一个悖论：离权力越近，便离应得的权威越远，也因之离救世越远，而救世却又“好像”必须通过权力。20世纪上半期，蒋廷黻豪迈地宣布：“历史已经使知识分子阶级成为中国人民的领袖，我们无意谦让。”而宣称二十年不谈政治的胡适最终也在抗战中成为外交官。费正清理解蒋廷黻、胡适一类留学回国的学者的最终从政。他认为："在中国传统思想中，学者是一个政治动物。象牙之塔只是隐士用的。""西方教授一般都认为应该站在政治圈外，而在中国，这样做就是失职。"

因此，近代以前中国处于一种"没有知识分子却有知识阶层"的时代。知识分子的核心内涵——独立钻研科学和对公共事务保持批判精神——被权力掩盖。于是，我们看不到一个个知识分子，却看到了士大夫群体。

近代以后，中国又进入"没有知识分子也没有知识阶层"的时代。从近代以来的发展而言，因西方的冲击导致中国自主、自觉发展的进程被打乱，"五四"以来，启蒙、革命等"元叙述"的话语霸权充斥整个中国的20世纪，从而导致用"精英阶层"取代"知识分子阶层"的现象，而"精英阶层"被想象成具有独立理想人格的完美英雄、哲人，这实际上是概念的偷换。中国知识分子成为主义的殉道者而再次失去了"创造内涵"的机遇。

但是，随着士大夫在制度上的被消灭，知识阶层又以另一种方式出现：它以被权力重新定位的方式横空出世。这种被定位的知识分子阶层并非因知识分子"内涵"的发展造就，因此实际上是主观意义上的知识"阶级"，并非客观存在这样一个知识"阶层"。

20世纪中国革命导致一个对社会分层的僵化定性。由于有知识的人在20世纪的革命中事实上扮演了精英的角色，其合法地位却又与"创造历史的是人民大众"说教相矛盾，于是导致后来对拥有知识的人的尴尬定位。在20世纪的最后20年，才又重新令其具有正常身份。经过这一折腾，知识分子被政治权力特意地定位了，从而，这个与农民、工人等拥有自己相对稳定而明确的社会角色、诉求和特征的"阶级"相比根本构不成那么明确概念的"阶级"便从社会中剥离出来。这个历史背景导致中国当代拥有知识的人也接受了这种人为的剥离。

于是，中国社会特有的"知识阶层"横空出世了，其存在本身是政治权力构造的产品而并非社会存在的现实。

正是在这种历史背景下，有知识的人逐渐接受了自己的被定义的身份后，自己也人为地和其他"非知识的人"剥离开来。如果认为中国"知识分子”必须承担守卫社会良知的义务和责任，事实上就是承认中国社会只存在两种明确的阶层：知识分子和非知识分子。这是20世纪的政治遗产。知识分子20世纪后半期在中国的特殊经历，恰恰说明从来就不存在独立的知识分子阶层，从来就是和权力发生密切而不可分的联系。换句话说，没有政治权力的支持或知识转化为权力，根本就不可能有知识分子。那么，又谈何良知守护者的责任？

在与政治权力的关系中，读书人从来持有一种自相矛盾的认识，一方面，学而优则仕；另一方面，对政治本身又持鄙夷的态度，参与权力的运作往往被妖魔化。这种矛盾的认识来自传统思想中没有区分关心公共事务和从政。通常，对公共事务的关心并不必然带有肮脏的个人目的。相反，这还是一种美德。古希腊城邦制度下人们关心公共事务才有民主的自发产生。而西塞罗说，“关心公共利益是人的天赋”，罗马人只干了一件事情：“关心和管理国家”。这是公民意识的渊源。较之中国传统而言，中国并不存在公民意识，知识分子成为士大夫后即成为统治阶层，与人民构成了简单的对立关系。如果没有公民，那么体制内的士大夫往往要承担公民的责任，由此导致知识分子与权力的矛盾关系。

知识分子为了证明自己从政的合理性，往往需要改变人们对政治的看法。离开大学后从政的蒋廷黻即这样阐明自己的观点：“我对政治的态度是很正常的。我认为政治并不是专为金钱和荣耀。对我说，政治只是一种工作，我认为它和教书一样的清高。”因此，除非承认权力也是良知的守护者，否则，知识分子要成为社会良知守护者是只是个虚假的命题。

而“儒商”这一历史上更为令人生疑的概念则说明知识分子与财富——权力的另一种表达方式——之间的紧密联系。如果说，革命时代政治权力造就了知识分子阶层的话，改革时代则是财富权力造就了知识分子阶层。

中国知识分子与财富的联姻，是当代中国历史最剧烈的变迁。他们转而投奔另一种权力，即财富，是中国20世纪80年代政治巨变的必然。但是，这种投奔也并非必然附带道义责任的沦丧。

其一，无财富的支持，从来就不可能有知识的累积和进步。所以，看到大学纷纷拆倒南墙，纷纷游说商界融资办学，便有斯文扫地说，有知识系统沦丧说。没有财富与知识的联姻，不可能有科学研究（尤其是当代高科技研究），也不可能有孟德斯鸠、康德、马克思等哲学家思想家，也不可能有艺术的繁荣（画廊养活、捧红了多少古代、当代的画家）。造成知识分子集体向金钱投降的说法的根本原因，是源于对财富与知识关系的错误理解或者纯粹道义的理解。财富并非是丑恶的。财富本身是无道德性的，是中性的，是因为我们传统上自孔孟以来即持错误的财富意识（如果不是仇富的话）。其二，有知识的人有了财富并不必然就是沦丧了道德。道德是个人的事，是修养，是本性。由于我们先验地认为读书人必然是两袖清风的，在我们的思想中存在“无奸不商”“无官不贪”，甚至“无民不刁”的痼疾意识，先验地认为读书人（在这里我们又有意无意地偷换了知识分子的概念）是道德高尚的人，因此具有引导社会良知的先验的合法性。这些意识是导致我们赋予中国知识分子道义责任的另一个根源。

从中国社会转型的当下情势来说，知识与权力和财富的关系是越来越紧密了。在上述种种原因的背景下，拥有知识的很多人（可能是相对多数）便产生了强烈的焦虑感。但是，要知道，这种焦虑感在王朝统一强大的时期，在科举盛行的时期并不存在，因为当时的知识分子本身就以公共权力为目标，通过权力来实践儒家信条并不被认为不道德。所以，20 世纪先从社会制度上砍断了这一知识—权力的联姻链条，从而导致中国知识分子被精英化，进而被阶级化，出现了严重分野和内部（如果存在内部的话）激烈的斗争。继而又因权力—经济的联姻，导致有知识的人进一步被分化和边缘化，于是中国特有的“道德知识分子”理论和主张便盛行开来。包括社会的道德沦丧理论在内的所有焦虑和担忧并非完全没有道理，他们只是把问题看得比较僵化，在时间上也看得太短了。

天命之劫：范仲淹命题与张载命题

讨论中国知识分子的责任问题在某种意义上具有很强的误导性。激进一些的言论断定“中国没有知识分子”或“中国知识分子集体沦丧了”。持此论者隐含着一个关于道义、责任和良知的命题，即：知识分子必须承担社会的良心责任，知识分子是“麦田的守望者”，精神家园的守夜人。这是一个关于知识分子的中国式解读的最大误区，不仅是中国知识分子活得累、活得苟且、活成了“皮上的毛”的根本原因，也是中国始终无法被认定存在知识分子阶层的认识根源。知识分子只是社会当中拥有相对高水平的知识的那一部分人，既然是在社会当中，必然和权力、财富等要素发生千丝万缕的联系。自有知识以来，就有知识分子，知识越爆炸，知识分子越多，如果认为中国不存在知识分子，实际等于否认中国存在知识，从逻辑上而言，是不成立的。

所以，对中国知识分子的焦虑感并非来自是否真的存在知识分子或知识分子是否都死光了，而是来自对知识分子责任的过高期许和对知识分子责任的误解。中国社会尤为对知识分子的道德义务有过高期许，这种知识分子观实际上是一种“道德知识分子观”。我不同意把知识分子分成传统知识分子、现代知识分子、公共知识分子、普遍知识分子或特殊知识分子的说法，放宽历史的视野，知识分子只有一种，就是拥有知识的人。他从来就和权力、财富，当然也和良知、道德发生千丝万缕的联系，只是在不同的时代，其责任的表现方式不同而已。而所有历史阶段当中的知识分子，其责任的表达都是有限的。从某种意义上而言，知识分子这个说法本身就是极为不周延的，存在极大的误导性。自古至今，自西而东，知识分子从来没有成为一个真正的共同体（阶层），只有哲学家、科学家、政治家、作家、音乐家、画家、教师、医生、报人等因职业不同而存在的拥有知识的人。任何一个单一的职业当中的有知识的人，都无法说自己是知识分子的代表。

中国知识分子除了历史上与权力的紧密联系之外，另一个本质特征是其具有的特殊的救世主思维。自统一王朝以来，儒家入世救世的信条即成为传统知识分子在社会中标明自身身份的主要象征。儒家对知识分子的说教中首定三纲（明明德、亲民、止于至善）和八目“格物、致知、诚意、正心、修身、齐家、治国、平天下”，至宋代发展到顶峰。

这个理想主义的知识分子天命观存在致命的陷阱：其一，它无法从逻辑上论证一个知识分子在具有知识和道德后何以可以治国平天下。也就是说，一个人的知识水平和道德修养水平再高，在无制度保障、无一大批这样的人（阶层）的情况下，只能导致走向社会的这个知识分子个体的扭曲或归隐。即使成功，也只能是典型的人治。其二，这是把知识和权力关系直接联系的开始，从此，中国人对知识的追求即以权力为目标，而非以科学为目标，这是中国传统上没有独立的科学知识系统的根源。

如果仅止于范仲淹的命题，即“先天下之忧而忧，后天下之乐而乐”，那么中国知识分子可能会更谨慎一些，而不是贸然地以救世主之身份大喝一声“我来了”。可是，稍晚于范仲淹的张载将这个天命发挥到极致，他说要“为天地立心，为生民立命，为往圣继绝学，为万世开太平”。

为天地立心，是做大哲学家；为生民立命，是做大思想家和道德卫士；为往圣继绝学，是做大学者；为万世开太平，是做大政治家。时至今日，张载的命题仍然是中国知识分子的终极理想。恰恰就是这个终极理想，成为中国知识分子永远无法“承受之重”。在张载这个纠集了知识追求、道德追求和权力追求的命题之下，知识分子以无比豪迈的精神宣告其天命所在，而忘记了自己只是社会的一员。

在先验地认为自己绝对正确的情况下，占据道德制高点，一个俯冲进入世界，这是张载命题的关键之处。这种无限的天命观会害了社会的自发秩序，因为张载命题并没有在逻辑上回答“为什么知识分子是绝对正确的?”这样一个前提条件。张载无法回答，中国所有的知识分子都无法回答。因为它不是一个科学判断。一个科学的判断必先承认自己可能是错的（证伪），继而才能走到证明的进程中去。

明代“异端”知识分子李贽在《焚书》有一段振聋发聩的话：“公但知小人能误国，不知君子之尤能误国也。小人误国犹可解救，若君子而误国，则未之何矣。何也？彼盖自以为君子而本心无愧也。故其胆益壮而志益决，孰能止之。”这就是所谓“君子误国，尤胜于小人”。正是在这个意义上，我们需警惕张载命题在实践中的可能性错误。与之相比，范仲淹要谨慎多了。单就其命题而言，范仲淹只是突出了中国知识分子心忧天下的那个终极关怀，并没有强调无限的正确性这个前提。所以，如果当代知识分子要古为今用的话，有限的天命观要比无限的天命观为好，因为它给社会带来的潜在性危险小得多，而尤不失所谓知识分子良心和风骨。

启蒙之劫：康德命题与黄（宗羲）顾（炎武）命题

有关中国知识分子的责任的另一个议题就是中国知识分子是否要承担

启蒙的责任问题。自“五四”以来，中国知识分子不仅承担了革命和道德良心的义务，还承担了民智开化的义务，也就是启蒙的义务。

关于启蒙，康德在1784年（乾隆四十九年）作过专门的论述：

> 启蒙是人之超脱于他自己招致的未成年状态。未成年状态是无他人的指导即无法使用自己的知性的那种无能。如果未成年状态底原因不在于缺乏知性，而在于缺乏不靠他人底指导去使用知性的决心和勇气，这种未成年状态便是自己招致的。勇于求知吧(Sapere aude)！因此，鼓起勇气去使用你自己的知性吧！这便是启蒙底格言。
>
> 
>
> 康德
>
> 何以极大多数人在自然早已使之免于他人底指导（自然的成年人）之后，仍然愿意终生保持未成年状态？又何以其它人极其轻易地自命为那些人底监护者？其原因即是懒惰和怯懦。未成年状态是极舒适的。
>
> 公众之自我启蒙是更为可能的；只要我们让他们有自由，这甚至几乎不可避免。因为总会有若干独立思考者（甚至就在为广大群众所指定的监护者之中）；他们在自行除去了未成年状态底桎梏之后，将传播以理性尊重每个人底独特价值极其独立思考底天职的这种精神。
>
> 但是，这种启蒙所需要的不外乎自由，而且是一切真正可称为自由之物中最无害的自由，即是在各方面公开运用其理性的这种自由。……但所谓“其自己的理性之公开运用”，我是指某人以学者底身分面对读者世界底全体公众就其理性所作的运用。他在某一个委任于他的公共的职位或职务上可能就其理性所作的运用，我称之为其私自的运用。

在这里，康德讲了几点对传统中国而言颇具重要性的意思：其一，启蒙是需要勇气的；其二，启蒙是改变那种因懒惰和怯懦导致的未成年的极舒适状态；其三，启蒙是有勇气在各方面公开运用理性；其四，启蒙需要的是自由；其五，启蒙是学者公开向世界全体运用理性。

对于“五四”时期的中国知识分子而言，正是因其言行符合上述康德的定义，他们才被称为启蒙的一代。然而，中国知识分子的启蒙并非自“五四”开始，明末清初就已经具有启蒙，那是一种自发的启蒙。

但是，明末清初的启蒙和“五四”时期的启蒙均呈现有限的启蒙特征。

就明末清初的启蒙思想家而言，黄宗羲和顾炎武是代表。黄宗羲著《明夷待访录》，其开篇《原君》云：有生之初，人各自私也，人各自利也，天下有公利而莫或兴之，有公害而莫或除之。此论即颠覆了传统儒家人之初性本善之论，指出了自私自利的人性本质。

> 今也以君为主，天下为客，凡天下之无地而得安宁者，为君也。是以其未得之也，屠毒天下之肝脑，离散天下之子女，以博我一人之产业，曾不惨然！曰：“我固为子孙创业也。”其既得之也，敲剥天下之骨髓，离散天下之子女，以奉我一人之淫乐，视为当然。曰：“此我产业之花息也。”然则为天下之大害者，君而已矣。

此论即颠覆了传统理论对君王的定位，君王是导致天下大乱的根本，而不是行王道的圣主。

> 向使无君，人各得自私也，人各得自利也。呜呼，岂设君之道固如是乎！古者天下之人爱戴其君，比之如父，拟之如天，诚不为过也。今也天下之人怨恶其君，视之如寇雠，名之为独夫，固其所也。

君主被世人唾弃已是历史现实，是罪有应得的。

在《原臣》中，黄宗羲进而论断“盖天下之治乱，不在一姓之兴亡，而在万民之忧乐”。否定了王朝家族兴亡的重要性，而倡导民众之忧乐为社会发展的根本判断标准。

就此可以看出，黄宗羲已经没有对君主的畏惧而敢于运用自己的理性了，在一定意义上具有民权意识。这便是自我启蒙了的黄宗羲。但是，因为其不得自由的环境，这种启蒙只限于自己，未及于世界大众，所以仍然属于书斋内部的理性的“私自运用”。

而顾炎武则是对中国知识分子的世界观进行了启蒙，这便是顾炎武的“亡国”和“亡天下”之说。此说从国内身份迷失的解决之道重新诠释了传统华夷之辨的世界观，具有启蒙意义。但是，令顾炎武万万想不到的是，他的重新解释为清初所有的晚明遗民遗种们找到了解决身份危机的办法，最终被清初统治者运用，而致使中国重回天下一统的世界观中去了。

顾炎武面对满清入关，与大多数晚明遗民一样，面临名节（即身份认同）的危机考验。所不同的是，顾炎武发明了一套办法为自己的内心纠葛解忧。这个办法就是把文化和政治分开，把肉食者和匹夫分开，从责任和义务的角度细分了解决问题的层次。

与王夫之、黄宗羲一样，顾炎武本是极端重视“夷夏之防”的人，并在晚明抗清士大夫中为著名人士。然则，随着夷狄占领中原，并开始稳固统治天下的时候，需要一套理论去解释和接受这一不可更改的现实。三人的结局就各不相同了：王夫之遁迹山林；黄宗羲推荐儿子为清廷修史，甚至称康熙为“圣天子”，称清廷为“国朝”、清军为“王师”；而顾炎武则拒绝入仕，顽固到底。

但是，顾炎武在“夷夏大防”的思想背后，逐渐开始为晚明遗民们解决身份迷失的问题。这便有了他“积三十余年，乃成一编，取子夏之言，名曰《日知录》”的著作。

顾炎武

对于身份危机之解决之道，顾炎武是这样说的：

君臣之分，所关者在一身；华裔（钞本“华裔”作“夷夏”）之防，所系者在天下。故夫子之于管仲，略其不死子纠之罪，而取其一匡九合之功，盖权衡于大小之间，而以天下为心也。夫以君臣之分，犹不敌华裔之防，而《春秋》之志

可知矣。(《日知录》卷七《管子不死子纠》)

身份问题本质上也是忠诚问题。在顾炎武看来，忠于君王（王朝）和忠于天下是不同的，忠于天下要高于忠于君王。

在随后的论述中，顾炎武明确提出了在亡国和亡天下时匹夫的正确选择应该是以天下为己任，而不是以“国”（王朝）为己任。

> 有亡国，有亡天下。亡国与亡天下奚辨？曰：易姓改号，谓之亡国；仁义充塞，而至于率兽食人，人将相食，谓之亡天下……自正始以来，而大义之不明，遍于天下，如山涛者既为邪说之魁，遂使嵇绍之贤，且犯天下之不韪而不顾。夫邪正之说，不容两立，使谓绍为忠，则必谓王裒为不忠而后可也。何怪其相率臣于刘聪、石勒，观其故主青衣行酒而不以动其心者乎？是故知保天下，然后知保其国。保国者，其君其臣肉食者谋之；保天下者，匹夫之贱与有责焉耳矣。(《日知录》卷十三《正始》)

顾炎武的逻辑很清晰，并且隐含了深刻的政治含义。因为“国”（实际是王朝）的灭亡就在眼前，明朝亡了，那么天下还在吗？这是正在发生的历史，所以对于顾炎武而言，他必须进一步观察，因此他的逻辑是动态的。此外，顾炎武提出的这一忠诚度标准，还隐含一个重大的命题，即：如果得到天下的这个王朝能够顺天下之意而治理，那么，匹夫忠于这个王朝本身也就是忠于天下了。这与后来晚清革命党人曲解和高度浓缩的“天下兴亡、匹夫有责”甚或“国家兴亡、匹夫有责”所含之意是有重大区别的。

就这样，顾炎武（卒于1682年）和王夫之（卒于1692年）、黄宗羲（卒于1695年）他们看到了康熙大帝（1661～1722年在位）的文治武功，在亡国之后看到了一个新的得到治理和巩固的天下，而更重要的，康熙朝在大兴文字狱之同时却继承了中原文化的道统，这无疑是对“华夷之辨”的重新诠释，因之不能不逼迫晚明士大夫们重新思考家国天下危机下的身份问题。最终，他们集体融入天下一统的洪流中去。

“五四”时期的启蒙在开始阶段的确具有法国大革命前欧洲启蒙时代的典型特征：一大批知识分子有勇气自觉然后觉人，拥有自由，拥有未成年的受众。然而，这个启蒙同样具有有限特征：首先，这一大批知识分子勇气有余而准备不足。他们自己并没有真正觉醒，在一些根本问题上没有搞清楚。包括李大钊、陈独秀、胡适、鲁迅等在内，忽左忽右，左冲右突，根本原因在于理性勇气背后的知识准备不足。其次，救亡图存的使命观取代理性启蒙的负责形式。“五四”的启蒙因国家图存、种族图存的需要而逐渐脱离康德式的启蒙。所谓康德式的启蒙是强调理性的负责任的运用，即对理性负责。“五四”的启蒙是对民族和国家负责。这就导致“五四”启蒙的有限性：因为最终所有的“五四”启蒙思想家均进入政治权力斗争阵营，各为其主，而失去了独立知识分子为理性负责的经典意义上的启蒙含义。

无论是黄宗羲、顾炎武，还是李大钊、陈独秀，从本质上而言他们仍然属于中国传统知识分子，因为他们并未明白启蒙的现代性含义（为理性负责），他们最深刻的逻辑仍然是传统儒家思想中强调的张载命题。当民族和国家的生存发展成为终极关怀，而不是人的理性的普遍觉醒成为终极关怀的时候，这种启蒙仅仅是有限的启蒙，我称之为“中观层次的启蒙”。中国如果还有启蒙，那么下一步的启蒙应该回归启蒙的现代性，这才是中国知识分子真正的责任所在。当人的理性成为启蒙的核心目标的时候，知识分子对权力和财富的依赖性会减少，也因之会出现真正现代的中国知识分子。

角色之劫：阿隆标准与福柯的迷茫

在探讨了中国知识分子的历史、天命观和启蒙使命之后，与责任相关的重要话题就是如何扮演角色的问题了。

传统中国知识分子介入社会扮演角色通常有三条路：入仕、归隐和造反，所有这三条路都是直接和政权相关。这是一种狭义的权力—知识关系。面对狭义的权力，传统知识分子实际上只有两条路：“穷则独善其身”（归隐、出世）以及“达则兼济天下”（入仕、造反），在入世和出世两个极端角色之间几经磨难，却始终没有发现和实践中间角色。在古代，知识分子保守的做法是“当官不为民做主，不如回家卖红薯”。在当代，这种意识仍然是主流。只是在大街上时不时地——除了“卖红薯的”之外——出现“扔石块的”和“打酱油的”两种角色。“打酱油的”和“卖红薯的”秉承的是陶渊明“采菊东篱下”的传统，“扔石块的”秉承的是落第秀才洪秀全式的传统，总归没有找到合适的门路。

现代知识分子介入社会通常是和广义的权力相关，而不是和狭义的政权相关。这一点是讨论中国知识分子应当承担的责任和扮演的角色问题最重要的起点。传统知识分子眼中只有王朝、民族、国家和政府这些中观层次的权力概念，而没有广义的权力即社会之中各种力量的组合关系这样的概念，或者更简约的表述是没有“社会”这个概念。只有在广义的权力和知识的关系中，知识分子才能剥离出自己的角色，在传统的权力和知识关系中，知识分子只能是权力的附庸。在这一点上而言，上街扔石块的“萨特”（不一定真的扔石块）在中国早已有之，“五四”时期的傅斯年即是。萨特对中国知识分子而言显得更为亲切的重要原因就是其在角色扮演上与中国传统的内在天然联系。

在有关处理与广义的权力的关系问题上，中国知识分子中阿隆类型的少而萨特类型的多。

早在将近60年前，阿隆在《知识分子的鸦片》中即分析了知识分子的角色问题——阿隆说的是“公共事务”，而非狭义的政治——他说：

> 笼统地说，知识分子有三种态度可以选择。或者他们不关心公共事务，在我们的社会中，这种态度愈来愈罕见，每个人都承受公民生活的负担和责任。知识分子理所当然地参加政治斗争，但有两种参与方式：一些人以教士的身份行动或声称以此身份行动，惟一的目的是捍卫神圣的价值；另一些人加入一个政党，接受由此导致的种种束缚。我觉得在这几种态度中每一种都是合理的，只要它有自我意识；不过那些自视为教士的人，反法西斯知识分子或人权的代言人，几乎都带着偏见行事。不可避免的转变是：并非每天都有德雷福斯事件，允许以真相纠正错误……为什么不准几个知识分子选择不偏不倚的观察员的角色呢？不管怎样，在学识之外，仍有自由选择的余地。

随后，阿隆解释了自己选择的角色就是“介入的旁观者”。萨特就此评价说：“阿隆属于那种同火热的历史运动似乎总保持着一段历史的距离的人。”

这到底是一种心态，还是一种真实的角色扮演？做“介入的旁观者”需要有坚定、明确、自觉的强烈意志力和行为能力。否则，一旦介入即不可能抽身旁观。但是，阿隆毕竟给了我们一个谁也没有讲清楚的答案。做不做得到，是有其他一些条件的。

给定一个答案本身仍然没有超越传统对知识分子的天命的定位。从现代性的角度而言，阿隆仍然属于经典意义上的启蒙式知识分子：他仍然预设了公共正义和理性的惟一正确性。只有奔着那个目标去，才是知识分子应该做的事。

然而，随着20世纪后半期知识系统的迅猛发展，在知识分子的应有角色问题上，思想家们开始前所未有地慎重思考康德以来的现代性命题。尤其是“特殊知识分子”（福柯的定义）的大量出现，冲击了原先的“普遍知识分子”以元叙述（启蒙、正义、自由、民主等）为天职的角色定位。于是，在继承批判性这一看来无法动摇的知识分子本质属性基础之上，福柯指出了另外一条道路：

> 知识分子的工作不是要改变他人的政治意愿，而是要通过自己专业领域的分析，一直不停地对设定为不言自明的公理提出疑问，动摇人们的心理习惯，他们的行为方式和思维方式，拆解熟悉的和被认可的事物，重新审查规则和制度，在此基础上重新问题化（以此来实现他的知识分子使命），并参与政治意愿的形成（完成他作为一个公民的角色）。

以此判断，当下中国风起云涌的各种“公共知识分子”颇有“特殊知识分子”的风韵，然而，中国“公共知识分子”完全不是福柯意义上的“特殊知识分子”。它只是在专业领域一项与福柯所述的相符（专家），中国公共知识分子仍然秉承的是张载命题，而福柯却并不为特殊知识分子设立目标。福柯认为，特殊知识分子所致力的只是不断地批判，并不预设什么终极目的，他们只关心此时此刻，关心解构权力本身。

与公共知识分子需要的东西大异其趣的是，福柯并不承认有公共正义的存在，福柯认为：公正是权力的工具。

这是福柯的命题中最令人迷茫之所在。自康德至阿隆、萨特，知识分子始终是明确的。自福柯开始，知识分子进入反思自身的阶段，而中国知识分子的定位，也经历了一个类似的由传统的明确到现代的迷失阶段，只是这个迷失还没有被能够跳出传统路径的本土知识分子思想家们予以深刻的反思。西方的解释自然源自其古希腊以来的一种人文精神传统，到底有没有普世的解释价值，似乎也值得商榷。冯友兰说，中国知识分子遇到问题习惯于绕着走，西方知识分子则是正面进攻。中国式的思维习惯于从智慧的角度解释问题，因此并不特别依赖逻辑。

回到“中国知识分子的责任”论题，如果以东方智慧进行解读，这个问题的提出本身就充满着儒家色彩，非得明白什么是责任才能够承担责任吗？老子早就对追求并拘泥于道德的儒家提出过批评。他说：

> 上德不失德，是以有德。下德不失德，是以无德。上德无为而无以为；下德无为而有以为。上仁为之而无以为；上义为之而有以为。上礼为之而莫之应，则攘臂而扔之。故失道而后德，失德面后仁，失仁而后义，失义而后礼。夫礼者，忠信之薄，而乱之首。前识者，道之华，而愚之始。是以大丈夫处其厚，不居其薄；处其实，不居其华。故去彼取此。

因此，无论是从福柯的标准还是从老子的标准而言，近代以来中国只出现过有限的几个知识分子，陈寅恪即是其中之一，不作自我标榜之表面文章，不作一呼百应之口舌争辩，以其坚毅的人格力量拆解了权力，善哉。

沈从文的生与川端康成的死

原文发表于《同舟共进》2012 年第 3 期。

沈从文比川端康成痛苦万倍。死不一定是肉体的寂灭，沈从文自宫其精神是湘西人最决绝的抗议，他重新定义了人世间最痛楚的“死法”。沈从文活到老死，虽再无文学建树，但成就了一伟大人格。川端康成虽获诺贝尔文学奖，然其自杀却证明其人格力量之有限。

精神自宫与肉体自杀

生比死更难。

1972 年，川端康成自杀的时候，沈从文正在经历人生最大的政治风暴，当年他因身体原因正从湖北干校回到北京治病。

川端康成获得诺奖后陷入极度的空虚。其弟子三岛由纪夫自杀之后 17 个月，川端康成在日本古都镰仓自己的工作室含煤气管自杀，未留下只字遗书。但他 1962 年在《自夸十话》里就说过：“自杀而无遗书，是最好不过的了。无言的死，就是无限的活。”

沈从文也曾选择过死，那是 1949 年初春。

1949 年 3 月 6 日之后，沈从文第一次试图自杀，被家人发现、制止。3 月 28 日，沈从文在极大的恐慌中自戕，用剃刀把颈划破，两腕脉管也割伤，又喝了一些煤油。

导致沈从文自杀行为的，是对政治和社会变迁的极端的恐惧。这和川端康成、三岛由纪夫以及更早一些的芥川龙之介的自杀是不同的。中国文人往往是因外部世界的剧烈变迁而自杀，自王国维至老舍，不计其数。日本文人之自杀却体现出强烈的内向性。

沈从文

沈从文自杀的具体诱因，是以郭沫若为代表的对他的思想批判。

1948 年3 月，郭沫若发表《斥反动文艺》，将沈从文定为“桃红色”的“反动”作家，沈从文遭到“致命一击”。文中申斥道：“特别是沈从文，他一直有意识地作为反动派而活着。在抗战初期全民族对日寇争生死存亡的时候，他高唱‘与抗战无关’论；在抗战后期作家们加强团结，争取民主的时候，他又喊出‘反对作家从政’；今天人民正‘用革命战争反对反革命战争’，也正是凤凰毁灭自己，从火中再生的时候，他又装起一个悲天悯人的面孔，谥为‘民族自杀的悲剧’，把我们的爱国青年学生斥之为‘比醉人酒徒还难招架的冲撞大群中小猴儿心性的十万道童’……”（郭沫若：“斥反动文艺”，《大众文艺丛刊》第 1 期）

“道童”们已经在学校挂出了大幅标语：“打倒新月派、现代评论派、第三条路线的沈从文！”

47 岁的沈从文再也撑不住了，正应了沈从文 1940 年说的“我正感觉楚人血液给我一种命定的悲剧性”那句谶语。

沈从文在此前早就思考过自己的悲剧人生。他心仪屈原，他在《湘行散记》《湘西》中经常提及当年三闾大夫放逐的踪迹。“一个人脑子若从人事上作较深思索，理想与事实对面，神经张力逾限，稳定不住自己，当然会发疯，会自杀！”“事实上我并不厌世。人生实在是一本大书，内容复杂，分量沉重，值得翻到个人所能翻看到的最后一页。而且必须慢慢地翻。我只是翻得太快，看了些不许看的事迹。”“我想呼喊，可不知向谁呼喊！”

沈从文也在此前见过了太多的死。1931 年前后是沈从文身边亲友相继发生死难的时段。稍早一些时，既是朋友又是亲戚、与沈从文曾经共同在陈渠珍手下做事的连长满振先在桃源被捷克式机枪撂倒。这位湘西后生读过《曾文正公全集》，曾经令沈从文很是羡慕，一生只想当职业军人。接着在1931年这一年的元旦，沈从文得到两个死讯：其父亲在前一年11月于家乡病故。继而是年底他的好友年仅25岁的“霸才无命奈伤神，燕赵悲歌张采真”（柳亚子诗）的张采真在武汉被斩首示众。

4月，共患难的好友胡也频被捕后被杀害。沈从文过了4个月后写下了长篇回忆散文《记胡也频》，其中说道：“我觉得，这个人假若死了，他的精神雄强处，比目下许多据说活着的人，还更像一个人。我们活在这个世界上的，使我们像一个活人，是些什么事，这是我们应对了解的。”

这一年11月，沈从文的另一挚友徐志摩因飞机失事罹难。这位伟大的年轻诗人曾是沈从文坚定文学信心的推动人，也是他生活上的支持者。

后来，还有沈从文弟弟沈荃被镇压。沈荃早年投身军旅，毕业于黄埔军校，1937年11月，任国民党陆军128师764团团长，率部参加了嘉善战役，身负重伤，伤愈后又重新投入抗战中。当时沈从文恰好从长沙经过，亲眼目睹了三弟集合士兵开赴前线的场景。抗日战争胜利后，沈荃任职于南京国防部，授中将军衔。但由于不属于蒋介石的嫡系部队，沈荃在部队中郁郁不得志。不久即返回家乡凤凰，并参加了凤凰的和平解放，1951年年底被判处死刑。一年后，沈从文才间接知道弟弟的死讯，自身难保的沈从文对此无可奈何。黄永玉的《这些忧郁的碎屑》中曾对沈荃的人生最后一幕有过描述：“在河滩上他自己铺上灰军毯，说了一句：‘唉！真没想到你们这么干……’指了指自己的脑门……打这里吧！……”历史证明这是一桩冤案，1983年沈基重新确定为“起义人员”，获得“平反”，家属得到了500元的赔偿。

沈从文最终还是选择了生。只是这一选择太残忍，他以放弃写作为条件给自己选择了生。尽管在后来的记述中他多次强调自己并不为选择不去创作感到后悔，然而，谁都知道，这是违心的话。他选择生其实是自己精神上的自宫。这精神上的自宫远比肉体上的自杀更为惨烈。他是一直是一个讲真话的湘西的孩子，文学创作是其生命的意义所在，如今不去创作，生命即无意义。在这忍辱负重的内心外面其实只留下行尸走肉的皮囊。

1949年8月，沈从文病情好转，由郑振铎介绍到新成立的历史博物馆工作。9月8日，沈从文给丁玲写了一封长信：“我补救改正，或放弃文学，来用史部杂知识和对于工艺美术的热忱和理解，使之好好结合，来研究古代工艺美术史。”信中表示“文字写作即完全放弃，并不惋惜”。

> “要我重新写作，明白是对我一种极大鼓励。但是我自己丧了气。头脑经常还在混乱痛苦当中，恐怕出错。也对‘做作家’少妄想。”（“我为什么始终不离开历史博物馆”，“新与旧”，见《沈从文别集》）

斯文扫地之时，沈从文撒了谎，生平惟一的一次撒谎。他太在乎了，所以不去提及那个生命的价值。

惟一能说明沈从文晚年真实心境的，是其1961年未写完的遗作题名“抽象的抒情”。开篇即说：照我思索，能理解“我”。照我思索，可认识“人”。这是一次惟一的抵抗，一次绝望的抵抗。文中他说：“让人不再用个人权力或集体权力压迫其他不同情感观念反映方法。这是必然的。（以上被专案人员用红笔在原稿上画线）社会发展到一定进步时，会有这种情形产生的。但是目前可不是时候。什么时候？（以下被专案人员用红笔画线）大致是政权完全稳定，社会生产又发展到多数人都觉得知识重于权力，追求知识比权力更迫切专注，支配整个国家，也是征服自然的知识，不再是支配人的权力时。我们会不会有这一天？”

沈从文要活着，因为他要看到生的他者。对他者的关心，是其肉体生存下去的依据。“我将把这个民族为历史所带走向一个不可知的命运前进时，一些小人物在变动中的忧患，与由于营养不足所产生的‘活下去’以及‘怎样活下去’的观念和欲望，来作朴素的叙述。”

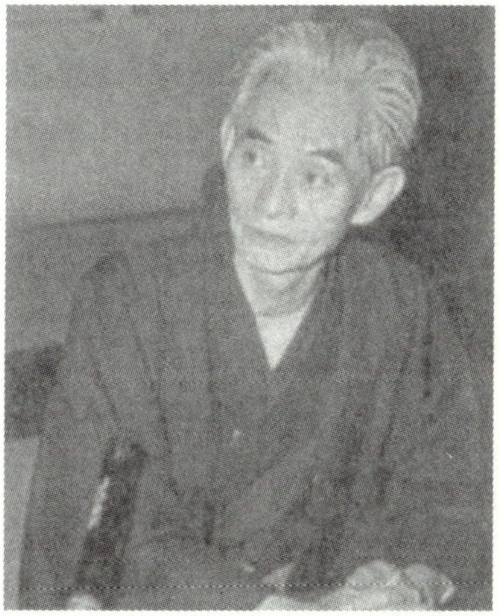

川端康成

此前的20余年，沈从文写下小说近300万字。此后，他再未写过小说，钻了十数年的故纸堆，留下一部《中国古代服饰研究》。

川端康成也曾见过太多的死亡，川端一生中，有两个绰号：参加丧礼的名人和搬家的名人，意指他从小到大，参加丧礼最多，搬家最多。先是有父母双亡，继而失去兄弟姐妹，16 岁的时候抚养他的祖父也去世了，后来又有自己的朋友（三岛由纪夫）自杀。而此时，他写作的能力也到了身体的极限。

偏偏从来不参政、逃离政治的川端在 1971 年 3 月却做了人生当中最后的一次错事：他帮助曾经臭名昭著的前警察头子秦野章竞选东京都知事。起初，他是绝对不同意此事的，但在佐藤荣作首相、福田赳夫大藏大臣的劝说下，竟然同意帮助他竞选。他自己给出的理由是：秦野章“正因为当过警察头子，他更了解人间的罪与恶，痛苦与灾难的实情，所以他可能对人更温情，对人更施行慈悲和仁爱的政治。”于是他以年迈之躯走上街头为警察头子拉选票，遭到文艺界的极大惊愕和非议，最终也以失败告终。这使得他再次遭受打击。从某种意义上说，这已经给他笼上了死影。

自己把自己肉体整死，那是川端康成。自己把自己的精神整死，那是沈从文。沈从文是湘西人，他要霸这个蛮。

沈从文已经见了太多的死，是以不死。川端康成无法忍受生的痛苦，选择死而使生得永恒，是以也得不死。然则，见过了真正死的人是不容易死的。真正的死是一种社会的巨大的死亡气息，是改朝换代和千古巨变带来的精神和肉体的毁灭性打击，这些，川端康成没有遇到。日本的战争和战后巨变，无法与中国社会之巨变相提并论。自太史公肉体遭宫刑至沈从文精神自宫，显出中国文人忍辱负重之大义所在；自芥川龙之介自杀至川端康成自杀，显出日本文人极度悲观的人性。

自《史记》至《边城》，无论是大历史叙述，还是小人物叙述，均充满浩然之气，充满生气，是不压抑的、阳光的、进取的反思。其境界是李叔同晚年的境界，是大悲悯。他宽容了这个世界，虽然不理解世界为什么那么不纯。沈从文体验的是唯美中的人性，人性中的唯美。

自《源氏物语》至《古都》《雪国》，均充满残败恻隐之情愫，是樱花凋落片段之感物伤怀，是压抑的、阴柔的、颓败的反思。川端康成体验的是凄美中的人生，人生的凄美。川端康成之自杀是源自其“孤儿情结”的“哀以思”，是极端自我甚至自私的。由此观察世界，自然要小器了。

湘西与《雪国》：生死不同的渊源

但是，写《边城》的这个湘西人是质朴、灵动和可爱的，而那个写《伊豆舞女》的人是阴郁的不可爱的日本人。正是因为这一点，沈从文和川端康成成为中日两国民族性的不同代表。

1982 年，得以短暂复出的沈从文在湘西的一所大学讲演时，还透露出他的可爱："我们地面上只有一部二十五史，地底下有一百部二十五史！值得有人对我们国家无比丰富的文物产生兴趣。基础差点不要紧，慢慢学嘛。吉首大学学生中有对文物喜爱的，要鼓励他考研究生。考不起也不要紧，我来带！"

边城的水和拉拉渡（2013 年 2 月）

一切都来自湘西。

给他智慧和动力的是湘西。湘西使沈从文变得与"时代的召唤"以及若干显学及运动格格不入，因为他"爱了人类"。1934 年年初，沈母病重，沈从文离别新婚妻子，回湘西探望母亲。漂行在水上，沈从文有许多心里话要倾诉。在船上，他给张兆和写了很多信，画了很多速写。心头有爱，笔底格外温柔。船行至辰州（沅陵）时他给张兆和信中说："三三，我因为天气太好了一些，故站在船后舱看了许久水，我心中忽然好像澈悟了一些，同时又好像从这条河中得到了许多智慧。三三，的的确确，得到了许多智慧，不是知识。……水底各色圆石也极感动我，我心中似乎毫无什么渣滓，透明烛照，对河水，对夕阳，对拉船人同船，皆那么爱着，十分温暖的爱着……但真的历史却是一条河。这些人不需要我们来可怜，我们应当来尊敬来爱。他们那么庄严忠实的生，却在自然上各担负自己那分命运，为自己，为儿女而活下去。不管怎么样活，却从不逃避为了活而应有的一切努力。……三三，我不知为什么，我感动得很！我希望活得长一点，同时把生活完全发展到我自己这分工作上来。我会用我自己的力量，为所谓人生，解释得比任何人皆庄严些与透入些！三三，我看久了水，从水里的石头得到一点平时好像不能得到的东西，对于人生，对于爱憎，仿佛全然与人不同了……这时节我软弱得很，因为我爱了世界，爱了人类。”佛云：因愿起行，从初发心。这可看做沈从文一生为之奋斗的根本原动力和目的。他是觉悟了的。只有对自己的爱人，他才如此直白地交代清楚。

于是，几个月后沈从文的名篇《边城》中的老船夫和翠翠，还有一条黄狗，便是以水为生的："由四川过湖南去，靠东有一条官路。这官路将近湘西边境到了一个地方名为“茶峒”的小山城时，有一小溪，溪边有座白色小塔，塔下住了一户单独的人家。这人家只有一个老人，一个女孩子，一只黄狗。”如行云流水般的文字娓娓道来。而川端康成也以同样灵动的文字作《雪国》的开端："穿过县界长长的隧道，便是雪国。夜空下一片白茫茫。”所不同者，沈从文属水，川端属雪。水长流，而雪消融。于是，二人在这里便分野了。其人生也便如水、如雪。一个活了下去，为的是把人生解释得“庄严些与透入些”！一个自杀了，为的是“无限的活”！

川端康成的雪国日本

早在 1932 年，沈从文即说："我感情流动而不凝固，一派清波给予我的影响实在不小。我幼小时较美丽的生活，大部分都与水不能分离。我的学校可以说是在水边的。我认识美，学会思索，水对我有极大的关系。”

水是灵动的，是以不朽，不灭，不死。雪是消融的，是以暗喻着瞬间的生命。水是道家的宠物，而道家讲生生不息。《边城》的水和渡船，是生命的符号，也是普度众生的工具。《雪国》的雪和开篇的隧道，是走向一种“生命的徒劳”的工具，必至寂灭。《雪国》最后以大火中“雪”的消融，凝固为“银河”的象征性画面诠释了川端康成对死的美妙感受。

早年湘西生活和从军经历是沈从文能够活下去的重要原因。

影响沈从文青少年生命的人中有一个叫陈渠珍的湘西王。沈从文当年给他当书记。当年的湘西，尚存这般高贵自立气象的人，令沈从文受益匪浅。在这里，沈从文的已从军部会议室的那四个五个大楠木橱柜里所藏的大约百幅的宋明清的旧画、几十件铜器古瓷、十来箱书籍、一大批碑帖，和一套《四部丛刊》中温润了自己的性情。

对于战争熔炼下的中国，沈从文认为尚有湘西还存古风：“地方上年事较长的，体力日渐衰竭，情感已近于凝固，自有不可免的保守性。唯其如此，多少尚保留一些治事作人的优美崇高风度”。

而川端康成之前半生，其国深受军国主义之害，他选择了逃避，也曾钻入古典中吸取营养。个人的不幸也多次降临其身，然而，没有湘西，没有颠沛流离，没有改朝换代，没有道童抄家 8 次，没有 60 多次的违心检讨和交代，没有斯文扫地，川端如何能成为沈从文？苦难都曾降临二人身上，然而湘西的水救了沈从文，伊豆的雪却灭了川端。

湘西墨戎（2013 年 2 月）

救救孩子

晨读，阅《弟子规》及《增广贤言》，念及当下童蒙教育，乃发二帖于微博：

> 其一：《增广》乃国人“葵花宝典”，以此启蒙，国无童心：“逢人且说三分话，未可全抛一片心。谁人背后无人说，哪个人前不说人？有钱道真语，无钱语不真。闹市挣钱，静处安身。先到为君，后到为臣。莫信直中直，须防仁不仁。山中有直树，世上无直人。只恨枝无叶，莫怨太阳偏。大家都是命，半点不由人。守口如瓶，防意如城。人情似纸张张薄，世事如棋局局新。”
>
> 其二：同样毒害童孩的《弟子规》：“谏不入，悦复谏；号泣随，挞无怨；斗闹场，绝勿近；不关己，莫闲管；人有短，切莫揭；人有私，切莫说；非圣书，屏勿视；敝聪明，坏心志。”与《增广贤言》一样，发誓将这个国的孩童弄成老成练达的老头老太太。失去童心和童年的真，这是个恶心腐烂的传统，居然还有人在推广。幼儿园也有人用作启蒙教材。自我阉割的中国人。

有人便不高兴了，回帖曰：你能想出更好的内容吗？不理解其中真义不要偏激乱喷！

不是我能否想出更好的内容的问题，而是一百多年前国人即已开始反思中国的童蒙教育的问题。不是我不理解其中真义的问题，而是传统童蒙教育旨在把 7 岁培养成 70 岁、把世故圆滑当稳重成熟、把愚忠愚孝当乖孩子、把童心扼杀在摇篮里，这些都是不争的事实。不是我偏激，而是传统太固执。不是我乱喷，而是几十年的教育失败使得人们既对现实教育不满，又无法以传统解救现实，从而无人不处焦虑当中。

中国不缺奴性教育，不缺老气横秋的童蒙教育。

1918 年，鲁迅悲鸣地呼喊“救救孩子”，其实是呼喊救救中国文化。

我确实不能提出更好的内容，但几百年前有人就提出过更好的内容。不幸的是，在有的文化当中实现了，而中国没有实现。这个更好的内容就是“顺从孩子的天性”，顺从“童心”。

明末思想家李贽（1527～1602 年），在中国首创“童心说”，真正发现了中国传统教育的问题，全文引述如下：

> 龙洞山农叙《西厢》末语云：“知者勿谓我尚有童心可也。”夫童心者，真心也。若以童心为不可，是以真心为不可也。夫童心者，绝假纯真，最初一念之本心也。若失却童心，便失却真心，失却真心，便失却真人。人而非真，全不复有初矣。童子者，人之初也；童心者，心之初也。夫心之初曷可失也！
>
> 然童心胡然而遽失也？盖方其始也，有闻见从耳目而入，而以为主于其内而童心失。其长也，有道理从闻见而入，而以为主于其内而童心失。其久也，道理闻见日以益多，则所知所觉日以益广，于是焉又知美名之可好也，而务欲以扬之而童心失；知不美之名之可丑也，而务欲以掩之而童心失。夫道理闻见，皆自多读书识义理而来也。古之圣人，曷尝不读书哉！
>
> 然纵不读书，童心固自在也，纵多读书，亦以护此童心而使之勿失焉耳，非若学者反以多读书识义理而反障之也。夫学者既以多读书识义理障其童心矣，圣人又何用多著书立言以障学人为耶？童心既障，于是发而为言语，则言语不由衷；见而为政事，则政事无根柢；著而为文辞，则文辞不能达。盖内含以章美也，非笃实生辉光也，欲求一句有德之言，卒不可得。

李贽

所以者何？以童心既障，而以从外入者闻见道理为之心也。

夫既以闻见道理为心矣，则所有言皆闻见道理之言，非童心自出之言也。言虽工，于我何与，岂非以假人言假言，而事假事文似文乎？盖其人既假，则无所不假矣。由是而以假言与假人言，则假人喜。以假事与假人道，则假人喜；以假文与假人谈，则假人喜。无所不假，则无所不再。满场是假，矮人何辩也？然则虽有天下之至文，其湮灭于假人而不尽见于后世者，又岂少哉！何也？天下之至文，未有不出于童心焉者也。苟童心长存，则道理不行，闻见不立，无时不文，无人不文，无一样创制体格文字而非文者。诗何必古《选》，文何必先秦。降而为六朝，变而为近体；又变而为传奇，变而为院本，为杂剧，为《西厢曲》，为《水浒传》，为今之举子业，大贤言圣人之道，皆古今至文，不可得而时势先后论也。故吾因是而有感于童心者之自文也，更说甚么六经，更说甚么《语》《孟》乎？

夫六经、《语》、《孟》，非其史官过为褒崇之词，则其臣子极为赞美之语。又不然，则其迂阔门徒，懵懂弟子，记忆师说，有头无尾，得后遗前，随其所见，笔之于书。后学不察，便谓出自圣人之口也，决定目之为经矣，孰知其大半非圣人之言乎？纵出自圣人，要亦有为而发，不过因病发药，随时处方，以救此一等懵懂弟子，迂阔门徒云耳。药医假病，方难定执，是岂可遽以为万世之至论乎？然则六经、《语》、《孟》，乃道学之口实，假人之渊薮也，断断乎其不可以语于童心之言明矣。呜呼！吾又安得真正大圣人童心未曾失者而与之一言文哉！

李贽之论，可谓前无古人后无来者，千古奇文也。

一百多年后，1762 年，卢梭写成《爱弥尔》。

卢梭认为，人生来是自由、平等的；在自然状态下，人人都享受着这一天赋的权利，当人类进入所谓文明状态之后，才出现人与人之间的不平等、特权和奴役现象，从而使人失掉了自己的本性。这是不合理的状况，他主张对儿童进行适应自然发展过程的“自然教育”。

他说：“自然是永恒的，人的天性也是永恒的，在人的天性中包含着自臻完美的能力。”顺应自然的教育，就是顺应儿童天性发展的教育，就是尊重儿童自由的发展。

> 真正自由的人，只想他能够得到的东西，只做他喜欢做的事情。这就是我的第一个基本原理。只要把这个原理应用于儿童，就可源源得出各种教育的法则。

> 在儿童时期学习的东西中，还需要抛弃那些不适合我们天然的兴趣的东西，而且要把学习的范围限制于我们的本能促使我们去寻求的知识。

> 问题不在于教学生各种学问，而在于培养他有爱好学问的兴趣，而且在这种兴趣充分增长起来的时候，教他以研究学问的方法。毫无疑问，这是所有一切良好教育的一个基本原则。

> 当我们引发学生的好奇心，而且注意到他的好奇心向着什么方向发展的时候，我们就可以很顺利地对他的爱好、倾向和性癖进行研究，可以很顺利地发现他的天才的第一道火花。

> 问题不在于告诉学生一个真理，而在于教他怎样去发现真理。

中国近代伊始，有识之士即已注意到童蒙教育的问题。相关的儿童报刊在数十年间逐渐发展起来。

1874 年，传教士创办的《小孩月报》问世，这是中国近代第一份儿童报刊。

1903 年，中国第一份儿童日报《童子世界》诞生于上海，明确提出“此报定名为《童子世界》，宜顺童子之性情”的办刊方针。

1909 年，商务印书馆出版了一份图文并茂的低幼读物《儿童教育画》。

1922 年，商务印书馆创刊《儿童世界》，同年，中华书局创刊《小朋友》。

这些报刊已经将传统蒙学教育引向顺从童心的现代教育。

然而，在文化复兴的旗号下，孩子再次成为牺牲品。

或曰：可以选择有价值的传统蒙学教材啊，可以去伪存真、取其精华去其糟粕啊。此论实为虚妄。一则精辟的传统蒙学语言其实不可分割，也未见有成功分割过。其主旨决定了处处必灌输君臣意识、奴性意识、服从意识、小市民意识、小农意识。也许惟一可取的是古文的优美。但优美的古文不必要通过《三字经》《弟子规》《增广》来灌输，何况这些文字并不优美。二则所谓可以培养君子意识，自省精神等。这种教育与满街都是圣人的宋明理学教育一脉相承，由于现实社会和家庭里大人的行为更多地影响了孩子，当他们发现现实和所学存在天壤之别的时候，会导致他们走向圣人君子的反面，或者至少也变得更加虚伪。

在国学复兴的假象下，我们又去摸传统当中的石头。可是过河的桥明明就在那，老子们就是不走。

尤其当孩子成为商品，成为生财之道的时候，还要给他们灌输吃人的毒品，是大人的恶欲葬送了孩子的未来。

每个寒暑假，一个亲戚的孩子就说有做不完的作业，他好想玩。除了所谓通常的寒暑假作业外，班主任老师（通常是语文或数学老师）还和别的一个主课老师布置同学们做所谓“总复习”的作业，要单独买书。尽管学校三令五申说不能给学生加课外作业，但全校师生上下都知道，校长是睁一只眼闭一只眼。“老师用书包偷偷地把书运进教室，或者后收钱，或者先收钱。”孩子说，“有时候是规定到某某书店去买书，老师并不自己带书。”并且，以升学率为核心的教育不仅没有改革，还更加猖獗。历史、地理、音乐、英语等副科完全不被重视。一个小学毕业生的知识水平下降到令人发指的程度。比如，搞不清楚广东是否靠海边，唐朝和宋朝谁先谁后。此外，校长专制，任人唯亲，和其他领导形成利益集团为所欲为，管理混乱。孩子们在这样的基础教育中成长，我不知他们有什么未来。这样的基础教育完全是失败的，彻底的失败。

没有哪个国家的孩子被大人当成摇钱树，当成收作业本的垃圾袋。更恶劣的是，孩子见到这些事情，经历这些事情，他们的心灵受到严重的腐蚀，大人在他们身上挣的那点钱是无法弥补孩子们失去的德性的。中国的孩子教育往往低估了孩子的自觉意识和他们的认知能力。他们非常聪明，可谓洞察之至。“老师收钱”“他爸爸是局长”“他妈妈又给老师送礼了”之类，他们清楚得很。

当社会教育的冲击力大于学校教育的时候，学校本身都难以自洁，孩子就成了牺牲品。

我没有读幼儿园，但我曾拥有天底下最大的幼儿园：一个由天和地组成的幼儿园。我读了 5 个小学，我不记得学了什么东西，所有有价值的东西，是与伙伴们去抓鱼虾，去偷吃桑葚，以及永远美丽的同桌。

我并非否认一般意义上的知识教育的必要性，而是反思童蒙教育的主旨。童心教育其实很容易。比如今天北京下雪了，你带孩子去看雪，去撒欢，比摁着他学奥数要好。又比如，某一个春天，你向班主任请假，带孩子去看树林里的绿叶。

在中国，对孩子的嘉奖是：“这孩子多懂事。”其实这时的孩子不是孩子，是个世故的大人。在中国，对大人的辱骂是：“这人真天真幼稚。”其实这时的大人不是大人，是个真正的人。

使孩子失去童心，是大人们的罪。

失去童心的民族，从根本上便失去了纯真和创造力，何谈崛起？

因此，在这种教育迷失的情况下，人们不可能自性庄严，不可能接近自由世界。

不特幼稚教育如此，高等教育也可看出中国传统与欧洲精神的区别。通过两幅图片我们可以对比一下：在拉斐尔 1509 年的《雅典学院》这幅巨作中，他以柏拉图和亚里士多德为中心，画了五十多个大学者。亚里士多德有句名言，叫“吾爱吾师，吾更爱真理”！图中他右手平举，指着现实世界，意味知识的来源是现实实践。而柏拉图则一手指天，认为知识来自神的启示。敢于挑战老师，这是亚里士多德以及西方教育思想的创造性。这是西方文化第一个巅峰时期的真实景象。看看中国文化第一个巅峰时期的孔孟教育方式吧，杏坛之上，老师虽得到了尊严，但这种礼仪安排压制了学生的挑战欲望，中国的教育成为“一言堂”。

拉斐尔：雅典学院

孔子杏坛讲学图

铁路，以及在铁路上

交通，往往被赋予隐喻式的含义，可以隐喻人生，也可以隐喻国运。

比如桥，围绕它发生了太多的故事，古今中外概莫如此。

粗略回顾一下，关于桥的故事有民族解放式的南斯拉夫的《桥》；有妖气十足但却缠绵凄美的白娘子和许仙的“断桥”折子戏；有同样缠绵凄美费雯·丽和罗伯特·泰勒的《魂断蓝桥》——尽管原文是“滑铁卢桥”，但中文翻译绝美贴切；有战争中不同文化乃至人性之较量的《桂河大桥》；有描述疾病恐惧灾难的《卡桑德拉大桥》；有导致中国中年人离婚率上升的美国式红杏出墙或爱情自由之《廊桥遗梦》；有改革开放早期个体户青年生活的美丽的龚雪和青涩的张铁林（他一直就青涩）的《大桥下面》；有的人也凑热闹，老谋子就搞了上海黑帮片《摇啊摇，摇到外婆桥》——尽管那名字一点也不能算是标题党，它还是令人吃惊地背叛了你的联想。当然，也有严肃一点的描述严肃的自杀故事的纪录片《金门大桥》；还有什么《爱在布鲁克林桥》，没看过，不知道讲了些什么。

桥太古旧浪漫，“小桥流水人家”之开篇多美，却以“断肠人在天涯”结尾，是以不忍回忆；桥太离奇，张良在哪个桥上巧遇高人三次下桥捡破麻布鞋来着？沂水河上的圯桥。这太离奇了，是以不去猎奇；桥也太普通，是以不走寻常路，下河摸石头。

还是谈谈标志我们走向现代文明的火车。

李鸿章督导之下的洋务运动如火如荼之时，光绪八年（1882 年），中国第一条铁路唐胥铁路（开平煤矿至北塘海口的一部分）修好后没有机车。总工程师，就是那个在日本长大，娶了日本女子为妻的英国人金达灵机一动，用废旧锅炉和不知从哪弄来的机车旧零件，改装成中国第一台机车。看看地图你就知道，这铁路距马兰峪很近，马兰峪紧靠清东陵东面的风水

但凡挤过中国火车的人都熟悉这个场景

墙。这自制火车叫声大，呼哧呼哧的，震动也大，咿咿呀呀的。上面就有人说了，此火车的行驶“震动龙脉”。于是，铁路在那里，机车不能跑，骡马拖载黑黝黝的煤块，此即所谓“马车铁道”。

这时，离美国中央太平洋铁路通车不过13年时间，赶英超美还来得及。在美华工为那个铁路死了数千人。

清政府来不及搞完铁路就垮了。所谓“辛亥革命”的先声，恰恰和这个铁路国有事件相关，就是那个四川保路运动。将一项原本正常的商业交易上升到民族情绪、甚至政治革命的高度，是武昌起义的思想背景。中国不接受市场，那只有接受革命。同时期的日本即是再好不过的明证。

办铁路没有钱，就借款。本来，督办铁路的盛宣怀是在做好事，借款1.8亿余两，1896～1906年，修铁路2 100多公里，超过民国前20年（1911～1931年）所修铁路的总数，但出借方得到的却是利润的大头。在1911年前，卢汉、沪宁等铁路收归自办、民间商办的呼声已经很高。民间股份制也开始试行，其中川汉、粤汉铁路实现了民间商办。危机也没有进一步恶化。

那盛宣怀还在升官。1911年5月8日，“皇族内阁”成立的时候，此时的邮传部尚书盛宣怀可是四名汉族内阁成员之一。

财政窘迫的清政府断言商办铁路“多无起色，坐失大利，尤碍交通”，便转向借款修路，返回收归国有的老路，这就万劫不复了。

“皇族内阁”成立的第二天，清政府就颁布了铁路干线收归国有的上谕。又过了几天，盛尚书与英、德、美、法四国银行团签订了600万英镑借款修路的合同。

已经实现商办的四川铁路股东们对此反应最为激烈。因为清政府宣布铁路国有却又不愿归还全部股金，只返回实际建设的股金，另有700万两亏损，政府不认账了。须知，四川铁路股金不仅是绅士和商人的钱，也是农村地主和农民的钱，大家都有份。这就动了众怒。

如此，清政府借款修铁路，以湖南、湖北盐税厘金担保，结合赖账行为，就成了出卖路权的卖国行为了。这就更动了众怒，四川各地风起云涌。

赵尔丰到任四川不久，武昌起义前43天，决定拿保路同志会、川路股东会等开刀立威，诱捕多人。数万群众成都请愿，赵总督下令开枪，当场打死30多人。

事急矣。有人想出一高招，弄来木板数百块，上书“赵尔丰先捕蒲罗（蒲殿俊和罗纶，保路会正副会长）后剿四川，各地同志速起自保自救”，用桐油抹上防水，投至江中，以“水电报”的方式串联消息。一时间，蜀地四警，川局大乱。

“水电报”本身没有起多大作用，但是四川动荡的一个较为致命的后果是逼迫得湖广总督在武昌起义前30天开始从武昌调走兵力，先后达6个营之多。如此，给了武昌新军中的文学社和共进会以可乘之机，直接导致武昌首义。

平心而论，铁路建设利国利民。盛宣怀建铁路只用张之洞汉阳铁厂的钢，多方受益。但是，铁路搞不好是会出事的。铁路问题的根本是中国社会将市场问题政治化，将外债问题民族主义化，也就是拒绝开放。由此我们看到了一个不无反讽的武昌起义：一场拒绝开放的革命。

孙文当年和袁世凯交班后信誓旦旦，说要用10年给中国造20万里铁路。这个目标2011年差一点达到了（该年底铁路通车里程为9.9万公里，为19.8万里），延续的基本是孙先生“铁路狂想曲”中规划的路线。

1978年焦枝铁路通车时，在“铁路修到苗家寨”的歌声中，同学们被邀请去参观铁路。我走在一座桥上（又是桥），发现一段护桥轨很旧，但是仍然很坚强的样子。侧面赫然凸出一行字：汉阳铁厂，光绪二十四年制，就是距当时80年的钢轨哟。

铁路显然可以成为这国的命运缩影。

义和团“烧铁路，拔电杆，海中去翻火轮船”，铁路曾是西洋崇拜、卖国主义的象征。

微山湖的兄弟们扒铁路，也爬火车，铁路曾是爱国主义壮举的象征。

红卫兵们挤着铁路疯狂乱窜串联，知识青年挤着铁路到广阔农村接受贫下中农再教育，铁路也曾多年令我们情何以堪。

铁路还是后来“盲流”（“民工”一词出现之前对民工的蔑视性称谓，35岁以下的对此没有什么印象）、民工和学生的生命线。近30年来，这个星球最壮观的景象就是一个国家的数亿人经常同时挤在火车上。

1988年，我去北京读书，在襄樊转车时，遇上了“川军”，根本无法挤上火车。广播中多次播放“列车超载严重，请勿再上车”。母亲当时年轻力壮，居然从列车厕所小窗户爬了进去，然后我也从那里爬了进去。厕所挤了至少10个人，仅仅隔了几个人，母子不得相见。

那几年都是这样。有一次寒假回京，一同学人挤了上去，包却被后面某人抢走，因为是夜晚，站台上人山人海，包是没有找回，好歹捡回一条命——当晚一民工的腿活生生地被挤断了。在进站台前，队伍很乱，武警用棍子在空中挥舞，然后打下（不是刻意要打头，主要打的是包裹），有时你也不得不为他们的打击技术遗憾，很多是打在人头上。我重重地挨了一棍子，还不敢骂。也曾经有一次被小偷划破了衣兜内衬掏走了车票、全部现金及证件。

20世纪80年代末学生和民工都是出乡的人，火车是中国的泰坦尼克，我们的等级因为坐票的相似而被规定起来。雷锋出门一千里，好事做了一火车。我是讲了一路上的话，跟民工们。现在的我分明是彻底堕落了，再也不能像学生时代那样与出川、出湘的民工一起挤火车。当时练就的厉害功夫包括：可以从厕所窗户爬进去，然后在过道中金鸡独立从襄樊站到至少石家庄；可以毫无怨言地在这种状态下轻松地和民工们讲大道小理；可以在座位下面地板上躺着以克莱德曼的钢琴曲为摇篮曲昏睡——以至于现在耳朵中仿佛还有克莱德曼。

挤火车于是成为每年一次的战争。和周围的民工聊天，一聊就是几个小时，真正了解了他们的心声。我用仅有的知识跟他们启蒙，那一刻很自豪，并没有悲壮。

昏昏沉沉中，各种声音传过来：

“香烟糖果饮料！”

“烧鸡烧鸡！”

“扑克牌杂志方便面！”

我可以站着睡觉，据说长征时候的“老油条”红军可以有边走路边睡觉的水平。

“马上到本次列车的终点站北京站了，请旅客朋友们收拾好自己的物品，顺序下车。北京是我们祖国的首都，它有……”

怎么，就到了？克莱德曼的钢琴曲刚听到第101遍，北京就到了。

那时候，所有的列车都放克莱德曼的钢琴曲。你现在给我一放，我可以从头哼到尾。

挤火车是我出门人生第一课。我将其永存心底，并以此自豪：我挤了7年火车直到研究生毕业工作，决定不再挤火车了。

慢着，这有什么自豪的？我一位叔叔跟我说——当我吹嘘我最长一次站了12个小时的火车时：你小子这就吹上了？他沉默了一下：我当年从新疆回内地，从乌鲁木齐站到洛阳。60多个小时，大部分时间是站着的，下车后不能走路，也不能坐。

我便无语。我们什么都可以忍受，并且当一波又一波的人背井离乡挤着火车，接着挤着火车，挤着火车到幸福的地方去，为的是有一天不再挤火车。

列车，很挤，而且到现在还是这样。我们挤了30多年了。有的人跑到美国去，脑袋被电梯什么的夹了，怎么不去挤火车试试。我曾经被迫睡在列车长凳子下，也睡过行李架——行李架真结实。

最难受的是要尿尿。男人尚可打开车窗，对着窗外嘘嘘。女人就惨了。我碰到过一次壮观场面，一个女人实在没有办法挤到厕所去（挤去了也无处蹲坑），只好央求周围的男人们全部艰难地背过去，她就地解决了。

这列车已经将我们挤得没有任何的尊严。

列车上接过生，抢过救，打过拐，发生过谋杀，而我们只是为了谋可怜的生。

有人也因此发疯。有一个差不多快疯的伟大的诗人终于憋不住，还在我上北京的那一年，他就要撒尿了，他高声吟唱道：

列车正经过黄河/我正在厕所小便/我深知这不该/我应该坐在窗前/或站在车门旁边/左手叉腰/右手作眉檐/眺望/像个伟人/至少像个诗人/想点河上的事情/或历史的陈账/那时人们都在眺望/

我在厕所里/时间很长/现在这时间属于我/我等了一天一夜/只一泡尿的功夫/黄河已经流远。

向伊沙致敬。据说他因此策动了关于中国后现代问题的讨论。慢着，还没现代，怎么就后现代了？别听哲学家们忽悠。诗人最令我尊敬的，是他让我们的列车成为真正的一群人的绝唱——尽管这绝唱远未终了。

我讲的火车是那种烧煤的绿皮火车。

潜龙勿用

近代大人物们该算大泽中的龙蛇吧。《易经》第一卦说：乾，乾为天，乾上乾下。初九：潜龙，勿用。隐喻事物在发展之初，虽然势头较好，但比较弱小，所以应该小心谨慎，不可轻动。因研究方向的关系，我对近代人物多有关注，发现历史在他们那里也并不充满必然的归途。今则稀疏搜罗一下大人物们在历史长河中处于否定、初始和不稳定状态的细节故事，以接近表达一种历史的不确定性。

他们过后，一种诡异的宁静笼罩神州。“这燥热之后水样的宁静，就是历史吗？”我的朋友“两间居士”在诗中这样反问着。

蒋介石的三种习气

黄仁宇认为："蒋介石不是大独裁者，他缺乏做独裁者的工具。他也不可能成为一个民主斗士。纵使他有此宏愿，他也无此机会。"（黄仁宇《从大历史的角度读蒋介石日记》）而汪荣祖则持相反的看法，认为："正由于独裁心态，他绝无可能有做'民主斗士的宏愿'；若有此宏愿，则绝对有足够的机会。"（李敖、汪荣祖《蒋介石评传》）网上又盛传过某某说蒋介石"搞独裁无胆，搞民主无量"。美国人在给了大量援助后丢失了大陆，将怨气发泄在他身上，认为他既独裁又无能。其实蒋介石没有能力做到独裁或者民主。他根本没有真正统一过中国、"得到"过中国，何谈"丢失"？民国始终处于各路军阀、各种地方力量和各种军政势力的纷争之中。他本人也是多次下野（1927 年、1931 年、1949 年）。文人刘文典、亲戚宋子文都敢和他动手打架，他又有何真实的独裁权威？虽则其抗战之功历史自有公论，今且不去论起功过，单就其性情方面、习气方面做一小论，以窥其矛盾之人生。蒋介石之习气有三：将道义与江湖义气混同政治手段、将治心之儒家思想异化为笼络人心、将信仰基督不合时宜地混合进政治权谋之中。这些杂陈的习气将他的秉性搞成一团乱麻，最终构成其失败的内在原因。

道义与江湖义气

蒋介石在国民党内虽属首义党员（直接参加辛亥起义的），但是，其辈分无法与胡汉民、汪精卫等人相提并论。其崛起之要诀是得到孙中山的垂青，但其崛起之关键其实是江湖义气，这多少导致他笃信江湖道义，并长期以此为政治手段。

蒋介石是行伍出身，与晚清和民国初年许多青年一样，习武的首选地是竟然是多年侵略中国的日本。若干年后，蒋介石要领导中国和他的师傅们决一死战。蒋介石多次去日本军校学习。第一次是1905年5月，蒋介石乘船东渡日本，可是这首次东渡却没有成功进入日本军校。因为日本的军官学校当时和清朝的军机处有个协议：中国来的学生只有属于由清政府推荐的才准予注册入学。所以，当时日本军校没有蒋介石般倾向于革命的热血青年的落脚之地。

1908年春，他正式注册进入东京振武学校。蒋介石当时叫蒋志清，入学后改名为蒋中正，字介石。1909年11月月底，蒋介石从军校毕业，并在第二年初分配到新潟县高田镇的日本陆军第十三师团野战炮兵第十九联队实习，此时他身高169.4公分，体重59.2公斤。长冈外史是这个师团的司令，几年以后，蒋介石在国内北伐中出了名，长冈外史在回忆文章中说，在东京，他曾邀请蒋和一位日本大佐一起喝茶。蒋介石对他非常恭谨谦逊，并献给长冈一个条幅，上书“不负师教”四字。抗日战争爆发后，这种师承关系多少有些历史的反讽意味。

蒋介石第一次赴日时在东京结识了后来成为他革命的良师益友的陈其美（英士）——这是一位追随孙中山的伟大的爱国主义者，其兄陈其业，字勤士，是陈果夫、陈立夫的父亲。陈其美与蒋介石结成拜把兄弟，后来将蒋介石亲自介绍给孙中山。陈其美回上海后，参加了青帮，为青帮的重要人物，由是有了蒋介石与江湖之间的关系。1911年10月“武昌起义”爆发，11月3日陈在上海率众起义，并派蒋介石等与驻杭州新军及会党攻克浙江巡抚衙门，光复浙江，事成被公推为沪军都督。1912年1月14日，陈又派蒋介石等将与同盟会明争暗斗的光复会领袖陶成章刺死。袁世凯上台后解除陈其美军权。宋教仁遭人暗杀后陈被举为上海讨袁军总司令。

1916年5月18日，陈其美被暗杀。刺客是袁世凯委派张宗昌找的人。张宗昌雇凶刺杀陈其美（英士），是民国继宋教仁被刺后的第二宗重要革命党人被刺案件。张学良回忆说：“陈英士你晓得吗？陈英士就是他刺杀的。他说我因为这个关系，陈立夫、陈果夫都在，南京我是去不了了，我是没法子了。”蒋介石奔赴暗杀现场，见陈其美暴尸在地，惨不忍睹，乃失声痛哭，悲痛至极。当时没有人敢公开露面，蒋介石不顾一切，将陈其美遗体转移到自己的住所。在陈其美遇难的第六天，蒋介石又写了一份《陈英士先生癸丑后之革命计划及事略》，将陈其美的反袁斗争作了个小结。其中说道："自古无不遭庸众忌畏之志士，亦无安荣善死之英豪，于是公乃赍恨以终矣"。蒋介石又撰祭文，说道："盟弟蒋介石致祭于英士先生之灵曰：呜呼！自今以往，世将无知我之深爱我之笃如公者乎。"可见陈其美确与蒋介石是结盟兄弟。

一般认为，上海光复后的 1912 年 1 月，陈其美、蒋介石与黄郛三个浙江人在上海大铁浜 45 号蒋介石寓所结为金兰兄弟。他们三人中，陈其美比蒋介石大 10 岁，居长；黄郛比蒋介石大 8 岁，居次；蒋介石居三。1927 年，蒋介石曾经劝说黄郛入党，黄郛不肯。他叹道："如果英士（陈其美）先生不死，可以办党，自己则专心军事，而由膺白（黄郛）办政，可以分工合作，真乃天衣无缝。无奈黄郛只愿做客卿，无意参预党的政治。"由此可见蒋介石对结拜兄弟的重视。蒋介石还有张静江、邵元冲、许崇智、冯玉祥、李宗仁、吴忠信、张群、张学良等各位拜把兄弟，但都不如上述"铁三角"关系的分量。这些"兄弟"或亲或疏，或反目成仇或一团和气，均为蒋介石之政治筹码而已。蒋介石发迹后，重用陈其美的两个侄子——陈果夫与陈立夫，以至于有"蒋家天下陈家党"之说。

这些"兄弟"使得民国俨然成为一类似黑帮混战的场所。比如，张学良和冯玉祥是拜把兄弟，他给了冯玉祥五十万块钱，促使后者发动北京政变。黄郛夫人沈亦云说："文人喜谈兵，武人好论政，是当时一畸形现状，而以前者尤甚。主张郑重，人即以为富贵不再革命，甚至疑其通敌。有人言两部小说，支配当时南北人情：袁氏熟读三国演义，尽纵横捭阖之能；革命党有水浒气息，患难时共生死，一隔膜即起疑心。"晚清民初的黑帮在反清革命和反袁中的确发挥过重要作用。但是，当革命成为混战，个人最终服从各种帮派网络关系的时候，政治也就一团漆黑了。

治心与笼络人心

身为黄埔军校校长，蒋介石本人对军校"精忠报国""精诚团结"的治军思想有着重大的影响力。而其精神支柱，早期即是"治心"，实源自王阳明一派。

蒋介石老家与王阳明老家仅隔一座山，其在大陆时期曾三次到阳明洞参悟。至于他将字号改为"中正"，有说是因王阳明心学"大中至正"的影响，未见证据。但其一生服膺王阳明心学则是事实。比如，至其列台湾后，他仍痴迷王阳明，将草山改名为阳明山，且令经国也苦修阳明心学，对上马能治军，下马能治民的王阳明之“知行合一”主张体察甚深。《明史》评：终明之世，文臣用兵制胜，未有如守仁（王阳明）者。王阳明强调“心”的重要性。所谓“破山中贼易，破心中贼难。”“夫万事万物之理不外于吾心。”“心即理也。”“心外无理，心外无物，心外无事。”“人心之得其正者即道心；道心之失其正者即人心。”日本人对王阳明至为崇拜，据姚业鑫著《名邑余姚》所载，1905 年，战胜俄国联合舰队的日本海军大将东乡平八郎随身携带的一颗印章上即刻着“一生低首拜阳明”七字。

蒋介石尽管在日本受到正规的近代军事教育，但是，他一直钟情于湘军领袖们的治兵思想。1924 年蒋介石将蔡锷的《曾胡治兵语录》作为黄埔军校教材，并增辑《治心》一章以《增补曾胡治兵语录》出版。自 1915 年蒋介石在日本最后一次学习时，即开始读曾国藩和胡林翼的书。此时，他“遁迹东京，锐志于学，每日看书习字，皆有常课，尤喜读王阳明、曾文正、胡文忠三集，昕夕不释手。前在士官学校及陆军大学所受课程秘本，与巴尔克战术书，靡不逐一精研。军事学即以巴尔克战术书为基础，而政治学则以王阳明与曾文正二集为根柢也。至检身之法，专从悔字上著力，昨非而今犹未是，凡所省克，必日记手册。”“蒋介石回到东京，开始整天钻研中国哲学和军事著作，并且开始每天晚上在日记中记下白天所干的错事。”

蒋介石强调“余读曾、胡诸集既毕，正欲先摘其言行，可以为后世圭臬者成为一书以飨同志，而留纂太平天国战史于将来，不意松坡先得吾心，纂集此治兵语录一书”，而同治中兴与太平天国之失败“盖非人才消长之故，而实德业隆替之征也”；“曾氏标榜道德，力体躬行，以为一世倡。其结果竟能变易风俗，挽回颓靡”；“其苦心毅力，自立立人，自达达人之道，盖已足为吾人之师矣”；“曾、胡、左氏之言，皆经世阅历之言，且皆余所欲言而未能言者也。其意切，其言简，不惟治兵者之至宝，实为治心治国者之良规。愿本校同志人各一编，则将来治军治国均有所本矣！”蒋介石所增补的《治心》一章，虽不是直接谈军事，但是王阳明、曾国藩认为的“心欲其定，气欲其定，神欲其定，体欲其定”“自修之道，莫难于养心”，强调“以志帅气”“以静制动”等从修心养性出发治理军队的思想对蒋介石因而也对黄埔军校产生了深刻的影响。

1924年12月14日，蒋介石还下令印发《爱民歌》，而《爱民歌》是曾国藩在咸丰八年为严肃军纪所作。蒋介石稍加修改即为黄埔军校传颂之纪律教条。

1924年年底蒋介石所印发《爱民歌》基本上照搬曾国藩原文。读者也可从此处看出红军“三大纪律、八项注意”的源头。

黄埔版《爱民歌》全文如下：

爱民歌

（此曾国藩所定也）

三军个个仔细听，行军先要爱百姓，贼匪害了百姓们，全靠官兵来救生。

百姓被贼吃了苦，全靠官兵来作主，第一扎营不要懒，莫去人家取门板。

莫拆民房搬砖石，莫踏禾田坏田产。莫打民间鸭和鸡，莫借民间锅和碗。

莫派民夫来挖壕，莫到民家去打馆。筑墙莫拦街前路，砍柴莫砍坟上树。

挑水莫挑有鱼塘，凡事都要让一步。第二行路要端详，夜夜总要支帐房。

莫进城市占店铺，莫向乡民借村庄。人有小事莫喧哗，人不躲路莫挤他。

无钱莫扯路边菜，无钱莫吃便宜茶。更有一句要紧话，切莫掳人当长夫。

一人被掳挑担去，一家号哭不安居。娘哭子来眼也肿，妻哭夫来泪也枯。

从中地保又讹钱，分派各团并各部。有夫派夫无派钱，牵了骡马又牵猪。

鸡飞狗走都吓倒，塘里吓死几条鱼。第三号令要严明，兵勇不许乱出门。

走出门来就学坏，总之百姓来受害。或走大家讹钱文，或走小家调妇人。

邀些地痞做伙计，买些烧酒同喝醉，逢着百姓就要打，遇着店家就发气。

可怜百姓打出血，吃了大亏不敢说，生怕老总不自在，还要出钱去赔罪。

要得百姓稍安宁，先要兵勇听号令，陆军不许乱出营，水军不许岸上行。

在家皆是做良民，出来当兵也是人。

1925年元月2日，蒋介石又“手抄曾文正嘉言录及整理精神教育录”，以做教育材料。9月6日，蒋介石在黄埔二期毕业讲话中说：“军人最要紧的是精神，现在你们将要出去教人了，最要紧的几种书籍，如《增补曾胡治兵语录》，本校《日课问答》，《革命军刑事条例》，《新兵精神教育问答》等书，都时时要看。”

然则，颇具讽刺意味的是，王阳明的心学一派曾被明朝遗民和清初士大夫认为是导致明朝灭亡的内在的思想根源，因为心学发展到最后成为空洞的心性清谈，经世致用的思维未能发掘出来，从而大明王朝失去了活力。而蒋介石虽强调知行合一——在民国的政治家当中，能够坚持几十年如一日写日记、做功课的没有出中正之右者，然则蒋介石的这种简单模仿多少有些造作的嫌疑。

在那个日理万机的年代，企图做成王守仁第二、曾国藩第二，奢望也太大了。况且蒋介石实在是没有理学基础，他所做的就是模仿。至于“治心”其中的内省、自为、自觉的精神却逐渐异化为对他人的笼络，即所谓笼络人心。这种私心正是导致他不能真正实现全国政治人心统一的内在原因。黄埔系的形成即是蒋介石“治心”的失败。“治心”在“大中至正”，他做不到。军校在大陆总共办了23期。黄埔系的诞生，是蒋介石在1924~1947年担任黄埔军校校长期间，利用职务之便，把相当一批革命的武装力量逐渐培养成为效忠其个人和国民党的武装力量的过程。

黄埔系之组成主要有两部分。一是黄埔军校组建之初，蒋介石从他毕业的学校保定军校以及其他各地陆军讲武堂，甚至日本士官学校等地挑选来的教员。二是由他们训练的黄埔学生，主要是黄埔前七期的学生。以“四一二”政变前后为标志，蒋介石利用扩编国民革命军第一军为第一集团军的时机，通过发动上海的大屠杀，而树立了他个人对革命军的绝对领导。在此后的平定军阀和“围剿”红军中，黄埔系都是主力。

此后，蒋介石利用抗战的有利时机，全面提拔黄埔系干部。师级以上军政领导人，大部分来自黄埔系。黄埔系自此成为真正的国民党军队，而非国家的军队，并在随后的内战中成为蒋介石的主要力量。

蒋介石培养黄埔系是对黄埔精神的扭曲，也是对其本人倡导的“治心”的“亲爱精诚”的亵渎。尤其是内战时期，交战双方高级将领中相当一部分是黄埔学员或教员，这不能不说是命运的捉弄。

信仰的混合

蒋介石的政治信仰和宗教信仰充满着“洋为中用，古为今用”的特色。国民政府期间，“新文化运动”兴起，传统价值在中国崩溃，基督教在中国开始迅速传播。基督徒的数量由 1900 年时的 6 万人增长到 1920 年时的 36 万人。民国外交总长、部长及众多外交人物均信奉基督，更有信奉基督的将军冯玉祥，这就形成了上层开放而下层未开放的局面。像孙中山、唐绍仪、王正廷、王宠惠、颜惠庆、蒋廷黻以及“四大家族”中的蒋、宋、孔三大家族都信仰基督教。陆徵祥、张学良后来献身基督，忏悔后半生。

蒋介石之信基督与宋美龄相关。宋母倪桂珍曾以此为条件以答应其婚事。蒋介石答曰，必经亲自研读《圣经》后决定。蒋介石曾通读了《圣经》三遍，并作了大量眉批。与宋美龄结婚时（1927 年）蒋介石并没有信基督。1930 年宋母辞世时蒋介石表示过原意受洗。当年 10 月，蒋介石在上海受洗。当时他双膝跪地，当牧师问他愿不愿意受洗成为基督徒时，蒋宋美龄走过来跪在他身旁，一起说“我愿意”。

蒋介石 1934 年 2 月 11 日的日记，记载了他赞美耶稣的五种精神：“一曰牺牲精神，二曰忍耐精神，三曰奋斗精神，四曰纯一精神，五曰博爱精神。”蒋介石在抗战中的日记多处记载祈求上帝的保佑。1937 年 8 月 17 日的日记中他只留下一行字：“唯信仰可以移山也”。在惨烈的衡阳保卫战正酣之际，他写道：“愿主赐我衡阳战事顺利，当在南岳峰顶建立大铁十字架

蒋介石做完礼拜后请教牧师

一座，以酬主恩也。”主帅如此，外交家亦然。许景澄曾教导陆徵祥说：“欧洲的力量不在于它的武力，亦不在于它的科学，而在于它的宗教。在你的外交官生涯中，你将有机会观察天主教。料将来有朝一日，你结束了外交生涯后，可能有机会进入这教会，成为这教会的入门弟子，遵守教会的内心生活，从而掌握其中的奥秘。当你掌握天主教会的核心力量后，你要带回给中国。”所以，陆徵祥皈依基督后说他“在院中，天天为当局祈祷。……天天为国民祈祷”。基督将军冯玉祥尝说：“基督教能救中国，但军政界基督徒不少，何以国家软弱？主要原因是没有组织起来。”这位将军在1913年受洗的时候，他一次性地让自己的500名手下全部皈依基督教，因为人数众多，只能用消防水龙头为部下做“洗礼”。不是所有的将军都信基督，唐生智就是在军中拜佛，以“大慈大悲、救人救世”为号召。可见民国信仰之乱象。

民国政治家们皈依基督可以说是民国思想自由和个人主义的最高表现。由此，这一群人所体现的也是率性、自为和强烈的道德意识。然而，这些宗教皈依——人性中最高层次的灵魂的归属所在——却并没有使中国获得真正的拯救。因为即便这种皈依是真，而中国民族和文化内在的封闭性并不因单个领袖或者政治家的开放得以遽然地改变。蒋介石的信仰中混合了三民主义（这本身也是中西结合的混合物）、王阳明心学和耶稣基督，他就是整个民国精神文化层面在三千年未有之惊心动魄的变局中心态失衡的表现。但他毕竟是有信仰的，一种探索式的悲壮信仰。他的悲剧是信仰的混合导致判断力的复杂化，又在现实面前不得不运用权术，而权术在本质上是反信仰的。二者的结合导致二者都不能真正完美的实践。所以，蒋介石之失败，是信仰的不纯净和权术的不彻底。但凡其中一个做彻底了，他都不是那个样子。

大泽龙蛇：袁世凯创造历史的四次机遇

1916 年 6 月 6 日，看似吉利的日子，对袁世凯而言，却是一生破产的日子。在全国的声讨中，这位拥有一妻九妾的北洋军阀首领，中华民国首任大总统，在做了 83 天皇帝后，愤激而亡。曾国藩相中了李鸿章，李鸿章提携了袁世凯，可是，弟子们的学问是一代不如一代。正剧也好，闹剧也好，袁世凯的一生，是任何书写近代历史的人都绕不过去的。

袁世凯死后，人们在他办公桌里发现这样一行文字：为日本去一大敌，看中国再造共和。这是他的遗嘱。晚清对日本最恨最警惕的两个政治人物李鸿章和袁世凯之最大罪名都是因日本而起，得汉奸之名。

袁世凯这汉奸之名即来自“二十一条”。日本利用欧战攫取德国在中国的权力，在“二十一条”谈判时，袁世凯使用了各种手段拖延。在日本威逼至紧的时候，袁曾问段祺瑞：“中日交战，有无把握?”段祺瑞沉吟半晌，答曰“三日即亡。”在被迫签订后他不顾秘密协定条款，敦促顾维钧化装进入英、美使馆，使得“二十一条”公诸于众。“二十一条”是世人的简称，其实最后的内容已经不是日本最初提出的那些，其中最损中国权益的第五号要求并没有包括进去。坊间有论认为不存在签订“二十一条”，但袁世凯的外交秘书顾维钧在回忆录当中记载了从头至尾的谈判和签约过程的。

在总结对日谈判的国务会议上，袁世凯声泪俱下：“我国虽弱，苟侵及我主权、束缚我内政，如第五号所列者，我必誓死力拒。尽日本最后通谍将第五号撤回不议，凡侵及主权及自居优越地位各条，亦经力争修改，并正式声明，将来胶州湾交还中国，其在南满内地虽有居住权，但须服从我警察、法令及课税，与中国人一律。我国国力未充，目前尚难以兵戎相见。……为权衡利害，而至不得已接受日本通谍之要求，是何等痛心！何等耻辱！无敌国外患，国恒亡，经此大难以后，大家务必认此次接受日本要求为奇耻大辱，本卧薪尝胆之精神，恐十年以后，中国之危险更甚于今日，亡国之痛，即在目前。我负国民托付之重，决不为亡国之民。但国之兴，诸君与有责；国之亡，诸君亦与有责也。”

几天后，一道密谕发往各级官员，袁世凯要求以“亡国灭种”四字悬诸心目，激发天良，屏除私见，各尽职守。

这个人面临了至少四次创造历史的机遇：在朝鲜；“戊戌变法”、“辛亥革命”和洪宪帝制。对了还是错了，至今尚无定论。

第一次历史机遇：独当一面

袁世凯的第一次历史机遇就是改变中国传统的“天子守在四夷”、不直接在属国驻军、不直接控制属国内部事务的原则，以 20 多岁的年纪主动出击，击溃日本在朝势力，登上历史舞台。

训练新军时的袁世凯

袁世凯虽则出身纨绔子弟，但是，在人生的关键问题上，体现出的却是转变的勇气。19 岁时，他因两次考秀才都落第，一怒之下尽焚历年所作诗文，说：“大丈夫当效命疆场，安内攘外，焉能龌龊久困笔砚间，自误光阴耶。”乃投身和其叔父有深交的淮军首领吴长庆手下。30 年后，袁世凯和张之洞等联合推动了科举制度的倒台。

因为吴长庆是淮军的一个著名的将领，和袁家有着比较深厚的关系，叔父袁保庆是袁世凯被过继过去的父亲，他和吴长庆是莫逆之交。

对于一个有抱负的男人来讲，可能只有两条出路，一个就是考科举，一个就是从军。从军成功有很好的例子摆在他的前面，也就是在镇压太平天国运动的过程当中，无论是湘军，还是楚军，或是淮军，都取得了那么大的功绩。这有相当的启示作用，年轻人很多人在考功名考不过去的时候，他可以去通过参军来改变自己的命运，而袁世凯正好有这么一个很好的条件。

袁世凯更喜欢军营生活，他期待有所作为。但问题是这只是袁世凯的个人意愿，到了庆字营之后，父亲的朋友、军队的长官吴长庆，并没有打算让袁世凯驰骋战场。吴长庆本身是个军人，但又是一个儒将。所以说他在军队中要找老师，要教袁世凯，让袁世凯再发奋，再重登科场，参加科举考试。吴长庆觉得袁世凯既然是从北京过来的，你又是正在考功名，那就先到我这来，你还是跟我的儿子一起读书吧。吴长庆的儿子的教师，老师是谁呢？就是著名的张謇，也就是后来的大状元实业家。

有一天袁世凯闷闷不乐，说我家不是没田可耕，我家有地有田可耕，我来这也不是做这样的差事的。后来张謇就跟吴长庆说，看来他不是读书的料，那就干脆给他安排一个军队里面的职务吧，后来就给他安排到了营务处。营务处实际上就是一个办公室参谋、打杂的这么一个机构。

袁世凯进入庆字营后不久，军营里发生了一场骚乱。应该在 1882 年的春节，就已经是壬午年，那一年对于袁世凯来讲是很关键的一年。过节的时候军官都回家过节去了，士兵们在军营里喝酒，有的赌钱，最后有的因为赌钱两个人就打起来，急眼了就动了枪了。

这时候吴长庆不在军营里面，作为营务处的一个办事员，袁世凯居然跳了出来。你想想他是刚入伙的一个 22 岁这么一个小伙子，他居然把这个事情给搞下去了。他的办法就是假装是吴长庆的命令，把挑头的人抓住给枪毙了。

袁世凯假传军令，按律当斩。但吴长庆也非等闲之辈，他反倒欣赏起袁世凯来，着力培养其才能。

大院君和闵妃

就在这一年（1882 年），朝鲜发生内乱，动乱的双方是 12 岁的朝鲜小国王（以旁支入继大统）的生父大院君和王妃闵氏，闵妃掌权后效仿日本进行了一系列改革，触犯了大院君的利益。矛盾日积月累，终于酿成了一场兵变。在兵变过程中，大院君乘机煽动士兵包围王宫，闵妃出逃，大院君重新掌权。闵妃向清政府求救，请求派兵帮忙。清政府应朝鲜的邀请调吴长庆这一部开到朝鲜，共6个营3 000人。

对于庆字营来讲所面临的任务是什么？第一就是要把大院君控制住，因为大院君当时已经控制住局面。就是这帮旧军阀势力、政治势力，而国王李熙和闵妃被赶到一边去了，那么首先就要控制住大院君。在如何控制大院君的问题，袁世凯迎来了一个表现得机会，正是他提供了一个办法，让问题迎刃而解。

他们设计了一个计策，就是要大院君来营中喝酒，其实就是一场鸿门宴。大院君手下的这些卫队，被袁世凯截住，在营门旁边摆一些酒席，大吃大喝把他们喝醉，这边才好下手。按照袁世凯的设计，他自己负责把大院君与卫队分开，而丁汝昌则率军把大院君控制住。8 月 26 日，计划顺利实行，淮军以“煽动兵变”罪拘捕了大院君李昰应，交“登瀛洲”舰押送回天津，后扣押在保定直隶总督府。

清廷上谕：“安置直隶保定府地方，永远不准回国。仍著直隶总督优给廪饩，严其防闲，以弭该国祸乱之端。即以维该国王伦纪之变。”

接着，袁世凯和周馥、马建中等人拟议了《派员看守朝鲜大院君李昰应章程八条》：

> 1. 凡有李昰应与人信札往来，俱应露封，由看守委员查阅后始准送交。其不露封与书朝鲜俗字者，由委员驳回，不准擅送。
>
> 2. 凡看守之人，俱宜分居在外不可与之亲密。在省及外来文武官员，非奉宪谕，不准任其私自入见。
>
> 3. 李昰应每日需买食物，由委员派人代买，价值由彼自付；或彼自派人出买，则由委员派妥实兵弁跟同上街。不准其托故私自送信，亦不准其私买违禁之物。
>
> 4. 李昰应倘欲自行赴市买物，只准随带奴子一二名。由委员先请宪示，并须举行。但一月不得过一二次，不准出城，不得隔宿。
>
> 5. 李昰应随从人役，由委员查明给予腰牌。每月由练饷局查

照人数，酌送米煤外，另给送银五十两以为杂用。倘以后朝鲜国王再添派官役，按人只加送来煤，不另添银两。

6. 送银两米煤等物，俱由看守委员开单送人，取李昰应亲笔收条存查。

7. 看守之员请于在省司道大员中专派一人督察。再由司道会商，拣派精细勤干之委员二人，由中军派武弁二人，常川住守。逾年准分次另换员弁兵接替，而惟不得同时全换。

8. 所有练饷局支发各款，随时报明，请准附案汇销。

63 岁的朝鲜摄政大院君被扣押在中国 3 年多时间。

清军诱捕大院君后，日方自是不满。《申报》记载：“目下，东洋人因大院君之事颇不满意于中国，谓如此作为，有轻视伊国之意也。”但德国、英国和美国却支持中国的举措，以中国制衡日本。

袁世凯之举将清朝卷入与日本直接对立的局面。但无此举，日本既然国策已定，那么很可能朝鲜战争会提前爆发。

平息事乱以后，清军，淮军驻在朝鲜留下三个营，其中有一个营就由袁世凯控制，这是袁世凯起家的根本。

“壬午兵变”两年之后，朝鲜政府又起纷争，政权内部分化为新旧两派势力。一派是以闵妃为首的王室集团，另一派则是要求改革的激进派。1884 年冬天，朝鲜激进派在日本的支持之下发动政变，劫持了国王，朝鲜政坛又一次陷入了危机，这就是历史上著名的“甲申政变”。

此时因吴长庆回国，而临时统帅吴兆有却也无法决策。副手袁世凯又一次主动出击，他的理由是请示汇报是浪费机遇，应该先斩后奏。

12 月 6 日，袁世凯率领在朝鲜的所有清军和 3 000多名朝鲜兵朝着王宫出发了。吴兆有自己率军从左门进攻，袁世凯从前门进攻，另一营由张光前断后策应。王宫里只有一小队日本兵守卫。

此战，袁世凯把日本人赶得落花流水，然后一直赶到一座山上，但是日本人在那边嚷嚷，说，国王在此，你们要打的话把国王打死了看你怎么办？在与日本军队对峙一个小段时间后，最终由袁世凯发起了攻击，很快击溃了日本卫队，救下了朝鲜国王。

此次“甲申政变”，若不是袁世凯一人当机立断，敢于负责，那么朝鲜不必等到甲午战争，早已脱离了清政府。这一次胜利，也是清政府在朝鲜和日本交锋的最后一次胜利。袁世凯平息“甲申政变”，得到李鸿章的大加赞赏，李鸿章第二年就直接把他的官位就升了，升他为驻朝鲜的总理通商事务大臣。

李鸿章之所以后来欣赏袁世凯，就是因为袁世凯在朝鲜执行的政策极大地支持了李鸿章的战略，而袁世凯本人是不清楚的。我们不得不承认，因为他仅是一个20多岁的小青年，当然不知道自己在干什么？但背后的李鸿章是看得很清楚的，因为朝鲜这个问题的妥善解决，对中国是利益攸关的一个事情。

“甲申事变”之后，朝鲜小国王李熙便请袁世凯居于王宫偏殿，代为主持内政、外交、军事等一切政务。袁世凯遂以监国自居。他曾上书李鸿章建议清军全面进入朝鲜，断绝日俄觊觎朝鲜之念。此建议未获批准，但袁世凯自此却得李鸿章大力提携。

朝鲜事件的结果，是袁世凯在事实上主动改变了中国不干涉属国内部事务的传统，从而把李鸿章逐渐拖进朝鲜事务和日本发生正面冲突。1885年4月，李鸿章和伊藤博文签订《天津条约》。其要点是：双方如果得到朝鲜的要求出兵，事前应该先知照对方。此举为1894年甲午战争的爆发留下了伏笔，但也推迟了甲午战争的爆发。这便是袁世凯创造的第一次历史机遇。

李鸿章无奈地看着崛起的日本，只有不断加强对朝鲜的控制，才能抵抗日本的进攻态势。这在客观上促进了袁世凯的进一步被重用。

1884～1894年，袁世凯在朝鲜独当一面，国内的清政府则迎来了洋务运动全面推进的十分难得的黄金十年，北洋水师也建军成功。同时，日本也是磨刀霍霍，杀气腾腾，准备找借口全面进入朝鲜。

1894年7月，朝鲜境内爆发了东学党起义，中日双方火速派兵进入朝鲜境内。7月25日，日本军队在丰岛海面对清军发动了突然袭击，击沉运兵船高升号，终于挑起了这场侵略战争。

甲午战争的第一阶段主要在朝鲜半岛进行，这么一来，袁世凯的命运又遭到了重大考验，在发生战争之前的一周，日本人对袁世凯驻扎在朝鲜办公的地方，全部给包围起来，准备要干掉袁世凯。

袁世凯一看事情不对，然后又发电报回去跟李鸿章说，现在不行了，这个事情看来日本是蓄谋已久，我们估计这次是搞不过。他说，我们不要跟它正面冲突，我先回来再说。他就是想逃了。最后从后门化装从使馆里逃出，然后在英国的配合下，坐上了英国的一艘军舰回国了。他出门的10分钟之后，日本军队就赶过来了。

袁世凯狼狈地逃回了中国，但也带回来三个朝鲜小老婆，其中金氏是闵妃的表亲，生了袁克文。按说这是一次擅离职守，但他回国后没有得到任何惩罚，反而在战争结束后得到了重用。如果说1895年以前的袁世凯只是一个兵哥袁世凯，那么1895年以后的袁世凯是一个政客袁世凯，就是他有了政治思维，原因就是甲午战争的冲击。

第二次历史机遇：戊戌变法

1894年甲午战争爆发时，袁世凯化装从朝鲜逃回北京。侥幸拣得性命后，他在第二年遇上了朝廷失败后欲图雄起的时机。一方面，他上书朝廷提出练兵，另一方面，他结交疆臣权贵如刘坤一、张之洞、荣禄等。几番活动，袁世凯得以在天津小站编练新军。

新建陆军以过去4 750名定武军为基础，又在河南、山东、皖北、苏北、奉天等地招募2 250人，共计7 000人，编为一军。聘请了十多名德国、日本、美国军事教官教学，订立各种章程，完善军队的组织制度；建制以德国和日本军队为准。

正是从他编练的新军中，走出了4个民国总统（袁世凯、冯国璋、徐世昌、曹锟）、6个民国总理和陆军总长（段祺瑞、王士珍、段芝贵、唐绍仪、张怀芝、靳云鹏）以及34个督军。

历史机遇的存在，只有对袁世凯这样善于应变的人物才有意义。“戊戌变法”期间，袁世凯看准维新派可能是一个政治机会，加上他本人的确也算是锐意进取的新派人物，所以，他保持了和康、梁的密切接触，并且也提出变法的主张。直到1898年9月18日，袁世凯不得不面对帝党与后党、维新派和保守派的生死对决。

处于危急关头的光绪，给康、梁下了一道密诏，望维新派“速密筹设法相救”。维新派捧诏痛哭，求救于袁世凯。当天深夜，谭嗣同到华法寺袁的寓所与他商谈，请他救圣上，“围园劫后”。袁表示竭死力以补救，并怒目曰：“若皇上在仆营，则诛荣禄如杀一狗耳。”9月20日当天，袁世凯在假惺惺地向光绪请训后，借口弹药不足和要更选将官，匆匆赶回天津向荣禄（直隶总督）告密。而作为慈禧的亲信，荣禄连夜进京面禀慈禧。9月21日晨，“戊戌政变”发生，光绪被囚，维新派被捕杀。

对于袁世凯的告密，目前争议颇多。主要的证据是，首先，9月21日早晨慈禧太后发动政变时，并没有下令捉拿谭嗣同，连康有为的罪名也只是“结党营私，莠言乱政”。并且在第二天慈禧开始新的训政后，连停止新政的谕旨都没有发布。直到第三天，慈禧太后才大肆捕杀维新派。估计此时，她才得知维新派要罢黜太后的密谋。可见政变当日慈禧并没有得到荣禄的禀报。

其次，荣禄不可能连夜乘火车赶回北京。袁世凯自述到达天津时“日已落”。等他告密到荣禄那里，荣禄再返回北京告密，时间上来不及。因为当时京津间火车由于技术限制，在夜晚不能通行。如果荣禄深夜赶回北京，后党方面做好一切准备，接着次日凌晨就发动政变，在时间上肯定来不及。不过，可以肯定的是：“戊戌政变”并非袁世凯告密而发生，但是他的告密促使后来慈禧加重了对维新派的惩罚。

慈禧差点也要了袁世凯的头，正是荣禄极力保他，才使袁世凯得以幸免。荣禄说，别人说袁世凯首鼠两端，我看他不是，他是我的人。袁世凯由此转危为安，成为后党的骨干，并被提升为工部右侍郎。这是因为袁世凯在得知北京发生政变后，在天津向荣禄痛哭流涕地表达了忠心。和盘托出了维新派的密谋，由此得到荣禄的信任。

不过，社会上依然流传着这样的童谣：六君子，头颅送。袁项城，顶子红。卖同党，邀奇功。康与梁，在梦中。不知他，是枭雄。

随后镇压义和团和妥善应对八国联军侵华，使得袁世凯得到了上层的完全信任。1901年11月李鸿章临死前说：“环顾宇内人才，无出袁世凯右者。”力保袁世凯继任直隶总督。荣禄等也极力推荐。于是，慈禧提升袁世凯为直隶总督兼北洋大臣，并加封太子少保。

1898~1900年的机遇对袁世凯而言，是创造历史的第二次机遇。但是，袁世凯最终没有采取激进的行动，主要原因是他观察到清政府的气数并没有尽，慈禧当政的气势，压制着任何图谋不轨的野心家。袁世凯毕竟羽翼未丰，他只能选择和势力强大一方的合作。

第三次历史机遇：辛亥革命

1908 年，光绪和慈禧相继驾崩，宣统继位。摄政王载沣监国，有意除掉身为军机大臣兼外务部尚书袁世凯。袁得密报，惊恐万状，即以“足疾”为由，辞官归隐，躲进河南安阳北门外的洹上村别墅。为掩人耳目，袁世凯让人拍了几幅题为《烟蓑雨笠图》的照片，发表在当时颇有影响的《东方杂志》。袁世凯垂钓的模样使人觉得这位不到 50 岁的枭雄，真的要归隐了。然而，袁世凯在一系列归隐诗中表达了自己的雄心，比如“野老胸中负兵甲，钓翁眼底小王侯”。实际上，袁世凯的寓所内设有直通北京的电报房，随时与北洋将领们通消息。

袁世凯装模作样的《烟蓑雨笠图》

1911 年 10 月 10 日，“武昌首义”迫使清政府急令冯国璋率北洋军南下镇压。冯国璋南下途中，先到彰德秘密会见真正的主子袁世凯，请示主意，袁世凯告之以“慢慢走，等着瞧”的秘诀。而北京东交民巷使馆区也有“非袁出来不能收拾大局”的传说。在辛亥革命后第四天，清政府终于被迫起用袁世凯，先后任命袁世凯为湖广总督、钦差大臣、内阁总理大臣，使袁世凯重新掌握了军政大权。

于是，袁世凯得到了可以创造历史的第三次机会。

但是，袁世凯表示革命的行动，却是在一番激烈的交易中逐渐明确的。他要等到有了十分的把握，才最终行动。剪掉辫子是当时表示革命的标志性行为，而袁世凯剪辫子的事情，是一拖再拖。一说是1912年2月12日，即隆裕太后颁布清帝退位诏的当天晚上。此说不符合袁世凯当时的心迹，如果没有得到当临时大总统的承诺和法律上的地位，袁世凯是不会轻易剪掉辫子的。

于是，另一说可能成立：有学者据英国《泰晤士报》驻华记者莫里循致《泰晤士报》代理外事主任布拉姆的信，确定：1912年2月16日下午3时15分，在外务部大楼，由蔡廷斡为其剪掉辫子。另据莫里循致英国驻华公使朱尔典的信中说：1912年2月14日，袁世凯还不肯剪辫子。尽管当天孙中山正式辞掉中华民国临时大总统职务，并举荐袁世凯任总统。但是，直到次日，南京参议院才选举通过袁世凯为中华民国第二任临时大总统。孙中山致电袁世凯说："民国大定，选举得人。"袁世凯又观察了一日，终于下决心剪掉了自己的辫子。这符合袁世凯老奸巨猾的风格。

即使从后来他一再不愿意去南京就职，并且制造"兵变"以拖延去南京就职的情况看，袁世凯在那些与革命党人纠缠的日子里，始终保持着相当的警惕。袁世凯剪掉辫子后20天，临时参议院同意袁世凯在北京就职。不久，临时政府迁往北京。袁世凯成功了，他成了"窃国大盗"。

对于孙中山和袁世凯在辛亥革命中的地位和角色而言，其实不能说袁世凯是"窃国大盗"。尽管各人有其政治抱负，结束满清帝制却已经是他们共同的目标。且袁世凯以最小的代价获得成功，应该肯定。历朝历代都是以大规模流血为代价改朝换代，惟有辛亥革命代价最小，原因即是袁世凯的反水，辛亥革命通过袁世凯已经转变成宫廷政变或者说是兵谏。袁世凯命令其第一军冯国璋（后为段祺瑞）暂停进攻武昌（否则武昌被拿下是昼夜之间的事，黄兴等已经跑了），又在与南方谈判期间，令段祺瑞自汉口北退孝感，又北退河北保定。并令段祺瑞联名46名北洋高级将领电促清廷退位，"立定共和政体"，这才有2月12日，清隆裕太后迫于各方面压力终于下诏清帝退位，此即段祺瑞的"一造共和"，实际是袁世凯"一造共和"。作为与南方的交易，这怎么能说是"窃国大盗"呢？

反观孙中山的行踪，其实孙中山根本就不知道发生了武昌起义。他是之后赶回来在仓促之下由17个省的革命党人选举为临时大总统的，当时南北双方还在谈判，孙中山抢了先而已，也就是说，孙中山先袁世凯一步在仪式上、名义上夺得了新国家的首领之职务，其实是名不副实的。当时孙中山完全没有起码的财政支持来组建政府，他绕道英国回国，这两个多月他主要在募集资金。

1911 年，孙中山仍在流亡，其主要目的为筹款。而偏偏最重要的武昌起义发生时，他对此一无所知。如同当年上半年的广州起义一样，他是通过报纸才知道基本情况的。

武昌起义当天，孙中山在美国盐湖城旁边的一个小镇，次日将前往丹佛市筹款。孙中山本应在 10 多天前就知晓起义在即，但黄兴发给他的密电却一时无法译出，因为密码本随行李已先到丹佛。直到孙中山抵达后，他才从行李中取出密码本译出黄兴的电文："居正从武昌到港，报告新军必动，请速汇款应急。"孙中山下榻的宾馆是丹佛市区繁华地段的"布朗宫"（The Brown Palace Hotel），当地时间是 10 日，星期二，房间号是 321。

此时，孙中山还不知道武昌已经光复。次日上午 11 点多，他才在去用餐的路上，在走廊里的报摊上看到一条骇人的新闻："武昌为革命党占领。"

12 月 25 日，孙中山取道香港来到上海。12 月 29 日，在南京的各省（实际是 17 省）代表会议投票选举临时大总统，孙中山得 16 票，黄兴得 1 票（系浙江代表所投），黎元洪未得票。

1912 年 1 月 1 日，孙中山启程赴南京，当晚 11 时就任中华民国临时大总统。

8 月，孙中山应袁世凯之邀抵京。

他们相见时互相恭维，称呼"万岁"。前 13 天几乎每日与袁世凯面谈，曾经从下午四点聊至次日凌晨两点。长谈之下，孙中山回来后兴奋地说，想不到旧官僚中，还有项城这样新的头脑。孙中山表示，他将为中国建设 20 万里的铁路。

然而，半年之内，他们的决裂导致宪政危机与宋教仁的被刺。宋教仁被刺一直是个近代之谜，革命党人未经调查即宣布袁世凯为主谋。孙中山以此发动了反袁的二次革命，失败后再一次流亡日本。

第四次历史机遇：洪宪帝制乎？君主立宪乎？

袁世凯临终前，大呼："他坑了我。"关于"他"指的是谁，只有洪宪皇帝自己知道了。

不过，袁世凯要做皇帝，的确是他对时局的判断上出了严重的差错。不管“他”是谁，他自己应该是那个首先应该负责任的人。

袁世凯祭孔（1914 年）。袁虽称帝，但从未举行过正式的登基仪式，也没有坐过龙椅。祭孔和祭天的图片常被人误以为是登基仪式。

袁大总统要高升一步，推动他的倒有几股外在的力量。一是他的大公子袁克定，因为想做皇储。二是他的癞蛤蟆转世的迷信，或者他的老婆巨蟒缠身的隐谕，都造成其坚信做皇帝是顺从天意。三是日本人要搞“二十一条”。四是他授意亲信杨度联合孙毓筠、严复、刘师培、李燮和、胡瑛组织“筹安会”，鼓吹恢复帝制。杨度等被称为“筹安会六君子”，他们的联合推动，使袁世凯丧失了对民意的准确判断。而段祺瑞等部下是坚决反对的，说不能再下跪。

袁世凯的称帝闹剧在一片反对声中搞了起来。1915 年 12 月 7 日，北京及各省投票推戴一律告竣，上报参政院，并推定参政院为国民代表大会总代表。

12 月 11 日上午 9 时，举行解决国体总开票。各省国民代表共 1 993人，赞成君主立宪票正好 1 993张。100% 的赞成票跟 21 世纪初期伊拉克的那个总统的投票率一致。

这是一次逆历史而行却可能顺中国文化的贸然行动。洪宪者，弘扬宪政，是君主立宪。袁世凯可推举继承人而非袁家天下。

袁世凯在 1915 ~ 1916 年，面临打造中国宪政体制的历史机遇，但是，他的君主立宪，被自己做皇帝的美梦迷惑，导致其立宪的意义没有凸显出来，而做皇帝的意愿则被理解为“复辟”。刚刚推翻帝制的国人，无论如何也无法理解还有什么可以在宪法之内行动的皇帝。

是君主立宪，还是走向共和，在 1911 年的对决中，中国历史的自然进程，已经给出了合适的答案。即哪怕在一个民智未开的国度，通过革命，仍然可以超越历史的应有阶段。尽管中国的传统政治文化还无法理解什么是共和体制，但是，只要君主被推翻，不管以任何方式再恢复君主的称号，都已经无法在社会上获得共识。袁世凯自己的北洋将军们都反对他当皇帝，更何况普通百姓了。

袁世凯这第四次历史机遇，是要在中国确立制度创新的合法性。但是，由于袁世凯本人在思想上和知识上的缺陷，致使他不仅无法理解共和体制，更无法理解真正的立宪君主体制。他错过了成为中国的华盛顿或者杰斐逊的历史机遇。

余说：袁世凯古风气度

敢接受别人的当众辱骂是袁世凯的一大风范。湘军怪杰大儒、狂狷之士王闿运于1914年获袁世凯礼聘，担任国史馆馆长，那时他已高龄八十三。到北京就馆长职时，有人问：“您年纪这么大了，何苦千里迢迢来做这个官？”他回答：“世上最容易的事，就是做官。我因年纪大了，什么都不能做，所以只好来做官啰！”

王闿运在北京时，袁世凯常命人陪他游览名胜古迹，以讨其欢心。

某日，车经内阁总理衙门，王闿运指着它对导游说：“这是动物园。”导游感到奇怪，问：“怎么是动物园呢？”王闿运解释道：“那里面住的内阁总理熊希龄，是湖南凤凰人，凤凰是飞禽，而熊（熊希龄）、猿（袁世凯）是走兽。飞禽与走兽皆聚集于此，不是动物园是什么？”王闿运在北京时，眼看政局纷纷扰扰，大小政客私心自用，而帝制之说，又已呼之欲出。他心有所感，便作一副嬉笑怒骂的对联：

民犹是也，国犹是也，无分南北。
总而言之，统而言之，不是东西。

为了让王闿运在劝进表上签名，禁不住袁世凯代表的纠缠，王闿运说签名可以，但我的名字每个字10万元。袁世凯马上答应，先命湖南都督垫付15万元，剩余15万元随后支付。

这余款尚未付清，袁世凯病倒了。王闿运不依不饶地派自己的贴身女仆周妈代表自己到北京找袁世凯催款。此时的袁世凯皇帝没当成，正在惶惶不可终日，要赖说没当成皇帝，也没钱。

周妈也非等闲之辈，撒泼哭闹赖着不走。袁世凯就骗周妈先回湖南，欠款随后汇到。你一个女人家，带这么多钱也不安全。周妈就是不依。万般无奈之下，袁世凯只好把欠下的15万元劝进款还清。

1914年正月初七，另一位大学者、狂人章太炎也曾大闹总统府。闹事的原因也是要钱。原来此前张謇曾向袁世凯提议设立一个“弘文馆”，让章太炎领一些弟子去编字典、做学问，袁世凯说：“只要章太炎不出京，弘文馆之设，自可照办，此不成问题也。”袁世凯还当场答应拨给数千元作为开办费，以后每月固定拨给若干，但一直未兑现。

章太炎乃于清晨八时径赴总统府，请谒见总统。他身穿一领油烘烘的羊毛皮袄，脚踏着土埋了似的一对破缎靴，手擎着一把白羽扇，不住地挥来挥去；又有亮闪闪的一件东西，是大总统袁世凯颁发给他的勋章，不在胸襟上悬着，却在拿扇子那一只手大指上提着，歪歪斜斜地坐在总统府招待室里头一张大椅子上。那一种倨傲的样子，无论什么人他都看不到眼里。承宣官支支吾吾说大总统不在，而秘书也是推三阻四，章太炎即刻“发疯”，大闹接待室一整天，把那里的物品打了个尽数损毁。他由宪兵教练处被移囚至城外龙泉寺。

囚禁期间，太炎在窗上、桌上遍写“袁世凯”三字，每日以杖痛击之，称为“鞭尸”；用不同字体写满“袁”字，掷进火堆焚烧时，则大喊大叫：“袁贼烧死矣！”喝酒必佐以花生米，曰：“杀袁皇帝的头！”袁世凯得信，说：一个疯子，我何必与之较真！太炎是现场演示祢衡骂曹的典故，袁世凯却没有曹操那么狠毒。当章太炎自己的钱全部用光后便开始绝食。袁世凯知道后，不想背上逼死国学大师的骂名，特地将京师警察总监吴炳湘召来，让他妥为设法劝导处置，千万不要让章太炎真的绝食死了。太炎乃被迁入城内监视居住。被痛骂的袁世凯亲自给章太炎定了个“八条优待措施”，规定起居饮食，用款不限，骂人毁物，听其自便，每月费用五百元。要知道当时北大高级教授的月薪也不过四百元。

从段祺瑞下跪的传说到中国人下跪的故事

段爷的下跪传说

有一人，乃北洋军阀之“虎”、三造共和之功臣，作为最高执政而对惨案死者长跪不起，并终身吃素以示谢罪。网上网下最近两年传阅甚广的这一跪成名的“敢于直面惨淡的人生，敢于正视淋漓的鲜血”的人，不是鲁迅笔下的刘和珍君们，恰恰是为正史所诟病的惨案的幕后指挥段祺瑞。

晚年段祺瑞。因长期吃素，形容消瘦

长跪不起，终身吃素以示谢罪一说，可见凤凰卫视2011年8月2日《腾飞中国》及《炎黄春秋》2009年第5期杜婉华所撰《另一个段祺瑞》一文中引述段祺瑞外孙女张乃惠之回忆。类似的说法还可见柳士同《三一八有感》《最后的声音——民国名人的遗嘱》《历史的碎片2：另类人物》，金满楼《北洋野史：乱世军阀这么干》等书籍。而散木在《段祺瑞的“吃斋念佛”》考证认为：“那只是听闻者和转述者的一厢情愿而已。”其后，腾讯网历史频道也以《段祺瑞终生忏悔枪杀学生?》为题进行了专题讨论，认为“三一八”惨案当天段祺瑞根本没有去现场，也根本没有出现在“悼念三一八惨案死难同胞大会”上，段祺瑞吃素与“三一八”惨案无任何关系。

笔者翻阅北大图书馆所藏《申报》，在1926年3月18日后一周内均未提及段祺瑞下跪事。倘若真有此事，《申报》等民国重要报刊（天津《大公报》此时期正好停刊）不可能不对这么重要的政治细节予以报道。

找出北大图书馆其他关于段祺瑞的书，就“三一八”惨案中段祺瑞的行为多做有罪推定，而无提及段祺瑞下跪的情节，例举如下。

华岗《中国大革命史》：段祺瑞下令院府卫队开枪，“轰击十余分钟之久，惨死者五十余人，伤者一百余人”。

陶菊隐《武夫当国：北洋军阀统治时期史话》：卫队旅长宋玉珍向段请示，段竟下令向手无寸铁的群众开枪，当场打死了游行者46人，打伤155人，其中有不少是女学生和未成年的学生。段的态度非常暴躁。

李庆东《段祺瑞幕府与幕僚》：段秉承日本主子旨意，下令镇压向执政请愿的反日爱国的革命群众，打死打伤132人，一手制造了骇人听闻的“三一八”惨案。

徐海东《段祺瑞传》：3月18日的大屠杀是段皖执政府和国务院对爱国学生运动蓄谋已久的一次镇压。“虽然到底是谁下令开枪至今仍不为所知，或许永远是个迷，但执政府的罪责难逃，段祺瑞的罪责难逃。”

元坤《北洋总管段祺瑞》：段祺瑞在惨案发生的当天的确不在执政府内，而是在家休息，并和年轻的棋手吴清源在下围棋。负责问题：一说虽不是段直接下的命令，但他对卫队开枪事件是持支持立场的，事前种种迹象也显示他要武力对付学生运动。另一种说法是段祺瑞本意并非是要杀害学生，事发前完全不知卫队居然开枪，在得知事件发生后第一时间赶到现场，面对死难者长跪不起以谢罪。自此以后终生吃素。

楚溪春《三・一八惨案亲历记》：段在家正在下围棋。卫队参谋长之一楚溪春和北京警卫司令李鸣钟去见他。段表示：“你去告诉卫队旅的官兵，我不但不惩罚他们，我还要赏他们呢！这一群土匪学生。”楚溪春回忆前一日接的上级命令是打不还手，骂不还口。当日现场指挥的卫队长官王寿图命令一些士兵：“开枪吧！”意思是向天放枪吓走学生，但士兵误解了长官的意思，真的射杀起来了。这种说法很不能让人信服。卫队开枪的内幕至今也不是特别清楚。

胡晓《段祺瑞年谱》：与卫队发生激烈冲突，卫队开枪。同日下午5时，与贾德耀（国务总理）等人在吉兆胡同私宅开会协商惨案处理办法。段推卸罪责，反诬群众领袖，力言从严惩办。4月2日，京师地方检查厅侦察“三一八”惨案完竣，致函执政府陆军部，列举实地调查详情及军警官兵和目睹人供词，证实游行学生群众在国务院门前请愿，“查无犯罪情事，而其行为亦未达不正当侵害程度之情形”，国务院“卫队方面查无必要开枪防卫情形”，“卫队官兵遽行枪击，死伤多人，实有触犯刑律第三百十一条之重大嫌疑”，请陆军部“即查明行凶人人犯，依法审判，以肃法纪”。

李勇、周波《北洋虎将段祺瑞》：段祺瑞是早已下决心要以屠杀来制止民众的爱国热情。段祺瑞（他们）把屠杀说成是“正当防御”，用“军警”代替执政府卫队，借以混淆视听，把责任推到国民军。国民军是维持首都治安的部队，当日没有按照此前曾执行的以大刀队护卫学生游行的方案去护卫学生，以至于段祺瑞的卫队敢对爱国民众下毒手。

董尧《北洋兵戈二：北洋之虎段祺瑞》：段祺瑞在公馆里打牌，把侍从武官长卫兴武叫到面前吩咐他把卫队全部拿出去，阻拦那些闹事的群众，“万一制止不了，可以开枪”。

倘若真有下跪事实，以上诸多著作或严肃或演绎，不可能不将此大书特书。

当然最后一种是小说，自然不足为据。

跪，是一种精神状态

百度搜索一下“跪”，如此解释：跪为动词，跪，《释名》云：“跪，危也，两膝隐地体危阢也。”即两膝着席，上体耸直之坐法。在中国的旧习惯中，作为臣服、崇拜或高度恭敬的表示。《礼记·曲礼》授立不跪，又主人跪正席，客跪抚席而辞。《史记·留侯世家》因长跪履之。《正字通》朱子谓两膝着地，以尻着膝而稍安者为坐，伸腰及股而势危者为跪，因跪而益致其恭，以头着地为拜。

不不，跪不仅是一种动作，它其实是一种精神状态。

国人对段祺瑞的下跪赋予了精神价值，它被人炒作，其根本原因是国人对自己的下跪产生了怀疑，希望上面也能有这种姿态。在亲民之外，这反跪一事不仅可以成为传说，还可以验证“民贵君轻”的传统奢望，借段爷而寄托政治的道义理想。那年，我远远地看到那三个人跪着高举请愿书。

因为我们跪得太多，而受跪者偶尔一跪，便可以成为传说。不不，不

某大学师生在政府门前下跪请求搬走造成污染的工厂。（2011 年 11 月）

是传说，是神话。外国也有真的一跪成神话的，那是勃兰特在波兰犹太人墓碑前的下跪，震撼世界。段爷的颈项是何其的硬，当年袁大头当上大总统后，准备称帝，北洋将领见袁跪拜，唯独段祺瑞不肯下跪。所以，倘若他向刘和珍君下跪，那是何其的神话？

男儿膝下有黄金嘛！跪天跪地跪父母，不不，父母后最好加一个“官”字。

所以南方一个大学的教授们下跪了，祈求能够把一个造成污染的厂子搬走。

这不仅丢弃了斯文说教，也丢弃了现代人文精神。斯文扫地得可以出门了，出门也不一定成功，君不见“千人集体下跪求见市长未果”么？

乱跪一气，跪也不是，不跪也不是。

教授可以对老母一跪，只是炒作起来就变了味。真是跪也不是，不跪也不是。

跪是罚。这不，罚秦桧夫妇一跪就是九个世纪。跪搓衣板大概是中国男人的必修课，这事接力起来肯定比秦桧夫妇跪的时间长。话说人家秦桧得罪了你们喜欢的岳武穆，干嘛叫人家老婆也陪着跪啊！

有两位小伙开车轧死了小狗，面对狗主人要么赔偿 5 000元，要么给狗尸体下跪一小时的要求，两小伙赔不起钱，挨打后选择了下跪，且一跪便是一小时。

又有一名未满四岁的男孩乐乐（化名）因为尿床，被自己的亲生妈妈罚跪 11 小时后，活活被踢死。

又有近 20 名十四五岁的男孩双膝跪在操场上，或低头沮丧，或四处张望，这令人震惊的一幕发生广西某中学。私下认为，这标题不令人震惊，前面不是有千人下跪吗？

又有一男子爽约，被老婆罚跪，打 40 多耳光。

又有四名拾荒者在拆迁片区拾荒时，被拆迁人员当小偷捉住，罚跪近1小时。

跪是礼。洋人在中国帝制时代想要入觐，便会被强制学习跪拜之礼。1518年9月末，安德拉德返抵马六甲。皮雷斯等七名葡萄牙人则留在广州，打通了镇守广州的宦官，终于得到入京的许可。

广东按察司佥事兼署海道事的顾应祥记述此事曰：

> 正德间，予任广东按察司佥事，时巡视海道副使汪鋐进表赴京，予带管海道。蓦有番舶三只至省城下，放铳三个，城中尽惊。盖前此番舶俱在东莞千户所海澳湾泊，未有至城下者。市舶提举吴洪赐禀，予亲至怀远驿审视。其通事乃江西浮梁人也，禀称此乃佛郎机国遣使进贡，其使臣名加必丹，不曾相见。予差人往梧州呈禀。三堂总镇太监宁诚、总兵武定侯郭勋俱至，其头目远迎，俱不跪拜。总督都御史陈金独后至，将通事责治二十棍，分付提举：远夷慕义而来，不知天朝礼仪，我系朝廷重臣，着他去光孝寺习仪三日方见。第一日始跪左腿，第二日跪右腿，三日才叩头，始引见。

而1793年英国马戛尔尼使团觐见乾隆皇帝，前前后后学了大半年的跪拜，最后还是单膝下跪鞠躬了事（此事有争议）。

谁说在朝贡体制下，中国人只是高高在上、接受或强制西方国家来华使团的跪拜？历史并非如此简单。

大清使团就曾先后于1731年1月和1732年1月，在俄罗斯对俄皇行了跪拜大礼。

在朝廷上，大清的汉臣见了满臣是必须下跪的。

跪也可成为一种以下犯上的胁迫，就是那啥……“跪谏”。

历史上著名的跪谏是在明朝发生的。那位以藩王的身份入主皇城的人明世宗朱厚熜，就是嘉靖皇帝。他的生父老兴献王朱佑杬是孝宗朱佑樘的亲兄弟，孝宗的儿子是武宗朱厚照，所以朱厚熜本来只能继承父亲兴王的“王位”。然则堂兄朱厚照不厚道，年纪轻轻就死了，堂弟即位便名不正则言不顺，言不顺则事不成。礼臣们先是要求新皇帝称孝宗皇帝为“皇考”，称兴献王为“兴献王皇叔父”，朱厚熜母子不干，哪有把自己的父亲叫叔叔的呀？（如今躲超生的生的娃除外，山西那个有4个老婆10个娃的村干部的娃们除外。）大臣们说好吧，你可称兴献王为“本生父”，不过“皇考”仍然只能是孝宗皇帝。这小皇帝仍然不干。嘉靖三年1524年7月，嘉靖帝召见群臣于紫禁城左顺门，且宣诏生母章圣皇太后去“本生”二字，更定尊号曰：“圣母章圣皇太后”。

为了维护考孝宗的礼法，吏部右侍郎何孟春、少卿徐文华复相号召，于是九卿23人，翰林22人，给事21人，御史30人，以及吏部、户部、礼部、兵部、刑部、工部、大理寺等共229名朝廷命官，俱赴左顺门跪伏，高呼“高皇帝”（太祖朱元璋）和“孝宗皇帝”，力谏嘉靖帝考孝宗。在群臣影响下，内阁辅臣也到左顺门跪伏。嘉靖帝闻知群臣于左顺门伏阙，数次令司礼监宣谕，命群臣退出。但百官跪伏不起，从辰时跪至午时，请嘉靖帝宣诏考孝宗。嘉靖一怒之下，命太监将跪伏官员的名字全部录下，并逮捕了为首的八人入狱。然而这并未能制止群臣的伏谏。杨慎、王元正撼门大哭，百官也伏哭不止，哭声震动宫阙。嘉靖帝大怒，又命逮马理等134人入狱，前后逮捕各司官员共220人。其次，对丰熙等八人严刑拷讯，并充军边疆。对四品以上的官员俱夺去俸禄，五品以下的官员180余人予以廷杖，杖死者有编修王相等17人。且再次宣诏尊父兴献帝为皇考恭穆献皇帝，并上册宝，将兴献皇帝主位自安陆迎至宫中，奉谒奉先、奉慈二殿。（此段跪谏事抄录改编自百度资料。）

左顺门跪伏事件，以嘉靖帝的尊自己的生父（考生父）而不尊皇帝叔叔（不考孝宗）而结束。

咋不跪谏打倭寇呢？这事闹得这么大，集体下跪要挟皇帝，说明这事比国家利益还要大呢。

与跪相对的，是站。比如，伟人宣布中国人民从此站起来了。不过，站也可以是惩罚。所以，有时站也不是，跪也不是。

罚站，你搜一下，就是“老师体罚学生的一种形式，要求学生站着，到规定的时间为止。不过由于现在的法律，罚站成了一种违法行为。”恐怕不仅仅是体罚学生吧。百度得更新一下了，可惜我没这权限。

所谓站也站不得，跪也跪不得，那就蹲着。你看，段奕宏在《白鹿原》

里作为麦客不是蹲着看那地主小老婆最后蹲“上位”了的吗？据说老谋子拍电影时喜欢一个人蹲着一边吃陕面。

等一下，蹲着其实是表示屈服和惩罚。比如，警察和特警一进某休闲色情场所，大灯一开，音乐一停，大喝一声：男的蹲这边，女的蹲这边，外国人蹲那边，抱头！

更新一条，有领导下跪，有的！2008 年有个市委书记下跪，劝阻因“豆腐渣”校舍而丧生的学生的家长的上访。端的搞笑，所以，跪最终还是一种搞。

赶场：大人物们的 1911

原文刊于《南方都市报》2011 年 8 月 10 日。刊出时有删节，此为全文。

“武昌起义”的时候，后来事实上决定了中国命运的大人物们其实都不在场。不知是历史选择了他们，还是他们选择了历史，有一点是肯定的，大家都拼命去“赶场”了！

从流亡领袖到临时大总统：孙中山

孙中山自己说过：“武昌之功乃成于意外。”一方面，他本人并不知道武昌新军要在那几天造反。他当埋正在美国丹佛市办他最拿手的革命工作：讲演筹款。而黄兴虽然发了电报给他，告之以武昌新军可能行动，要他速汇款，但他的密码本未随身携带，是以收到电报后十多天他才知道武昌可能有行动。另一方面，他自己是早在用餐的路上，从英文报纸上知道武昌为革命党占领的消息的。

孙中山从海外赶回来就任临时大总统（1911 年 12 月）

孙中山并未立即回国，他先在丹佛市“中国戏院”对侨界演说，募得近一千美元。然后分别在华盛顿、纽约、伦敦、巴黎进行了争取外援和列强支持的外交活动，无奈列强尚持观望态度，令孙十分失望。11 月中旬，孙中山在英国致电民国军政府，第一次表示对总统人选的看法：“总统自当推定黎君（黎元洪）。闻黎有请推袁（袁世凯）之说，合宜亦善。”不太了解国内复杂形势的孙中山但求早固国基，摆出的是让位的姿态。

12 月 25 日，孙中山取道香港来到上海。当其乘坐的“狄凡”号轮船进入吴淞口时，陈其美派出“建威”号军舰前往迎接。次日，陈其美与黄兴等公宴孙中山于哈同花园，并邀在沪各省代表作陪。黄、陈密商以孙中山为大总统，代表们无异议。然宋教仁主张内阁制以限制大总统权力，孙文则力主总统制。二人争吵不休。黄兴给宋耳语，做其工作，后者摇头不应。当晚，革命主要领导人再次讨论方案，孙和宋仍然吵得面红耳赤。此时，张静江附和孙中山，言：“先生而外，无第二人能为此言者，吾等唯有遵先生之意行耳。”总统制遂得通过。

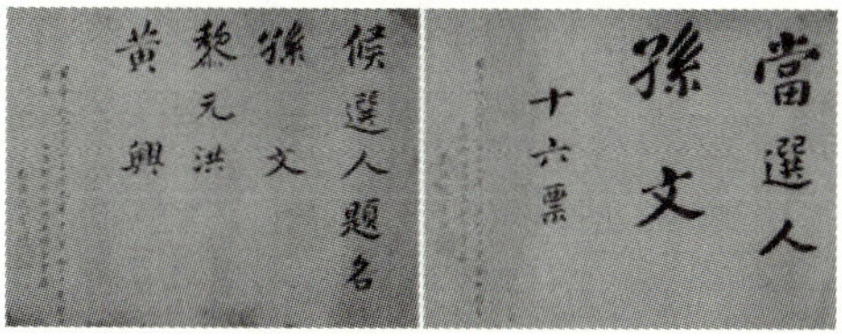

临时大总统候选人和孙中山当选的选票统计报告

12 月 29 日，在南京的各省（实际是 17 省）代表会议投票选举临时大总统，孙中山得 16 票，黄兴得 1 票（系浙江代表所投），黎元洪未得票。尚在上海的陈其美、黄兴等人获知消息后高呼：“中华民国万岁！”

1912 年 1 月 1 日，孙中山启程赴南京，当晚 11 时就任中华民国临时大总统。总统府即原太平天国天王府、清朝两江总督衙门。此时，孙中山不满 46 岁。临行前，身无分文的孙中山向好友宫崎寅藏筹借 500 万元，后者表示一夜之间无法筹措。除了无钱组建政府外，孙中山还将最终搞垮清廷的历史使命寄托在与袁世凯的谈判上。

从闲居的渔夫到窃国大盗：袁世凯

武昌首义时，袁世凯已经被摄政王载沣一帮少壮派清贵以其患“足疾”为由赶出京城，正在河南彰德府（安阳）城北的洹上村赋闲，扮垂钓渔夫。颇有姜子牙之范儿。只不过，他要等的不是周文王，而是一个奄奄一息的帝国。

此时，全国新建陆军大部分已经奉命开赴北京西北至张家口一带参加“秋操”。有三万余人已经集中，其余尚在途中。

10 月 12 日，清政府降旨派荫昌为督师，并从北洋军第二、第四、第六三镇中各抽调一协组成战时混合军，以冯国璋为军统，开往武汉作战。当天，冯国璋即急匆匆赶到彰德向袁汇报请示。袁授以六字真言，叫他："慢慢走，等着瞧。"

没有袁世凯，根本无法真正调动新军。10月14日，走投无路的载沣等人只好讪讪地下谕，启用袁世凯为湖广总督，兼办剿匪事宜。

袁世凯并不是真心赋闲，他通过老友徐世昌、公子袁克定以及赵秉钧、杨度等人对全国政局了然于胸。老谋深算的袁世凯知道，如果清王朝不能受到更致命的一击，他获得的区区湖广总督之职就什么也不是——他需要等待，等待清廷死心塌地地依赖他。于是，他回复说足迹未痊瘉，去冬以来，又牵及左臂，须要医好才能应命。

载沣没有办法，只好给袁世凯回文，要他抓紧治病，不要辜负朝廷对他的期望。奕劻又派徐世昌去亲自劝说袁世凯出山。袁世凯的条件是：明年召开国会；组织责任内阁；开放党禁；宽容武昌起事人员；宽筹军费；授以指挥前方军事之全权。

载沣无可奈何，全部糊里糊涂地同意了。见鱼已上钩，袁世凯却慢悠悠地钓鱼、下棋、品茗，并不对围困武昌的北洋军下达半字命令。他要等的是南方起义的形势发展。果然，起义迅速蔓延全国：湖南独立（10月22日），陕西独立（10月23日）、江西九江独立（10月23日）、广州将军凤山被革命党人炸死（10月25日）。

现在，逼着清廷退守、帮袁世凯大忙的是革命党了。10月27日，清廷只好下旨召回荫昌，任命袁世凯为钦差大臣，所有赴援的海陆军、长江水师和此次派出各军，均归其节制调遣；相关各省督抚都要配合袁世凯行动。

如此位高权重，并未达到袁世凯的目的，他一边回电表示感恩戴德，一边继续休闲。

10月29日一天之内，京畿东西分别发生了两个重大事件。其一，屯兵滦州的第二十镇统制张绍曾，联合陆军第二混成协统领蓝天蔚（二人均是同盟会辽东支部成员）等人发动滦州兵谏，电奏清廷，提出开国会，改定宪法，组织责任内阁，废除皇族内阁，解除党禁，特赦国事犯等要求；其二，山西独立。清廷被迫下罪己诏，同意滦州兵谏的条件。

眼见清廷被吓破了胆，11月1日，袁世凯自安阳抵达湖北萧家港，正式出山。同日，奕劻内阁辞职。袁世凯被任命为内阁总理大臣，军队仍然归其指挥。袁世凯回电须开会选举，否则一纸命令不算。11 月 8 日，资政院开会，正式选举袁世凯为内阁总理大臣。13 日，袁世凯返回京师组阁。他已经具备了搞定全国各大力量的全部资本。

此后，袁世凯对革命党又打又拉，并于当年 12 月中旬开始和谈。此时的清廷，已经是袁世凯谈判的筹码了。根据双方的议定，只要袁世凯逼迫清室在优待条件下退位，退位后，孙中山即辞去临时大总统，由袁世凯继任。袁世凯得到南方承诺后即运用手段成功逼宫（1912 年 2 月 12 日），三天后，袁世凯被参议院临时大总统选举会以全体 17 票赞成的票数选举为临时大总统（比此前孙中山还多一票），并狡诈地获得了不去南京就职的实质性承认。虽然袁世凯窃国手段卑鄙，但其逼宫行动却避免了更大规模的大屠杀，而将辛亥革命巧妙地转化为个人的政变，也成功影响了中国历史的轨迹。

从学生到列兵：毛泽东

1910 年夏，17 岁的毛泽东鼓动亲友说服父亲，放自己到 50 里外的湘乡，进东山高等小学校读书，接受新学教育。1911 年春，东山高小教员贺岚岗接受湘乡驻省中学之聘，要到长沙任教。贺答应毛泽东引荐他到自己要去任教的学校深造。

4 月 27 日“广州起义”失败，但黄花岗的惨烈故事通过《民立报》传到毛泽东那里，他“读了以后，极为感动”。他于是写了一篇文章，贴在学校的墙壁上，这是他第一次发表政见，也可视为“我的第一张大字报”。

然而，毛泽东并不能分清楚维新派和革命派的区别，他在文章中主张应将孙中山由日本召回就任新政府的总统，并以康有为任总理，梁启超任外交部长。几天以后，5 月 9 日，清政府发布铁路国有的上谕，宣布“干路均归国有，定为政策”，实则将捐资民办改为国有后将路权作抵押向列强举债，国与民均受损失。此举导致全国保路风潮。毛泽东所在的中学，每天关着大门演说，有的学生将长袍脱下一丢，说：“快习兵操，准备打仗。”

毛泽东采取了激进的办法，在一个休息日，他和一个朋友毅然剪去发辫。有些相约去剪辫的不履行诺言，毛泽东便劝说他们并强行剪去他们的发辫，结果有10个人做了他们剪刀下的“牺牲者”。

10月10日武昌起义，13日一艘从武昌来的船到达长沙，带来了确切消息。又过了几日，一个革命党人来到毛泽东就读的中学作演讲，毛泽东听了演讲后非常激动，他的反应是：“自己对革命不能袖手旁观非参加不可，但又想要革命，最好是去当兵。”（萧三《毛泽东的青少年时代和初期革命活动》）当兵首选去武昌。而如果不是他听说武昌潮湿，需要借一双油鞋（雨鞋）的话，他应该早已出发北上武昌了。10月22日，毛泽东准备出城向一位老乡新兵借油鞋的这一天，恰恰碰上长沙新军起义。他便站在一块高地上（留芳岭）观战。长沙光复，毛泽东改变主意，决定就在长沙参军。

当时一支学生军已经组织起来，但是毛泽东不喜欢学生军，认为他们的基础太复杂，决定还是参加正规军来帮助完成革命。但是因无人担保，毛泽东初次面试被拒绝，他嘟囔一句：“真是秀才遇到兵，有理说不清!”一位叫朱其升的上士听到后引他去找铁匠出身的彭友胜副目（副班长），彭副目询问：“你叫什么?”“毛润之。湿润的润，之乎者也的之。”“哪里人?”“湖南湘潭韶山冲人。”“父亲叫什么？干什么的?”“毛顺生，务农!”“你过去做过什么事?”“读书。现在在长沙读中学。我们学校的学生看见武昌革命成功了，有的去参加了学生军。我不喜欢学生军，就来参加你们的部队。”

于是，彭和朱两人为毛泽东担保，毛正式成为湖南新军第二十五混成协第五十标第一营左队的列兵。他随军驻扎在法院（审判厅）里，饷银是一个月7元。

毛泽东7元的饷银是相当高了，当时一般列兵只有5.5元。除去伙食和生活费，毛泽东将剩下的大约4元钱都用在了报纸上，形成了毛泽东在军营时闻名的“报癖”。1912年南北议和，民国成立，未几清帝逊位，毛泽东“以为革命已经过去，决定继续求学”。

他一共拟报考过6个学校，寄去了6块大洋，最终他进了一个商业学校1个月时间。由于该校一半课程用英文授课，毛泽东无法待下去，便转而报考了湖南省立高等中学（1915年更名为湖南省立第一中学），其实相当于大学预科。他的转行获得了回报：他以第一名的成绩被录取。次年他又考入省立第四师范（后并入第一师范）。

从实习炮兵到刺客：蒋介石

武昌起义时，蒋介石在日本新潟县。

21 岁的蒋介石于 1908 年春第二次赴日学军事。同行者 62 人，系由大清保定陆军速成学堂官派，入东京振武学校——一种专门为中国留日学生学军事成立的培训学校。此时蒋介石学名蒋志清。1910 年冬，蒋志清毕业被分配到新潟县高田町（现名上越市）第十三师团第十九野炮兵联队（联队长飞松宽吾）实习。据《高田市史》记载，蒋介石等一行中国留学生于 12 月 4 日穿着卡其制服乘二等火车到达高田车站，在上职人町的叁友旅馆住宿一晚，第二天（5 日）分别向各队报到入伍。此时的蒋志清，身高 5. 59 尺（169. 4 公分），15. 780 贯（59. 2 公斤）。这个实际记录和历史纪录片或相片中的蒋介石之形象有一定差距。

在日本学习军事的蒋介石

在野炮兵时代的重要日课之一，是照料军马。蒋介石和张群这帮中国实习生的任务就是一天要两次擦马和喂马，每次 1 小时，冬天的马浑身擦热、血脉流通后，蒋介石也浑身是汗了。

蒋介石在第一次下台（1927 年）赴日时，曾送给第十三师团的长冈外史师团长一块匾，上书“不负师教”四个字。该师团曾经被废除，日本全面侵华后重组，入华参加侵略。

武昌起义后，陈其美致电蒋介石，催他回国。陈其美大约是在 1908 ~ 1910 年在上海介绍蒋介石（时蒋介石利用假期经常回国）加入同盟会。二人认识是在 1906 年冬蒋介石初次到日本的时候。他的凤麓学堂老师、义兄周淡游亦留学日本，考入警监学校，与陈其美成了同窗好友。经过周淡游的介绍，蒋介石结识了陈其美。蒋介石向师团长长冈外史请假。因日本与清廷陆军部有约，长冈外史表示："你们这些留学生是清廷陆军部委托我们管理的，没有清廷的许可，不能许可擅自回国。"蒋介石遂转找联队长飞松宽吾请假，飞松联队长准其48小时假，同时对蒋说："你如果在48时内不归队，就要被当作逃兵而受到宪兵的缉查。"

蒋介石根本无心返回。在向同盟会驻东京浙江支部领取路费后，蒋介石、张群会同陈星枢，三人脱下军装，穿着和服和学生服，一起自长崎登船返回上海。

10月30日，蒋介石回到上海后，被陈其美派往浙江领导起义。陈其美招蒋介石回国，给其3 600元钱和100名先锋敢死队。1911年11月4日夜，蒋介石任担当敢死队炸弹队的临时指挥官，进攻浙江巡抚衙门。清军无心恋战，全无斗志，蒋介石等遂先后攻占巡抚署、军械局、将军署和旗营，浙江起义成功。随后，蒋介石返回上海，出任陈其美手下的沪军第五团团长，隶属黄郛为师长的沪军第二师。陈、黄、蒋三人在此时结为拜把兄弟。

蒋介石对大哥陈其美是言听计从。民国成立后的第14天（1912年1月14日）深夜，蒋介石伙同光复会叛徒王竹卿，潜入上海广慈医院头等房间第6号，将光复会副首领陶成章暗杀。陶与孙中山及黄兴均有宿怨，蒋此举为他们也实际报了仇。蒋此后流亡日本一段时间以逃避舆论。

我的太祖啊！
——辛亥志士的集体无意识

令人深思的是，辛亥革命最大的成功并不在其民主革命，却在于对明清易代的遗留问题作出了圆满的解答，一劳永逸地解决了多民族共和的国家体制构建问题，实现了多民族国家的集体认同。这是晚清对晚明作出的跨越时空的回应，是辛亥革命民族认同诉求的巧妙转轨。孙中山在祭奠明太祖朱元璋时直呼“我高皇帝”“我太祖”，为反满为汉而忘记了朱元璋的专制和暴戾，是为辛亥志士的集体无意识。他们真的具有现代民主思想吗？

明清易代，留下300年的难题

反思辛亥革命，需要跨越三个世纪返回明清易代时期。近世以来，中国真正的认同危机出现在明末清初的文化和政治局势突变之中，它导致中国人在国家认同上感觉到危机。明清易代导致中国认同出现“解构”，而晚清革命则面临“重构”中国多民族认同的合法性问题。

夷狄的出身问题是困扰清朝前期统治者的一个关键问题。有学者认为：“清代政治面临的一个基本问题是合法性问题，即如何将满洲王朝重构为一个中国王朝。”满洲统治集团对自己身份的认识、对中国的认识、对世界的认识均包含了身份认识。通过舆地政策和地理学、版图绘制等，得到天下的满洲厘清和重塑了帝国的地理形象。但是这个问题并未真正解决，并遗留至晚清。

由于中国自身的传统思想、自身的条件限制了辛亥革命，为塑造革命的正义性、正当性、合法性，革命者不得不将“排满”作为最重要的核心诉求，以此确立自己的身份。这个过程也是中国自身历史遗留问题在近世的凸显，又何谈西方冲击开启了中国的革命？事实上，西方近代革命思潮对中国的影响仅限于口号，远不及中国历史自身逻辑发展对中国革命内在本质的决定性影响。

在这个过程中，强调“国粹”是必由之路。也正是在这个过程中，中国的身份认同逐渐明晰，并随着革命的推进而将单一的排“满洲民族”转化为排“满洲统治”，将单一的“皇汉”思想，转化为多民族共和的思想。以排满为契机，遽然实现了中华民族身份的重新塑造。

身份认同的政治诉求又必然伴生民族主义的兴起。晚清中国世界观巨变的一个特点就是因身份认同需要而伴生的所谓“民族主义”思想迅猛觉醒。

晚清的民族主义，既对明清易代时期的身份迷失问题产生了历史的回应，又对中国内忧外患局面作了呼应，所以呈现出更为复杂的情况：中国并没有走向欧洲输入的经典意义上的民族国家（one nation，one state，一个民族，一个国家），用民族主义“拯救”不了中国历史。其原因有三：其一，欧洲的民族国家之兴起以分立为国为主要结构特征，而近代中国以五族共和为主要特征，这恰恰是明清易代带来的历史后果，印证了中国历史自发的主体性。其二，天下观的包容性为中国的身份转化提供了思想基础，并非欧洲民族主义为中国的身份重构提供了思想基础。其三，晚清各种政治派别的领导人最终无法超越存天下于心的价值观。

晚清中国知识官僚阶层已经“反满为汉”，在寻求民族国家构建的途径时，有一个天然的优势，即他们可以利用国内的民族身份纠葛——其中主要是与“满清政府”的纠葛，从狭隘的民族主义立场出发，进而最终改变立场，上升到将“满清”纳入中华民族身份认同的高度。伴随着“排满”这一政治话语的不断实践和嬗变，各种把中国塑造成为民族国家的思想逐渐在纷争中走向“共和”。这是中国历史中晚清对晚明（明清易代）的呼应，恰如“满清”入主中原以后，将自身与“他者”汉民族的身份认同融合在一起，只不过晚清中华民族的身份认同的推动是经过反满革命者和改良主义者共同努力的结果。

在这个过程中，除了民族国家和王朝利益之分野被严峻地挑出来之外，大清所具有的满洲独特身份在这个时候成为众矢之的是最明显的政治问题。因此，中国近代民族主义的兴起，需要一劳永逸地解决民族国家利益、王朝利益和“满清”民族身份与中华民族身份认同的多重纠葛。

“排满”与“共和”如何取舍?

“排满”思想直接与“谁合法拥有中国”的问题相关。在关于“中国”的历史叙述中，最不容易被规整地纳入“中国”的，就是蒙元与“满清”两个少数民族王朝。这两个王朝能否被称为“中国”王朝?今天的历史学家们对这一问题的认识仍存在尖锐的分歧。以明清易代的身份迷失问题而言，太平天国和晚清革命党人最初都是以“排满”作为大旗而聚合政治力量的。但是，革命党人迅速发现了“排满”和革命后建立民主国家存在矛盾，于是，将“排满”巧妙转化为一种反专制和排满洲统治者的民主意识。

孙中山率革命党人祭奠明太祖（1912年2月）

“排满”最终成为革命的旗号而并非目的，但却对中国近代民族身份的重新塑造产生了深刻影响。

太平天国起义在塑造新的意识形态方面并没有取得多大的成就。这是由其领导者本身的局限性导致的。这样一个混杂了传统造反思想、帝王思想、均贫富思想、西方基督教思想以及传统迷信神话思想的农民运动，注定不能成为新的社会发展动力。不过，太平天国的“排满”思想却具有实质意义上的政治价值，它是在“满清”入主中原200年后，第一个真正将这个政治主题重新提出并付诸大规模实践的群众运动，对于重新塑造“中国”身份的认同具有重要价值。

从太平天国运动到孙中山早期的政治诉求，都体现了明末清初中国政治巨变后隐埋的中国身份认同问题。而革命党人对太平天国的“排满”思想也是全盘继承。这就是中国政治内在的延续性对近代中国民族主义的降临所产生的历史性影响。

限于篇幅，此处不一一列举辛亥革命的思想家们是如何将“排满”作为政治诉求去宣传的，仅举革命胜利后之一例，即可说明问题。1912年2

月12日，清帝宣布退位。作为中华民国临时大总统的孙中山，紧接着做了两件事：一件是在13日向参议院发出《辞临时大总统文》和《推荐袁世凯文》；另一件是在15日举行“民国统一大典”。作为大典的一项内容，孙中山亲率“国务卿士、文武将吏”拜谒明孝陵。这次拜谒活动，以孙中山的名义发表了两个文告：一是《祭明太祖文》，一是《谒明太祖陵文》。前一篇是“祝告文”，后一篇是“宣读文”。

孙中山在《祭明太祖文》中说：

> 呜呼！国家外患，振古有闻，赵宋末造，代于蒙古，神州陆沉，几及百年。我高皇帝应时崛起，廓清中土，日月重光，河山再造，光复大义，昭示来兹。不幸季世俶扰，国力罢疲。满清乘间入据中夏，嗟我邦人诸父兄弟，迭起迭仆，至于二百六十有八年。
>
> ……文与全国同胞，至于今日，始敢告无罪于我高皇帝，敬于文奉身引退之前，代表国民，贡其欢欣鼓舞之公意，唯我高皇帝实鉴临之。敬告。

在另一篇《谒明太祖陵文》中，孙文继续高调赞唱：“奉兹大柄，还我汉人，皇汉民族，既寿永昌。呜呼休哉！非我太祖在天之灵，何以及此?”

这次祭祀明孝陵的活动，包括上述以孙中山名义发表的祭文，当然不只是孙中山的个人活动和个人认识，而是中国国民党人之共识：由于将“反满”（“排满”）作为革命的指针，故一切有助于反夷狄的人都会被贴上正义的标签。

朱元璋何等专制暴虐，与满洲皇帝并无二致，惟因其反元，与辛亥革命者的“反满”异曲同工，是以大肆祭奠之，由此使辛亥民主革命的性质遭到了恶意的玷污。这是孙中山一辈革命者所具有的通病，一种集体的无意识状态。

把蒙古族、满族看做外国人，把元和清看做中国的亡国史，今天看来，这种说法无论如何也是说不通的。但是，这在19世纪20世纪之交的中国革命家和思想家中，却是普遍持有的观点，从孙中山到章太炎、邹容、鲁迅，无不如此。而且这种观点还延续了相当长一段时间，到了20世纪30年代还有人这么说。

之所以会有这样的认识，自然是由清末民族革命和民主革命并举这样的历史背景所决定的。同盟会初创的口号是“驱除鞑虏，恢复中华，建立民国，平均地权”，这本身就是一个混杂了朱元璋的主张、太平天国的主张和资产阶级革命主张的多元化的旗号。而对普通民众而言，最能轻易理解和接受的是朱元璋的主张（“驱除鞑虏、恢复中华”）和太平天国的主张（“平均地权”），对于“建立民国”，他们不可能有所认知。对革命者而言，虽然他们坚信源自西方的民主共和思想是他们革命的最终理想，但囿于中国的实际情况，加上他们自身难以割舍的强烈的“反满”情结，使得辛亥革命成了一种混杂多种政治诉求的“革命”。

孙中山的巧妙转变

辛亥革命元老阎锡山说：“辛亥之改革，可以说不是民主主义的力量；有之，亦不过一二分，其余一半为利用时机力量，一半为排满主义的力量。”

既然一半是因为“排满”主义的力量，那么“排满”主义论者是如何自圆其说、实现“排满”（“反满”）思想的嬗变的呢？孙中山从民族革命和政治革命的二元特性进行了协调：“我们推倒满洲政府，从驱除满人那一面说是民族革命，从颠覆君主政体那一面说是政治革命，并不是……分做两次做……照现在这样的政治论起来，就算汉人为君主，也不能不革命。”在与改良派的论战中，1908 年《民报》声明：“居今之中国，所为革命之本义维何，则仇一姓一族是也。夫为我汉族不共戴天之仇者，就广义言之，厥为满族，更进而言之，实则满族中之爱新觉罗之一姓。”巧妙地将家天下的爱新觉罗姓与满洲民族分开，将“排满”转化为排满洲之统治者。

上述转变得益于革命派和改良派的论战（1905～1907 年），或者说，是改良派（立宪派）逼着革命派把“反满”问题讲清楚。民族建国是革命派和立宪派的共同要求，但在如何建国以及建立一个什么样的民族国家的问题上，他们则存在较大的分歧。概而言之，分歧主要体现在两个方面：其一是“排满”与“合满”的分歧；其二是建立单一的汉民族国家还是建立包括满族在内的多民族国家的分歧。

既然“排满”实际上已经没有了标靶，那么，诚如梁启超所说，“自今以往，中国而亡则已，中国而不亡，则此后所以对世界者，势不得不取帝国政略，合汉、合满、合蒙、合回、合苗、合藏”，以建立一个多民族的统一国家。

中国边缘地带的重要性，是历朝历代中国政治主流都很关心的问题。如果失去边缘地带，也就事实上失去中国的身份。当“反满”诉求的政治危险与当时日益突出的帝国主义瓜分中国的浪潮背景结合时，革命派不得不重新思考构建单一的汉民族国家的巨大政治风险。王明珂在《华夏边缘：历史记忆与族群认同》中说：“华夏边缘的维持与华夏的统一实为一体两面。如果我们将中国人或华夏比喻为一个木桶，华夏边缘就像是紧紧将所有木片（代表不同地区的华夏）合拢在一起的铁箍，铁箍一断，木桶就散了。这便是为何在历史上，中国常不惜代价来维持此边缘的原因。”

孙中山也开始把“民族革命是要灭尽满洲民族”的主张视为“大错”。他曾在东京纪念《民报》创刊一周年时发表演说，特别强调：“有最要紧一层，不可不知：民族主义，并非是遇着不同族的人，便要排斥他”，“我们并不是恨满洲人，是恨害汉人的满洲人。假如我们实行革命的时候，那满洲人不来阻害我们，绝无寻仇之理。”孙中山很快就从狭隘的民族复仇主义中走了出来。

晚清中国的民族主义，至此蜕变成了国家主义。

菩提无树

大字不识的六祖惠能口占一偈，请得一解书人于黄梅东山五祖寺西间壁上题着：“菩提本无树，明镜亦非台，本来无一物，何处惹尘埃。”读初中时我任黑板报编辑，某日临近升高中考试了，我在教室后面的黑板正中央端正地抄写了这几句话。班主任过来检查工作，一眼看见，脸色便垮下来，质问：“谁在上面写的？擦了去！”我说这没什么啊。老师严肃地说：“年纪轻轻，不好好复习应考，尽搞些儿女情长的事，成何体统！”闻之我愕然了半晌。老师是教马列哲学的，可能完全不知道那六祖惠能是干什么的吧，我想。于是怏怏地擦了。

下午闻道，半夜死可矣

据2009年3月新学期第一次课的讲话录音，感谢包李同学听写。有删节。

欢迎大家来听课。孔子在评价《诗》三百的时候说，那些诗啊，一言以蔽之："思无邪"。孔子又曰："中人以上，可以语上也；中人以下，不可以语上也。"能做到"思无邪"，就算是中人了。

所谓学问，只存在于无邪之思中。凡思有邪者，均非真学问。比如，世间有淫人，因而才有所谓淫书。金圣叹评点《西厢记》有载："《西厢记》断断不是淫书，断断是妙文，今后若有人说是妙文，有人说是淫书，圣叹都不与做理会。文者见之谓之文，淫者见之谓之淫耳。"世间有邪人，因而认为马基雅维利是霸权霸术的大恶人一个。书也好，历史也罢，读者的品性是作出评判的关键。惜乎观者多为《皇帝的新装》中之看客，而少有那个直言无忌的小童。

我认为文科的学问基础在于历史研究。那么谈谈做学问吧。什么叫学问？学问就是你自己感兴趣的，你想问清楚的那个东西，这是一个跟别人都没有关系的东西，是追求的大学问、大道。从小处着手，那叫学问；你从中得到快感，那叫学问。我就不知道我们平常写的这些文章，写的这些发表在报纸杂志上的文章，写哪篇文章的时候产生了快感，如果没有，对不起，它一定不是学问。诸君，以此示之，如果你们写哪门课的作业写出了快感，那你就对了，你就喜欢上这个东西了。

此外，什么样的人做什么样的学问，搞文献研究的人做文献研究的学问，小人物做小学问，大人物做大学问，我是中等人物，就做中等的学问，这是我对自己的一个定位。因此，为了使大家理解我讲的东西，请先理解我这个人。同理，在发表你的观点前，先想想你自己是个什么人，有没有自己的独立观察。这是你作为一个存在物的价值所在。在一个道听途说的观念中是没有你自己的存在的。在认识我之前，会有各种的传言，那是对我的误读。在认识我这个人之后，又有各种新的传言，那是对我的误解。我这个人最怕的是被人误解。好像康德也说过类似的话，大意是说：我不怕别人证明错误，但怕被人误解。于我心有戚戚焉。

晚清那些事、那些人，因与现世相隔不远，故越发难以定论，难以定论的根源在于我们心中的邪气。比如对曾国藩君，我对曾国藩的理解就是八个字——内修黄老，外示儒术。前几天凤凰卫视播出了关于曾国藩的节目，我很希望看到他们对曾国藩这样一个人本身的认识，但是没有，都是故事性的描述，那样有点隔靴搔痒的感觉。所以我要给大家讲人物，我就会讲进去，我觉得我处于那样一种状态下，以一种设身处地的状态、视角去解读才过瘾。

不过，这仅仅是限于课堂上的讨论，出了这个课堂，你不要来打我耳光，现在大学课堂是有危险的，弄不好就挨刀，挨耳光……任何一个人，晚清里的那些人物，在特定的时代作出了这样的选择，该承担的所有后果就由他自己承担。比如说李鸿章，他做的事情他自己知道，绝对不会像后人说的李鸿章卖国或者是怎么样。如何厘清我们观察晚清涉外人物的思路，这才是问题的关键。我所关心的问题，一言以蔽之：我们观察晚清涉外人物在多大程度上具有现代性？

长期以来，我们在一个简单二元论的框架内观察历史、观察世界，其结果是不停的自我验证。在卖国或爱国、进步或落后、仇外或媚外、清官或贪官、打仗或媾和等简单二元论的背后，隐藏的是我们僵化的、脸谱化的视角。我们希望多几个林则徐，少几个李鸿章，多几个包公，少几个贪官，此论的本质仍然是前现代化的意识，即一种基于人治思想、期待用几个好人就解决所有问题的意识。所有的明清电视作品，无不在重复这种前现代意识。我们期待明君、期待清官、期待侠客，惟独没有想想自己到哪里去了。要具有现代性的观念，关键在两点：其一是大量接触真实的历史记录，其二是主动突破和反思自己原有的意识。在此我尤其要强调自主观察的重要性，往大了说是一种学术自觉性，往小了说是探求历史真相。有时候其实是一种学术勇气，是一种昭示自己作为独立思考的人的过程。

我工作第一个月的工资大概800块钱吧，我就买了《李鸿章全集》。当你看他的东西，看他的文稿时，你才能接近这个人，也才有基本的评价这个人的资格。

今天第一堂课，我想和大家分享一下我为什么会慢慢对近代产生兴趣，从剖析我的心路历程开始进入正题。顺便说一句，没必要记笔记，我认为一个学生最好的是当一个听众，而不是当一个书记员。

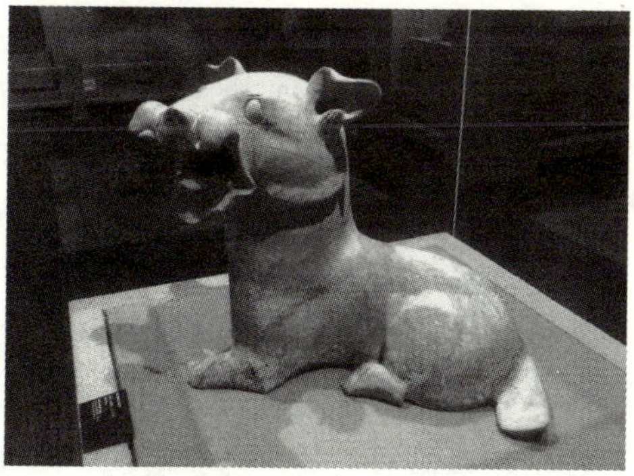
河南博物馆的汉代陶狗

今年寒假，我开车去了广东，然后又开车回家，把祖国大地逛了一遍。古人说“读万卷书，行万里路”，我跑了六千公里，从北到南，又从南往北。到广州去了黄埔陆军军官学校、去抚摸了威远炮台的八千斤大炮；到长沙去瞻仰了心中向往的岳麓书院；到古城凤凰探寻沈从文和晚清贵州巡抚、贵州教案的处理人田兴恕的足迹；在张家界追寻晚清台湾总兵刘明灯的行迹。对于我而言，历史是可以抚摸到的、而且必须去抚摸的存在物，不是在所谓的官史文献中查找的蛛丝马迹。你们要知道，我这样的人已经不多了啊。我去的地方都是和近现代有密切关系和深远渊源的地方。从北京出发，华北这一片都是干旱的，我就想，中国人这样的行事，这样的思维，也许是因为这块土地是这样的。试想一下，我从北京以120公里的时速开车开了10个多小时，周围的风景一点都没有变，古人的马车，最快的时速也就三四十里，而且还不是一般人能坐得起的，他们一天能走多远，那么他们对世界的看法，他们整个的世界观念就受到这种地缘特征的限制。80年代，作为中学生的我曾看过一个对我影响比较大的电视专题片叫《河殇》，那个里面讲了海洋文明和大陆文明的关系，那时候觉得是无病呻吟，故弄玄虚，二者之间没有什么关系，或者说这种观点是一种炒作。但是，现在到处走一趟之后，发现两者是有很大的关系的。

途中，我参观了河南博物馆，那里面大多数最晚的藏品是汉代以前的，而且都是真品，这不能不说令人震撼。原来中国古代的文明曾经如此辉煌，绝不是官史文字所能涵盖的。尤其一只汉代的陶制小狗更是让我印象深刻，这个陶狗造型夸张，但又忠实于原型，憨态可掬之外还有天真无邪、自我陶醉，其造型和创意令人叹为观止。身旁的一位艺术家（暂且认为是艺术家吧，我总把大背头、长发飘飘像张纪中的当成艺术家）还感叹道：相比之下，毕加索根本就不算什么。这些东西超乎你的想象，它所代表的那个时代的文化实在具有很强的原创性甚至现代美学的特征。这些文明之根的东西，不是书本上能学到的，这使我产生了很多很多的想法，我觉得我现在对中国历史文化传统的概念性理解可能还是有很大的问题。

顺着京珠高速公路往下走，一直到了湖北才有阴天，到湖南开始下雨，到了广东，就变成大太阳了，然后到了虎门。1841 年 2 月 26 日，18 艘英舰向虎门发动进攻。英国舰队仅用几个小时就将这个炮台征服了，长驱直入。我们这个炮台当时有三层，但是它根本就没有能够锁住国门，英国人一个都没有死就拿下了这个炮台。

我站在一排清兵营房前，心想 160 年前的年轻海岸守备队员就从这个门出来，一出来就被炸死了，他们根本没有还击的能力。我们的炮弹打不着人家，因为侵略者的目标是移动的，我们当时最大的八千斤大炮的射程封锁不了整个水道，而他们的炮比我们的炮打得要远，这个炮台的守将大概有一千多人，加上关天培，最后全都战死了。他们再也没有能够活着回去见自己的家人。何其悲壮！

基于以上感受，下面我要开始讲我研究晚清的缘由。为什么学习近代对外关系呢？我说说自己的一种心路历程吧。

先从内在的修为谈起。儒家传统教育要求我们修齐治平，我也从这个角度谈谈自己。我是属于 80 年代末期的大学生，所以我觉得我有责任也有义务和大家交代一下 80 年代的大学生如果还能活到现在的话应该是一种什么样的情况，比如我就是这样一种活化石。1998 年百年校庆的时候，哲学系的同学在三角地挂了一块很大的横幅叫“为天地立心，为生民立命，为往圣继绝学，为万世开太平”。对于这个宿命论的宣示，那个时候我就不以为然，我曾想，也许中国的大学可能就死在自己这种天命上面。因为大学是追求知识的组织，如果承当社会道德、社会义务过多（当然不是不承当），那么就偏离了对知识本身追求这样的一种规定性。

后来在读书时看到了法国思想家雷蒙·阿隆（Raymond Aron）的东西，觉得特别亲切。他与当时萨特的介入社会的方式就不同，他为自己设定的角色就是“介入的旁观者”。不愿随波逐流，又特别刻意想保持自己的独立性，这就形成了“介入的旁观者”意识。萨特给他的评语是：“阿隆属于那种同火热的历史运动似乎总保持着一段历史的距离的人。”这话特别能准确表明我对自己的定位。现在知识界流行所谓“公共知识分子”的讨论，早在50多年前阿隆在其耸人听闻的《知识分子的鸦片》中，就为对知识分子的定位作了解释，他说：“笼统地说，知识分子有三种态度可以选择。或者他们不关心公共事务，在我们的社会中，这种态度愈来愈罕见，每个人都承受公民生活的负担和责任。知识分子理所当然地参加政治斗争，但有两种参与方式：一些人以教士的身份行动或声称以此身份行动，惟一的目的是捍卫神圣的价值；另一些人加入一个政党，接受由此导致的种种束缚。……为什么不准几个知识分子选择不偏不倚的观察员的角色呢？不管怎样，在学识之外，仍有自由选择的余地。”

欧洲某些学者说我们传统上是没有知识分子的，是没有知识阶层的，因为中国传统上只有士大夫，你追求知识的前途是什么，就是做官。中国的知识分子不是参与太少，而是自古以来就一直参与，是参与太多的问题。两千多年与政治结盟，30多年与经济为伍，啥时候有自己了！只有通过长期的不参与，或者在参与中长期保持旁观者的身份，才会有中国的现代知识分子。这种不参与，不是不食人间烟火，也不是在“采菊东篱下，悠然见南山”时还惦记着权力，而是要明白，知识就是权力，对知识的追求，一大批人独立的、长期的对知识的追求，才能有知识阶层的诞生。人家说咱们没有独立的知识阶层，大概是在这个意义上讲的吧。

同学们都喜欢自我验证的预言，但是老师不是这样的，老师是用自己对知识的追求和行为去影响一个学生。老师用不着告诉你什么是对的，什么是错的，因为老师也是人，他也有对错，所以我永远只是说我自己对这些事情的理解是怎么样的，我不会强迫你说这件事情一定是这个样子的，而不是那个样子的。我觉得我是80年代活到现在的那样一种大学生，特点就是具有反思的批判的理性。整个80年代我们是在一种话语霸权中度过的。

什么是话语霸权？就是整个社会存在的一种精英语言或者正统语言和思维，它具有不容辩驳的先验的真确性。当时社会上流传的是一种现代化的话语霸权，觉得政治上追求自由民主、经济上追求市场经济就是一种社会进步，就是我们国家的未来，我们对此深信不疑。

我记得当时我们班33个人近一半人都出国了，有在美国、欧洲和新加坡的，都追求自由民主去了，剩下的就是我了。后来一个同学来看我，他说，你是我们班留下来的惟一做学问的人了，你可要保重啊，我们是不行了，我们的人生也没什么戏了，我们都完蛋了。这还是反映了他们心存终极关怀啊。

我想，你们出国，那我就游历中华吧。我后来也曾骑摩托车把华北、东北和内蒙跑了一遍，我的目标很简单，就是希望把中国跑一遍，再把世界跑一遍，此生足矣。人生本身是没有目的，但你必须要给它设定，你的存在是偶然的，但是存在的价值是什么呢，是没有意义的，意义是你给的，所以你的主体性体现在哪里，就体现在你要给你的生命一种价值。那时候我们并不知道这些，我们只知道我们是社会的精英，我们要引导这个国家走向美好的未来，于是我们就在学校里到处讲演，和同学们辩论，我们每天都在半政治化。那是一个群情激昂的如歌岁月。

那么现在呢，很多人认为现在的大学是退步了，恰恰相反，我认为现在的大学是进步了。比如说有一个在2005年离开清华的人，成为“十大愤青”的代表人物，他认为中国的大学完蛋了，整天论述。我觉得这些人也许看到了一百年，但他绝对不会像我那样，看到了五百年。一个民族的历史，如果它要两千年形成，它要发生转变可能也要一千年。如果有这样的眼光，就绝对不会为中国目前发生的事感到那么着急，所以这些同志虽然经历颇为丰富，年纪也比我长了很多，但是他们在思想境界方面还是略微欠缺一点。很简单的道理，为什么你就忘了？这个世界发生的事情自然有它的理由，你为什么认为你认为的那样就是应该的呢？所以这样的学者虽然走出了大学，但并没有走出自己设定的窠臼。他没有走出来。要走出来该怎么走呢？从批判开始就要走，所以批判话语霸权的意思就是你不要以为你掌握了人类前进的法宝。从这个意义上讲，我们现在每一位同学都进入了一种自然状态，所以我很欣赏，你们并不认为你们掌握了世界前进的法宝对不对。上述那样看似看得很长远，其实眼光很短浅。这就够了。不过，我们的眼光为什么要那么深远呢？其实可能也没有必要。深远的事留给李扬帆，让他头疼去，在思想领域有部分人去头疼就可以了，不用大多数人去头疼。

我曾经有一段时间非常痛恨我们高校的这种变化，就是走向市场这种变化。有个教授曾经因为市场经济被写进纲领在第五教学楼上跳楼了。后来发现，该走向市场的时候它就会自然走向市场，有何不可？人类的进步并不会因为这几年我们走向市场，或者甚至因为传统的大学死亡了就停止了。当然你会觉得，这不是悲哀吗？悲哀为什么传统的大学会完蛋呢？所以慢慢地我从80年代走出来。我开始反思一种东西，那个时候我们都有这种东西，或者说一种毛病，认为我们天下第一和认为数学就是科学。这同样是个错误的命题，数学是个工具，数学不是科学，工具是科学吗？1+1=2，约定俗成的，论证1+1=2就像论证爸爸是儿子的父亲。循环论证，然后你用这些你论证出来的东西去论证经济学，明年经济增长的模型就出来了，咱们之所以出现这些经济危机在很大程度上就是坚信经济学是科学给闹的。请大家去看哈耶克在诺贝尔奖颁奖典礼上的讲话，我觉得那个对我的启发很大，它里面有一句话就说人类社会的进步是由千千万万个大脑相互碰撞、相互冲击后形成的一种合力，任何一个大脑论证说它掌握了人类社会前进的规律，那都是一种智力的狂妄。跟他很相似的还有福柯，福柯的思想有一个和他相似的地方就是对不确定性的问题的态度，他告诫人们要对不确定性保持宽容。同样，我们的整个社会都处于一种predefined（先决）的状态中，请你们记住一句话，这句话对你们的一生都会有重要的意义——对不确定性保持宽容。如果你今天理解了这一点你就可以了，孔子说："朝闻道，夕死可矣。"我的课是下午上，那么我说："下午闻道，半夜死可矣。"

我认为，我们事实上在逐渐走出"五四"。走出"五四"，你就正常化了。这是我在北大这么多年的最大感触。到现在为止，我不认为我们很多的年轻人都理解这个道理，不要假设自己掌握了确定性的真理，然后振臂一呼去领导世界，尤其是有关核心问题的价值和知识。对于你的生命，你说你掌握了，可以，但当你面对一群人把这个道理用到大众上的时候，你就要保持证伪的思维，你要首先说你自己的观点可能是错误的，而不是先说你自己的观点绝对是正确的。我们最容易犯的错误，就是目标的确是正确的，但手段和过程却搞歪了。

陈寅恪

因此，在大学的课堂，你们应该有足够的知识储备，然后你们可以用自己的思想作评判，然后你自己再研究。比如国际关系理论，如果拘泥于冠以各种“主义”的美国式的国际政治思维，那么就应了老子批评孔子一派的话：上德无德，是以有德；下德不失德，是以无德。上德无为而无以为；下德无为而有以为。认为自己站在了稳定可靠的道义立场，因而其行为就是合乎道德的，恰恰是没有道德的。美国的国际政治学问先验地确立了自己的道德可靠性，这是美国的立场所在。陆健东《陈寅恪的最后二十年》载有 1953 年 12 月 1 日陈寅恪“对科学院的答复”，其中谈到陈先生的治学精神。陈先生说：“我认为研究学术，最主要的是要具有自由的意志和独立的精神。没有自由思想，没有独立精神，即不能发扬真理，即不能研究学术……一切都是小事，惟此是大事。”做学问首先在知大小，诚以为然。

同样地，到现在，你们不停地在给我定义，你在脑子里不停地用我和你所见过的形象，包括幼儿园阿姨的形象作对比，没有必要，她就是她，我就是我。所以，我自己的追求和功利无关。陈寅恪有一句话：“吾侪当此艰难时势，所学不为所用，亦不合西学之潮。果欲为谋生计，可于学问之外另谋一他图，或经商，或实业，而切不可以学问做谋生晋升之道，如此则害学术之根底，弊莫大焉。”我在 1995 年开始教书的时候就把这句话贴在床头，所以我说我们现在这些人，惟一需要批判的东西可能就是精气神这方面。

但是我觉得批判现象本身是没有价值的，因为现象是合理存在的，你可以对这种精神状态进行批判。比如说这个社会的精神气质，你是可以批判的，比如说为了得到大学的文凭，给大学捐多少钱、多少电脑；为了名声而制造各种各样的“联姻”，比如地方借用某某高校的名义办学甚至办幼儿园，我想高校本身不会这么做，这是地方做的，但是我们也应该反思一下我们自己。相信各位同学进入名牌大学，都是你们家乡的骄傲，这样的现象我猜想它持续百年以后会消失，但是现在还只能看着它存在。学而优则仕的理想存在了两千年不可能一夜之间消失，所以你还是你们家乡的骄傲，是你们全家族的光荣。这种现象是什么现象？就是中国还没有走向现代社会的现象。当有一天高校就是以追求知识为目的的学院的时候，也不再是担负着全家族梦想的时候，中国就实现了现代化。

现在大家身在北大，你就应该反思这个问题，北大作为它本身的历史使命还远远没有完成，所以它现在发生的这一点点变化，我不认为就是它本质的变化，为什么呢？因为我们观察的时间还不够长，我们对时代的变迁还存在误读。我们能够有幸赶上这个时代，它仍然还有它的精神价值，这个价值是什么，你自己去总结，你自己去体会。

20 世纪 80 年代末的时候经常用的一个词叫“北大人”，那个时候别的学校都不敢把校徽戴出去，只有北大和清华敢把校徽戴出去，每个同学来北大都觉得自己是人尖，所以那时候的学校的好处就是群英荟萃，自然有其成果，但另一方面就是很多时候把精力放在这种内耗上面，一种精神自娱的内耗。所以那个时候我深受打击，因为我不是做这个事情的料，觉得自己无法承担带领社会前进的道德重担。而这些自认为是社会精英的同学，却不把精力放在读书上，而把精力放在争夺奖学金和搞学校这个小社会的人际关系上，这也是一种内耗，这种内耗它消解了自命不凡的道德正确性。那时候同学们都争奖学金，当时奖学金很少，30 个人可能仅有四五个人拿奖学金。说到人和人竞争，我对人性复杂性的认识是准备不足的。前几天在书摊上看到季羡林老先生的一本书，上面是这样写的：说我终于明白，这世界上是有坏人的。而且下面还有一句，他说我发现一个道理，坏人是不会变成好人的。我觉得这话很朴实、真实，并非所谓“看透了”就没有这个想法了。网上现在不是还流传着“好人永远不知道坏人有多坏，坏人也永远不知道好人有多好”吗？

在广州光孝寺菩提树下（2008年2月）

说到季老，我想推荐大家看看佛教的书籍，各方面的知识都了解一些，可能会对老先生有更多的认识。老先生在自己的领域作出了前无古人的成果，却被人赋予“国师”这一重名。这一重名可以累垮所有知识分子。其实，季老先生是不在乎这些，甚至反感这些。他所追求的是一种大智慧。这其中的酸楚又有谁真正在乎？读大学就是求道、求智慧、求开悟，而我们的同学，把这些给忘了，把精力用在内耗上，这才是我们的悲哀，是真正值得关注的问题。至于经商倒卖小东西或曰创业，都不是问题的关键。因此，要是说高校有值得担忧的地方，不是所谓的商业化，而是追求知识和智慧的过程的异化。

80年代也好，21世纪也好，社会变迁在高校中的反映都是一样的。80年代是话语霸权的弥漫，90年代中期以后是商业文化的侵蚀。这本身都没有特别值得担心的问题，因为我们要放更长的眼光去看待，也就是说历史地看待。真正值得关心的，是在这个过程中，高校育人的核心人文价值观不能丧失。这种核心价值观就是追求大智慧。比如说这次我去广州惠能曾经讲道的光孝寺，我第一次看见了菩提树，从小就知道那句偈：“菩提本无树，明镜亦非台，本来无一物，何处惹尘埃。”中国第一棵引进的菩提树就在光孝寺。这里是惠能和别人辩论到底是心在动还是幡在动的那个地方，金幡塔和菩提树还在那儿。菩提树我看到了，而且注意观察了它的叶子，有点像榕树的叶子，但它是心形的。这样的一棵树，是中原所有寺庙中的菩提树的老祖，所以叫菩提老祖，那些寺庙的菩提树都是从它这儿找的树枝或种子去种的。后来这棵老菩提死了，又从曹溪南华禅寺引进一棵，就是现在所见的这棵菩提树。那么什么是菩提呢？菩提就是大智慧。

我们要追求大智慧，不在于你是话语霸权时代还是商业化时代，时代的特征都是虚妄的、外在的，人的内在不应被这些时代特征所迷惑。那么，反思到北大，如果你追求的是一种大智慧的话，你就不会被北大的这种盛名所累。北大就是一个虚名，是一个你预先设定的虚名，你没必要为此沾沾自喜或自命不凡。我现在很为同学们担心，担心的不是你每天上了多少网，准备开什么公司，担心的是内心的纯净，内心对大智慧、大道的那种执著。

追求大道的同时，又要从小处做起。北大在整个 80 年代有点不对劲，就是它只追求了一种虚妄的大道，也就是我刚才说的认为自己的天命是这样，然后完全是在那种虚妄的象牙塔里。我们再往上走就到达天庭，这不是真实的大道，自命不凡而不能脚踏实地就不是大道。一个最简单的问题就是说：简单的问题本身可能就是大道理。

2008 年奥运会上，刘翔跑了两步又没跑了。我觉得对刘翔的批判，当时的一种气氛，使我又回想起 80 年代，从某种意义上来讲，30 年我们一点进步都没有。怎么不跑了呢？我身边几乎 80% 的人不相信刘翔是受伤了，说他是装的，后面一定有不可告人的目的。然后我和他们说，我作为一个喜欢运动的人，可以很明确很负责任地和你讲，如果哪儿疼，那是真的疼得动不了，不是你想象的那样，你不搞运动你是不知道的。比如说你打球把肩拉伤的话，晚上睡觉能把你疼醒，疼得挺厉害的，受不了的那种疼。而且为什么就不相信呢？你认为他是装的，是他胆怯于为国争光。这种“阴谋论”一直到现在，而且贯穿我们对世界的观察和中国对世界的认识中，这就是一个近代情结。整个 80 年代我们想要反思的东西其实就是近代情结或者说晚清情结。

整个 80 年代，我们一直要走出去的一个情结就是晚清的情结。我给大家讲之所以要回到晚清，就是要让大家明白我们为什么现在是这么想的。2005 年抵制日货，同学们大多数走出去了，打着巨大的横幅，写着：“犯我强汉者，虽远必诛。”这是汉武帝手下的大将陈汤在远征匈奴的时候说的一句话，然后 2005 年，我们的同学又把它找出来了。我们把近代的屈辱（来自日本的）和两千多年前的远征行动结合起来。你不知道里面透露出来的近代被羞辱的那种情结和大汉主义结合以后会产生何种社会影响，你走不出这种情结，叫人看见了更加心寒。

反思就能接近大道。当我们把民族的理想都寄托在这些出口恶气的、快慰人心的大事当中的时候，就要有勇气抽离出来反思一下。你看 1988 年的时候中央电视台播出的《河殇》就已经用同样的一种思维说女排：“当五星红旗升起的时候，大伙儿都跳都哭；如果输了，就骂就砸就闹事。一个在心理上再也输不起的民族，中国女排的姑娘们已经是五连冠了，压在她们肩上的是民族的和历史的沉重责任，假如下一次她们输了呢?”现在已经 20 多年了，这样的话你放在现在，如果它继续对我们这种集体的意识有说服力、有解释力的话，那么我们就要反思了：为什么过了一代人，我们还没有记住呢，还在重复这些近代情结下的思维模式呢？这的确是很悲哀的一件事情，当然我觉得现在的悲哀和当时的悲哀有所不同，现在的悲哀可能是由无知导致的。当时的悲哀是由误读导致的。这两种悲哀当然都是悲哀，无知因为你不去了解，误读因为你走错了路，所以我们现在要做的事情很简单，就是走向正确的轨道，走出晚清。要走出，你必须明白我们现在只有一条路，你必须把它再读一遍。现在所有的这些问题，也许我把它们放大了，但是我觉得能解释。这些问题都来自 1840 年，甚至是 1793 年之后所出现的问题（现在事实上我已经认为是 16 世纪后的问题了），而这些问题到现在还是没有解释清楚，越解释越乱套。那么我们每个人都去自己想一想，问题出在哪里。一个有自信得大道的民族，一个大器的民族是不在乎砸西红柿、扔鞋子和抢火炬的。你扔你的鞋子，我办我的奥运，那才证明你是现代国家。我们不是办给你看的、让你高兴我们才高兴，我们自个儿高兴即可。英国人要办下届奥运了，咋就不看看我们高不高兴呢！

内圣才能外王啊。今天就先讲到这里。

北大没有爱情

周末了，聊聊爱情吧。

我赞同吴宓的一句话：“除了学术与爱情，其他问题一概免谈。”——当然这仅限周末。我且不认同他那“由情入道”“由情悟道”，即“由爱情入宗教”，“藉人生的痛苦经历而逐步理解和信仰上帝的世界”的说教。说到底，他的不幸经历使他几乎误入歧途。

“北大没有爱情”这话不是我说的，是十几年前的一个学生说的，当时她才大一。

当时《读书》上发了篇讨论冬妮亚和保尔的恋情的文章，大体是絮絮叨叨了一下革命允不允许爱情的话题。这引发了学生们的议论。我当时跟他们说了《这里的黎明静悄悄》里的一个场景：姑娘在夜色中推开了军官的门，军官静静地看了她一阵，轻声地问：“姑娘，你寂寞了吗?”姑娘点点头。“寂寞了也不要做傻事。”军官的声音很温暖。

同学们不同意我的观点，其中一位说：在一些方面，您高估了我们；在另一些方面，您低估了我们。

我这个生于70年代的人，可以抽“革命”的间隙谈谈恋爱。此前和此后的，分别受政治和金钱的影响而不能恋爱，爱是一种能力。

我难道真低估了你们？或许是真的吧？但是这话题却有意思。

与其说这是个古老的话题，不如说是个老掉牙的话题，一个过来人不屑的话题，一个令现在的小学二年级的孩子都会在鼻孔哼哼一声的话题，一个与问“你幸福吗”一样无聊的话题。

而且，说北大没有爱情，这本身就是煽情、矫情、滥情、毁情，这跟说中国没有爱情、地球没有爱情又有何区别，爱情分“单位”分国家还分星球啊?!

且慢，这事儿还真和“单位”、国家相关，至于分不分星球，我不知道，那是斯皮尔伯格们去试验的问题。

当然分单位了：你看，清华阳盛阴衰，竞争自然比北大激烈。王胡子当年连哄带骗把七千湘女弄到新疆，这样来分配：

“立正，稍息！”“向后转！”姑娘们的后面站着战士们，对上哪个就是哪个。在那个单位多简单。

也当然分国家了：你去胡同里租屋谈恋爱，你会成为重点维稳对象，那是大妈们最关心的军国大事，也是班主任最关心的事情，这事只有中国才有吧。党支书倘若是个大妈，她最关心的就是某某老师和某某学生又搞上了，某某老师还没有女友，每次走廊见面，总得神秘地问一句：“最近怎么样？”这话在中国是有极其丰富的含义的。权力介入你的床上，不是吗？

所以，我不是在胡扯。

爱情，生死之地，存亡之道，不可不察。这是很严肃的问题，是一个整明白了就可以拿诺贝尔爱情奖、可以在三环买房子的大事。

北大怎么就没爱情了？就你北大没爱情啊？是的，是的，这话都对。但我的意思是说：就我这 20 多年的观察，我的确得出了这样的结论，当然不排除修成正果的个案，也不排除生活在别处的人。修成正果的人不一定是真懂得爱情的人，他或她只是偶然地经历了爱情。不过，一个生活在别处的人却是一个真正懂得爱情的人。

爱情不是全身投入，那是欲望，欲望必然在相互温暖的时候相互伤害。所以我做学生的时候，学校深谙此道，生怕孩子们相互急于表达欲望，在三角地贴过一个通告，我不说出来对不住历史，因为上面有句话说：“禁止在学校内勾肩搭背、搂抱接吻。”违反者校纪论处。

或许是校方觉得孩子们的行为太放肆了，女生楼的楼长们天天晚上忙着清理、驱赶 10 点了还不撤走的男生，每晚在女生楼下吻别的成堆的男男女女，连空气中都是爱欲的味道。

爱情也不是泄压的方式。某一时期学生分成“鸳鸯蝴蝶派”、“托派”（托福考试）、“肖兵派”（或斌？记不清了，当年此人胡说死了二万人被抓了起来，学生打麻将的时候摸到二万就叫“肖兵”）等，“鸳鸯蝴蝶派”事实上是个跨各派的派。当精神被阉割的时候，爱欲是最后的安全堡垒。

这便有了悖论：一切掺了杂质的爱如果不能称其为爱，那么上述在社会和公权力影响下的爱当然不能称其爱了。但是，一个不提倡爱的教育的学校，一个不提倡爱的教育的国家，又怎么会有爱情呢？

极度缺乏爱。他们在爱的饥渴来临的时候，似乎不顾一切，因为被“文化革命”了，人性完全丧失了，爱也随之而去。所以那个《庐山恋》中张瑜在一个阳光的下午躺在青石上，胸脯随着呼吸起伏的特写镜头出现的时候，郭凯敏不敢有任何动作，张瑜嘟哝了一句：“孔夫子！”

这也不是80年代的全部。我所在的那个班，完全是个小社会，我一来就感觉到格格不入的恐惧。有一件事，入学后我对上铺说以后咱就是兄弟了。那上铺曾是某省“著名”的高中团委辅导员，竟然对我不理睬，而且居高临下地说：谁跟你是兄弟？你能给我带来什么好处？他真是这么说的。一天我以为宿舍没人，便拖着疲惫的身体想回去休息，咦？打不开门，被反锁了。一分钟后这位曾经的“著名”团委辅导员开了门，床上的那个女的正在若无其事地整理床铺。这团委辅导员便说：“已经完事了，呵呵。”如果性和权力的交易就是爱情，那么你交易去吧。

另一件事是，一个父母都在某高校工作的同屋，对我说：你丫对女人太面，俺娘对俺讲：女人如衣服，知道不？他真是这么干的，偏偏就有那英语系的美女黏他。有时候我们都看不下去了——那美女在宿舍门口怯怯地叫他，他爱理不理，继续搓麻。后来这哥们还是靠女友才在北京找了个工作。如果贱就是爱情，那么你贱去吧。

或许你以为民国时期风花雪月见证永恒的校园恋情了？“北大老、师大穷，惟有清华可通融！”是北平每一位女学生所熟知的话。“高富帅”是民国时期就有的标准。

或许被记载下来的金岳霖为林徽因终身未娶可证爱情的存在。梁思成后来说，当时林徽因将她同时喜欢他们两人的事告诉了梁，说很痛苦，不知如何是好。梁思索一夜后跟她说：你是自由的，如果你选择了老金，祝你们永远幸福。而且还都哭了。林徽因将此告诉了金，金说：看来思成是真正爱你的，我不能去伤害一个真正爱你的人。我应该退出。

但这故事里还有徐志摩。摩摩被女人搞得筋疲力尽，为赚钱沪上北平两地跑，最后搭飞机出事了。当时他也还是为了去北平看林徽因，上海那个还等着他回去呢。

历史版的民国大学恋情在《围城》的三闾大学中可以一窥端倪，也可在沈从文与张兆和的故事中看出究竟。张兆和拿着火辣的沈从文的求爱信向校长胡适告状，胡适说：这是好事啊，沈老师人挺好的，学问做得也不错，你就从了吧。张第一反应可能是：这都是什么人啊？当然后来还是从了。三角四角的复杂关系能证明纯洁恋爱的存在？校长都干预爱情能证明爱情的存在？

沈老师是幸运的。钱钟书曾经受一朋友委托，去撮合他与一个姑娘的关系。见到姑娘后，钱说明来意，开口便说了第一个理由：那位男朋友学问顶好。正待他说第二个和第三个理由时，姑娘便打断了他的话，清冷地笑道："假使学问好便该嫁他，大学文科老教授里有的是鳏夫。"

陈寅恪就爱情与婚姻的话题与吴宓在1920年的纽约有次长谈。陈寅恪认为：一，情之最上者，世无其人，悬空设想，而甘为之死，如《牡丹亭》之杜丽娘是也。二，与其人交识有素，而未尝共衾枕者次之，如宝、黛等及中国未嫁之贞女是也。三，又次之，则曾一度枕席，而永久纪念不忘，如司棋与潘又安，及中国之寡妇是也。四，又次之，则为夫妇，终身而无外遇者也。五，最下者，随处接合，惟欲是图，而无所谓情矣。又云，娶妻仅生涯中一事，小之又小耳。轻描淡写，得了便可也。

婚姻并不能代表多高级的爱情，这是陈寅恪年轻时混合了传统观念和现代观念的一种情爱观。他本人很晚才结婚。他去世后妻子安静地料理完后事，45天后也去世了。没有轰轰烈烈，只有相濡以沫。

历史话题就此打住，因为有人说了，当你试图了解你的国家，你就是在犯罪（原话如此）。他们的祖先早已迷失了方向——19世纪末某传教士对中国进行了如此辛辣的评价。那就不谈历史了。

或说，爱情在北大遍地皆是，有殉情的（比如在十三陵水库边上就那么坐着冻死的那个可怜的男生），有因爱疯狂的，有因爱自残的，有因爱放弃一切的，有因爱为美人占座的，有因爱追了地球一个圈的（最极端的例子，我知道有追了两个圈的）。然而，这些是爱情吗？正因为灯蛾扑火不顾一切，那才真正构成了伤害，那么，伤害能是爱情吗？或许那极端行为很是神圣，倘使爱情是神圣的，那么它根本就不存在，因为不存在神圣的东西，只存在神圣的思想和精神。爱情与得到无关，爱情与爱的对象无关。爱情是不计得失，爱的是自己。你在对方身上发现了相似的东西，那个东西是你的一部分。当它失去的时候，你很空，很空。这样子就很无聊了，其实本来就无聊。

这又是另外一种态度，所谓曾经沧海，所谓坐看云起，所谓始乱终弃。但这仅仅是一种态度。我还见过更犬儒的态度，我的一位朋友说：你还相信爱情？（当然，那是10多年前的事了。）呵呵。你知道婚姻是什么？婚姻就是合法嫖娼啊。爱情不是要走向婚姻吗？

爱情是要走向婚姻吗？连小学二年级的孩子可能都不会这么想了。那么，爱情与永恒的神圣的东西又有什么干系呢？

因为这里是虚拟世界。这里是碎片生活，是碎片文化，是碎片阅读，是碎片经验，是碎片梦想，是碎片的人。那么，神圣的永恒的东西比如传统的爱情概念就和这里的人完全无法匹配了。

何况，独生子女的一代，自我中心是打小形成的痼疾。何况，环境——打小看到父母打架、看到网上故事、得到各种“雷12秒”的熏陶，他们的情商便远远高于我们那一代。当他们认为一切——包括生死，那歌词不是唱“死了都要爱”么？——都自然地不过如此的时候，相当的冷酷。他们一直被爱，因此缺乏爱人，去爱的能力没有了。

何况，物质生活是爱情的基础——不仅仅是婚姻的基础。他们完全理解这层意思。要不，那个小学生谈恋爱不成的故事怎么会发生？就是那个——给心爱的女孩表白，被人拒绝，拒绝的理由是另有男生送了“爱疯4”（苹果手机）的故事。

所以，虚拟加独生加情商加物质，形成了完全一种“新新人类”。

那个大一学生说北大没有爱情的时候，还没有发生这一切。而这一切的发生，令爱情更加无处寻觅。

随时翻阅手机短信微信，随时插着耳机，随时打开“I拍得”（苹果平板电脑），完全是半个虚拟人。不，当然有爱情，因为你看不到。爱情都在CPU上，在屏幕上，在耳机里面，在QQ里面，在人人网上面。

看不到，可以体验到。我还是认为这有些狡辩，爱情是要花时间的，而在这虚拟的人生中时间都给了电子。

用网络语言调侃、对话，用夸张的表情表达，用网络方式生活。这无疑将新新人类的心用电子的方式伪装起来，爱，这个词，这个令20世纪及以前的诗人为之动容的词，在现在变得如此廉价，廉价得就是点击一下代表它的那个表情小人脸或小红心。可以随时点击，也可以随时删除，连快餐都不算。

宽容一些看，这是过渡现象，爱还存在，只是表达方式发生了变化。那日本人不是在设计虚拟亲吻器嘛，隔半个地球也可以亲吻，同样地，坐在一起也可以用虚拟亲吻器。

好吧，简直可以用追求新奇来形容这种方式。

但是，中国的事情仍然特殊。

特殊的原因就是上面说的几个重要现象：权力的滥用已经扭曲了爱，爱没有基础的教育铺垫，爱变得偷偷摸摸。我们不懂得爱。而计划生育导致的独生现象本身也是权力干预爱的结果。其直接后果就是学生的自我中心，这自我中心又因为虚拟世界生活方式而加强。情商高不一定是好事，因为爱的时候，情商是很低的，情商高使人无法感受到爱的轰轰烈烈。婚姻才需要情商高。自小而大经历物欲横流的洗礼，不可能不侵蚀其爱的纯度。

学生们天生就应该恋爱。看着一对对的孩子们，感觉世界真美好。但这环境使他们的爱发生了扭曲，是以北大没有爱情。

这话仍然可能耸人听闻了，但我告诉你实话：北大为什么没爱情，因为这里的人爱思考。想多了，就没了爱情。这个理由够玄乎的吧，我并不想举具体的例子了。

但我还是相信他们的平衡能力。不过，需要记住的是，不要太伤心。北大不相信眼泪。一般情况下，伤了心后两个月就会好。此外，乱性伤的不仅是身，更主要的伤的是心。肆无忌惮地燃烧自己未来的时间，其结果是毁灭性的。

还有，爱情不是相不相信的事，经历爱情就够了。爱过，冷酷地飘过。

你真的能飘过？世界上只有一件事情必须经历生死才能认识得到，那就是爱。但那不是人人都能做到的，人人网上可以做到。

其实爱很简单，一个通行古今中外的做法就是：“扑上去！”如果扑上去就是爱，那就真的人人都可以做到。

缘起，缘灭

佛说：心若一动，便已千年。缘起既灭，缘生已空。

原来这缘起和缘灭竟在一念之中，当起之时，已经遁入空寂了。

所以，这我相、人相、众生相、寿者相，一时离开，便为诸佛。皇帝们的灵魂仍旧在十三陵的地宫中酣睡，而不知此时已是北京的深秋。那深秋的最后一片柿子树叶，也挣扎着留恋无法羁绊的枯枝。我便有些醉，醉在这萧瑟的时空里。王朔醉的时候，灵魂随着六祖在《我的千岁寒》中竟然游荡了我那遥远的故乡张家界，我的灵魂为什么就不可以出我的窍呢？

远远地我们便听见了缭绕却稚嫩的竖笛声。那时，康陵还没有围墙，石板供桌上赫然出现一位红衣女孩，笛声正是从她那里穿透无限轮回的时空进入我们的耳朵。我们便静静的听了片刻。历史系的罗新和法律系的葛云松并未如我那般出神，我却在她停歇的当儿，与她聊了起来。

康陵

“几岁了？”

“14。”

“住这附近？”

“嗯，和姥姥住一起，康陵村的。”

声音甜美而稚嫩。

这康陵村的大多是从山西迁徙过来守灵的，得有400多年了吧。这便是做皇帝的好处。朱厚照再荒淫，也有子民的守护。

“把笛子给我吧。”

瞬间，我那悠扬的《阳关三叠》便穿透康陵30米的封土，意在唤醒那个灵魂。我知道这是不可能的。

再次来到康陵，已是第二年的初春。骑自行车从昌平园到康陵需要一个小时。我眯缝着眼，躺在供桌上，这便成了六供。天上有飞鸟跃过，有更高的飞机拖着白色的尾气掠过。学生们嘻嘻哈哈地打闹着，有人撒了一把满是泥土的野花在我脸上，又立即跑开了。

“青春，真好。”我这样想着。

王维在春天都懒得睁开眼，春眠，你听见啼鸟，听见风雨声，听见落花花落。你便不愿睁开眼了。

蓦然睁开眼，眼前站着她。那眼神如藏羚羊般清澈，令人心痛。

“你?!”

“你?!”

于是没有了更多的话。须菩提，你告诉我为什么。

农夫们在浇灌山坡，那水便顺从地从沟里流下来。皇帝们的灵魂还在酣睡，一只狗从明楼洞中跑出，瞬间消失在野草中——那便是狗尾巴草的来历？我想。

乾隆在大觉寺的大殿上题有“动静等观”匾额，每次去，我便要琢磨这当中的禅意。我知道，我不可能在这里、也不可能在今生碰到她。但我醉于这种感觉，与她无关。因为大觉寺还有个匾额，上书“无去来处”。带留学生去，用英文讲解，佛法无界。

“你一定是感受到了自己。”罗新这样评论。

寻找丢失的自己，是人一生的本能，是使命，也是业障。你拘泥于此，你便离开了佛。

而对场景的依赖更证明人的脆弱。仿佛只有在寺庙里，你才得到佛的加持，这都是我执，我执是相，相是业。但龙泉寺的红叶和桃花是如此的空灵，它仍然在呼唤你的灵。

我知道，十三陵的缘起缘灭只是少年时更早的业障的显身。那年，麻空山满山的梨树花盛开在斜风细雨中。外婆领我下山，雨水浸湿了我们的薄衣，而我站在那里，怔怔地看着那梨花以及飘零的梨花。多年以后，知道惠能曾经见桃花落下而决心北上求佛。那是一种义无反顾的决绝。我也北上了，但去的是浮躁的人间大学。

我什么也没有学到，我想。要学的所有东西，都在那山坡上。

山坡上有自幼儿园至大学的所有学问。这注定了你的一生就是回归山坡的过程。

带 LSE 研究生在大觉寺“动静等观”殿前。自左至右：Jim［美］，Tom［荷］，Norton［中国香港］，Anna［德］（2009 年）

当然，山坡上也有寺庙。虽然光孝寺不在山坡上，但当年也是在野地里吧。开车从北京到广州光孝寺需要两天整，那是开得飞快。我两次驾车去了，为的是看看六祖的讲坛。讲坛外有一棵高大的菩提树。菩提树的树叶像榕树叶，但是更圆润。坐在那里，智慧离你很近，也很远。回来的路上经过韶关南华禅寺，六祖真身便供在那里。两位和尚给我介绍了五台山的师兄。

追寻六祖的足迹，不错的主意。

然而，有个美国居士做了，比尔波特将这一切转化成极富感染力的平实的文字，《空谷幽兰》和《禅的行囊》是我近年少有的爱不释手的书。很多人都有这同样的感受，它一定触动了相似的灵魂罢。

五台山太喧嚣了，客堂多半对富贵人家开放。怯怯的我只在门口转悠，师兄去北京跟企业家们讲法去了。和尚们都很忙。送我《地藏经》，而我只喜欢读《金刚经》和《坛经》。我知道入门都不够，但是开卷有益吧。你需要借口，很多时候是这样的。

一切有为法，如梦幻泡影，如露亦如电，应作如是观。

这便是最大的借口。此外，你还可以以“大隐隐于市”“直指人心，立地成佛”作借口。

如果这是真的，那么迦叶拈花微笑就是最大的借口。禅宗便是最大的借口。

我返回龙泉寺，去打扫庭院。不挂单，不知名姓的好，我需要制造借口，因为我是一个不敢彻底面对自己的俗人。

玄奘41岁时已经在印度学成佛法。他敢于与小乘代表赌命辩经。他赢了，饶恕了失败者。他没有猴子、天蓬元帅和卷帘大将的扶持，他是一个人的战斗。

李叔同也是一个人的战斗。他们找回了自己。他们不需要借口。

你的学校、你的单位、你的公司、你的家庭，都是你的借口。

十三陵在你寂灭多年后，仍然在那里。波特说，那个尼姑其实很苦，茅屋漏雨了，没有财力整修，尼姑说到这里，也几乎掉下泪来。基督教你救赎，阿拉教你为善，佛教你面对自己。面对自己，是这世界最残酷的事情。

没有 TA 的城，还有什么意义？

如果有个理由扯住你的衣角，央求你留在北京，那会是什么？

女人给了个说法："没有他的城，是没有意义的城。"这可能是最煽情最浪漫的理由。

于我而言，"他"不会换成"她"，而是换成"TA"——一切值得扯住我衣角的客体。

这包含了他、她、它，以及他们。

然而，当我们都失却爱的能力的时候，他或她都不存在，仅仅只有它和他们。

他们其实也已经走了，鲁迅、胡适、林徽因、齐白石，甚至赛金花。

至少那时候，鲁迅不会因为用匕首投枪乱戳一气而被失踪，至少胡适可以在学术和入仕之间进退有矩，至少林徽因很美，至少齐白石风骨尚存，至少八大胡同的老鸨会介绍赛金花说："这丫头 6 岁学艺，琴棋书画样样精通，一定让官人尽兴而归，来，给公子弹个曲儿！"

没有他们的城市，北京是个中世纪的大村庄。不，是个大城堡。它本来就是个军事要塞，后来成为政治和军事权力中心。有城无市谓之城堡也。

所以，每天见到从亚洲最大的"贫民窟"走出来挤在 5 号地铁上去上班的成群的悲愤的"屌丝"们，我不得不感叹这是为了什么。

然而，呼唤快乐的生活方式却又面临风险。倘若你煲心灵"鸡汤"，如讲《论语》的大姐，会被嘘下台，被认为是矫情，矫情之外，还有被看做为权力帮衬。

这便很尴尬了。在一座尴尬的城市，生活自然尴尬。

也有会"煲汤"的，如美国和尚比尔·波特。今年 8 月 29 日，69 岁的波特在写完《空谷幽兰》《禅的行囊》和《黄河之旅》后，从北京出发去走完他最后一次旅行——寻人不遇，“finding them gone”。他怀着崇敬的快乐心情，去探寻中国唐宋36位诗人的足迹。

第一位就是陈子昂。《登幽州台歌》就在北京的白云观附近写成。比尔居然手舞足蹈地朗诵道：“前不见古人，后不见来者；念天地之悠悠，独怆然而涕下。”报纸上对他的表现绘声绘色，只是比尔能将一首哭泣的短歌，演绎得手舞足蹈，令人匪夷所思。

如果既不能像比尔那样，也不能像《论语》大姐那样去平复心情，那会是怎样呢？

那就《离骚》吧，至少中国知识分子习于将自己置于忧郁边缘地带，或许是如此则更接近人性本质。

在这个城市的底色里面，充满着《离骚》情结。所有的（普通人）都仿佛卷入一个巨大的黑洞，不得自由。不得自由，便没有自我。没有自我的城，还有什么意义。

我所看见的，就是这一个个故事，只有这些真实的故事，才构成自有尊严的历史。这历史只和一个东西相关，就是：权力。

这权力无处不在，无时不在，对男人而言，是春药，对女人而言，是安全。有个电视广告对话是这样的：

> 男甲：明天走？
> 男乙（自信）：放心吧，从小到大，还没输过呢。
> 男甲（笑）：有你的！
> 男乙（手按顶楼栏杆向远方呼喊）：混不好我就不回来了。

这把人生搞成了不成功便成仁的革命。成功学在近20年的兴起将人人成为人上人的权力欲望当成梦想，硬生生地压得男人们趴在地上，压得出国的男孩女孩在机场对着父母亲友鞠躬痛哭。中国人不是为自己活着，为一种让别人瞧得起、一种脸皮、一种动物世界争夺交配权的欲望冲动，而义无反顾地走向未来。美国人一直搞不清中国人强大了能为世界提供什么世界观，他们该明白，一个穷了几千年、毫无权利保障、没有宗教信仰的一群人，能这样的克制就已经很不错了。

那拼命考上研究生、祈求改换在农村教书命运的各路师范生，“胸怀大志”以求“光宗耀祖”的小职员，来京后心气最高。他们与本校毕业读研究生的在本质上格格不入，他们的高心气促使他们占据学生权力的制高点，并进而成为北京各种大机关的干事、智囊。

小李从 LSE 和加州伯克利（Berkeley）大学毕业后，回京创业。无权买房，无法买车。开头做的第一件事，是想给一个南方大城市拍宣传片，敲门之砖就是接近权力。一位自称神秘权力部门的老哥介绍他认识秘书一类的人。第一次商谈就是在一个隐秘的休闲保健中心，一排妞儿站在面前要他挑，吓得他晚上回来直哆嗦。

阿冬自香港读书回来，进入一个电视台打工，没有合同，干了三年，每个月都在拼命地找发票，甚至去中关村买发票。他的哥们儿姐们儿都是这样，不得不在权力机制下寻求一线生机。

老林是某著名巨大的外企亚太区人力资源总监。因为公司上层权力斗争，不忍再待下去（其实也是无法与新老板合作），选择一个支付 package（一年的总收入，包含工资、奖金、福利等）辞职后创业。一个暑假，我曾帮忙在其别墅的地下室翻译一帮人弄出来的商业计划书。目的是投给他美国一个熟人的私人创业基金找投资。计划书介绍的经理人就有很大很大的一个官儿的女婿。这女婿其实人还蛮好，随和朴实。只是我们在忙东忙西的时候，他在地下室健身房一直秀他那发达的肌肉，并不过问任何具体事务。这件事忙完的时候，老林一帮人连夜开车去五台山拜访他的师父，以求心灵和钱财的“统一”。当然，老美比我们想象的精明，认为计划很好，就是在目前权力无处不在的时候，那件事不可能办成。

老俞在学校的时候，因为“打着学校的旗号”办英语班，被通报批评。他是我的英语五级老师，看着批评老师的海报贴在三角地橱窗里，我们很不是滋味。后来他干脆就辞了。即便是提着糨糊桶刷广告，都有很强大的权力的介入。这不仅是来自管理部门，也来自同行的竞争。老俞每年过年过节就必须去摆平这些。事儿办大了，成了英语补习学校的老大。但是根据相关法律规定，学校是不能做赚钱的企业运作的，投入学校的资金只能算是社会捐赠。这导致复杂的资金的运转过程。因此，“教育科技集团”是一个合适的身份。百年校庆的时候，老俞的大幅相片和简介被贴在几乎同样的橱窗位置，标题是“优秀校友”。

这个英语学校以前有位名师，姓宋，我上过他的 GRE 课程。宋老师是典型的该校精英：传奇般的经历，出色的能力以及强烈的个人魅力征服了 18～30 岁之间怀揣美国梦想的学生。宋老师自沂蒙山区来，坚信一句话：“流自己的汗，吃自己的饭，靠爹靠娘不算是好汉。”单词课他主要借单词来讲故事，尤其是他的生活故事。他说，他刚来北京时，是从中文系考上了中科院的物理研究生（不是一般人啊!），然后读了一段不读了。他说在赛特商场受到了刺激：那个服务员不屑地从头到脚打量了这位看了半天柜台中的手表的穷小子，说：“好好看看标签，是六万元一块的，不是六百元一块的！你买得起吗?!”宋老师当时在心里说：老子有钱了，不仅要买这表，还连你也买下来！后来，他开了自己的公司，晚上在这里教英语，先谈了个外交官的女儿，后谈了个模特（也许是先谈了个模特，后谈了个外交官的女儿，记不清了，总之不是那个服务员）。宋老师讲到 hooligan、rascal 等词时，说：流氓这个词常常被误解。有一次，一位小女生学员给老俞写信，说宋老师上课总讲黄色笑话，是个大流氓！年底，俞校长把信给宋看，他们哈哈大笑。宋被绝大多数学生评为优秀教师。谈及此事，宋说：什么是流氓，小女生是不懂的。真正的流氓是窃国者诸侯。你们没有见过真正的流氓。我的一个哥们儿就是大流氓，把我们合伙的钱卷走跑南美哪个国家去了！后来，宋自己又去英国读书，毕业的那天，他们相约跳下泰晤士河里裸泳。曾经见过视频的。

民办英语学校办到那个份上是到了极致了。它最大的功绩其实不是培训了英语——英语这玩意儿其实真的是自己一个单词一个单词一个题一个题抠出来的，学校只是提供了一个促使你学习的机会和适当的压力，而是为这个死气沉沉的传统大学教育补充了迈向寻找自我的合适的途径。从那里，人们开始知道生活的方向，这非常重要。尽管那方向充满着强烈的自虐式的宣传、传销般的精神灌输和对成功的膜拜，但它讲了实话，铺了实路，这的确重要。

对于没有逃离的人而言，这里还是不得不生活的地方。你仍然必须时刻面对权力。

当卖毛片的从胸口掏出热透透的一叠光盘的时候，她们的眼神和你一样充满着恐慌和期待——当然，现在情况好多了，一是因为治理，二是因为网络兴起，光盘的吸引力下降。但这曾经是IT兴起的最初10年的最精彩的镜头。她们一群群地在中关村站街，具体经营范围都有背后的力量划分。怀中抱着婴儿——这显示出她们不仅有斗争经验，而且有高人在背后指点，因为哺乳期妇女不得拘留（貌似这样）。

比她们稍微正规点的是卖盗版光盘而不是毛片。盗版光盘的大量渗透使电脑可以以低廉的使用价格普及到每一个学生和普通家庭。这又是一个关乎国际版权问题和国内权力管辖问题的大问题。严格意义上而言，我们都触犯了某项法规——如果不使用正版软件的话。

不过，所谓“盗亦有道”与“童叟无欺”是一样的，相对自由的交换和竞争逐渐导致一种趋近公平的结果。比如小偷和卖光盘的在街头形成的“黑市”，前提是在上一层结构中不存在绝对权威力量。“黑市”、盗贼反而更讲公平，是一种约定俗成的契约关系，惜乎一直是邪路。

小南门外有个叫“军机处”的地名，有个小胡同叫“老虎洞”，现在都是靠四环辅路的绿地了。这里曾是相当活跃的小商贩经营区。曾有那小贩在这里摆水果摊被扇耳光，狠狠地扇，十几年前的那一幕我深深记住了。

拆迁中的老虎洞（1999年）

在这些权力滥用之外，北京还有一种交易关系很奇特，它导致这里的商业活动呈现出古老的精神特质。一日，我买了双新皮鞋，想要给鞋子上个耐磨的底儿，便去老虎洞那个鞋摊。老头端坐那里，声音从喉咙里飘出：“怎么了？”“我想给鞋子上个底儿！”“这不是新鞋吗？”“我就是怕磨损了才给上个底儿……”“嘿，一边儿去。别捣乱。”

我怏怏地走了，心想：这要是在南方，有生意做不知高兴成啥样。在北京，大爷不想挣你这钱，大爷要歇着呢。

老虎洞那里拆迁时，有人家一次性得了八百万。那可是十几年前。

十几年前，还有一哥们儿开了个倒腾电脑的小公司。因为和人竞争，一个晚上，小店面闯进来几个黑衣大汉，倒是没有打砸，而是扔下一句话：

“明儿个关门啊!”就扬长而去，吓得这哥们儿当晚就关张了。跟我说时，兜里还揣着一截破酒瓶的瓶头。“这是干嘛?”我问他。“呃，防身的。”“防身用这个?”“用刀子怕出事，再说刀子在身别人有把柄。”

当刻章办证的小广告如牛皮癣蔓延全城的时候，人们并没有想过这样一个问题：恰恰是因为各种权力部门寻租，导致章证成为生存的必需。

城乡结合部完全成为一个新的城市，不，可以说是国中之国。在那里，拥有一国所有的全部要素，而这恰恰是他们不能合法自由融入这城市导致的结果。

前几天碰到一个意大利美女，是一个艺术家的女友。问她为什么到北京来，她说：欧洲金融危机，经济崩溃，工作不好找，到这里找工作来了。是的，现在这里的洋人比以往任何时候都要多。他们放弃那边的自由，来这里寻求安慰。

但是，他们应该听得见一个幽灵般的声音在这个中世纪的村庄上空回荡：看啦，当自由来临的时候，人们会像孩子一样委屈地哭泣，为所受的数千年的苦。尼采错了，上帝没死，一切价值并非需要重估。自由是常识而已。

罗伯斯庇尔曾说：我们将会逝去，不留下一抹烟痕，因为，在人类的历史长河中，我们错过了以自由立国的时刻。

如果他不告诉你这里的经济生活的本质就是权力游戏，那么那个经济学家就是骗子，至少在中国骗子很多。通常他们用各种数据来伪装自己有科学性并借此获得地位。

这就是正在上演的生活的历史。每一段历史都有其尊严，“我们赋予历史以尊严”，吕西安·费弗尔这么说。

于是，我更理解了陈寅恪说的研究历史“当具理解之同情”。

佐藤裕子

穿过一条不长的铁路隧道，往前经过一片坟地，转过一丘水稻田，远远地望去，就是佐藤裕子那位于小山岗下的家了。从那里可以看到富士山积雪的山顶。骑车从三岛市区到她位于郊区函南町的家需要45分钟。佐藤裕子是日本大学国际关系学部的应届毕业生，会中文，中文是在厦门大学学的，带有闽南口音。她要毕业了，我去她家看看，并非要见到她，只是骑车去看看。

她母亲在1999年元旦后的阳光下晒着被子。门前有个小溪，我在溪边停下。那房子是传统日式二层木板房。房子里面很现代，我和几个留学生在前几天到她家过元旦，一起凌晨去箱根山看日出。新年在这里就是元旦。新年看日出是日本人的习俗。她母亲看着我这方向，犹豫了一下，没有打招呼，毕竟隔着几十米的桥。

在佐藤裕子家过1999年元旦。左一为作者，中间为裕子

世纪末的第一轮日出从热海东边的海面升起，在箱根山上正好沐浴它的温暖。裕子穿着和服——穿和服花了她两个小时，粉红色的衣服，紫色的衣带，厚厚的白袜子下面着高高的木屐。与白天见的那个女孩完全不一样了，看着像唐朝的仕女，我便有些时空错乱的恍惚。

裕子说这是毕业前最后一次看日出，然后她要去东京警视厅工作，应聘者是千里挑一。她很在意这份工作。因为会中文的关系，她将负责中国移民和偷渡的问题。我说：你可要对中国人好点，别动手啊！她笑笑："中国是我们海外不安全国家名单上的一个，我去警视厅工作了就不能再到中国玩了。我还要在毕业前去一趟北京和厦门，还希望你帮忙呢！”果然，我回国后三个月，她来到北京，送了我在她的车里面听过的一个歌手的专辑。

日本人好客，并非书本上而言的岛国心态，褊狭或排外。有其含蓄的成分，他们自己很压抑，很忙，老人都是匆匆地来来往往，站着在街上吃乌冬面。晚上去居酒屋喝清酒，居酒屋比中国的酒吧要火多了。只要交上朋友，他们很好客，只是强调一点平等对待、礼尚往来。

我在日本，常被当成日本人，被请去帮照几张相，被问过路，被老太太要求帮提一下东西。因为他们说日语我只能听懂一点，便假装应付一番。当我说了几句地道的东京腔应付的时候，老太太以为当代的日本青年人真的就那么好了。日本教授对我很好，去他们家里都过了夜。有位教授还跟我谈起他年少时候在丹麦留学碰到的女孩，但因他在国内有人而无法在一起。已经过去40年了，现在来三岛看他。谈的时候，他很动容。这位教授在80年代初是日本家喻户晓的电视人物，他是讲性学的，启蒙了日本一代人。于是，他很为我考虑，认为我一个人在这个校园待着，一定面临他的理论所说的压抑。一天，他竟然吩咐一个教工送来了一套录像机，并一盒录像带。打开一看，喔，欧美的猛片。也有个教授在家里放中国的《阳关三叠》《春江花月夜》，因为是新年前后，他希望借此表达对我的关心。

说到日本侵华，我认识的五个教授有三个对我表示了道歉。其中一位的母亲是日本关东军的遗孀，在东北被农民收留。他当时兄弟几个很小，都是吃中国农民的饭菜长大的。他母亲临终前吩咐他们一定要感恩中国人。他的夫人就是台湾的，因为70年代前中日关系未正常化，他只能去台湾学习，找了台湾的中国夫人。夫人很贤惠，对大陆人也很好。

裕子长得普通，但比一般日本女孩强壮，当年还拿过地区的网球冠军。一个中国留学生曾经跟她好过，并且令她非常伤心。因为那个中国男人在中国有老婆，却骗她说会跟老婆离婚，两年后毕业走了，杳无音讯。所以，裕子对我并不是那么的信任，但她一如过去，对中国人还是充满热情，只是不再像以前那样爱笑。

圣诞前后她们学校就放假了。去热海看焰火吧！她建议道。天皇生日当天晚上，热海的海滩上会放焰火庆祝。热海以温泉著名，当年流亡中的孙中山带着宋庆龄，和廖仲恺夫妇曾在此游玩。我们没有泡温泉，我一直保持着距离。焰火持续了半个多小时。回到函南，她说去 KTV 吧。KTV 是日本的发明，日本人那个时候还是非常流行去 KTV。那个 KTV 的音响我记得是“孙悟空”牌，她唱了很多歌，其中一首是：

想念你的笑/想念你的外套/想念你白色袜子/和你身上的味道/我想念你的吻/和手指淡淡烟草味道/记忆中曾被爱的味道

哦，辛晓琪的《味道》。

念书的同时，她在三岛小镇上一个小餐馆打工。日本大学生大多打工赚生活费，不是因为穷，而是一种已经形成的生活方式。赚了钱可以自己自由支配。裕子的收入都用来每年一次出国旅游了。她常经营自己的辛苦收入——每次经过三岛火车站广场，她总会停下车，“等会儿。”她说，就到那个 ATM 机操作去了。她很节俭，午饭通常就是一块三明治，有时甚至就是一小块面包。我去那个餐馆吃饭，她把我介绍给老板，老板热情地过来跟我握手，那手很柔软，捏住我半天不放。裕子在一旁终于笑了，笑起来原也很美的。

下班时我问她为什么笑了？她再次哈哈地笑起来：“我们老板是个同性恋，你们中国叫什么？同志？”我赶紧装做擦手的样子，我可不是同志啊！于是约好明日去走伊豆舞女走过的路。

佐藤裕子开车从家里过来。远处背景为富士山雪顶。1999 年年初

川端康成高中毕业那年从东京到箱根山再到伊豆半岛和热海游玩，才有了他的《伊豆舞女》。大学的一天，我在大讲堂看了电影《伊豆舞女》，男主角追着远去的舞女的船，竟然跳到了海里面，当然，最终也没有追上。我在当天的日记中写了一句话：偶遇即永恒，令人无比惆怅。川端极为敏锐地把握了人生的无常和无能为力。

坐小火车就到了伊豆半岛舞女出发

的地方。吃面时我没带零钱，把 1 万元的钱给了店主婆婆，她好像很不高兴地样子。后来我知道，在日本给别人添麻烦是很忌讳的事。而我们去吃面的时候，因为太早，其实这个店子还没有正式开张。我们的到来，搞得她很被动。

伊豆半岛有种静谧的美。从一个村镇到另一个村镇，走川端跟随伊豆舞娘走过的路。这真是最接近日本气息的地方。在最半岛南端，有个岬角，很多日本人选择在那里跳海自杀。我看了看，有 50 米高的悬崖，估计不用跳到海里就直接摔死的可能性更大。路上经过沙滩排球的发明地，我脱了鞋，袜子都忘记脱，直接奔向绿色的太平洋。太平洋在这边很深，水成绿色了。

晚上回三岛。裕子开着车兜着圈子，并没有直接送我回校园。冬日的夜很冷，她带我去一个便利店，却买了布丁和冰激凌。吃的时候，她聊起了她的过去，我说偶遇即永恒吧。她哭成了泪人。时间已是半夜，她将车开到她们家的后山上，那是她们家的山。胡兰成说："男女同行，是不知怎的会有天地之始的感觉。"我很贪婪地吸吮这种感觉。我们坐在田坎上，冬日的夜很空，寒星分外明亮。山脚下是三岛和沼津市灯火阑珊的夜景。我们坐了大约 40 分钟，没有说话。下山的时候，她在起了雾的车窗上写了两个中文字"素直"。"先生は素直な人です。"（老师您是个纯真的人）她用日语说，"都后半夜了，回家晚了爸爸会很生气的。我不能回去了……我们可以在榻榻米上坐着聊天啊。"她又改用中文说。"裕子，你知道瓦西里耶夫吗?"我说。"不知道啊。""他是一位前苏联的文学家，写过《这里的黎明静悄悄》，里面有句台词：即使寂寞了也不要做傻事。"

我把她送回家了。三岛那天晚上很静。我躺在榻榻米上，可以听见十公里外骏河湾太平洋的波浪洗刷沙滩的声音，唰——唰——唰——

生如夏花

泰戈尔老夫子说：我听见回声，来自山谷和心间。以寂寞的镰刀收割空旷的灵魂。Prajna Paramita，生如夏花，死如秋叶。还在乎拥有什么。有这境界，便不至于迷惑。禅起源于那朵花，一花一世界，一叶一如来。禅也起源于那拈花时的微笑。因之，生如夏花之灿烂。我必深信，面朝大海，春暖花开。读这些文字前，我应沐浴更衣。因这文字便是世上最美的了，即便花非花，雾非雾，我也愿止于有花。

没有最高境界，当我们认为禅是某种最高境界时，就已经不是禅了。也不存在境界。时刻关照心灵是否起念头，随时保持对所有念头的警觉。破除我执，不住我相，人相，众生相，寿者相，便得菩提。

当然，最猛的是庄子，他的心灵自由到成为一只大鸟，“怒而飞，其翼若垂天之云”，好一个“怒”字了得！吾不及也。体验到生如夏花应该是喜悦的，这便够了，毕竟不得涅槃。

“禅的行囊”装错的东西：比尔的简约化禅宗史

那个美国“和尚”、大胡子比尔·波特在中国台湾地区修行若干年后，1989年开始在中国大陆寻求隐者、探寻禅意、畅谈中国传统文化，乃有《空谷幽兰》《禅的行囊》和《黄河之旅》的问世。一时间，中原出现洛阳纸贵，其行走笔记成为干裂国土上极度渴望心灵鸡汤的众生之三宝。

在我认识的人之间，有学者、艺术家、出版家、高级白领、自称修士的人，甚或学生，在谈及这位美国奇人的时候，眼中均闪烁着异样的光芒。

我个人如同众生一般，极度饥渴之下，狂饮美国和尚提供的甘露。曾经萌生重走隐者之路、禅宗之路、黄河之路的想法。而据说已有行者打点行囊，如比尔一样走访中土各地，寻找自我本我。

是比尔指引了一条心灵道路，更是他以行走精神震撼了众生。这老头差点可以成为一代教主。一个值得尊敬的人就是这样的：你还在左右为难犹犹豫豫是否做某个有实际意义的事情时，那人已经做了。

大胡子美国和尚比尔·波特

因为他的文字的优美，平实却透露禅机；因为他的生活方式，不羁而自由；因为他对我们前世的关注，独特而肯定。

这是一种平和、积极而又睿智的人生。是以如春风般唤醒忙于生存竞争的中土众生那久蛰的灵魂。在此我不得不向比尔致敬——在我们怀疑一切的时候。

然则，比尔之《禅的行囊》所述禅宗在中国的发展脉络，过于简略，且遵循的是一种未经考证的一般传说，故颇有误导，在此有订正的必要。

尽管我们可以完全以禅宗的不留文字、直指人心为宗旨，不去计较他的得失，但是，既然他斩钉截铁地写了，那么再写一段又何妨呢？倘若比尔不作具体说明，这时代不就成了于丹说《论语》，而比尔讲禅的时代了吗？——但是，难道不是吗？

比尔说："这将是一次朝圣之旅。我的目的地是禅在中国的发源地，其中最重要者，包括了禅宗六位祖师初祖达摩、二祖慧可、三祖僧璨、四祖道信、五祖弘忍和六祖惠能开创的道场。禅的历史地位由这六位高僧所建立。"又说：中国佛协的前任会长赵朴初说过："没有慧可，就没有中国禅宗。"1 500年前，印度僧人菩提达摩把禅带到中国，慧可正是他的衣钵传人。这只是一种说法。考证起来，这禅的行囊还是装错了东西。

然则，禅宗在达摩来华之前，已经在中国流传。季羡林说："研究中国禅宗史者忽略了从安世高到菩提达摩这四百来年的禅法史，连著名的印顺的《中国禅宗史》，似乎都没有能避免这个现象。"

安世高（约2世纪），本名为清，字世高，本名清，以字行，出家前是安息国（亚洲西部的古国，领有伊朗高原与两河流域）的王太子。安世高可以说是佛经汉译的创始人。在汉桓帝（147～167年）初年只身东来，在中原大约20年，弘法译经。安世高所译的佛经，就思想体系上说多属小乘佛教，他重点地翻译了禅、数两方面的学说。

禅，是指禅法，即通过禅定静虑而领悟佛教之道，其方法很多。安世高所译禅法，以安般守意影响最大，它要求坐禅时专心计数呼吸次数，使分散浮躁的精神专注，从而进入安谧宁静的境界。

数，是指数法，即阿毗昙，是用数字把佛教中名目众多的名词概念加以分类论述，从而阐释佛教基本理论的一种方法。

菩提达摩来华是在南朝梁普通年中（520～526年，一说南朝宋末470年）。

关于古代禅宗的书，比较可靠的是南朝梁慧皎的《高僧传》（止于519年）和唐道宣的《续高僧传》（止于645年）。当年我在北京西四的旧书店买过旧版（中华书局和上海古籍的影印本），在《高僧传》中至少有20个和尚是学禅的，那时达摩还没有来中国。《续高僧传》里的就更多了，有上百位高僧是参禅的。

他们都不是参习达摩所传（或所创）的禅法。除了前引安世高之外，南朝时期（公元410年）庐山有位印度和尚叫佛驮跋陀罗的，翻译了《达摩多罗禅经》，均早于菩提达摩。

这个《达摩多罗禅经》的“达摩多罗”（Dharmatrata，古印度僧人名，共有四人名此）和菩提达摩（Bodhi dharma）根本不是同一个人。惠能的著名弟子神会禅师（684～760年）大力攻击神秀为伪法统、树立惠能为六祖的时候，说错了两个东西：其一，有人问他，菩提达摩之前，西国又有几代？他在没有准备的情况下，信口回答“八代”。其二，他把菩提达摩和达摩多罗误做同一人。

菩提达摩之前，至那个拈花微笑的大迦叶，印度那边又有几代呢？传说是二十八代。神会的时候，还未经考证，且未经官方证实，所以神会就信口答来。

禅宗在印度前二十三祖是有些根据的（《付法藏因缘传》）。天台宗依据《付法藏因缘传》的二十四祖之说，认为迦叶至师子的传承是金口所记，必须承认。关于佛法在西土的传承世系，灌顶（561～632年）依据《付法藏因缘传》，最早提出了天台宗的二十四祖说，撰写祖师传记，上溯智凯、慧恩、慧文、龙树，确立了天台宗法统，被尊为五祖，不复更改。这也就是宋代台、禅二宗在西天二十四祖与二十八祖的问题上长期争论不息的原因。

神会之后，为解决法统继承之正统性，南宗禅宗对二十三祖至二十八祖进行了改造。《付法藏因缘传》的二十三祖中，于第六祖弥遮迦之后加入了婆须蜜，成为二十四祖，其后再加上婆舍斯多、不如密多、般若多罗、菩提达摩等四祖。

唐代朱陵沙门智炬（或作慧炬）撰于贞元十七年（801年）的《宝林传》，以阐明六祖惠（慧）能之法统。

其所载二十八祖的名字如下：

> 第一祖大迦叶，第二祖阿难，第三祖商那和修，第四祖优波毱多，第五祖提多迦，第六祖弥遮迦，第七祖婆须蜜，第八祖佛

陀难提，第九祖伏驮蜜多，第十祖胁尊者，第十一富那夜奢，第十二祖马鸣，第十三祖迦毗摩罗，第十四龙树，第十五祖迦那提婆，第十六祖罗睺罗，第十七祖僧伽难提，第十八祖伽耶舍多，第十九祖鸠摩罗多，第二十祖阇夜多，第二十一祖婆修盘头，第二十二祖摩拏罗，第二十三祖鹤勒那尊者，第二十四祖师子比丘，第二十五祖婆舍斯多，第二十六祖不如密多，第二十七祖般若多罗尊者，第二十八祖菩提达摩。

北宋景德元年（1004 年），法眼宗禅僧、天台德韶的法嗣释道原撰成《景德传灯录》，宋真宗诏翰林学士杨亿等刊削裁定，历时一年，成为有史以来第一部官修禅书。本书所述之法统说，以摩诃迦叶至菩提达摩，为西土二十八祖，以达摩至惠能，为东土六祖。此书奉敕入藏，使得禅宗的法统说得到了官方的正式认可。

最后确定禅宗法统谱系的是契嵩（1007～1072 年），其西天二十八祖说，承自《宝林传》，他撰写《传法正宗定祖图》《传法正宗记》和《传法正宗论》（以上三书合称《嘉祐集》），使西天二十八祖之说成为后世禅宗传法世系的定论。宋仁宗嘉祐七年，1062 年，奉旨将《定祖图》收入《藏经》内，从而在权力的帮助下，禅宗法统师承谱系得以确立。

此外，比尔说：“禅”的发音在英语（Zen）和汉语（Chan）中略有不同。在中国，每次我说到“Zen”，人们总是纠正我：“应该是 Chan。”他们说：“Zen 是日本的禅。中国禅和日本禅是不一样的。”这可以算是一种文化现象。但不管是中国的“Chan”，日本的“Zen”，还是朝鲜的“Son”，它们都指向同一种心境。

其实，禅的正确拼法是“Dhyana”，即“禅那”。它来自印度的瑜伽（Yoga），必经苦修而得解脱。不过，中国将它完全异化了。

比尔也观察到佛教在中国的适应性改造过程，但是并没有分析佛教在中国被改造的原因。佛祖告诉弟子们，他入灭后五百年，追随佛法的众生会转向对偶像的痴迷。用不了那么久，他入灭后三百年，犍陀罗和大夏地区的印度希腊王国以及贵霜王朝的统治者就在他们的棺材和钱币上印上了释迦牟尼的浮雕像。

如果说禅宗是印度佛教的中国化之必然结果，那么印度佛教在中国的另一个改造就是大肆推行偶像崇拜，中国的佛教造像运动在北魏时期达到顶峰，且佛教寺院中无佛像是不可想象的。

中国本土文化改造佛教来自两个文化基因：其一是玄思和入世传统；其二是迷信的传统和政治权力的需要。玄思和入世传统分别来自道家思想和儒家思想，此二者将苦修的印度禅法改造为方便法门，成为中国禅宗。迷信的传统使得普通民众更容易在意识上和仪式上通过崇拜偶像而获得心理满足。政治权力的需要更是极大地推动了佛法。“昙曜五窟”作为开凿于460～465年的云冈石窟第一期工程，即是为显示北魏皇帝权力的无限，五个石窟的中央都雕刻了巨大的如来佛像，象征了北魏五朝的五代皇帝。龙门石窟的卢舍那大佛据说是以武则天为“模特”雕塑的。而甘肃庆阳北石窟寺222窟的一尊盛唐时代佛造像，被一些专家认为是武则天的化身。

从这个意义上而言，禅宗也好，佛教也罢，在中国的历史改造中已经完全成为中国的信仰、迷信、权力和生活方式的混合体。

比尔怀着无比敬仰的心情行走于中国大地，其实满足的还是其对原始佛法、原始禅宗的想象。在他的文字中，没有对分歧性意见的描述（比如禅宗法统问题），也没有对佛教异化（如偶像崇拜）的不满，他是刻意回避了这些问题的。或许，这正是禅法基本的要求：吃茶去！

佛陀入灭后1 200年，禅门临济宗的开山祖师临济义玄如此教导弟子：“向里向外，逢着便杀。逢佛杀佛，逢祖杀祖，逢罗汉杀罗汉，逢父母杀父母，逢亲眷杀亲眷，才能解脱，不被外物拘束，自由自在。”

此论骇人听闻，然则，它更接近佛祖的本意。不拘泥于一切相，抛弃一切概念和定义，及至摈弃“不”“抛弃”这样的念头本身，才可能进入禅的境界。连“吃茶去”的念头也不应该有才是。法尚应舍，何况非法。

经济生活的本质是性虐：帕索里尼

能得出这种惊世骇俗结论的肯定不是我。

它来自一位几乎被人遗忘的曾经轰动西方影坛的最具争议的意大利激情导演、诗人和作家帕索里尼。

他在《异端的影像：帕索里尼谈话录》中认为："马克思对权力的定义是：把人类商品化的力量。一个人对另一个人的剥削是一种性施虐的关系。而操纵权力的不论是工厂主还是专制君主，都没什么不同。不过，我还没有足够的经验来回答这个问题。不管怎样，我们经济生活的这种性虐性质的组织形式不是工业时代的发明，它先于我们的时代。"

帕索里尼

1975 年 11 月 1 日，帕索里尼在罗马郊外惨遭虐杀，时年 53 岁。此时离他导演世界电影史上最为惊世骇俗的作品《萨罗或索多玛的 120 天》（或称《萨罗》，Salo）仅一年时间。当然，那个电影几乎在全世界都被禁演，只看得到其部分海报及剧照。但他的系列电影均秉持一贯的风格和立场。他绝对是 20 世纪最疯狂的艺术家。

父亲是狂热的法西斯军官，母亲则反墨索里尼。帕索里尼深受极端矛盾的家庭背景影响，笃信弗洛伊德和马克思，而二者的结合便构成了他的系列影片的主题：直接的性爱描写，极度而变态地展示恶心和凶残的激情画面，包括乱伦、吃屎、鸡奸和男性生殖器特写。

这是一位将人类的性与反思人性异化惊人地结合在一起的另类革命者。

毫无疑问，他一直关注的主题就是“政治”和“性”。

如果说历史上谁能够最直接、最疯狂、最全面、最深刻地揭示过政治和性的关系，非帕索里尼莫属。

不是帕索里尼挑战了底线，而是现实生活挑战了底线。

在这里，政治其实就是性和权力结合的性施虐过程。并且，政治权力不是仅仅在银行家、公爵、主教和法官（《萨罗》里的主要绅士，电影《萨罗》基于最具争议的色情作者鼻祖法国的萨德公爵之作品）手中，而是人类生活已经处于一种基本事实中：身体变成了商品。性只是象征了剥削者与被剥削者之间的关系。在性施虐和强权政治中，人类变成了物体。他要揭示的，远比所谓“权力是春药”这一谚语更为复杂而深刻，也远比“无情妇，不政客”的政治现实更为复杂而深刻。他是严肃的哲学家。

帕索里尼绝不变态，他其实异常的冷静，具有强烈的悲悯情怀。

他只是用变态的荒诞的手法展示了人类变异的事实。

在他看来，消费主义将人异化为一个不断追求和提高社会地位的人：“我们所有人都在变成一个个小希特勒、小一号的权力追求者。”

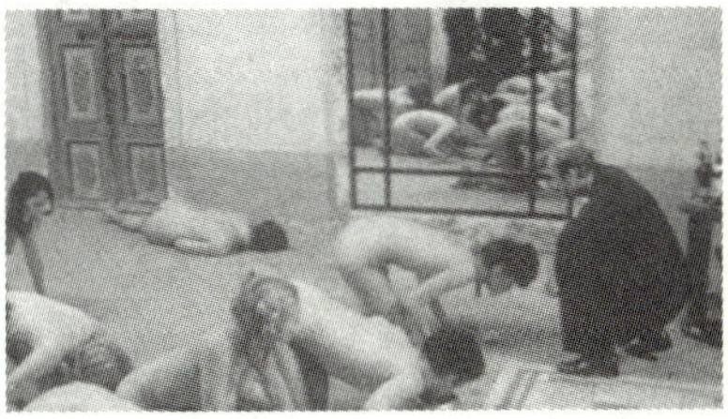

帕索里尼电影《萨罗》中的人在被迫吃屎

工业化、消费主义和全球化使我们成为性施虐者。他要攻击的是“我们自由中肆意的纵容行为。到目前为止，社会都在压迫着我们。如今它只是提供了一个虚假的纵容幌子。其实，影片里的一个人物说过：‘当社会压抑一切事物时，人类可以做出任何事情。而当社会开始容许某些事物时，人类只能做出某些事情’。这就是我们新自由中可怕的双重底线，比先前的更要盲目保守。”

将艺术和政治联系在一起的另一个范畴是“自由”。艺术追求自由表达自由，政治限制自由地表达自由，而这都和性相关。在异性恋中存在的所谓自由，在帕索里尼看来是剥削的一种形式，也是对顺从的一种独裁。而消费主义——我们的经济活动——被他的“粪便学”解构。他认为生产商、制造商逼迫消费者吃屎。所有的这些工业食品都是毫无价值的垃圾。在他的影片中，出现了骇人的“粪便圣餐”，直接暗示和批判了现代消费文明和法西斯强权政治的残暴，深刻暗示了人类现代消费文明所造成的严重危害，我们贪婪地将地球的有限资源变成了粪便。

他自己一直坚称是马克思主义者，而且他还读过《毛泽东语录》，其实他早在 1949 年就被意共以同性恋为由开除了。

在经典意义上，帕索里尼不能算是马克思主义者——至少在中国的语境中他不是。他要的是一个理想的纯洁的乌托邦，因此他注定是孤独的。正如他自己所说：“我的情况既不是对政治漠不关心，也不是搞独立，而是孤独。”

帕索里尼式的焦虑容易使人导向极端，但唯有极端仿佛才能解决问题。他的死也非常极端：杀他的凶手是名 17 岁的男妓，他是遭棍棒殴打后再被人用其轿车残忍地碾毙。他发现了现实的真相，他知道得太多了。

现实永远地战胜了企图揭示它的人。

不谈死亡就没有真正的精神生活

丰子恺将人生比做一个三层楼，一是物质生活，二是艺术生活，三是灵魂生活。弘一法师即是在前两个生活满足不了其全部需求的时候，走向第三层。体验生死即是灵魂生活的核心，也即精神生活的核心。

一

我认识几个基督徒，他们不属于一个教会，但是都写过类似遗书一类的东西。这在中国传统文化当中可是十分忌讳的事。但他们说：生死是生命的过程，贪生怕死是不对的。人随时面临不可测的情况，留下一个单子，交代好后事是负责的做法。

小时候曾多次面临死亡。想想每个人其实都曾经面临过。只是因为很小，其实就没有恐惧。恐惧是后来形成的。一次是一岁时，母亲在下雪天背着我去给外婆拜年，爬过一个渠道，往上爬的时候，母亲脚下一滑，我从背后的“椅架儿”上滑了出去（椅架儿是湘西特有的背小孩的竹子做的方方的框子，可以坐可以站，但没有固定，见前文“八十年代祭”一文的图片），直接掉到七米多高的坎下面，正中渠道中的乱石堆。我后来去看过，的确有那么高。母亲回忆，当时的想法是：完了，又得生一个。战战兢兢地摸下来，母亲看见我居然呵呵笑着——我被包单包着，掉在了乱石中的雪窝里面，毫发无损。两岁的时候，我随母亲在田里插秧。母亲在水田那头，几十米远。快下工了，生产队放牛的从山坡上赶着十几头水牛，扑腾腾地直朝我睡觉的小路上冲下来。我翻着肚皮睡觉，丝毫不知危险。母亲在那里吓呆了。只见几十双蹄子从我肚皮上跑过。母亲呆了一会儿，跑过来看，我还是毫发无损地睡大觉。母亲说：你得感谢“牛娃儿”（就是牛)，它们是通灵性的。

又一次，我三岁的时候，跟姐姐玩耍，趴在一个井口，一头栽了进去。井有10米深，我掉到里面，浮了起来，扒在井壁的石头缝里。姐姐慌忙去喊人："兄弟儿掉到井里哒!"（兄弟的弟在这里念"弟儿"，dier）干工分的人们慌忙跑过来，我呵呵地在水里浮着、笑着。

我五岁的时候，自己一个人抓"栖米儿"（就是蝉），用一个竹竿粘上蜘蛛丝（用口水把蜘蛛丝搞成一团，粘在竹竿前端去粘蝉的翼）去套蝉，不成功，我便爬上了那棵椿树去抓顶端的蝉。爬到顶端，伸手去抓。椿树很脆，咔嚓一下，蝉跑了，我随着树枝掉了下来，不是掉在树根部，而是又往下掉了一个田坎。那树长在田坎边上，总共也有六七米高吧。我"咚"地一声掉到底，当时昏了过去。还好，不是头朝下，而是屁股朝下。但震动相当大。当时没有人在场。我大概过了几个小时才缓过来，自己走回了家。这些经历在当时而言，都不觉得有什么，没有恐惧。这也直接证明了存在是无意义的，是自为的。所有的附加意义都是人为的。

七岁的时候，和弟弟在城郊菜园子里采了野生的"刀刀荚"豆子。母亲便放在"饭甑子"（一种木桶样的蒸饭用具）的下面用水煮。结果大家吃了都没事，我吃了头晕恶心，当晚开始呕吐，直到第二天不能起床，吐的都是黄水、绿水。"同仁国"的杨叔叔造访我父，见状惊呼：这孩子是中毒了，赶紧送医。要不是杨叔叔的偶然造访，我也被毒死了。

九岁的时候，从便河街那个拐角处经过，看见一段电线从一家人的屋檐垂下，当时正是做铁丝枪的时代。见到铁丝都有冲动。我便拿手去扯，啪——嗖！说不清到底是什么感觉的一种巨大的令我无法作出反应的力量从右手指间直冲进身体，几乎就到了心脏（感觉还未到），我的手被弹开了。这就是所谓的触电！220伏的电，令人恐惧的电。后来有很长时间头脑和上肢感觉发麻。要知道我触电的时候是赤脚的。实际上电流应该已经通过我连到了地，我不可能比电流传输速度快。没有被击倒的惟一解释是接触时间的确不够长，接触面积也有限。但毕竟是死里逃生。我们一起玩的一个小孩就在那年份被电死了，他是双手从地里拔一根落地电线。全身抽搐，口吐白沫，驼子身体被直接电直了，躺门板上的时候，我们都去看过的。

初中的时候，几个同学在山后劳动，错把一种树藤的根当葛根吃了。当天晚上自习的时候，我开始发作，又是吐黄水、绿水，两眼发黑。第二天其他吃了的同学没有来上课。我是惟一吃了树根又寄宿的，没有人管，也不知道就医，就这样挺了过去。也是那段时间，夏天的体育课是去澧水河游泳。我在没有人的地方下了水，顺着河里的大石头往下“钻泯功”（扎猛子、潜泳），结果钻了一会儿还未到底，便往上浮。头“嘭”的一下碰在上面的石壁上——我实际上钻进了一个穹窿形的水坑。这一慌神，就不知道往哪个方向钻了。后来看美国电影《夺命深渊》，那个男孩边吃石壁上的水泡边往上钻，其实这根本不可能。只要你一张口，巨大的水压就把水灌进喉咙和肺部。还有最后一点气的时候，我最终摸着石壁曲折地出了洞口水面，吓得自己半天不敢动弹。那濒死的感觉甚是恐怖。

濒死的感觉在开始教书的那一年也遇到过。因为长期的神经衰弱和严重的植物神经功能紊乱，我很疲惫。上课的时候，我都要双手撑着讲台，默念着别倒下去，别倒下去！一日，我和中文系的王宇根老师撬开了40楼215的门，住了进去。因为那个222房间下面的餐馆已经使我不能再正常工作和生活了，而215的房间是空的，我们多次反映调房间未得回信，便撬开搬了进去。当天我就差点睡死在那里。王老师不在，我睡在尚未铺好床铺的床板上，睡了过去。不知睡了多久，就是醒不过来。我全身不能动弹，不能喊救，只有一个要醒过来的念头和一个不听使唤的身体在抗衡。我记得我在脑子里拼命地喊自己醒过来醒过来醒过来！很久也醒不过来，眼睛无法睁开，一片黑暗。我差点放弃，但最后一刻我醒了过来，睁开了眼睛。

濒死，就是那种处于放弃与不愿放弃之间、醒又醒不过来的感觉。

身边的同学，有游泳淹死的，有刚结婚吃农药死的，有喝酒喝死的，有被母亲骂了吃药死的，有用猎枪自杀的。谁都见过死亡，但我们并没有正视它，只是逃避它。

死亡是所有哲学，也是所有宗教，所有人生必然面对的核心话题。而中国历来忌讳谈它。“未知生焉知死”“不语怪力乱神”“好死不如赖活”，贪生怕死，是以无哲学，无宗教，进而无人生；是以人治和迷信盛行，而失去法治和宗教两大支撑。

关于死亡的词汇，中国可能是世界上最丰富的了，基于不同的死便有不同的称谓（网上资料）。

天子死：崩，也叫“驾崩”或“山陵崩”；诸侯或后妃死：薨（或薨逝、薨亡）；大夫死：卒；士死：不禄；庶人之死才称死。（据《礼记·曲礼下》）又，唐制，凡三品以上称薨，五品以上称卒，自六品至平民称死，或者叫亡。

民间说法：过世、过去了、过了、去了、走了、返乡、回去、离开、长眠、先走一步、老去、作老人、作古、千古、上西天、苏州卖鸭蛋。

雅称：辞世、与世长辞、辞去人世、百年之后、寿终正寝（男）、寿终内寝（女）、成为故物、呜呼哀哉、已故、作古、大去、仙逝、安眠、安息、往生（佛家语：指到另一个世界生活）、驾鹤西归（应该源于道家）。

未成年人死：夭、夭折、短折、夭亡、殇、夭殇、早逝（英年早逝）、夭逝、天逝、弃养、夙殒、天服之殇、早夭。

敬爱的人死了（褒义词）：逝世、去世、长逝、溘然长逝、长眠。

憎恨的人死（贬义词）：挂了、领便当去、溘了（方言）、见阎王、回老家、归西天、断气、数尽、完蛋、翘辫子、吹灯拔蜡、嗝儿屁着凉、一命呜呼。

和尚、尼姑死：圆寂、涅槃、坐化。

道士死：羽化、登仙、兵解。

天主教或基督教：释劳归主、魂归天国、荣登天国、主怀安息、蒙主宠召。

中国穆斯林：归真。

美人死：香销玉殒、天妒红颜、红颜薄命。

自杀：弃世、自尽、杀身、厌世、触槐、自绝于人民，具体有自缢、自裁等。

自然之死：寿终、登仙、百年、老了、谢世、长逝、长往、长辞、归室、归泉、走了、去了、故去、就木、寿终正寝、寿终内寝。

非正常死亡：遇难、丧身、蒙难、罹难、暴亡、身亡、殉亡、暴毙、毙命、绝命、骤亡、丧生、非命、亡命、断命、病逝。

在非生活地或非成长地死亡：客死。

光荣地死：牺牲、就义、成仁、殉道、殉国、捐躯、光荣、殉职等。

形象的说法：见马克思、见老祖宗去了、去移民。

比较婉转的说法：风去楼空、天妒英才、南极星沉、驾返瑶池、音容宛在、师表长存、大义凛然、杀身成仁，等等。

其他：殁、殒、殂、殪等。

死亡概念在中国语境中的含义如此之多，表明其重视死亡这一现象，但重视这一现象并非揭示这一现象的本质。对死亡缺乏哲学思考，更多的是对死亡的描述，反映的是生者对死亡的现象出于“评价的需要”而作出的定义，表达出生者的情绪、感情和社会意识。它的基调是“避讳”。

儒家对死亡的认识是两个方面：哀叹感叹和重“安死”“死而无憾”。要点是着眼于死对生的启示意义，其中尤其重视“生”本身。犹如俗语“好死不如赖活着”表达的、其实是借死来重视生的意义，并未触及死的本质属性。

孔子感叹生命曰：“逝者如斯夫，不舍昼夜。”在得意门生颜回去世后孔子表达了哀伤之情：“季康子问：弟子孰为好学？孔子对曰：有颜回者好学，不幸短命死矣，今也则亡。”孔子为此痛苦异常：“颜渊死，子曰：‘噫，天丧予，天丧予！’颜渊死，子哭之恸，从者曰：‘子恸矣’曰：‘有恸乎？非夫人之为恸而谁为？’”孔子哀叹生死是从“死了不能拯救世界”的角度而出发的：“子曰：‘凤鸟不至，河不出图，吾已矣夫！’”

故此，儒家对死本身并未有正面的解释，而是停留在对死的结果的理解上。

即便到了朱熹那里，据说他真正地将儒家思想“哲学化”了，在朱子看来，也没必要探讨死亡议题，他是放在佛教和道家“不死之求”的意义上反思死亡的：“欧公尝言，老氏贪生，释氏之失畏死，其说亦好。气聚则生，气散则死，顺之而已，释老则皆悖之者也。”“佛氏之失，出于自私之厌。”在他看来，人之“生”与“死”，就是气之“聚散”而已，何必出于自私而搞得那么神秘。人要由“惧死”“不甘心于死”转化为“安死”，担当了社会责任则死而无憾矣。

二

儒家的生死观尤其死亡观是很浅显的，在礼仪上它虽然非常重视

“葬”，但是均未对死亡本身直面而定性。儒家的死亡观没有达到一定的哲学高度。这是古典思想的懒惰和严重缺失。太重视生，太重视入世，从一开始就将人定位在社会关系当中，并以此出发以令人生疑的逻辑提出一整套君臣父子的伦理规则。这必然导致中国传统思想的先天不足。没有思考死亡的儒家哲学，在叫人如何生存方面也必然是令人生疑的。

生和死是存在的两种状态，或者二者是同一存在状态的不同阶段。如果不思考死亡，尤其不从哲学上直接思考死亡，必然导致思维的片面性。在本质上，死亡是生的必然阶段，死亡是伴随着出生而到来的。古人不重视死亡研究，而生又建立在物欲基础上，这必然导致精神生活的严重缺失。

物欲强烈的是我们而非西方人。近代以来，我们视西方为坚船利炮的代表，视其资本的到来从来就“流淌着血和肮脏的东西”。

然而，他们善于思考，精神强大。首先是个体如此，进而成为普遍的精神气质。他们不求他人，自性庄严。因为他们对死亡的理解自古以来就与中国相异。这得益于他们的古希腊文明和基督教文明传统对死亡的直面态度、认识态度。

而我们假定自己有足够的理性对待人生，因此也有足够的理性对待死亡。其实这是一个假设，一个根本不牢靠的基础假设。中国人理性之不可靠是因为我们没有根本的“人学”，只有“伦理学”说教。而人学的根本又是对人性的认知，尤其是对人生最关键问题（生与死）的态度的本质认知。中国缺乏这种本质认识。在某种意义上，这和中国知识界对权力的依附关系相关。权力从来不考虑出世和死亡，只考虑入世和生活。

然而，我们必须有精神生活。我们都知道在为某一天准备什么。必须思考人性的本质，思考死亡的本质，这是惟一的希望所在。

所以，当20世纪80年代存在主义哲学风行中国的时候，许多大学生受不了生死思考而选择自杀。因为我们从来没有思考过生的意义（就是死的意义的另一种表述），所以一旦思考就触及灵魂底线，犹如读《金刚经》，倘没有定力，是很危险的。

你们还活着吗?

谁还在坚守?

诗人是例外。中文系的诗人老褚诗里说：“死是不可能的。”1991年9

月他把自己的大部分诗集丢进厕所，投身于校外的万泉河。我一直认为诗人是最接近死亡的人类，但也是最接近生命本真的人类。

三

死亡不意味消失，而是一种生者所观察到的“没有回应”的现象，生者束缚于这种现象。禅宗稍稍接近这个命题，进而稍稍接近精神自由和“精神生活是人的根本属性”这一认识。

《五灯会元》卷五载唐代石头希迁禅师语：僧问：“如何是解脱?”师曰：“谁缚汝?”问：“如何是净土?”师曰：“谁垢汝?”问：“如何是涅槃?”师曰：“谁将生死与汝?”这种参话头式的诘难是禅宗分析问题解决问题的常用手法，其实是在反问“为何拘泥于生死”这个问题，拘泥于这个问题就是问题。当我们拘泥于这个问题的时候，就已经离答案十万八千里了。这种方式本身就已经回答了生死问题，即生和死是一种存在的假相，不可常住于此相。

乾明广禅师说：“日头东畔出。月向西边没。来去急如梭。催人成白骨。山僧有一法堪为保命术。生死不相干。打破精魂窟。咄咄咄，是何物。不是众生不是佛。参。”这是参话头的另一种方式，就是用否定语句来求得真理。“生死”是不相干的（不是“生”和“死”两件事互不相干，而是“生死”这一件事与“我”无关），为何要询问和受制于此?

再就是赵州禅师有名的“吃茶去!”同样地，禅师用这种当头棒喝的参话头回答了包括生死问题在内的所有问题。你得到警醒：原来一问问题就存在问题，恰如“人类一思考，上帝就发笑”的谚语所说。

那个边缘人庄子超越生死了吗？庄子，没落贵族，无车无房，老婆死后鼓盆而歌（奥运会击缶而歌，鼓盆和击缶是一样的敲瓦罐乐，礼制混乱，如无知识则证其邪，如有知识，则纯属恶搞），超越生死，得精神自由。然则，他也反复说“生死亦大矣”。通篇《庄子》，谈死很多，貌似轻描淡写，但更多是体现了背后的死亡恐惧。钱钟书说：“庄生所谓‘悬解’，佛法所谓‘解脱’，皆尚多此一举。……非脑中横梗生死之见，何必作达。非意念中系念生死之苦，何必解脱。”

然而，禅宗和庄子都还是没有一家直接回答过“什么是死亡”这个问题。证悟和超越是将问题撇开了，并不符合基本的逻辑。当然，中国不讲逻辑，这也是要害。

生不仅是个体个人的排他性体验，生存在于与他人的关系中，被记忆被联系即是生。死则是被遗忘和失去联系，或没有回应的状态。生死含身、心和与他人互动三方面的变换。身和与他人互动的消失是死，心却永存。追求心永存是为永生。

初见《西藏生死书》以为是驴友的西藏生存守则，打开后发现原是关于生死大事，直面生死的金刚大法。中国惟此一种直面生死的书。

四

公元184年，甲子年。“苍天已死，黄天当立，岁在甲子，天下大吉”，黄巾起义军令人震惊地倡导了一种宿命论支持下的政治意识。其口号的基础是“苍天已死”，据说东汉军队穿苍青色，故“苍天已死”指代东汉政权灭亡。但这句双关语还是表明了一个对最高级的死亡即天下政权灭亡的诅咒意识。这种苍天死亡意识可以在宿命论的支持下、在历史决定论的支持下成为揭竿而起的短暂信仰。但最高级的死在中国也只止乎朝代、天子，并没有宗教意义上的最高级的死。

1882年，尼采在《快乐的科学》一书中令人恐怖地宣布：“上帝死了！上帝真的死了！是我们杀害了他！”在其他一些著作中，他还宣布：“我相信：一切的价值都必须重新评估。”此后，整个20世纪就在“上帝死了”的基本命题下疯狂。萨特、海德格尔等人也在各自的著作中从不同的角度谈到了上帝的死亡。

这是西方思想中最高级的死亡。

“苍天已死”与“上帝死了”两个预言的区别就是中国和西方思想的区别。这里面涉及的是权力、道德与信仰重建的关系。作为一种集体的幻灭(最高级的死亡)，中国之亡国、亡天下意识体现的是权力崩溃产生的权力重组和道德重建的焦虑。传统的朝代替换并不涉及信仰问题。即便是顾炎武所谓亡天下与亡国存在区别——他认为肉食者关乎亡国之事，而匹夫关乎亡天下即文化道德沦丧之事，这也还没有触及灵魂层面。而西方的“上帝死了”是上帝永存无处不在的思想的反思，是其宗教思想和哲学思想的自然延伸，是信仰体系重建的问题。

因此，中国对最高层面的死亡或集体的幻灭产生的焦虑只关乎权力与道德的关系，而与信仰体系无关。这导致中国始终试图在构建权力的同时用权力构建道德，这注定是失败的。一个现代社会的正常运转没有信仰的支撑是不可想象的。中国的问题，绝不是道德问题，道德问题是社会缺失信仰体系的结果，而不是原因。而这些都和“死亡”意识相关。

五

基督教将死亡和信仰直接挂钩，而不是和伦理道德挂钩。死亡的原因是“原罪”，《圣经》指出：“死又是从罪来的；于是死就临到众人，因为众人都犯了罪”，“罪的工价乃是死”，“从亚当到摩西，死就作了王，连那些不与亚当犯一样罪过的，也在他的权下”（罗马书5：12，6：23，5：14）。死不是从上帝而来，而是从人而来，是从人的罪而来。同时，信主耶稣就可以得不死，因为耶稣替我们赎罪了。“谁能救我脱离这取死的身体呢？感谢神，靠着我们的主耶稣基督就能脱离了”（罗马书7：24～25）。“赐生命圣灵的律，在基督耶稣里释放了我，使我脱离罪和死的律了”（罗马书8：2）。“凡活着信我的人，必永远不死”（约翰福音3：16；11：26）。

生是一种痛苦，而上帝是“衡量痛苦的概念”，列侬说：God is a concept by which we measure our pain. 披头士乐队开启的摇滚文化将人们对自己的存在意义反思到一个新的高度。

披头士（Beetles）乐队的列侬和其他三位成员走过伦敦艾比路（Abbey Road），同年发行他们的最后一张专辑（1969年）

如今为房子、车子、票子、女子、孩子“五子登科”而忙碌的中国人，求财、求钱、求长生不老已经到了无耻的地步。但一如他们的前辈一样，在思想上他们从不正面思考死亡的本质属性，在行动上也是见佛就跪，见庙就拜，求财免灾，惧怕死亡。偶像崇拜根本违背佛法。须菩提回答世尊时说：不可以身相见如来。何以故？如来所说身相即非身相。佛告须菩提：凡所有相皆是虚妄。若见诸相非相，即见如来。

众生也好，善知识也罢，究竟不见如来。北魏皇帝将自己刻成雕像以如来现世，武则天号称观音，皆为虚妄。

苏格拉底不逃走却选择体验死亡，而德里达也在身患绝症后不避讳体验死亡，前后相隔2 400年，西方哲学家很重视作为一种存在的死亡。

德里达最后的采访中说：我要说，不，我从没学会过生活。但是，那就是说，完全不！学会生活，这应该意味着学会死亡，为接受死亡而重视死亡的绝对性（没有拯救，没有复活，也没有救赎），对自我和他人都一样。从柏拉图以来，哲学的古老论题就是：哲思，就是学会去死。

他很赞同勒维纳斯（E. Levinas）对死亡的理解，即将死亡定义为对时间的忍耐。首先，死亡不是灭绝，不是非存在，不是虚无。死亡，是“没有回应”的幸存者的某种体验。通常的哲学和宗教将死亡看做“通往虚无”或者“通达某种另样存在”之过渡。只有谋杀者才希望把死亡等同于虚无——该隐想必如此认识死亡。而那个“生还是死”，可能不是什么出类拔萃的问题。

我曾思考自己的精神生活，其实有三层：专业知识、哲学思想和艺术宗教。专业知识是吃饭用的，满足嘴巴。哲学思想是休闲用的，满足大脑。艺术和宗教是生命的体验，满足存在的需要或者体证存在。

几年来我游荡于北京宋庄、草场地、798、环铁、广州红砖厂这些艺术中心，为的是体验和探索生命的意义。去数十个寺庙和教堂参加一些活动，为的是体验和探索灵魂的存在。总体而言，感受颇多而一言难尽。择其要义，大抵不出这样一个感受：最高境界的精神生活一定是和生死相关，无论个体还是群体。如若不关乎这个话题，艺术和宗教根本就不存在。

这是一种本能的精神洁癖，但精神生活特别需要区别于附庸风雅、归隐、《离骚》、犬儒和伪道。后者容易使人误入歧途。引入歧途的根本原因是：附庸风雅使人虚伪，归隐使人生不可能，《离骚》显得小器，犬儒使人不正视现实，伪道则令人恶心了。这些都因为不能触及灵魂和生死问题而不能成为精神生活的方式。

“做介入的旁观者！”像阿隆那样。曾经，我在北大图书馆草坪与一位思想活跃分子对话，他见我谈锋颇健，便热烈邀请我参加他们的沙龙。我说我更愿做一个拥有知识和精神生活的普通人。他颇为遗憾。然而那时我还未读到阿隆，只是本能的对社会运动保持着警惕和距离。

1992年“南巡”讲话后有一次师生座谈，老师们热烈地讨论着终极关怀和下海之间的关系，我说大家用“南巡”这个词的同时谈终极关怀就证明后者是假的。“南巡”一点也没有现代性，而终极关怀最基本的是对个体生命的关注，这关乎权利。当时语惊四座。而我只不过是个本科生。离开对生命（生死问题）的基本关照去大谈特谈自由民主等终极关怀，注定是缘木求鱼。

本来传统文化既不重视生死问题，又加上三次灭亡的经历（“崖山之后无中国”，“明亡之后无华夏”和“文化大革命”），是以有人大校长错误理解“七月流火”、清华大学校长读错黄遵宪的诗、谢长廷访问大陆后说大陆没什么传统文化。传统文化的缺失在根本上是因为它和权力关系太紧，在没有独立的信仰体系的支持下，靠伦理和权力的相互制约来维持是经常会招致毁灭性打击的。我不知除了传统诸子百家，我们还能教留学生什么东西。

六

如是我闻：

善知识，菩提自性，本来清净，但用此心，直了成佛。

善知识，且喝心灵鸡汤。

无老死，亦无老死尽。无苦集灭道，无智亦无得。方得解脱与自由。

以无所得故，依般若波罗蜜多故，心无挂碍。无挂碍故，无有恐怖。远离颠倒梦想，究竟涅盘。

死者长已矣，活人别急撒。

看那个耶鲁公开课里面谈“死亡”的教授坐在讲台上，摇摇晃晃，状如赤童。网友跟帖说有这样的教授真是三生之幸！看中国的教授刻板呆傻云云。这话说忒绝了吧。当年我就曾坐凳子的靠背上，脚放凳子上，给同学讲近代史，人称魏晋风度。

弘一大师临终绝笔“悲欣交集”。世人解释为其为众生悲，而为己之解脱得欣喜。这是一种大悲悯。其实李叔同怕别人误会，特别注明有三个小字“见观经”。“见观经”的“观经”应该就是简称《观经》的《观无量寿

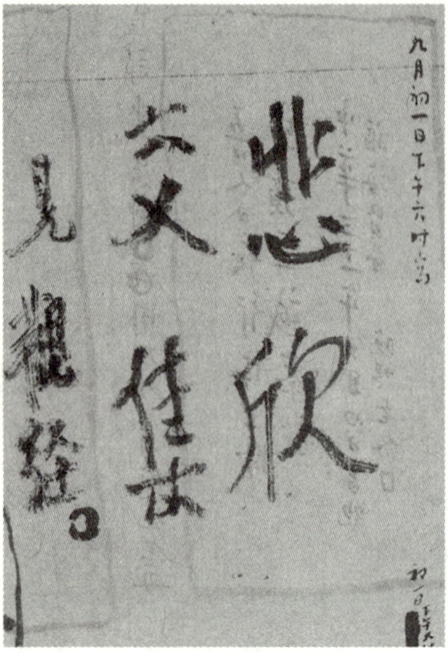

弘一大师绝笔

佛经》。这是对“当在此诵经之际，若见予眼中流泪，此乃悲欢交集所感，非是他故，不可误会”之嘱咐。

诸法空相，不生不灭，不垢不净，不增不减。如无体证此种空性，则仍驻留被羁于妄相。而执著于我相、人相、众生相、寿者相，究竟不得法。然如筏喻者，法当应舍，何况非法。

凭借手段，心证自由，如此仍住于相，无可采者。善知识，弘一法师尚处于此等纠结之中，况我等凡夫俗子。

我等凡夫俗子靠不靠谱的人的自我约束已是很自觉的状态，我们充满悲壮地理解自己，充满悲悯地理解他人。悯，以文人之心得门而入也。然则于南怀瑾何？有一见过南怀瑾大师的朋友语我：大师乃神仙也！不食人间烟火。另一见过大师的朋友则语我曰：大师一见诸位，即言“诸位眉头紧锁，满脸丧气，何以至此？”精神导师见我等处于边缘地带，其实精神导师也处于边缘地带。我等何不对不确定性保持宽容？

生如“春花”般绚烂，死如秋叶般静美。这是日本人对于生命的认知，樱花隐喻着日本人的存在主义情结。对于死亡，他们从不恐惧，而是直面之，接受之。

“花数樱花，人惟武士”，日本人认为“武士道，视死亡为等闲之道也”。嗜好“玉碎”的日本耻感文化之最高阶段就是“死亡哲学”，死亡是存在的一种永恒的方式。明治以降，日本以死亡哲学导致的集体毁灭而重生了现代日本。

权力和伦理“哲学”一直保持着强大的压力，从而导致我们怕死，不敢直面死亡的本质，这是中国不能走向现代社会的根本原因。

在不直面死亡的时候，“生活在别处”和“生命中不能承受之轻”却又成为年轻一代的口头禅，甚至是借口。如此，则离生命存在的本真越来越远了。

错位：泰戈尔和哈贝马斯“欺骗了”中国学人？

2001 年 4 月，哈贝马斯在中国的经历与 1924 年泰戈尔的中国之行具有惊人的相似性：尽管他们的理论是自为的，但的确存在一个想象的哈贝马斯和一个想象的泰戈尔。简而言之，中国学人普遍觉得他们被蒙骗了——无论是在思想上还是在情感上。究其原因，仍在于中国学人出于对中国文化或政治文化的焦虑而期望来自异域的思想能够给他们指出合适的出路，这种本土化的语境无疑是蒙蔽自己心理状态的主要因素。

如果说欧洲民族主义对中国产生了巨大冲击，从而导致中国走向民族主义的道路是的确存在的历史，那么这种冲击也仅仅限于力量层面（大而言之的物质层面），即它并未在文化（根本上是哲学思想）上使中国变成一个经典的欧洲民族国家，只是导致中国产生了长达一个多世纪的物质崇拜主义的泛滥。1924 年泰戈尔“失败的”中国之行，是说明这个问题的最具象征意义的一个事件。

泰戈尔意图用印中之间的传统文化交融以唤起中国人对他的主张的赞同：“（我）年轻时便揣想中国是如何的景象，那是我念《天方夜谭》时想象的中国，此后那富丽的天朝竟变了我的故乡。”“我不知道是什么缘故，到中国便象回故乡一样！”“但是我可以这样说，印度感觉到因中国是极其亲近的亲属。中国和印度是极老而又极亲爱的兄弟。”他高唱东洋亚细亚思想文化之精神力量，呼吁摈弃西方的物质力量崇拜：“余此次来华，……大旨在提倡东洋思想亚细亚固有文化之复活。……亚洲一部分青年，有抹煞亚洲古来之文明，而追随于泰西文化之思想，努力吸收之者，是实大误。……泰西文化单趋于物质，而于心灵缺陷殊多，此观于西洋文化在欧战而破产一事，已甚明显；彼靠自夸为文化渊薮，而日以相杀反目为事……导人类于此残破之局面，而非

林徽因、泰戈尔和徐志摩（1924 年）

赋与人类平和永远之光明者，反之东洋文明则为健全。”

他认为东方处于“人类第三期世界”，是一个重精神、主静的东方文明最终战胜重物质主义的西方文明后出现的一个人与自然、宇宙和谐统一的真善美的世界。泰戈尔不合时宜地或过早地在中国宣扬了反物质崇拜的主张——而他的主张却是建立在对欧洲列强的弱肉强食之现象的观察之上的，他深信物质的力量会导致如欧洲列强那样的分崩离析，主张东方传统的精神文明的力量，强调以善良的人性，救赎这个世界。这显然与当时中国已经风起云涌的追逐西方列强之“强国”梦想的政治诉求相违背，中国知识界普遍担心来自殖民地的哲学会动摇国人励精图治的信念。

泰戈尔之来华，恰逢 1923 年年初在北京发生的“科学”与“玄学”的大论战，张君劢、张东荪、杜宰平和梁启超的“玄学派”与丁文江、胡适、吴稚晖等“科学派”之大论战以“玄学派”的失败而告终。而出面邀请泰戈尔访问恰恰是梁启超所主持的讲学社。泰戈尔对中国国情并不了解，其大谈博爱精神的主张遭到陈独秀、沈雁冰、沈泽民、吴稚晖、林语堂等人的攻击和挖苦，说泰戈尔“与中国现在一般国粹派毫无二致。这种思想若传播开来，适足以助长今日中国守旧派的气焰，而是中国青年思想上的大敌!”他们认为泰戈尔的论调是“诛心之论”。此情此景使泰戈尔感到非常灰心，只得提前结束中国之行。

泰戈尔中国之行的失败，其根本原因是中国只是部分地接受了欧洲民族主义国家之间斗争的思想——也即国际意义上的民族竞争思想，并未将民族国家精神文化的建设当成根本目标，在丛林理论的指导下走向物质和力量崇拜。泰戈尔是对的，但来得太早了而已，因为未完全转变为民族国家，中国恰恰具备了较为容易地重建世界意识的历史条件。

在 2001 年哈贝马斯到来前夕，中国媒体即大造声势，把他的这次中国之行与罗素（Bertrand Russell）、杜威（John Dewey）、萨特（Jean-Paul Sartre）的中国之行相提并论，认为此举必大力推动中国思想的发展。

哈贝马斯在中国的七所大学和研究机构（中国社会科学院、清华大学、北京大学、中国人民大学、中央党校、复旦大学、华东师范大学）发表了演讲，对他满怀期望的主要是所谓的“新左派”或“左倾自由主义者”。哈贝马斯并没有讲什么新的理论，他的主要演讲内容都和他最新研究的成果相关，这些成果体现在此前几年他发表的《人权的跨文化讨论》《理性的实用主义与伦理意义》《欧洲与全球化》《兽性与人性》当中。在北大百年纪念讲堂的那次演讲，哈贝马斯以“民主的三种规范模式：关于协商政治的概念”为题，听众热情很高，但是不知是翻译的原因，还是听众知识准备的原因，总之，我感觉听他对“协商政治”的三种模式进行解释非常费力，如果不是后来继续补课，我完全没有听懂他讲了些什么——除了只言片语中我们自己感觉到的一些启发之外。

哈贝马斯

哈贝马斯的中国形象实际是被中国学人固化了，他被想象成一位富于批判精神的马克思主义者。这与法兰克福学派在中国的普遍理解一致。不过，哈贝马斯似乎并不领情，他既未在中国批判资本主义和全球化，也未反对美国入侵科索沃——在当时的“新左派”思维中，对这些现象发表见解被认为是最合适的法兰克福学派言论。在演讲中，哈贝马斯对所谓的“亚洲价值”以及原教旨主义进行了批判，此外，哈贝马斯在演讲前夕，临时还把文稿中“中国正在走向资本主义现代化”的说法全部改成了“中国正在走向经济现代化”。这种顾虑是出于何种原因，不得而知。他还认为北约打的不是传统的战争，而是一场“外科手术般精确的，有计划地保护平民”的战争（见此前他在德国有影响的《时代周报》发表的题为“兽性与人性”的长篇文章）。此外，哈贝马斯在演讲中还把“中国”和“台湾”并用。以上种种，都很难得到当时的中国学人的思想认同。

于是，哈贝马斯在中国学人当中的地位几乎可以用“一落千丈”来形容。世纪中国网站、《读书》等媒体上发表了一系列的博客和文章，从反思哈贝马斯到反思“世界公民社会普世法则”、欧洲中心论等，将失败的哈贝马斯中国之行最终上升到对哈贝马斯的重新理解和互相攻击。

事实上，泰戈尔和哈贝马斯均持有一种超越民族主义诉求的普世价值观。前者强调世界和平的价值，后者强调人权。这种价值观对同时期的中国而言存在错位的关系：泰戈尔时代的中国急需民族主义以实现国家独立和自强，哈贝马斯时代的中国刚刚经历与美国的极力对峙，刚刚被美国轰炸了大使馆，同样需要为其民族主义背书。两位泰斗都在错误的时间持有了正确的理论而造成其中国之行的失败。

中国学人们并没有将学问从现实需要中剥离出来，数千年来即是如此。在古典时代是学而优则仕，近代以来则是所谓救国救民，当代则是中华文明伟大的复兴。这导致的结果就是列文森那辛辣的结论：“中国知识分子无论是在艺术上，还是在政治上，都是业余的（amateur）。”他们忘记了中世纪欧洲宗教为什么面临改革的教训：当教士们离世俗权力越近的时候，离上帝就越远了。

导致这种情况的原因除了现实中的紧迫需要之压力和因此压力而形成的权力与知识的相互依赖的结构之外，还有一种说教。这种说教认为：读书要管用，读书人要经世致用，空谈误国。这是源自明亡于异族满清和清末中国文化面临存续危机的两段历史产生的焦虑。前者导致士大夫们进退失据，将明亡的原因归结于王阳明心学；后者导致救亡压倒启蒙，摧毁所有传统文化。印度智者克里希那穆提（Jiddu Krishnamurti）说：“在有民族主义和爱国主义的地方，没有智慧。”记住这句话吧，中国的知识分子如不能建立独立的知识系统，离文化复兴——也就是我们的原乡——将会更远，而不是更近。因此知识分子必须独立地空谈，注意是“独立地空谈”或“自由地空谈”，既不是单纯地关心文学，也不是单纯地关心政治，而是关心“意义”和“价值”。经世致用是政治家和企业家的事。如果说知识分子和刚入北大的学生问的问题一个水准，那北大的存在还有什么必要？——他们问的问题是：读书有什么用？要问有什么用就去技校好了，读什么北大！

花非花

一位83岁的博友“30后老太太”在此篇博文后评论：请原谅，顺路走进园内。梦境一般，令人陶醉。如果是“文革”以前，我要和你做个朋友。如今不行了。真朽了。……其实王阳明毁于一个“情”，成于一个“情”。我回答曰：生如夏花不朽。

梦中见如来。

世尊于灵山会上，拈花示众。是时，众皆默然，唯迦叶尊者破颜微笑。世尊曰：“有正法眼藏，涅盘妙心，实相无相，微妙法门，不立文字，教外别传，付嘱摩诃迦叶。”

顶礼佛祖，请开释。

如来仍然是开口说了：“我不说说，迦叶不闻闻。”

我似懂非懂。如来不厌其烦：“一言才出，驷马难追。”

我进云：“迦叶微笑意旨如何？”如来：“口是祸门。”

如此，我已闯祸。不以身相见如来，而我梦见了，即执迷于妄相。我不仅梦见了如来，还梦见了花。

何以如此？因我深信泰戈尔，生如夏花之灿烂。因我深信面朝大海，春暖花开。

或如六世达赖仓央嘉措言：曾虑多情损梵行，入山又恐别倾城。世间安得双全法，不负如来不负卿。

仓央嘉措悟彻了吗？尚无。有得失之辨，进退失据。纵使不辜负佛祖，也未得见性。大抵只要诸人回光返本，敛念收心，学会体认自己本来之面目，明心见性，便是得佛。

众生皆有佛性。颠倒众生不知自心是佛，向外驰求。终日忙忙，念佛礼佛，佛在何处？

佛祖拿的是花，禅是一朵花。那花越来越大，直至罩住我整个眼界。蓦然醒来，此花非花。

唐蜗（英）说：一花一世界，一叶一如来。花草之属，可证心性。

那位画向日葵的、被海子称为“我的瘦哥哥”的梵高，你的名便有“梵”意。那位画睡莲的莫奈，你那池塘的桥就是东方情调。花和草，诗歌和美，东方和西方，古典和现代，原也没有差别。千百年来，他们都在画花草，写花草，各种花草。

早在《诗经》时代，各种花草即已入诗，多为衬托比兴，或营造氛围，或赏花自怜，不见超脱。

“蒹葭苍苍，白露为霜。所谓伊人，在水一方。溯洄从之，道阻且长。溯游从之，宛在水中央。蒹葭萋萋，白露未晞。所谓伊人，在水之湄。”（《秦风·蒹葭》）唯美，但不见其悟，见其纯而又纯。

《诗经》往下，便有《楚辞》。屈原喜欢用橘子、兰草、芷草、蕙、秋菊甚至花椒等香味极浓的植物入诗，所以读屈原的诗，便可以闻到香。对香味的追求其实是一种精神致幻的需要。

又至乐府时代，诗云：开门郎不至，出门采红莲。采莲南塘秋，莲花过人头。低头弄莲子，莲子青如水。置莲怀袖中，莲心彻底红。绝美，但毁于情。曲中那女子何故采莲弄莲，又怀莲袖中？思郎不得见也。与《诗经》时期相比，四维空间，少了一维可以闻到的味道。

及至魏晋，陶渊明悟了吗？这位爱菊官人，宅边遍植菊花。有那“采菊东篱下，悠然见南山”之语，尚存一心在官场，尽管他那“落英缤纷”的桃花源迷倒众生。

及至大唐盛世，花迷人眼。

孟浩然悟了吗？他说：春眠不觉晓，处处闻啼鸟。夜来风雨声，花落知多少。懒人春睡，连起来看看的力气都不舍得花。

王维悟了吗？他说：君自故乡来，应知故乡事。来日倚窗前，寒梅著花未？花是寄情之物。

孟郊既有“萱草生堂阶，游子行天涯；慈母倚堂门，不见萱草花”的孝道，也有其“昔日龌龊不足夸，今朝放荡思无涯；春风得意马蹄疾，一日看尽长安花"的俗气。

白居易悟了吗？他说：花非花，雾非雾，夜半来，天明去。来如春梦几多时？去似朝云无觅处。他是在怀念老情人湘灵。

白居易也去寺庙中看花。他那"人间四月芳菲尽，山寺桃花始盛开。长恨春归无觅处，不知转入此中来！"招来沈括带着讥讽的口吻评论："既然'四月芳菲尽'了，怎么会'桃花始盛开'呢？"连苏轼、黄庭坚对此也有所评论。

那沈括一个搞自然科学的，竟然以常识解读诗歌。对杜甫在《古柏行》中，描写武侯庙的古柏的那句"霜皮溜雨四十围，黛色参天二千尺"，沈括竟然批评这两句诗说"四十围乃是径七尺，无乃太细长乎"。端的搞笑。

走过无限夸张的大唐，进入无限哀愁的大宋。对花草，他们便以一"嗅"盖世。

李清照低吟："点绛唇，蹴罢秋千，起来慵整纤纤手。露浓花瘦，薄汗轻衣透。见有人来，袜划金钗溜，和羞走。倚门回首，却把青梅嗅"。如今还有谁能把少女写得如此传神，如此娇美？

至罗大经，"嗅"便有了禅意："尽日寻春不见春，芒鞋踏遍岭头云，归来笑拈梅花嗅，春在枝头已十分。"时空变换，相对论都有了。

周敦颐佛道俱通，并开启宋明理学。然则那《爱莲说》在他留下的几千字中却独树一帜。直抒胸臆，情绪饱满，不见深奥哲思，但见花如其人。这实与其"胸中洒落，如光风霁月"的人格一致也。再体验一遍这100多字的《爱莲说》如何？

> 水陆草木之花，可爱者甚蕃。晋陶渊明独爱菊；自李唐来，世人皆爱牡丹；予独爱莲之出淤泥而不染，濯清涟而不妖，中通外直，不蔓不枝，香远益清，亭亭净植，可远观而不可亵玩焉。
>
> 予谓菊，花之隐逸者也；牡丹，花之富贵者也；莲，花之君子者也。噫！菊之爱，陶后鲜有闻；莲之爱，同予者何人？牡丹之爱，宜乎众矣！

及至王阳明，文人对花草的体认，终于上升到哲学高度，他不仅否定了草，也否定了花的存在。更准确地说，他否定了存在的存在。

竹子是一种草，世界上最大的草。五岁还不能说话的王阳明一旦开始关注花草，一个“心”的王国便开启了大门。王阳明20岁的时候，决定按照朱熹的格物致知理论去观察竹子以求得道。他和同学在竹林前铺了席子，天天看，然后思索。三天过去，同学顶不住了，病了。王阳明又继续了一星期，也顶不住了，因为思索过度，伤神伤身，害得他修养了半年多。这格物致知行不通。一切该是都来自心。

上德不德，是以有德。下德不失德，是以无德。老子说，你拘泥于此，反而离真正的道德更远了。

于是他又去看花。阳明对朋友说：汝未来看花时，此花与汝同寂，汝来看花，花与你同时明白起来，可见此花不在你心外。

这可能并不是什么高明的境界，但仅此一句，倒也使我们前进了一大步。

宋明文人画也将古人的香草美人情结上升到老庄幽深玄远的意境。文以载道，画也随之，且书画同源，画为书之始，也为文之源。大明遗民、书画大师朱耷的画中那永远白眼向天的呆鸟完全是其心证自由的表现。这八大山人本明室后裔，在明亡后先削发为僧，中年又成道士，其来往于儒释道三界之自由令人好生羡慕。

然则那王阳明心学被视为大明王朝灭亡的根源。于是，对花草的眷恋再次于清朝轮回到《诗经》时代。花香袭人的袭人，海棠诗社各人大多以花草取名（也为大观园各院落的名字）。发起人贾探春是蕉下客，薛宝钗是蘅芜君，李纨是稻香老农，贾迎春是菱洲，贾惜春是藕榭。黛玉虽是潇湘妃子，但她是最怜花惜玉的一位，拎着花篮哭哭啼啼葬花将花草与人情带入一个新的境界。花香袭人，人随花灭。

他们除了写花草，还以“书香”形容自己的精神境界。花草与文人的联系以“书香”二字最为贴切。古人在书中放置一种有清香之气的芸香草，以防止蠹虫咬食书籍。这书便清香袭人，故而得名“书香”。白居易还做过“芸香吏”这个官，校书郎的别称也。

书香门第，就是读书人出身的家族。梁实秋先生说“书香是与铜臭相对立的”，那么，读书人自应洁身自好，沐浴熏香后方可看神圣的典籍，探讨高级的人生话题。

书斋是陋室。“斯是陋室，惟吾德馨。”馨者，散布很远的香气也。尽管林语堂认为他的理想生活是有一间小小的书房，七分整洁，三分凌乱，要有煤油灯的味道，这种趣味之外，书香是盖不住的，文化是有香味的。不是读书人是闻不出来的。

北京龙泉寺古桥

小时候，开学时最开心的就是课本发下来，一教室的书香味道。是油墨的味道，是书香的一种。

当电子书开始盛行，当网上书店开始盛行的时候，书香就没有了。

当有人住进菊香书屋，却又将读书人几乎赶尽杀绝的时候，这世界不在乎是否辜负了菊香，是否辜负了书香。这也是另一种禅意，一种凶狠霸道的禅意。

花草之香在寺院尚可闻到。然则，佛殿为何有檀香？寺院为何常种花草？倘使我没理解错，此事皆因如来。如来所居佛土广博严净，地平如掌，皆以宝成，常有香气，如妙旃檀，复以香树而为行列，天妙珠璎、摩尼等宝处处垂下，多有浴池，天宝严饰，香水盈满，众德皆具。因此众生当发药师愿，躬行“造形像，香花、音乐、烧香、末香、涂香而为奉献”。然则，律宗弘一大师诠释八戒时说：“华香璎珞香油涂身。这是印度美丽装饰之风俗，我国只有花香并无璎珞等。但所谓香，如我国香粉、香水、香牙粉、香牙膏及香皂等，皆不可用。”难道这不矛盾吗？其实这矛盾么？一切勾起感官刺激的外物，包括花和香，原本都不存在。花非花，香非香，心动才有花香。

关于花，我们仍在探索。花使我们迷茫：“你带我走进你的花房，我无法逃脱花的迷香。我不知不觉忘记了，噢方向。你说我世上最坚强，我说你世上最善良，你不知不觉已和花儿，噢一样。”花也令我们心证自由：“心中那自由的世界，如此的清澈高远，盛开着永不凋零蓝莲花。”

我仍然想脱离崔健和许巍的境界，寻访花与生命的足迹。我听见回声，来自山谷和心间。以寂寞的镰刀收割空旷的灵魂。Prajna Paramita，生如夏花，死如秋叶。还在乎拥有什么。向泰戈尔老夫子致敬。

日头很毒，晒出花香，花香袭人。花香是美感，美感是善。我怀疑一切美感和善，倘使美感和善分地域，那么美感和善就不存在。又，美和恶，善和不善都是相生的。老子说：天下皆知美之为美，斯恶已；皆知善之为善，斯不善已。如若美和善不存在，那么恶和不善也不存在。比如，我的一位美国学生就无法体会唐诗的美感，认为写得像儿歌。要一位欧洲学生汉译英“人之初，性本善。性相近，习相远”，他译成了：“In the beginning，sex is good. Sex is similar to each other，but how to do it is different from each other.”（起初，性是好的事。性事各人相近，但如何做却相去甚远。）六祖说，人分南北，佛性无南北。倘使美感的确分别很大，那如何证佛性无分南北。又，如何证普遍人性的存在。倘使这一切皆由心发生，则如何证心动与否。倘使心动无法证实其存在，那存在该如何证实其存在，不存在又如何证实其不存在。

顶礼佛祖！作如此思，是否我执？

当需棒喝。追问也是我执。思也是业障。起心动念，无不是业。汝等作如此思，是为不安。然则，为其敢作如此思故，则又属无畏。不安因畏而生，不安也生无畏，畏生无畏也。

北京的龙泉寺是不让上供带去的化学香的，檀香随缘。每年春上，山门进去那座千年古桥的下面会有一小枝桃花寂寞盛开。汝未来看花时，此花与汝同寂。

如博友“30后老太太”所言王阳明成也于情、毁也于情之论为真，则其情实属大情，而非私情私欲。少年王阳明即在婚礼当晚去一个道观跟道人探讨养生之道去了，这如何见其私情？镇压百姓起义后，他反倒同情他们，说“此等苦情，亦甚可悯”。想起小时候父亲的一句话：知子莫若父，你小心毁于情。如今观之，信然。我更愿意将此情理解为大情。大情即一种悲悯之心。我心也善，知我者我父。然则无论私情大情，好歹有其杀伤力。但我有了对付的法子：当你不心动时，那些心动与你同寂。当你无欲时，旁的欲望与你同寂。这法子，在老子是无为而无不为，在禅宗是无心无念，在王阳明是无善无恶，心之体；有善有恶，意之动。当然，庄子最为凶猛，他的心灵自由到成为一只大鸟，“怒而飞，其翼若垂天之云”，虽则庄子仍未超越生死，但其怒飞冲天，吾不及也。通俗些，就看曾国藩怎么做的。他的人生里只有一个颠扑不破的道：“挺”。

来吧，我静候着。